Das Buch

1947 in einer Wüstengegend im Westen der USA: Alles, was in Regierung und Militär Rang und Namen hat, ist unter dem nächtlichen Himmel versammelt – Truman, der junge George Bush und die Generäle der US-Armee. Plötzlich landet ein Raumschiff von einem fremden Planeten, eine Tür öffnet sich, und die Menschheit hat zum ersten Mal Kontakt zu Außerirdischen.

1963: Der Agent John Loengard und seine Freundin Kim wissen, dass die Aliens sich bereits Washingtons wichtigster Entscheidungsträger bemächtigt haben. Die Wesen aus dem Weltraum wollen die Welt ins Chaos stürzen und die Weltherrschaft übernehmen. John und Kim hatten einen Gesprächstermin bei Präsident John F. Kennedy, um ihn vor der Verschwörung zu warnen, doch dieser wurde kurz vor dem Treffen in Dallas ermordet. Sollte verhindert werden, dass er die Wahrheit über die Außerirdischen erfährt? Nur John und Kim können die Menschheit vor einer grausamen Übernahme bewahren, doch sie wissen nicht, wem sie trauen können. Vielleicht sind alle, die ihnen Hilfe anbieten, bereits Agenten der Außerirdischen?

Dieser Roman ist die Fortsetzung zu *Dark Skies – Das Rätsel um Majestic 12* (01/10860).

»Hohlbein, der geborene Erzähler, schafft es erneut, direkt spielerisch, den Leser in seinen Bann zu schlagen, ihn zu faszinieren und zu fesseln ...«

SPACE VIEW

Der Autor

Wolfgang Hohlbein, 1953 in Weimar geboren, ist einer der erfolgreichsten deutschen Unterhaltungsschriftsteller. Seine wohl bekanntesten Bücher sind *Märchenmond* (01/10647 – zusammen mit Heike Hohlbein), *Azrael* (01/9882) und *Das Druidentor* (01/9536).

Wolfgang Hohlbein

MAJESTIC

DIE SAAT DES TODES

Roman

WILHELM HEYNE VERLAG
MÜNCHEN

HEYNE ALLGEMEINE REIHE
Nr. 01/13138

Umwelthinweis:
Das Buch wurde auf
chlor- und säurefreiem Papier gedruckt.

Taschenbucherstausgabe 5/2000

Lizenzausgabe mit freundlicher Genehmigung der
vgs verlagsgesellschaft, Köln
Wilhelm Heyne Verlag GmbH & Co. KG, München
Printed in Germany 2000
Umschlagillustration: David Kearney / Artist Partners
Umschlaggestaltung: Nele Schütz Design, München
Satz: Pinkuin Satz und Datentechnik, Berlin
Druck und Bindung: Ebner Ulm

ISBN 3-453-16944-1

http: // www.heyne.de

PROLOG

2. Juli 1947, 23:53

Nahe der Roswell Army Base

Es sollte warm sein. Mehr noch: Heiß. Nach dem Kalender herrschte Hochsommer und abgesehen vom Death Valley und der Mohave-Wüste war dies einer der heißesten Landstriche des Staates. Trotzdem fröstelte Lieutenant Frank Bach in seiner dünnen, sandbraunen Navy-Uniform.

Er wusste allerdings nicht genau, warum.

Es mochte am Wind liegen. Er war nicht besonders heftig, aber stetig und hatte seit Tagen angehalten. Seit Bach zusammen mit einer weiteren Gruppe des Marinegeheimdienstes hier angekommen war, strichen die unsichtbaren und für die Jahreszeit ungewöhnlich kühlen Ausläufer über die Hügelkette, nicht heulend, sondern eher mit einem sanften, fast einschmeichelnden Säuseln. Die Hügel, die das abgesperrte Areal an zwei Seiten wie eine Wurfschlinge umschlossen, zerrieben die gelegentlichen Böen in fast unbemerkbare Staubschwaden. Der Wind trug feinsten Sand durch den von der gnadenlosen Julisonne ausgedörrten Wüstenboden mit sich, tastete nach dem Skelett eines losgerissenen, dürren Busches, einem Blatt Papier oder einem Stofffetzen. Ein einziger Blick in die Runde hatte Bach tief in seinem Inneren davon überzeugt, dass dieser Wind so unabdingbar zu dieser Landschaft gehörte wie die Sonne zum Tag.

Möglicherweise lag es aber auch an der Gesellschaft, in der er sich befand.

Mit seinen achtunddreißig Jahren war Frank Bach kein junger Mann mehr. Trotzdem kam er sich in Gegenwart der Männer, die zusammen mit ihm hier eingetroffen waren, wie ein Kind vor, und das ganz bestimmt nicht am körperlichen Alter der *handverlesenen* Persönlichkeiten gemessen. Dutzende verschiedenartiger Uniformen, kombiniert mit hohen und vielfältigen Rangabzeichen, standen im späten Dämmerlicht wie massive Ähren eines Kornfeldes, eine khakifarbene Leinwand, von der sich die angespannten, ernsten Gesichter der in Grau gekleideten Militärs und der in einfallslose braune Mäntel gekleideten Politiker nur undeutlich abhoben. Bach hatte niemals zuvor so viele Uniformen und Rangabzeichen zusammen gesehen und vor allem niemals zuvor eine solche Konzentration von *Macht* erlebt. Direkt neben ihm standen der fünfzigjährige Roscoe Henry Hillenkoetter, der erst am 1. Mai von Truman zum Rear Admiral ernannt worden war und schon jetzt als einer der wichtigsten Männer Washingtons galt, und ein zwar in Zivil gekleideter, deshalb aber ganz sicher nicht weniger einflussreicher Repräsentant des Navy-Geheimdienstes. Aus dem Eingang des schlichten, in ineinander fließenden Tarnfarben gehaltenen Zelts hinter ihm trat gerade der fünfzigjährige James Forrestal hervor, seit drei Jahren äußerst erfolgreich als politischer Kopf der Navy und augenblicklich im Gespräch mit einem noch sehr jungen Mann in Zivil, der Bach nur zu gut bekannt war: Es war George Bush, jener Mann, der später als Chef des CIA und Präsident der USA Karriere machen sollte und 1947 zum Umfeld Hillenkoetters zählte.

Doch das war bei weitem nicht alles. In diesem großen, schlichten Zelt hinter ihnen hielt sich der amtierende Präsident Harry Truman auf, umgeben von einem Beraterstab solch einflussreicher Männer wie Nathan Vandenberg, Jerome Hunsaker, Sidney W. Souers und Lloyd V. Berkner. Ein guter Grund für ein kurzes Schaudern. Und sollte er nicht ausreichen, so war da immer noch das, was sich wenige Meilen entfernt hinter den Hügeln im Osten befand. Dort lagerte der Tod für Millionen Menschen; sicher verwahrt hinter meterdicken Betonwänden und tonnenschweren Stahltüren und bewacht von den vielleicht besten Soldaten der Welt. Trotzdem: Als sie vorhin an den schmucklosen flachen Hallen und Flugzeughangars vorbeigefahren waren, da hatte Bach geglaubt, die nur mühsam gebändigte Vernichtungskraft zu spüren, wie etwas Lauerndes, Böses, das vielleicht von Menschenhand geschaffen, aber längst nicht mehr nur noch von Menschenhand kontrollierbar war.

Ein weiterer guter Grund für sein Frösteln. Aber nicht der entscheidende.

Bach legte den Kopf in den Nacken und blinzelte in den sternklaren Nachthimmel hinauf. Über dem hastig aufgeschlagenen Lager hing eine Aura aus blassem Licht, das von Dutzenden von Scheinwerfern, Lampen, aber auch von Fackeln, Signallichtern und Autoscheinwerfern stammte. Trotzdem kam ihm die Dunkelheit darüber tiefer vor als sonst und das Blinken der Sterne heller. Ihr Licht erschien ihm kalt, fast feindselig. Einer dieser weißen Lichtpunkte schien sich zu bewegen, aber er war sich nicht ganz sicher.

»Nervös, Lieutenant?«, James Forrestal hatte die Unterhaltung mit Bush beendet und war direkt neben Hillenkoetter stehen geblieben, um seine zierliche Brille abzunehmen und die Gläser mit dem Ende seiner Krawatte zu polieren. Es war nicht nötig. Er hatte seine Brille ungefähr hundertmal poliert, seit Bach am Nachmittag zu ihm in den Wagen gestiegen war; ein deutliches Zeichen seiner eigenen Nervosität.

Auch Bach war nervös. Er hatte jeden nur denkbaren Grund dazu. Sie alle hatten das. Trotzdem ließ er einige Sekunden verstreichen und streifte Forrestal mit einem fast abfälligen Blick, ehe er antwortete: »Nein. Sollte ich?«

Forrestal setzte seine Brille wieder auf und ignorierte Bachs despektierliches Benehmen; etwas, das – wie Bach wusste – eigentlich ganz gegen seine normale Art war.

Forrestal war nicht nur als Paragrafenreiter bekannt, sondern auch als ausgesprochener Widerling.

»Nun, *ich* bin es«, seufzte er. Sein Mund wirkte auch während er redete wie zugekniffen, ein typischer Wesenszug, der ihm in den beiden Weltkriegen den Beinamen ›Der Eisenharte‹ eingehandelt hatte. »Und Sie sollten es vielleicht auch sein.« Er nahm seine Brille wieder ab, blinzelte, rieb sich die Augen, setzte die Brille wieder auf und blinzelte noch einmal. »Verdammt, ich kann bei dieser Festbeleuchtung nicht das Geringste erkennen. Ist das wirklich notwendig?«

Bach fing einen warnenden Blick aus Admiral Hillenkoetters Augen auf und formulierte seine Antwort etwas weniger spöttisch, als sie ihm auf der Zunge lag. »Sie würden sie höchstwahrscheinlich auch bei vollkommener Dunkelheit nicht kommen sehen ... Sir«, sagte er. »Es sei denn, sie wären direkt über Ihnen. Die höchste Geschwindigkeit, die wir nachweisen konnten, lag bei über siebzehnhundert Knoten.«

Forrestal runzelte die Stirn, aber Bach konnte nicht sagen, ob ihn das Gehörte erschreckte oder er darüber nachdachte, wie er ihn wegen seiner ganz eigenen Art der Betonung des Wortes *Sir* zurechtweisen sollte. Schließlich machte er ein Geräusch, das ein kurzes Lachen sein konnte, ebenso gut aber auch ein Schnauben. »Das ist beruhigend«, sagte er. »Umso mehr, wenn man bedenkt, dass wir sie in die unmittelbare Nachbarschaft unserer Nuklearwaffenbasis eingeladen haben.«

»Wir haben sie nicht eingeladen, Sir.« Bach deutete mit einer Handbewegung über die präzise angeordneten Scheinwerfer. »Diese Lichter markieren die genauen Längen- und Breitengrade, die sie uns genannt haben.« Er sah auf die Uhr. »Und auch den exakten Zeitpunkt. Sie haben sich selbst eingeladen. Aber sie sind nicht pünktlich.«

»Gestehen wir ihnen das akademische Viertelstündchen zu«, sagte Forrestal achselzuckend. »Vielleicht gehen ihre Uhren ja anders als unsere.« Er sah einige weitere Sekunden blinzelnd in den Himmel hinauf, dann wandte er den Blick nach Osten. Sein Gesichtsausdruck und seine Stimme wurden ernster. »Warum hier, verdammt noch mal? Das gefällt mir nicht.«

»Vielleicht ist das ihre Art, uns zu zeigen, dass sie keine Angst vor uns haben.«

Forrestal runzelte die Stirn, aber er sagte nichts dazu, sondern wandte sich in nun unüberhörbar spöttischem Ton an Admiral Hillenkoetter. »Lieutenant Bach scheint ja mittlerweile zu einem echten Experten auf diesem Gebiet geworden zu sein, wie?«

»Er weiß nicht mehr als wir alle, James«, antwortete Hillenkoetter kühl. *Aber auch nicht weniger,* fügte sein Blick hinzu: unausgesprochen, aber unübersehbar. Bach fragte sich überrascht, warum Hillenkoetter so offen seine Partei ergriff. Soviel er wusste, waren Forrestal und der Admiral langjährige Freunde.

Er war aber zugleich auch klug genug, nicht weiter auf das Thema einzugehen. Offenbar waren Forrestal und er nicht die Einzigen hier, die nervöser waren, als sie zugeben wollten, und vielleicht anders reagierten, als sie es gewöhnlich taten. Er sah wieder in den Himmel hinauf, unterdrückte nur mit Mühe den Impuls, schon wieder auf die Armbanduhr zu sehen, und ließ seinen Blick zum vermutlich hundertstenmal über das abgesperrte Areal gleiten. Die zahllosen Scheinwerfer und Signalfeuer machten es nur *scheinbar zu*fällig unmöglich mehr als vage Schatten und verschwommene Umrisse zu erkennen. In Wahrheit war dieser Effekt beabsichtigt. Selbst Bach fiel es schwer, zwischen den abgestellten Lastwagen, Zelten, Instrumentenpulten und Funkmasten die Zwillingsläufe des halben Dutzend Flugabwehrkanonen zu identifizieren, obwohl er ganz genau wusste, wo sie sich befanden. Vor einer Stunde war ein Flugzeug tief über das Lager hinweggeflogen und der Pilot hatte ihm versichert, dass die Geschütze aus der Luft heraus vollkommen unsichtbar blieben.

Für *ihre* Augen …

Es fiel Bach immer schwerer, seine wirklichen Gefühle zu unterdrücken. Er war nicht nur nervös. Er war in großer Sorge. Und er hatte Angst. In einem Punkt stimmte er voll und ganz mit Forrestal überein: Diese ganze Geschichte gefiel ihm nicht. Ganz und gar nicht.

Irgendetwas geschah.

Bach konnte es spüren, noch bevor sich die Geräuschkulisse hinter ihm änderte. Ein spürbarer Unterton hektischer Aktivität lag plötzlich darin, dann schrie eine zitternde, fast hysterische Stimme: »Da kommt was. Unglaublich schnell! Ich habe eine Ortung bei null acht fünf!«

Bach spannte sich. Seine Augen suchten den Himmel in der angegebenen Richtung ab. Inmitten des funkelnden Sternendiadems hatte ein grellweißes Licht zu pulsieren begonnen. Diesmal war er sicher, es sich nicht nur einzubilden.

»Das … das ist völlig unmöglich!«, fuhr die Stimme des Soldaten fort. Sie klang jetzt nicht mehr aufgeregt, sondern eindeutig hysterisch. »Es ist weg!«

»Was soll das heißen?«, schnappte Bach; laut, aber ohne den Blick von dem pulsierenden Licht am Himmel zu wenden. Der strahlende Fleck begann in drei kleinere, stechend weiße Lichter zu zerfallen. Es kam unglaublich schnell näher.

»Es ist vom Radarschirm verschwunden! Hier spielt alles verrückt!«

Andere Stimmen mischten sich ein und bestätigten die Worte. Bach achtete nicht auf Einzelheiten, aber ihm wurde in Sekundenschnelle klar, dass offensichtlich ihre gesamte mitgebrachte Technik verrückt spielte. Er war kein bisschen überrascht.

»Es ist so weit, Frank«, murmelte Hillenkoetter. »Holen Sie Truman.«

Bach zögerte noch eine halbe Sekunde, gebannt von dem pulsierenden Dreigestirn aus weißblauem Licht, das vom Himmel auf sie herabstürzte. Ein seltsames Gefühl hatte ihn ergriffen; eine Mischung aus Furcht und … noch etwas, das er nicht genau definieren konnte. Vielleicht tatsächlich Ergriffenheit. Es war ein historischer Moment, ganz egal, wie man es betrachtete. Er wusste nur nicht, ob es zum größten Tag in der Geschichte der Menschheit werden würde oder zum schwärzesten …

Er verscheuchte den Gedanken, riss sich vom Anblick der heranrasenden Lichter los und eilte mit wenigen energischen Schritten zu dem hinter ihm liegenden Zelt. Rasch schlug er die Plane zurück und rief, ohne einen Blick in das Halbdunkel dahinter zu werfen: »Mister President? Es ist so weit.«

Die Schatten im Inneren des Zeltes wurden lebendig. Bach trat einen Schritt zurück und zugleich zur Seite, um dem halben Dutzend hochrangiger Generäle und Berater Platz zu machen, das in Begleitung Harry Trumans das Zelt verließ. Erneut spürte Bach ein kurzes, eisiges Schaudern. Es wurde ihm schlagartig klar, wie wahnsinnig dieses Unternehmen war, auf das sie sich eingelassen hatten. Hier war nicht nur der Präsident der Vereinigten Staaten, sondern praktisch die gesamte militärische Führungsspitze zusammengekommen. Er unterdrückte den Impuls, zum Himmel hinaufzusehen, aber er dachte: *Wenn sie in feindlicher Absicht kommen, sind wir erledigt.* Er kam sich klein vor, unwichtig. Und sehr allein.

Truman und die versammelte Führungsspitze der Vereinigten Staaten gesellten sich wortlos zu Forrestal und dem Admiral. Alle Gesichter waren zum Himmel gewandt. In dem immer greller werdenden, pulsierenden Licht wirkten sie unnatürlich blass, die Schatten noch tiefer als sie sein sollten und auf eine fast unheimliche Weise lebendig – als spürten sie die gleiche Gefahr, die auch Bach fühlte, und versuchten davor zu fliehen.

Bachs Herz klopfte hart. Die Stimmen der Techniker im Hintergrund wurden lauter. Bach achtete nicht auf Einzelheiten, aber er hätte schon taub sein müssen, um nicht mitzubekommen, dass ihr gesamtes technisches

Equipment offensichtlich der Reihe nach verrückt spielte oder ausfiel.

Ein Mann in der khakifarbenen Uniform der Army kam mit nervösen Schritten näher. »Da stimmt etwas nicht, Mister President«, sagte er. Seine Hände bewegten sich unruhig. »Vielleicht sollten wir ... die Geschütze scharf machen ... Sir.«

Truman sah ihn nachdenklich an, dann warf er einen fragenden Blick in Forrestals Richtung. Forrestal deutete ein Kopfschütteln an.

»Noch nicht«, antwortete Truman. »Wir dürfen jetzt ... keinen Fehler machen.«

Dem Offizier blieb nichts anderes übrig als diese Entscheidung zu akzeptieren, aber er sah dabei nicht begeistert aus. Bachs Herz schlug schneller, während er den Blick wieder nach oben wandte. Die Lichter waren näher gekommen, bewegten sich aber jetzt nicht mehr mit so unfassbarer Geschwindigkeit wie zuvor. Sie bildeten ein perfektes Dreieck, über dem Bach einen verschwommenen Umriss zu erkennen glaubte. Er machte eine knappe, deutende Geste und einer der riesigen Scheinwerfer schwenkte herum. Ein meterdicker Lichtstrahl glitt wie ein tastender Finger über den Himmel.

Bach fühlte ein sonderbares, elektrisches Kribbeln auf der Haut, ein Gefühl, als ob in seiner unmittelbaren Nähe ein schweres Gewitter tobte. Im gleichen Moment fiel im gesamten Lager der Strom aus. Die Dunkelheit schien für einen Moment total und für einen noch kürzeren Moment schien sogar die Zeit stehen zu bleiben, wie um diesen einen Augenblick für alle Ewigkeiten festzuhalten. Bach wartete mit angehaltenem Atem auf die Panik, die nun unweigerlich ausbrechen musste, auf Schreie, Schritte, die Geräusche flüchtender Männer, vielleicht Schüsse. Doch nichts geschah. Vielleicht war er nicht der Einzige, den die vollkommene Finsternis lähmte. Vielleicht hatte irgendetwas dort oben nicht nur die Technik innerhalb des Lagers ausgeschaltet.

Zwei, drei Sekunden vergingen wie zähe Ewigkeiten, dann, ganz plötzlich, erschien ein neues, blauweißes Licht am Himmel, begleitet von einem dumpfen, vibrierenden Summen, wie elektrischer Herzschlag, der aus allen Richtungen zugleich zu kommen schien. Bach kniff die Augen zusammen und zwang sich, weiter in das mittlerweile schmerzhaft grelle Licht zu blicken. Über dem blauen Glosen schwebte ein gewaltiger Umriss, eine riesige, dreieckige Scheibe, die sich in beständiger, zitternder Bewegung zu befinden schien, obwohl sie gleichzeitig stillstand. Das Schiff war nicht so gigantisch, wie er im ersten Moment angenommen hatte, aber es war trotzdem *riesig*.

»Was zur Hölle ...«, murmelte Truman.

Das Schiff sank langsam tiefer und kam fünfzehn oder zwanzig Meter über dem Lager zum Stillstand. Sein elektrischer Herzschlag wurde lauter. Bach spürte, wie sich die feinen Härchen auf seinem Handrücken und in seinem Nacken aufstellten. Der Sand unter seinen Füßen begann zu wispern. Dann, ganz langsam, öffnete sich in der Mitte der drei Lichter ein weiteres, funkelndes Auge. Eine Tür.

»Wir haben Kontakt«, sagte Bach leise.

22. November 1963, 15:56

Norman, Oklahoma

Das Ortsschild, das vor zehn Minuten am linken Straßenrand an uns vorüber gehuscht war, war das letzte Anzeichen menschlicher Zivilisation gewesen. Seither war die Straße nicht nur immer schlechter geworden, sondern unser Tempo auch ständig weiter gesunken. Seit fünf Minuten bewegten wir uns nur noch im Schritttempo. Beiderseits der festgefahrenen Piste, von der meine Karte in einem Anfall von Größenwahn behauptete, es handele sich um eine Straße, erstreckte sich eine karge, fast wüstenähnliche Landschaft: ausgedörrter Boden, aus dem nur hier und da ein vertrockneter Strauch ragte, kantige Hügel, da und dort das Skelett eines Baumes, der selbst in seiner besten Zeit nicht mehr als Mannsgröße erreicht hatte, Kieselsteine von der Größe eines Einfamilienhauses … Es war schwer zu glauben, dass wir uns mitten in Oklahoma befanden und nicht auf der Rückseite des Mondes oder auf irgendeinem fremden, unbewohnten Planeten. Aber für unser Vorhaben war diese Umgebung perfekt. Ich hatte eine halbe Stunde lang die Karte studiert, um einen passenden Ort zu finden, und das Ergebnis übertraf beinahe meine Erwartungen.

»Wie weit ist es noch?«, fragte Kimberley. Es waren die ersten Worte, die sie sprach, seit wir das Motel verlassen hatten. Ihre Stimme klang flach und drückte noch mehr von ihrer Müdigkeit aus, als es die unnatürliche Blässe ihres Gesichtes und die tief eingegrabenen, dunklen Linien darin taten.

Ich versuchte die Karte zu rekapitulieren, suchte gleichzeitig nach einem bestimmten Geländemerkmal und zuckte schließlich mit den Schultern. »Zwei oder drei Meilen«, schätzte ich. »Warum?«

Kimberley antwortete nicht. Ich war auch nicht sicher,

ob sie meine Worte überhaupt gehört hatte. Ich wandte flüchtig den Kopf, sah ihr ins Gesicht und erschrak, als ich sie anblickte – obwohl ich wusste, was ich sehen würde. Kim war totenbleich und ihre Augen blickten glasig. Sie hatte in dieser Nacht schlecht geschlafen – das ganze Land hatte in dieser Nacht schlecht geschlafen – aber das war nicht der alleinige Grund für ihren Zustand. Der Schock, der die gesamte Nation befallen hatte, hatte auch uns ergriffen, aber unser Schrecken ging tiefer. Vielleicht, weil Kim und ich wussten, was wirklich geschehen war. Oder es in diesem Moment zumindest zu wissen *glaubten*.

Der Chevy rumpelte über einen trockenen Ast, der quer über der Straße lag und mit einem trockenen Knall zerbrach. Das Geräusch klang in meinen Ohren wie ein Schuss.

»Wir haben ihn getötet, John«, murmelte Kim.

Ich sah überrascht hoch. »Wie?«

»Wir haben ihn umgebracht, John«, wiederholte Kimberley. »Wir haben den Präsidenten getötet.«

»Unsinn!«, antwortete ich impulsiv – und nicht annähernd so überzeugt, wie ich es sein sollte. Vielleicht hatte sie Recht. Es konnte nicht sein, weil es nicht sein durfte, aber vielleicht stimmte es dennoch. Bach hatte mir gesagt, dass wir uns im Krieg befanden, und vielleicht waren gestern Nachmittag in Dallas die ersten realen Schüsse gefallen. Und vielleicht war es *meine* Schuld, dass man sie abgefeuert hatte. Trotzdem sagte ich noch einmal und mit größerem Nachdruck: »Nein! Es war nicht unsere Schuld!«

»Wir haben ihm alles erzählt und jetzt ist er tot«, beharrte Kim.

»Das ist … Zufall«, beharrte ich. »Ein schrecklicher Zufall, mehr nicht. Nicht einmal Bach würde es wagen, so weit zu gehen. Ich traue diesem Mann beinahe alles zu, aber nicht, dass er den Befehl gegeben hat, Kennedy zu ermorden!«

»Nein. Weil er so ein guter Mensch ist.«

»Nein. Weil er nicht dumm ist«, antwortete ich gereizt. »Er kann nicht damit rechnen, *damit* durchzukommen. Sie werden nicht eher ruhen, bis sie herausgefunden haben, wer hinter dem Attentat steckt. Ganz egal, wie lange es dauert und wie viele einflussreiche Personen darin verwickelt sind. Dieses Risiko würde er niemals eingehen!«

Kim sah mich mit einem Ausdruck leichter Überraschung an und ich fragte mich einen Moment lang selbst, warum ich Bach – ausgerechnet Bach! – so vehement verteidigte.

Vielleicht weil ich einfach nicht wahrhaben wollte, dass Kim Recht haben könnte. Und was es für *mich* bedeutete …

»Wir … mussten es jemandem sagen«, fuhr ich nach einer Weile fort. »Ich hätte nicht weiterleben und so tun können, als wäre nichts geschehen. Und du auch nicht.«

»Sie dürfen nicht gewinnen«, murmelte Kim. »Wir dürfen sie nicht gewinnen lassen.«

Ich sah sie erneut an, ein wenig überrascht von dem Mut, der aus ihren Worten sprach, aber auch von einem plötzlichen Gefühl tiefer Zuneigung und Wärme erfüllt, das mich dazu brachte, die rechte Hand vom Lenkrad zu lösen und den Arm um ihre Schulter zu legen. Kimberley lehnte den Kopf gegen mich und schloss die Augen. Ihr Atem beruhigte sich und einen Moment lang dachte ich, sie wäre eingeschlafen. Aber dann fragte sie ganz leise:

»Sind wir die Nächsten, John?«

»Ich weiß es nicht«, antwortete ich wahrheitsgemäß. Aber vielleicht machte ich mir nur selber etwas vor. Wenn es so war, wie Kim glaubte, wenn tatsächlich Bach den Mord an Kennedy angeordnet hatte, dann mussten sie uns töten.

Ich weigerte mich, es zu glauben. Diesen Gedanken zu akzeptieren hätte zugleich auch bedeutet, mich einer anderen, noch viel erschreckenderen Erkenntnis zu stellen, nämlich der, dass wir keine Chance hatten. Wir waren

Verdammte, hilflos einem Gegner ausgeliefert, der in der Lage war, den Präsidenten der Vereinigten Staaten am helllichten Tag zu töten – warum sollte er *uns* fürchten?

Vielleicht weil wir im Besitz der einzigen Waffe waren, die ihn vernichten konnte: der Wahrheit.

»Ich habe Angst, John«, murmelte Kim.

»Ich auch«, antwortete ich. »Aber wir können sie schlagen. Wir müssen es.«

Es war Blut geflossen. Der Krieg, von dem Bach gesprochen hatte, war in eine neue Phase getreten, und ich wusste in diesem Moment mit unerschütterlicher Sicherheit, dass dies keineswegs das Ende, sondern erst der Beginn war. Mehr Blut würde fließen und grauenvolle Dinge geschehen. Vielleicht würde das nächste Blut, das vergossen wurde, unseres sein.

Aber das sprach ich nicht aus.

Ich hatte die Weggabelung entdeckt, nach der ich Ausschau gehalten hatte, und nahm den Fuß vom Gaspedal; gleichzeitig kuppelte ich aus. Das Brummen des Motors sank zu einem kaum hörbaren Geräusch herab. Unter den Reifen knirschten Kies und trockene Äste, als ich den Wagen ausrollen ließ und ihn dabei von einer schlechten auf eine noch schlechtere Straße lenkte. Trotz seines Alters lief der Motor einwandfrei; heute vielleicht noch leiser und gleichmäßiger als sonst. Fast als ahnte er, was geschehen würde.

Wir hielten an. Ganz automatisch drehte ich den Zündschlüssel herum und zog ihn ab; dann besann ich mich eines Besseren, steckte ihn wieder ins Schloss und startete den Motor. Ich musste mir angewöhnen, nicht mehr so viele Dinge automatisch zu tun. Ich musste mir sehr viel an- und abgewöhnen, um das Leben als Gejagter zu meistern.

Kimberley stieg aus und nahm die Reisetasche mit den wenigen Dingen aus dem Kofferraum, die wir am Morgen ausgesucht hatten. Der größte Teil unserer Habseligkeiten würde zurückbleiben, darunter auch einige persönliche Dinge, deren Verlust wirklich schmerzte. Aber es musste perfekt sein.

Während Kim schweigend Abschied von den wenigen Gegenständen nahm, die einen Großteil unseres zurückliegenden Lebens repräsentierten, ging ich einen flachen Hügel hinauf und sah nach Westen. Die Landschaft dort war nicht weniger öde als die, durch die wir in den letzten zehn Minuten gefahren waren. Mit einem Unterschied: Nicht weit entfernt zog sich das staubige Asphaltband einer Interstate wie ein mit einem überdimensionalen Lineal gezogener Strich durch die Ödnis. Die Bushaltestelle war weiter entfernt, als ich nach einem Blick auf die Karte angenommen hatte. Eine gute halbe Stunde Fußmarsch, schätzte ich. Nun ja, man konnte nicht alles haben.

Ich ging zu Kim zurück, die sich mittlerweile zehn oder zwölf Meter vom Wagen entfernt hatte. Wortlos griff ich unter die Jacke, zog meine Pistole und feuerte rasch hintereinander vier Schüsse auf den Wagen ab. Zwei Kugeln stanzten runde Löcher in den Kofferraumdeckel, die dritte prallte als heulender Querschläger vom Seitenholm ab, während die vierte eine fast meterlange, hässliche Narbe in die Fahrertür pflügte. Perfekt; wenigstens fast. Vielleicht hätte ich den Wagen nicht langsam ausrollen lassen, sondern mit einer Vollbremsung zum Stehen bringen sollen, um entsprechende Spuren zu hinterlassen. Nun war es zu spät.

Ich trat zurück und wandte mich zu Kimberley um. Auf ihrem Gesicht lag ein sonderbarer Ausdruck. Sie hatte die Lippen zu einem schmalen, blauen Strich zusammengepresst.

»Was hast du?«, fragte ich.

Kim deutete ein Achselzucken an und ein knappes, unechtes Lächeln. »Nichts«, behauptete sie. »Ich musste nur gerade daran denken, wie du ihn gekauft hast. Du warst so stolz damals.«

»Es ist nur ein Auto, Kim«, antwortete ich.

Aber das stimmte nicht. Es war unser erster gemeinsamer Wagen gewesen und in einer gewissen Art und Weise war er viel mehr als ein lebloses Stück Metall. Er war Teil unseres Lebens und Symbol unserer Selbständigkeit – nicht zu vergleichen mit dem alten Ford meines Vaters, den ich mir früher manchmal ausgeliehen hatte und der mir immer nur als Symbol der Abhängigkeit von meiner Familie erschienen war. Ich hob die Waffe, entsicherte sie wieder und drückte sie Kim in die Hand. Sie sah mich fast erschrocken an, aber ich nickte nur auffordernd, trat einen Schritt zur Seite und deutete auf den Chevy.

»Es ist einfacher, wenn du sie mit beiden Händen hältst. Und erschrick nicht. Der Rückschlag ist ziemlich stark.«

Kimberley zielte mit beiden Händen. Vielleicht war es an der Zeit, dass sie lernte, mit einer Waffe umzugehen.

»Ziel auf die Heckscheibe«, sagte ich. »Nicht zu tief.« Ich wollte nicht, dass sie den Tank traf. Wir waren weit genug entfernt, um nicht in Gefahr zu sein, aber wir wollten schließlich nicht, dass die Polizei ein ausgebranntes Wrack fand. Kims erster Schuss ging daneben und schlug Funken aus einem Felsen, meterweit entfernt, aber die beiden anderen saßen perfekt im Ziel. Die Heck- und Frontscheibe des Chevy zerbarsten in einem Hagel winziger, rechteckiger Glassplitter. Mit einem erschöpften Laut ließ sie die Waffe sinken und wandte sich ab. Sie sah tatsächlich ein bisschen so aus, als hätte sie gerade einen guten Freund erschossen; so, wie ich mich fühlte. Es war fast unheimlich, wie ähnlich sich unsere Gedankengänge und Empfindungen manchmal waren.

Ich nahm ihr die Waffe ab, steckte sie ein und trat ein letztes Mal an den Wagen heran. Der Motor lief noch immer und das würde wahrscheinlich auch so bleiben, bis der Tank leer war. Die Sitze waren mit scharfkantigen Glastrümmern übersät, von denen ich eine Hand voll ergriff. Ich schloss die Finger kurz und hart zur Faust. Ein scharfer Schmerz, und das Glas in meiner Hand vermengte sich mit Blut, das ich sorgfältig über Lenkrad, Armaturenbrett und das Rückenpolster des Fahrersitzes verteilte. Damit war die Szene perfekt. Alles mehr wäre zu viel gewesen.

Rasch wandte ich mich um und ging zu Kimberley zurück. Sie hatte die schmale Reisetasche mit dem wenigen, das uns verblieben war, bereits ergriffen und ging den Hügel hinauf, den ich vorhin als Aussichtspunkt benutzt hatte. Sie sah nicht zum Wagen zurück.

»Glaubst du, dass sie darauf reinfallen?«, fragte sie.

»Die Polizei?« Ich nickte. »Zwei naive junge Leute, die leichtsinnig genug waren, mit dem Wagen in diese gottverlassene Gegend zu fahren und Opfer eines Verbrechens wurden. So etwas kommt vor. Öfter, als man denkt.«

»Bach«, sagte Kimberley.

Diesmal bestand meine Antwort aus einem sekundenlangen Schweigen, gefolgt von einem Kopfschütteln. Es hatte wenig Sinn, sich etwas vorzumachen. Bach war selbst ein zu guter Lügner, um auf einen so simplen Trick hereinzufallen. Vielleicht würde es uns ein wenig Zeit verschaffen, aber viel wichtiger war die Botschaft, die ich ihm damit schickte. Sieh her, Majestic, sagte der Wagen hinter uns, wir spielen das Spiel. Es würde sie vorsichtiger machen. Sie würden sich mehr Zeit nehmen, bevor sie uns aufgriffen, und in jedem Schatten eine Bedrohung vermuten.

Schweigend machten wir uns an den langen Fußmarsch zur Bushaltestelle. Der Wind war sehr kalt.

Die Telefonzelle war immer noch besetzt. Ich war vor gut fünfzehn Minuten hereingekommen, genau im richtigen Moment, um zu sehen, wie ein dunkelblauer Buick vor der Telefonzelle auf der anderen Seite des Parkplatzes anhielt und der Fahrer ausstieg, um die Zelle zu betreten und zu telefonieren.

Seither wartete ich darauf, dass er aufhörte.

Eine Kellnerin in Jeans und einer weißen Spitzenbluse trat an meinen Tisch und schwenkte fragend eine Kaffeekanne. Ich nickte wortlos, wartete, bis sie mir nachgeschenkt hatte, und wandte meine Konzentration dann wieder der Telefonzelle zu. Der Fahrer des Buick stand noch immer darin und telefonierte. Ich hoffte nur, dass er nicht sämtliche Anzugtaschen voller Münzen hatte, um hier die halbe Nacht zu verplempern.

Es begann zu dämmern. Der Schatten der Telefonzelle war auf das Doppelte angewachsen, seit ich am Fenster saß und sie beobachtete, und hier drinnen begannen die Farben zu verblassen. Trotzdem machte niemand Anstalten, das Licht einzuschalten. Auch der Geräuschpegel war nicht der, den man von einem Fast-Food-Restaurant am Rande eines Highway mit dem wenig einfallsreichen Namen Driver's Inn erwartete. Der größte Teil der mit rotem Steppleder bezogenen Bänke war besetzt und die beiden Kellnerinnen hatten alle Hände voll zu tun, Bestellungen aufzunehmen, die Gäste zu bedienen und zu kassieren. Trotzdem herrschte eine fast gespenstische Stille. Niemand lachte. Die wenigen Gespräche wurden schleppend und im Flüsterton geführt. Die einzige permanente Geräuschquelle war der Fernseher, der an der Wand über der Theke hing. An diesem Abend liefen jedoch weder die üblichen Soap-Operas noch Spielfilme oder Musiksendungen. Seit ich hereingekommen war, war noch kein einziger Werbespot gesendet worden. Dafür wechselten sich die ernsten Gesichter von Nachrichtensprechern und Politikern ab.

Nicht nur dieses Restaurant, das ganze Land stand noch unter Schock. Es war der Tag nach dem Kennedy-Mord und ich hatte das Gefühl, dass die meisten noch gar nicht richtig begriffen hatten, was dieses schreckliche Attentat *wirklich* bedeutete. Es war nicht einfach nur ein Mord. Lee Harvey Oswald hatte mehr getan, als einen Politiker zu erschießen. Amerika war die mächtigste Nation der Welt, aber all unser Stolz, all unser Mut und all unsere Waffen und überlegene Technik hatten einen einzelnen Mann nicht davon abhalten können, den Führer dieses mächtigen Landes auf offener Straße zu erschießen. Viele der Menschen, die wir heute getroffen hatten, hatten geweint. Auf anderen Gesichtern hatte ich Zorn gelesen, aber auch Verbitterung, ohnmächtige Wut oder auch einfach nur Fassungslosigkeit. Oswald hatte mehr getan, als einen Menschen zu erschießen. Er hatte uns allen unsere Verwundbarkeit vor Augen geführt und er hatte einen Mythos zerstört: den bis gestern fast unerschütterlichen Glauben an eine bessere Welt, den Kennedy vielleicht mehr verkörpert hatte als jeder andere Präsident der USA zuvor.

Oswald …

Ich bezweifelte, dass der Mörder Kennedys tatsächlich Lee Harvey Oswald hieß. Möglicherweise hatte er die Waffe gehalten, aus der die tödlichen Schüsse abgegeben worden waren, aber der *wahre* Mörder war ein ganz anderer.

Vielleicht kannte ich sogar seinen Namen.

Ich riss meinen Blick fast gewaltsam vom Fernseher los, sah wieder zu der Telefonzelle am Ende des Parkplatzes und stellte ohne sonderliche Überraschung fest, dass der Buick-Fahrer sie noch immer besetzt hielt. Hoffentlich hatte er nicht vor, darin zu überwintern.

»Noch einen Kaffee?«

Die Stimme der Kellnerin riss mich aus meinen Gedanken. Ich sah hoch, blickte dann wieder auf meine Tasse hinab und schüttelte den Kopf. Ich hatte den Kaffee, den sie mir vor fünf Minuten gebracht hatte, noch nicht einmal angerührt. »Danke. Ich … habe noch.«

Die Kellnerin – das handgeschriebene Namensschildchen auf ihrer Bluse identifizierte sie als Helen – nahm ein sauberes Gedeck vom Nebentisch und tauschte die Tassen aus. »Er schmeckt nicht, wenn er kalt ist«, sagte sie. »Trinken Sie. Sie sehen aus, als hätten Sie es nötig.«

Sie setzte sich unaufgefordert, schenkte sich selbst

eine halbe Tasse ein und fuhr sich erschöpft mit beiden Händen durch das Gesicht, nachdem sie selbst an ihrem Kaffee genippt hatte. »Fünf Minuten«, seufzte sie. »Ich brauche einfach eine Pause – Sie haben doch nichts dagegen?«

Obwohl das Lokal gut besucht war, gab es noch fast ein halbes Dutzend leerer Tische, an die sie sich hätte setzen können. Aber ich konnte verstehen, dass sie nicht allein sein wollte. Nicht an einem Tag wie diesem. So nickte ich, obwohl mir eigentlich nicht nach Gesellschaft war.

»Sind Sie allein?«, fragte sie.

»Nein. Meine Frau ist in unserem Zimmer.«

Helen nippte wieder an ihrem Kaffee, dann fragte sie mit überraschender Direktheit: »Ihr hattet doch keinen Streit, Honey?«

»Nein«, antwortete ich. »Sie ist nur müde. Wir haben nicht gut geschlafen letzte Nacht.«

»Wer hat das schon?«, sagte Helen kopfschüttelnd. Ihr Blick wanderte zum Fernseher. »Ist es nicht furchtbar? Er war so ein netter Mann. Warum tun Menschen so etwas?«

Ich zuckte nur mit den Schultern. Helen sah mich einen Moment lang erwartungsvoll an, dann änderte sich etwas in ihrem Blick und sie stand auf. »Ihnen ist nicht nach Reden zumute, wie?«, fragte sie. »Entschuldigen Sie die Störung.«

Sie ging. Um ein Haar hätte ich sie zurückgerufen, um mich bei ihr zu entschuldigen. Meine Schweigsamkeit hatte nichts mit Unhöflichkeit zu tun. Aber ich hatte nicht auf sie eingehen können. Ich war nicht sicher, ob ich es über mich gebracht hätte, mit den Worten zu antworten, die sie wahrscheinlich erwartete: *Weil sie verrückt sind.*

Vielleicht hätte ich ihr die Wahrheit gesagt. Auch wenn sie so unglaublich war, dass es selbst mir jetzt manchmal noch schwer fiel, sie zu glauben.

Bach, Majestic-12, die *Grauen* und die *Ganglien* ... das alles erschien mir plötzlich so bizarr, so irreal, dass es einfach nicht wahr sein konnte; Teil eines Albtraums, in den ich vor mehr als einem Jahr gefallen war und aus dem ich einfach nicht aufzuwachen vermochte, ganz egal, wie sehr ich es auch versuchte. Ein Albtraum, der wie ein Wirbelsturm über Kims und mein Leben hinweggetobt war und es so gründlich durcheinander geworfen hatte, wie es nur ging.

Das Geräusch eines startenden Wagens drang in meine Gedanken. Ich sah hoch, stellte fest, dass der Buick verschwunden und die Telefonzelle leer war, und stand rasch auf. Im Vorbeigehen legte ich eine Dollarnote auf die Theke und erwiderte Helens Nicken; zugleich war ich mir aber auch ihres sonderbaren Blicks bewusst.

Vielleicht war er auch gar nicht sonderbar. Vielleicht – wahrscheinlich – war es ein ganz normaler Blick und ich war es, der irgendetwas hineindeutete, das es nicht gab. Möglicherweise ging die größte Gefahr in einem Leben als Beute nicht von den Jägern aus, die einen hetzten, sondern von der Unfähigkeit, Freund und Feind auseinander zu halten.

Es war dunkel geworden, als ich aus dem Restaurant trat und den Parkplatz überquerte, und kalt. Fröstelnd schlug ich den Mantelkragen hoch und vergrub die Hände in den Taschen; wahrscheinlich sah ich in diesem Moment wirklich aus wie ein Geheimagent in einer Slapstick-Komödie. Streng genommen benahm ich mich sogar so. Wenn mich irgendjemand beobachtete, mochte er sich fragen, warum ich zu der Telefonzelle ging, statt den Apparat im Restaurant zu benutzen, oder den in unserem Zimmer. Ich war mir nicht einmal sicher, ob es einen Unterschied machen würde.

Ich konnte nur mit Mühe den Impuls unterdrücken, mich verstohlen nach allen Seiten umzusehen, bevor ich in die Zelle trat und die Nummer wählte, die ich auswendig gelernt hatte. Das Freizeichen ertönte; zweimal, dreimal, viermal … Bobby Kennedy hatte mir gesagt, dass ich Geduld bräuchte, wenn ich diese Nummer wählte, aber es fiel mir unendlich schwer, sie aufzubringen. Endlich brach das Klingeln ab und eine ungeduldige Männerstimme fragte: »Ja?«

»*Dark Skies*«, antwortete ich. Ob Kennedy wohl geahnt hatte, welch düstere Bedeutung dieses Kennwort erhalten würde, als er es mir vorschlug?

Ich bekam keine Antwort, aber wieder verging Zeit, in der der Telefonhörer stumm blieb, bis auf ein gelegentliches, ganz leises Klicken und Summen vielleicht. Wahrscheinlich wurde das Gespräch weitergeleitet, bis es Robert Kennedy irgendwo erreichte. Ich hoffte, dass das der Grund für die Störgeräusche war. Kennedy hatte mir versichert, dass diese spezielle Nummer absolut abhörsicher sei, und ich betete, dass er damit Recht hatte. Nach einer Ewigkeit meldete sich eine weitere Stimme. Ich wiederholte das Kennwort. Diesmal wurde ich nicht weitergeschaltet, aber es vergingen trotzdem noch einmal gute zwei oder drei Minuten, ehe sich endlich Bobby Kennedys Stimme meldete. »John?«

»Mister Kennedy!«, begann ich. »Ich … ich möchte Ihnen mein Beileid ausdrücken. Es tut mir so unendlich leid. Hätte ich geahnt, was geschieht, dann hätte ich Sie und Ihren Bruder niemals …«

Ich konnte nicht weiter sprechen. Ich hatte zu plappern begonnen, wie ein aufgeregter Schuljunge, und plötzlich war alles, was ich mir im Laufe des Nachmittages sorgsam zurecht gelegt hatte, einfach weg. Mein Herz hämmerte und meine Kehle war wie zugeschnürt.

»Sind Sie in Ordnung, John?«, fragte Kennedy, als ich auch nach endlosen weiteren Sekunden nicht weitersprach.

»Natürlich«, antwortete ich hastig. »Es … es tut mir leid.«

»Was haben Sie damit gemeint?«, fragte Kennedy. Plötzlich klang seine Stimme hart, fordernd und nicht mehr annähernd so sympathisch, wie ich sie in Erinnerung hatte.

»Was?«, fragte ich. Ich wusste genau, was er meinte.

»Gerade, als Sie sagten, Sie hätten nicht geahnt, was geschieht«, antwortete Kennedy. Er atmete hörbar ein. »Wollen Sie damit andeuten, dass ... Majestic etwas mit dem Attentat auf meinen Bruder zu tun hat?«

»Nein!«, antwortete ich hastig. »Ich ... Es tut mir leid. Es ist alles so verwirrend. Ich weiß selbst nicht mehr, was ich noch glauben soll.«

»Das verstehe ich gut«, antwortete Kennedy. »Wir werden herausfinden, was wirklich passiert ist, John, das verspreche ich Ihnen. Und wir werden die Täter bestrafen. Ganz egal, wer sie sind.« Einen Moment blieb es still und diese Pause sagte mir mehr als alle Worte, dass der Tod seines Bruders diesen Mann keineswegs so ungerührt gelassen hatte, wie es zunächst schien. »Aber es ist gut, dass Sie anrufen, John«, fuhr er schließlich in beherrschtem Tonfall fort. »Ich brauche Ihre Hilfe. Geht es Ihnen und Kimberley gut?«

»Ja«, antwortete ich. »Was kann ich tun?«

»Unser Beweis ist immer noch in Dallas«, sagte Kennedy knapp.

Im ersten Moment verstand ich nicht einmal, wovon er sprach; aber dann erschrak ich bis ins Mark. »Die Folie?«, keuchte ich. »Das Trümmerstück aus Bachs Amulett?«

»John hat es jemandem in Verwahrung gegeben«, bestätigte Kennedy. »In der Nacht, bevor er starb. Wir müssen es zurückhaben. Und im Moment sind Sie so ziemlich der einzige Mensch auf der Welt, dem ich in dieser Angelegenheit noch trauen kann. Und ... da ist noch etwas.«

»Sir?«, fragte ich. Das Zögern in seinen Worten gefiel mir nicht.

»Ich habe Bach gesehen«, antwortete Kennedy. »Ich habe nur ein sehr altes, schlechtes Foto von ihm, aber ich bin fast sicher, dass er es war.«

»Wo?«, fragte ich. »Wann?«

»Vor einer Stunde auf dem Flughafen«, antwortete Kennedy. »Ich habe das Gefühl, dass er versuchte, Johns persönliche Sachen zu durchsuchen. Sie wissen, was das bedeutet, wenn es wahr ist.«

Mein Mund war plötzlich ganz trocken. Ich hatte Mühe, zu antworten. »Er weiß, dass wir das Artefakt haben.«

»Wir sollten lieber davon ausgehen, dass es so ist, ja«, antwortete Kennedy. »Sie müssen schnell handeln, John. So lange er das Trümmerstück noch in unserem Besitz vermutet, sind Sie einigermaßen sicher. Aber Bach ist nicht dumm. Ich glaube nicht, dass Ihnen viel Zeit bleibt. Unser Vertrauensmann erwartet Sie morgen Vormittag im Hotel TEXAS in Fort Worth. Zimmer 422.«

»Ich werde da sein«, versprach ich.

»Gut, John. Seien Sie vorsichtig. Und … viel Glück.«

Die Verbindung wurde unterbrochen. Ich starrte den Hörer in meiner Hand noch einen schweren Herzschlag lang an, dann hängte ich ein und verließ die Telefonzelle.

Kim schlief, als ich in unser Zimmer zurückkehrte. Ich hatte einen großen Umweg gemacht, nicht nur, um vom Restaurant aus nicht mehr gesehen zu werden, sondern auch, um noch ein wenig Zeit für mich zu gewinnen, in der ich meine Gedanken ordnen konnte.

Es hatte nichts genutzt. Ich fühlte mich verunsicherter und verstörter als vor meinem Gespräch mit Kennedy und ich wusste weniger denn je, was ich tun sollte. Kennedys Worte hatten mir nicht einmal Aufschluss über die Frage gegeben, ob Bach und Majestic nun wirklich etwas mit dem Attentat auf seinen Bruder zu tun hatten oder nicht. Zweifellos wusste Bach mittlerweile, dass wir ihm das Trümmerstück gestohlen hatten: Ein Bruchstück des UFOs, das vor sechzehn Jahren in der Nähe von Roswell abgestürzt war und das er seither in einem Medaillon auf der Brust bei sich trug. Und ebenso zweifellos wusste er auch, wem wir dieses Trümmerstück zusammen mit anderen Informationen über Majestic-12 zugespielt hatten – und warum. Das alles jedoch war noch lange kein Beweis, dass Bach tatsächlich hinter dem Anschlag auf Kennedy steckte. Ebenso gut konnte er versuchen, die momentane Verwirrung auszunutzen, um sein Eigentum zurückzubekommen.

Ich schaltete kein Licht ein, als ich das Motelzimmer betrat, sondern tastete mich im Halbdunkeln zum Nachttisch, nahm den Fahrplan, den ich vorhin darauf gesehen hatte, und ging damit ins Bad. Bevor ich den Lichtschalter betätigte, schloss ich sorgsam die Tür. Ich wollte Kim nicht wecken. Nach allem, was hinter uns lag, hatte sie jede Minute Schlaf bitter nötig.

Der nächste Bus in Richtung Dallas ging in einer halben Stunde; Zeit genug, unser weniges Gepäck zusammenzupacken und ihn zu erreichen. Aber das hätte bedeutet, mitten in der Nacht dort anzutreffen, in einer Stadt, die sich vermutlich in einer Mischung aus Hysterie und Lähmung befand und in der man jedem Fremden mit Misstrauen und Argwohn begegnete. Und dazu kamen noch Bach und seine Leute. Es war besser, wir verbrachten die Nacht hier und gestalteten unseren Aufenthalt in Dallas so kurz wie möglich.

Der nächste Bus ging in gut drei Stunden; also konnte ich Kimberley noch zweieinhalb Stunden Schlaf gönnen – zweieinhalb Stunden, die wach zu bleiben *mir* wahrscheinlich umso schwerer fallen würden. Ich war zwar noch immer aufgewühlt und so nervös, dass es mir nicht einmal gelang, den Fahrplan ruhig in der Hand zu halten, aber die zurückliegenden Stunden begannen allmählich doch ihren Tribut zu fordern. Die Verlockung, mich neben Kim auf dem Bett auszustrecken, einfach nur, um meinen müden Gliedern ein wenig wohlverdiente Ruhe zu gönnen, war groß, aber ich durfte ihr nicht nachgeben. Wenn ich das tat, würde ich wahrscheinlich einschlafen und erst am nächsten Abend wieder wach werden. Und die Verabredung am nächsten Tag im Hotel TEXAS war vielleicht die letzte Chance, die wir noch hatten, jemals in ein wenigstens halbwegs normales Leben zurückzukehren.

Ich ließ das Licht im Badezimmer brennen, ging jedoch nicht in unser Apartment zurück, sondern lehnte mich gegen den Türrahmen und beobachtete Kimberley. Sie lag auf dem Bett und schlief, aber jetzt, nachdem sich meine Augen allmählich an die hier drinnen herrschende Dunkelheit gewöhnt hatten, sah ich auch, dass es kein ruhiger Schlaf war. Sie bewegte sich, warf den Kopf hin und her und stöhnte ganz leise. Ihre Lippen bewegten sich und formten unhörbare Worte. Sie hatte einen Albtraum. Natürlich hatte sie einen Albtraum. Wie hätte sie auch nach dem, was hinter uns lag, ruhig schlafen können?

Ich überlegte einen Moment, ob ich noch einmal ins Drive-in gehen und einen weiteren Kaffee trinken sollte, entschied mich dann aber dagegen. Ich wollte nicht, dass Kim sich allein in der Dunkelheit wiederfand, wenn sie während meiner Abwesenheit erwachte. So ging ich lautlos zum Fernseher, schaltete ihn ein und drehte den Ton ab, noch bevor die Bildröhre Zeit hatte, sich zu erwärmen und hell zu werden. Es dominierte immer noch die gleiche Art trister Berichterstattung: Auf allen vier Kanälen, die ich hereinbekam, waren Nachrichtensprecher mit erstarrten Gesichtern und leeren Blicken zu sehen. Trotzdem drehte ich den Ton behutsam wieder an, bis ich wenigstens bruchstückhaft verstehen konnte, was gesprochen wurde.

Obwohl der Ton gerade an der Schwelle des überhaupt Hörbaren war, war er vielleicht doch schon zu laut, denn Kimberleys Stöhnen nahm schlagartig zu, dann fuhr sie mit einem Schrei hoch, riss die Augen auf und sah sich mit einem Ausdruck um, auf den kein anderes Wort als *Panik* zutraf. Sie keuchte irgendetwas, das sich wie ein Name anhörte, aber ich verstand es nicht genau.

Mit einem Satz war ich bei ihr, schloss sie in die Arme und erschrak erneut, als ich spürte, wie rasend schnell ihr Puls ging. Sie war in Schweiß gebadet. Vielleicht hatte ich ihr keinen Gefallen getan, sie schlafen zu lassen.

»Es ist alles in Ordnung, Liebling«, murmelte ich. »Keine Angst. Du bist in Sicherheit. Es war nur ein Traum.«

Kim löste sich mit einiger Mühe aus meiner Umarmung, setzte sich noch weiter auf und sah mich auf eine Weise an, die mich schaudern ließ. Sie sah sich immer noch mit wilden Blicken um und das Zittern ihrer Hände nahm nicht ab, sondern im Gegenteil immer mehr zu. »Wo ist er?«, murmelte sie. »Wo …?«

»Wer?«, fragte ich, schüttelte aber praktisch in der gleichen Sekunde den Kopf und sagte noch einmal: »Es war nur ein Traum. Es ist vorbei, Liebling.«

Kimberley atmete hörbar ein, aber dann schüttelte sie entschieden den Kopf. »Nein«, sagte sie.

»Nein? Was meinst du damit?«

»Ich … bin nicht sicher«, antwortete Kimberley. Sie versuchte zu lächeln, aber es wurde nur eine nervöse Geste daraus, die ich nicht genau einordnen konnte. »Ich meine, es … es ist ein Traum, aber ich bin … nicht sicher. Vielleicht … ist es auch eine Erinnerung. Da ist ein Mann. Ein Astronaut.«

»Ein *Astronaut?«* Ich machte keinen Hehl aus meinem Zweifel.

»Er war … im Schiff«, murmelte Kimberley. »Oben, als … als ich auch dort war.«

Erst jetzt begann ich allmählich zu begreifen. »Das Schiff? Das Schiff der *Grauen?«*

»Hive«, antwortete Kimberley. »Sie nennen sich *Hive.«*

»Woher …?« Ich brach ab, ging rasch zur Tür und schaltete das Licht ein. Die plötzliche Helligkeit ließ Kimberley blinzeln, aber sie schien trotzdem nicht in der Lage zu sein, die Dunkelheit zu vertreiben. Es war ein völlig verrückter Gedanke, aber ich hatte plötzlich das Gefühl, dass Kimberley etwas aus ihrem Albtraum mit herüber in die Wirklichkeit gebracht hatte. Ich ging zurück zum Bett, setzte mich neben sie und streckte die Hand nach ihr aus, aber sie schien vor meiner Berührung zurückzuschrecken.

»Erzähle«, sagte ich leise. »Es ist nicht das erstemal, dass du diesen Traum hast, oder?«

»Ich war im Schiff«, murmelte Kim. »In jener Nacht, als sie mich geholt haben.«

»Warum hast du mir nichts davon erzählt?« Ich versuchte, jeden noch so schwachen Ton von Vorwurf aus meiner Stimme zu verbannen, spürte aber selbst, dass es mir nicht vollkommen gelang.

»Es ... es ist wie ein Albtraum«, antwortete Kim. Sie sah mich nicht an, sondern starrte an mir vorbei in eine Leere, die mit einem namenlosen Schrecken erfüllt zu sein schien. »Ich weiß nicht, was wahr ist und was nicht. Bilder, Erinnerungen, Geräusche ...« Sie brach ab. Ihr Atem ging schneller und das Zittern ihrer Hände wurde immer schlimmer.

»Nicht«, sagte ich. »Quäl dich nicht.«

Sie schüttelte den Kopf. »Ich will darüber reden«, flüsterte sie. »Ich wollte es die ganze Zeit, aber ... ich konnte es nicht. Es ist ... so schwer. Als wäre da etwas, was mich daran zu hindern versucht.«

Ich war nicht einmal überrascht. Erschrocken, ja, aber nicht wirklich überrascht. Kim war Gefangene der *Hive* gewesen und etwas war von dieser Gefangenschaft zurückgeblieben. Wäre es nicht so gewesen, dann wären sie und ich in dieser Nacht wahrscheinlich schon nicht mehr am Leben gewesen. Kim war in der Lage, die Nähe eines Menschen zu spüren, der von einem Ganglion besessen war.

»Woran erinnerst du dich?«, fragte ich.

»Ich war im Schiff. Aber da war nur ... nur ein dunkler Raum. Und ... andere.«

»Graue?«, fragte ich.

Kim verneinte. »Menschen. Ich glaube, sie ... sie hatten sie auch entführt. Aber ich konnte niemanden erkennen. Niemanden bis auf den Astronauten. Ich kenne ihn.«

»Woher?«

Kim deutete mit einer Kopfbewegung auf den Fernseher. »Ich habe ihn gesehen. Ich … weiß seinen Namen nicht, aber ich glaube, er wird mit einer der nächsten Mercury-Missionen fliegen. Er hat mit mir geredet.«

»Über was?«

»Das weiß ich nicht«, antwortete Kim. »Ich glaube, er … er hat mich um Hilfe gebeten. Aber ich konnte nichts tun. Ich konnte mich nicht bewegen.« Ihre Stimme wurde noch leiser, gleichzeitig aber auch ruhiger. Ihre Hände hatten aufgehört zu zittern.

»Da war etwas«, fuhr sie fort. »Ein … Geschöpf. Kein Grauer. Ein Einäugiger … fast wie ein Zyklop aus der griechischen Sage. Aber ich … ich kann mich nicht erinnern.«

»Lass dir Zeit«, sagte ich. »Vielleicht ist es nicht gut, wenn du dich zu sehr erinnerst. Manche Dinge sind vielleicht dafür bestimmt, vergessen zu werden.«

»Es ist wichtig«, widersprach Kim. »Wir müssen es verhindern. Etwas Schreckliches wird passieren. Etwas … tief unter der Erde. Es hat mit diesem … diesem Start zu tun.«

»Dem Mercury-Start?« Ich sagte nichts weiter dazu – was auch? Selbst wenn wir die Möglichkeit gehabt hätten, uns um diesen ominösen Astronauten oder den *Zyklopen* zu kümmern – wir hatten im Moment weiß Gott Wichtigeres zu tun. Zum Beispiel, am Leben zu bleiben.

»Ich möchte hier weg«, sagte Kim plötzlich. »Hast du Kennedy erreicht?«

»Vor einer halben Stunde, ja. Er hat mir eine Adresse gegeben. Ein Kontaktmann wartet morgen auf uns.« Ich runzelte die Stirn. »In Dallas«, sagte ich.

Sie ging nicht darauf ein. »Wann geht der nächste Bus?«

Ich sah auf die Uhr. »In zehn Minuten. Aber …«

»Dann sollten wir uns lieber beeilen.« Kimberley stand mit einer fließenden Bewegung auf. Sie wirkte noch immer nervös, jetzt aber auf eine andere Art als noch vor wenigen Minuten.

»Warum so eilig? Wir können genauso gut den nächsten Bus nehmen und …«

»Ich möchte hier weg«, beharrte Kim. »Frag mich nicht, warum, aber ich habe kein gutes Gefühl. Irgendetwas wird passieren, wenn wir hier bleiben. Ich weiß es.«

Ich fragte Kim nicht, warum. Und ich zweifelte auch nicht an ihrer Vorahnung. Ich bin kein abergläubischer Mensch, aber ich hatte gelernt, auf Kims Ahnungen zu hören.

Während Kimberley ins Bad ging, um sich hastig ein wenig frisch zu machen, suchte ich unsere wenigen Habseligkeiten zusammen und packte sie in den einzigen Koffer, der uns noch geblieben war. Bisher hatte ich es erfolgreich vermieden, mich mit dem Gedanken auseinander zu setzen, aber wir hatten ein weiteres Problem. In Anbetracht dessen, was hinter uns lag, erschien es geradezu banal, aber es war da und es lag in seiner Natur, dass es mit jedem Tag größer wurde: Wir hatten nicht mehr viel Geld. Unser Aufbruch aus Washington war ziemlich überhastet gewesen; und es war noch nicht die Zeit der Kreditkarten und Geldautomaten. Das Motelzimmer und die beiden Buskarten nach Dallas hatten fast die Hälfte unserer Barschaft aufgezehrt.

»Erinnere mich daran, dass ich Kennedy um Geld bitte«, rief ich Kim durch die offen stehende Tür zum Bad hin zu. »Wenn wir Geld von unserem Konto abheben, können wir Bach auch gleich unsere Adresse durchgeben.«

Ich bekam keine Antwort und plötzlich fiel mir auch auf, dass Kims gedämpftes Hantieren verstummt war. Ich stand eine Sekunde lang reglos da, dann ging ich rasch ins Bad.

»Kim? Alles in Ordnung?«

Kimberley stand vor dem Waschbecken. Sie hatte beide Hände auf den Beckenrand gestützt und starrte aus weit aufgerissenen Augen in den Spiegel. Sie war sehr blass.

»Was ist los?«, fragte ich alarmiert.

»Sie sind hier«, flüsterte Kimberley.

Diesmal begriff ich sofort, was sie meinte.

»Ganglien?«

»Sie ... kommen näher«, murmelte Kim. »Einer. Vielleicht zwei ... Ich ... weiß es nicht.«

Ich starrte ihr Gesicht im Spiegel noch eine Sekunde lang an, dann fuhr ich auf dem Absatz herum, ging zur Tür und hob die Hand, um das Licht auszuschalten, besann mich im letzten Augenblick aber eines Besseren. Die Vorhänge waren zugezogen, aber natürlich war das Licht von draußen deutlich zu sehen. Es auszuschalten, wäre ein schwerer Fehler gewesen. Stattdessen zog ich die Gardine einen winzigen Spalt breit auf und spähte hinaus.

Und direkt in Steels Gesicht.

Ein elektrischer Schlag hätte mich kaum härter treffen können. Ich fuhr so heftig zusammen, dass Steel die Bewegung einfach sehen *musste.* Ich war hundertprozentig sicher, dass er in der nächsten Sekunde herumfahren und mich kurzerhand durch das Fenster hindurch erschießen würde. Stattdessen griff er in aller Seelenruhe in die Jackentasche, zog eine Zigarettenpackung hervor und ließ ein Feuerzeug aufschnappen. Im Licht der kleinen, flackernden Flamme konnte ich sein Gesicht in aller Deutlichkeit erkennen.

Es hatte sich verändert. Von seinem Jochbein bis hinunter zum Kinn erstreckte sich ein dunkler, unförmig angeschwollener Bluterguss. Seine Unterlippe war gesprungen und voller Schorf und das linke Auge war grau geliert. Unsere letzte Begegnung war zu seinem Nachteil ausgegangen, aber ich war mir nur zu deutlich bewusst, dass damals das Glück auf unserer Seite gewesen war. Als er uns in unserer Wohnung aufgesucht hatte, war er noch davon ausgegangen, dass wir ihm vertrauen würden, dass ich ihn als einen Kollegen betrachten und in keinster Weise verdächtigen würde. Damit hatten wir das Überraschungsmoment auf unserer Seite. Trotzdem war es zum Kampf auf Leben und Tod gekommen und ich hatte nach unserer Flucht aus der Wohnung keine andere Möglichkeit gehabt, als den wie einen Berserker auf uns losgehenden Steel mit dem Auto zu überfahren. Der Zusammenprall mit unserem Wagen hatte ihm nicht den Schädel eingeschlagen, wie ich jetzt erkennen musste, aber er hatte ihn ein Auge gekostet. Ich empfand keinerlei Zufriedenheit bei diesem Anblick; nicht einmal Beruhigung. Steel war angeschlagen, aber das machte ihn keinen Deut weniger gefährlich. Ganz im Gegenteil.

Steel löschte sein Feuerzeug, nahm einen Zug aus seiner Zigarette, der sein deformiertes Gesicht noch einmal in düsterrotes Licht tauchte, und drehte sich vom Fenster weg. Eine Fifty-fifty-Chance. Hätte er sich in die andere Richtung herumgedreht, dann hätte er mich gesehen. Unsere Gesichter waren durch eine dünne Glasscheibe und nicht mehr als zwanzig Zentimeter getrennt. Aber diesmal war das Schicksal auf meiner Seite. Bachs Bluthund entfernte sich mit langsamen, fast gemächlichen Schritten, wobei er ab und zu an seiner Zigarette zog. Erst als er gute zehn Meter entfernt war, wagte ich es, die Gardine wieder zufallen zu lassen und mich zu Kim herumzudrehen.

»Steel«, sagte ich.

Kimberley runzelte ungläubig die Stirn. »Steel? Aber er muss doch tot sein!«

»Oder wenigstens schwer verletzt.« Ich nickte, schüttelte aber praktisch in der gleichen Bewegung auch den Kopf. »Das dachte ich auch. Aber er ist es nicht.«

»Aber wie kann er wissen, dass wir hier sind?«, murmelte Kim.

»Ich habe nicht die geringste Ahnung«, antwortete ich wahrheitsgemäß. Es war im Grunde nicht nur erstaunlich, dass Steel hier auftauchte, sondern praktisch unmöglich. Selbst wenn Bach mein Telefongespräch mit Bobby Kennedy abgehört hätte – es lag noch keine halbe Stunde zurück. Die Zeit hätte niemals gereicht, unseren Aufenthaltsort zu ermitteln und hierher zu kommen!

»Und … wenn er meine Nähe spürt?«, flüsterte Kim. »Wenn er mich aufspüren kann, so wie … wie ich ihn?«

Ich starrte sie an. Der Gedanke war entsetzlich; so sehr, dass ich mich einfach weigerte, auch nur darüber *nachzudenken.* »Wenn es so wäre, wäre er jetzt schon hier drinnen«, antwortete ich; ohne wirkliche Überzeugung, aber zumindest mit Nachdruck in der Stimme. Mehr, um mich wirklich von dem zu überzeugen, was ich sagte, fügte ich noch hinzu: »Oder tot.«

Kimberley starrte mich aus schreckgeweiteten Augen eine Sekunde lang an, dann trat sie an mir vorbei, zog die Gardine einen Finger breit auf und sah hinaus.

»Was tut er?«

Kimberley zuckte mit den Schultern. »Er steht nur da und raucht«, antwortete sie. »Als ob er auf etwas wartet. Aber worauf? Da kommt der Bus.«

Ich griff nach unserem Koffer, drehte mich herum und deutete auf das Fenster auf der anderen Seite des Zimmers. »Los.«

Wir kletterten hintereinander aus dem Fenster. Kim stellte sich wie üblich geschickter an als ich. Sie ersparte sich diesmal jedoch die spöttischen Bemerkungen, die sie in solchen Situationen normalerweise immer in niemals endenden Variationen bereit hatte. So lautlos, dass nicht einmal ich ihre Schritte hörte, obwohl ich unmittelbar hinter ihr ging, huschte sie vor mir her zur Ecke des Gebäudes, blieb einen Moment stehen und spähte dann vorsichtig zuerst nach rechts, dann nach links. Nach einer letzten Sekunde des Zögerns lief sie mit schnellen, aber immer noch beinahe lautlosen Schritten los. Der Greyhound stand auf der anderen Seite des Parkplatzes, vielleicht fünfzig oder sechzig Schritte entfernt. In der Stille, die mit der Nacht endgültig Einzug gehalten hatte, klang das Geräusch des im Leerlauf brummenden Motors überlaut – aber es reichte trotzdem nicht, um das unserer Schritte vollkommen zu überdecken.

Ich warf einen hastigen Blick über die Schulter zurück.

Von Steel war nichts mehr zu sehen, aber die Tür des benachbarten Apartments stand offen. Die Vorstellung, dass Steel sich einfach in der Zimmernummer geirrt haben sollte, erschien mir geradezu lächerlich. Aber vielleicht war das unsere einzige Chance. Steel – das *Ding*, das aussah wie Steel, verbesserte ich mich in Gedanken – würde keine Sekunde zögern, uns auch in einem voll besetzten Bus zu erschießen.

Als wäre dieser Gedanke ein Stichwort gewesen, wehte in dieser Sekunde ein dumpfer Knall an mein Ohr; eigentlich mehr ein *Plopp*, wie das Öffnen einer Sektflasche. Eine Sekunde später erfolgte ein zweites, gedämpftes *Plopp*. Vielleicht tatsächlich das Geräusch, das beim Öffnen einer Sektflasche entsteht. Vielleicht aber auch der charakteristische Laut eines Schalldämpfers. Und eigentlich auch nicht *vielleicht*. Ich hatte während meiner Ausbildung bei Majestic oft genug mit einer Waffe mit Schalldämpfer gefeuert, um ihn zu erkennen.

Kimberley, die nicht durch einen Koffer behindert war, hatte den Bus mittlerweile erreicht, und auch ich legte einen kurzen Zwischenspurt ein. Als ich um die Ecke des Drive-in bog, sah ich noch einmal über die Schulter zurück und erkannte eine dunkle Gestalt, die aus der Tür des Motelzimmers stürmte und sich nach links wandte. Steel hatte seinen Irrtum bemerkt. Er würde weitere Sekunden verlieren, in denen er auch noch Löcher in die Kopfkissen auf unseren Betten schoss.

Ich hechtete regelrecht in den Bus, ließ den Koffer fallen und grub mit fliegenden Fingern nach den Tickets. Natürlich fand ich sie nicht sofort und brauchte länger, als wenn ich Ruhe bewahrt hätte. Der Busfahrer sah mich stirnrunzelnd an. Er ersparte sich jeden Kommentar, aber ich rief mich selbst in Gedanken zur Ordnung. Wir durften kein Aufsehen erregen. Das Leben auf der Flucht gehorchte anderen Regeln als denen, nach denen wir bisher gelebt hatten. Alles, woran Menschen sich erinnern konnten, war schlecht. Wir mussten lernen, unsichtbar zu werden.

Ich zwang mich mit aller Kraft, mit zur Schau gestellter Ruhe abzuwarten, bis der Fahrer unsere Tickets entwertet hatte, nahm den Koffer wieder auf und ging zu Kim, die im hinteren Teil des Greyhounds Platz genommen hatte. Erst dann gestattete ich mir einen Blick nach draußen. Der Parkplatz und das Motel lagen dunkel und reglos da. Steel war nicht zu sehen. Als ich mich neben Kim auf den kalten Kunstledersitz sinken ließ, schlossen sich die Türen mit einem durchdringenden Zischen und einen Augenblick später setzte sich der Greyhound in Bewegung. Steel tauchte nicht auf.

Aber keine zehn Minuten, nachdem der Greyhound das Motel verlassen und sich auf den Weg nach Dallas gemacht hatte, kam uns ein Wagen der Highway-Patrol mit heulenden Sirenen entgegen.

23. November 1963, 8:24

Hotel ›Texas‹, Fort Worth

Das Hotel TEXAS gehörte nicht zur obersten Preisklasse, rangierte aber in einer Kategorie, in der Leute wie Kim und ich normalerweise nicht abstiegen. Die Wagen, die vor der Tür parkten, waren groß und schwarz und schienen zum überwiegenden Teil aus Chrom und überdimensionalen Weißwandreifen zu bestehen, und vor der vierflügeligen Glastür stand ein Portier in einer pedantisch gebügelten Livree, der jeden, der an dem Hotel vorbeiging, misstrauisch beäugte. Offensichtlich hatte man den Mann hauptsächlich nach seiner Statur ausgewählt. Er war ungefähr so groß wie das Hotel und seine Schultern waren breit genug, um einen Schlachtkreuzer dahinter zu verstecken.

»Gib dir keine Mühe«, sagte Kim spöttisch. »Den schaffst du nicht.«

Ich sah sie einen Moment lang verständnislos an. Wir hatten in einem kleinen Café gegenüber dem Hotel Platz genommen; zwei der insgesamt nur fünf Tische standen vor dem Fenster, so dass wir das TEXAS im Auge behalten konnten, ohne selbst gesehen zu werden. »Wie?«

»Du siehst ihn an wie ein Profiboxer, der seinen Gegner mustert und nach einer schwachen Stelle sucht«, antwortete Kim. Mit einem angedeuteten Augenzwinkern fügte sie hinzu: »Das ist nicht deine Gewichtsklasse, weißt du?«

»Das ist nicht komisch«, antwortete ich.

»Ich habe ja auch nicht gelacht, oder?« Kimberley nippte an ihrem Kaffee und wurde plötzlich sehr ernst. »Ich kann so nicht leben, John. Nicht auf Dauer.«

»Das müssen wir auch nicht«, log ich. »Kennedy hat uns bestimmt nicht aus Langeweile hierher bestellt. Wir werden Bach das Handwerk legen.«

»Falls Steel uns nicht vorher erwischt.«

Ich sagte nichts dazu. Kim hatte Recht, aber ich hatte in der zurückliegenden Nacht einfach ein paarmal zu oft an Steel gedacht – um genau zu sein, es war keine Sekunde vergangen, in der ich nicht an Steel gedacht hatte. Kim und ich hatten abwechselnd jeweils ein paar Stunden geschlafen, doch in der Zeit, in der ich wach gewesen war, hatte ich jeden Wagen misstrauisch beäugt, der den Bus überholt hatte. Keiner davon hatte versucht, den Bus abzudrängen oder sich quer auf den Highway zu stellen, um ihn zum Anhalten zu zwingen, und es waren auch keine Schüsse durch das Fenster gedrungen. Aber ich war dabei, mich selbst in eine gehörige Paranoia hineinzusteigern. Es gelang mir nicht, Steel ganz aus meinen Gedanken zu verbannen, aber immerhin konnte ich ihn in eine Ecke drängen, in der er mein Bewusstsein nicht zur Gänze beherrschte.

»Ich hoffe, er lässt mich durch«, sagte ich mit einer entsprechenden Kopfbewegung hin zum Portier. »Ich bin nicht gerade stadtfein.«

Das war noch geschmeichelt. Mein Anzug sah aus, als hätte ich darin geschlafen; und streng genommen hatte ich das ja auch.

Statt auf meine Worte zu reagieren, sah Kim auf die Armbanduhr und sagte dann: »Es wird Zeit.«

Ich trank den letzten Schluck Kaffee aus meiner Tasse, beugte mich unter den Tisch und drehte den Koffer, den ich darunter geschoben hatte, so herum, dass sein Inhalt allen neugierigen Blicken verborgen blieb, als ich ihn aufklappte. Meine Hände zitterten leicht, als ich die Waffe herausnahm und in die Zeitung schob, die wir vor einer halben Stunde gekauft hatten. Ich hatte sie nicht gelesen und ich würde es wahrscheinlich auch nicht tun. Ich wusste, was darin stand, und Kim und ich waren wahrscheinlich zwei von sehr wenigen Menschen auf der ganzen Welt, die wussten, dass es nicht die Wahrheit war.

Ganz plötzlich hatte ich das Gefühl, unter der Last dieses Geheimnisses zusammenbrechen zu müssen. Ich wollte aufspringen, losschreien, jedem hier im Café und jedem draußen auf der Straße die Wahrheit ins Gesicht schreien. Stattdessen klappte ich den Koffer mit einer schon übertrieben pedantischen Bewegung wieder zu, klemmte die Zeitung mit der darin verborgenen Waffe unter den linken Arm und stand auf.

»Behalt das Hotel im Auge«, sagte ich. »Zimmer 422. Wenn irgendetwas Auffälliges passiert, ruf an.«

»Und du spiel bitte nicht den Helden«, sagte Kim ernst. »Ich brauche dich noch.«

Ich verließ das Café, überquerte mit schnellen Schritten die Straße und betrat das Hotel. Der Portier machte keinen Versuch, mich aufzuhalten oder auch nur anzusprechen, aber ich konnte seine missbilligenden Blicke mit fast körperlicher Intensität spüren. Hätte mein Anzug nur zwei oder drei Falten mehr gehabt, hätte er mich wahrscheinlich nicht hereingelassen.

Das TEXAS empfing mich mit vornehmer Stille. Das Foyer war größer, als ich erwartet hatte, aber nicht besonders gut beleuchtet; gut zwei Dutzend kleiner Tischlampen erzeugten mehr Schatten als Helligkeit, aber für meinen Geschmack waren einfach zu viele Leute hier: zwei oder drei Paare unterschiedlichen Alters, ein paar junge Männer, die miteinander redeten oder Zeitung lasen ... Ich schüttelte den Gedanken mit aller Kraft ab. Möglicherweise lief ich in eine Falle. Wenn Bach oder gar Steel mein Gespräch vergangene Nacht belauscht hatten, erwarteten sie mich sogar mit Sicherheit. Aber ich hatte keine Wahl. Wenn Bachs Leute tatsächlich hier irgendwo auf mich warteten, dann würde ich sie erst dann bemerken, wenn es sowieso zu spät war. Die Majestic-Agenten verstanden ihr Handwerk, das wusste ich. Schließlich hatte ich vor drei Tagen noch zu ihnen gehört.

Aber ich erreichte den Lift unbehelligt. Als die Türen aufglitten, warteten weder Steel noch ein anderer Killer auf mich. Ich drückte den Knopf für die fünfte Etage, wich bis an die verspiegelte Rückwand zurück und schob die rechte Hand in die zusammengelegte Zeitung. Der Stahl der Waffe, die darin verborgen war, fühlte sich eiskalt an, und er erfüllte mich weder mit Sicherheit, noch gab er mir irgendein Gefühl der Stärke. Ich war kein Kämpfer. Einem Mann wie Steel war ich nicht gewachsen, ob mit oder ohne Ganglion im Hirn.

Der Aufzug hielt an. Ich verließ die Kabine, sah sichernd nach rechts und links und wandte mich dann der Tür am Ende des langen, mit teuren Teppichen ausgelegten Flurs zu. Bevor ich sie öffnete, blieb ich eine Sekunde mit angehaltenem Atem stehen und lauschte, ohne allerdings auch nur den mindesten Laut zu hören. Rings um mich herum herrschte eine Stille, die schon fast *zu* tief war. Aber dies war ein teures Hotel. Die Zimmer würden schallisolierte Türen haben und die dicken Teppiche auf dem Boden mussten zusätzlich jeden Laut verschlucken. Es war alles in Ordnung. Der Einzige, mit dem hier etwas nicht stimmte, war ich selbst.

Ich betrat das Treppenhaus, lauschte noch einmal eine Sekunde und ging dann mit schnellen Schritten eine Etage nach unten. Nichts von alledem, was ich hier tat, hatte wahrscheinlich irgendeinen Sinn. Schließlich hatte ich genau die Techniken, mit denen ich seit zwei Tagen versuchte, meine Verfolger abzuschütteln, von genau diesen Verfolgern gelernt. Aber ich fühlte mich einfach besser, wenn ich es wenigstens versuchte.

Auch in der vierten Etage wartete niemand auf mich. Ich ging bis zum Zimmer 422 und daran vorbei, lauschte erneut, ohne irgendetwas zu hören, machte auf dem Absatz kehrt und klopfte. Eine halbe Sekunde lang war ich hundertprozentig sicher, dass die Antwort aus einem dumpfen Knall und einem zersplitterten Loch in der Tür und einem sehr viel größeren Loch in meiner Brust bestehen würde.

Statt dessen herrschte eine Sekunde Schweigen. Dann

hörte ich Schritte, die sich der Tür näherten, und eine gedämpfte Stimme fragte: »Ja?«

»*Dark Skies*«, antwortete ich. Gleichzeitig zog ich die Hand mit der Pistole aus der Zeitung. Ich konnte hören, wie ein Schlüssel im Schloss gedreht wurde. Einen Augenblick später öffnete sich die Tür einen Spalt breit und ein halbes Gesicht und die Mündung einer großkalibrigen Pistole lugten zu mir heraus.

»Eigentlich ist es ein sehr schöner Tag«, sagte mein Gegenüber. »Es ist kühl, aber der Himmel ist nicht dunkel.«

Mir war wirklich nicht nach Scherzen zumute. »Mister Robert schickt mich«, antwortete ich ungeduldig. »Wollen wir uns hier draußen auf dem Flur unterhalten?«

»Mister Robert, so? Verkauft er immer noch alte Autos zu Wucherpreisen?« Die Tür wurde vollends geöffnet und ich konnte auch den Rest des Gesichtes erkennen. Mein Gegenüber war ein schmaler, kleinwüchsiger Mann Ende fünfzig, dessen Gesicht wahrscheinlich sehr gutmütig gewirkt hätte, hätte es nicht einen vollkommen verstörten Eindruck gemacht.

»Kommen Sie rein«, sagte er überflüssigerweise. »Und nehmen Sie die Waffe runter. Meine ist sowieso größer ... Und nebenbei auch entsichert.«

Er hatte mit beidem Recht. Die Magnum, mit der er auf mich zielte, wirkte in seinen schmalen Händen noch größer, als sie sowieso schon war, und ich hatte *meine* Pistole tatsächlich nicht entsichert. Mit einem verlegenen Grinsen ließ ich sie in der Manteltasche verschwinden, trat vollends an ihm vorbei und wartete, bis er die Tür wieder zugeschoben und sorgsam abgeschlossen hatte. Im Gegensatz zu mir steckte er seine Waffe nicht ein, sondern ging an mir vorbei, nahm Platz und legte sie griffbereit vor sich auf den Tisch. Allein die Art, mit der er sich bewegte, machte mir klar, dass meine erste Einschätzung vielleicht nicht richtig gewesen war. Der Mann sah aus wie ein Handelsvertreter für Staubsauger oder Toaster, aber das war er ganz bestimmt nicht.

Ich setzte mich, deutete mit einer Kopfbewegung auf die Waffe und sagte: »Robert Kennedy hat Sie also bereits unterrichtet.«

»Ich weiß, was ich wissen muss«, antwortete er. »Nicht weniger, aber auch nicht mehr. Sind Sie John?«

»John Loengard«, bestätigte ich.

»John reicht«, sagte er ohne jede Spur einer Zurechtweisung in der Stimme. »Manchmal ist es nicht gut, mehr zu wissen, als man unbedingt wissen muss.«

»Und ich dachte, ich wäre der Einzige hier, der paranoid ist«, antwortete ich lächelnd.

Mein Gegenüber blieb vollkommen ruhig, griff aber in die Jackentasche und zog eine schwere Hornbrille heraus, wodurch er sich zumindest äußerlich nun vollends in einen Handlungsreisenden für Haushaltswaren verwandelte. Vielleicht auch in einen Bibelverkäufer.

»Wenn Sie es Paranoia nennen, müssen Sie noch eine Menge lernen, mein Junge«, sagte er. »Ich nenne es Überleben. Mein Name ist Marcel. Warum hat Kennedy Sie geschickt?«

»Marcel?«, fragte ich überrascht. »Jesse Marcel? Der Öffentlichkeitsbeauftragte von Roswell?«

»Ist Ihnen jemand gefolgt?«, fragte Marcel, ohne meine Frage zu beantworten.

»Nein«, antwortete ich. Sein Blick blieb durchdringend und aus irgendeinem Grund fühlte ich mich genötigt, mich selbst zu verbessern: »Ich glaube nicht. Jedenfalls habe ich niemanden bemerkt. Mister Kennedy sagte, Sie hätten etwas für mich.«

Marcel griff in die gleiche Tasche, aus der er gerade seine Brille gezogen hatte, nahm ein schweres, vergoldetes Feuerzeug heraus und legte es vor sich auf den Tisch. Ich wollte danach greifen, führte die Bewegung aber nicht zu Ende; vielleicht, weil er das Feuerzeug unmittelbar neben seine Waffe gelegt hatte. Marcel verzog flüchtig – geringschätzig? – die Lippen und versetzte dem Feuerzeug einen Stoß, der es über die Glasscheibe schlittern ließ, so dass ich mich hastig vorbeugen musste, um es aufzufangen.

»Ich will es aufgeben«, sagte er ironisch.

Hilflos drehte ich das Feuerzeug in den Händen, klappte es auf und drehte am Zündrad. Die Flamme brannte ruhig und gleichmäßig und verbreitete den charakteristischen Benzingeruch.

»Es funktioniert«, sagte Marcel. »Sie wissen doch, John: Amerika, das Land der unbegrenzten Möglichkeiten. Wenigstens, was die Technik angeht. Nur die Wahrheit zählt hier leider nicht allzu viel. Sie kann sogar gefährlich werden. Aber das«, fügte er mit einer Geste auf die Jackentasche hinzu, in die ich die Pistole gesteckt hatte, »haben Sie ja wohl schon selbst gemerkt. Wer ist die Blondine, die drüben im Café sitzt und das Hotel beobachtet?«

»Meine Freundin«, antwortete ich überrascht. »Das haben Sie gemerkt?«

Marcel lächelte. Er sagte nichts.

»Sie ... haben den Präsidenten noch gesprochen, bevor ...«

»Ja«, antwortete Marcel, ehe mein Schweigen lange genug anhalten konnte, um peinlich zu sein. Ich fragte mich, ob er wusste, wie groß *meine* Rolle in dieser Geschichte war. Wahrscheinlich ziemlich genau. Wenn er mit Kennedy gesprochen hatte, dann wusste er wahrscheinlich alles. »Aber ich wünschte mir fast, ich hätte es nicht. Er hat mich am Abend zu sich gerufen. In der Nacht, bevor er ermordet wurde.«

»Was hat er Ihnen erzählt?«, fragte ich.

»Nicht viel«, antwortete Marcel. »Wir hatten nur eine Stunde. Und er hat mich mit Fragen durchlöchert. Wir wollten uns noch einmal treffen. Gestern. Aber es kam nicht mehr dazu.«

»Ich weiß«, antwortete ich. »Ich sollte bei diesem Treffen dabei sein.«

»Sie, ich und eine Menge anderer Leute«, bestätigte Marcel. »Kennedy hatte vor, eine ganze Gruppe von Spezialisten zusammenzustellen. Männer von der NASA, dem Geheimdienst, ein paar Eierköpfe von der Universität...« Marcel ließ den Satz unbeendet verklingen und weidete sich an meinem fragenden Gesichtsausdruck, dann zog er eine einzelne Zigarette aus der Hemdtasche, steckte sie sich zwischen die Lippen und beugte sich vor, um mir das Feuerzeug aus der Hand zu nehmen. Er zündete umständlich die Zigarette an, klappte das Feuerzeug zu und schraubte mit einer raschen Bewegung den Boden ab. Aus dem vergoldeten Gehäuse glitt ein silbrig funkelndes Päckchen, das sich lautlos und elegant vor unseren Augen zu einem doppelt handtellergroßen, dreieckigen Metallstück auseinander faltete.

Es war das drittemal, dass ich diesen unheimlichen Effekt beobachtete, aber der Vorgang hatte dadurch nichts von seiner Faszination verloren. Das Metall – *wenn* es Metall war – war dünner als das dünnste Papier, das ich jemals gesehen hatte, und offenbar vollkommen schwerelos, denn es sank nicht auf den Tisch herab, sondern blieb ganz sacht zitternd in der Luft darüber hängen. Marcel beugte sich vor und blies eine Rauchwolke gegen eine der drei Ecken. Die Metallplatte begann sich langsam im Uhrzeigersinn zu drehen. Das Sonnenlicht, das durch das Fenster hereinströmte, brach sich auf den feinen Linien und Rillen auf seiner Oberfläche und ließ ein Feuerwerk von Regenbogenfarben entstehen, die ein verwirrendes, sich ständig veränderndes Muster bildeten.

»Faszinierend, nicht?«, fragte Marcel, während die Folie schließlich doch langsam auf den Tisch sank, nicht der Schwerkraft folgend, sondern wie aus eigenem Antrieb. Seine Stimme nahm einen sonderbaren Klang an: eine kaum einzuordnende Mischung aus Faszination, Ehrfurcht und ... Angst? »Haben die Schlaumeier in Washington herausbekommen, was das eigentlich ist?«, fragte er.

»Wenn ja, dann hat es mir niemand gesagt«, antwortete ich. Ich streckte die Finger aus und berührte die Folie. Für einen Moment sah es so aus, als würde sich ein Ring darauf bilden, so als hätte jemand einen Stein in einen Teich geworfen, und das grelle Licht der Sommersonne brach sich in der kreisförmigen Welle. Aus irgendeinem Grund erinnerte mich das an die Farm meiner Eltern, an die unbeschwerten Tage, die ich mit meinen Geschwistern an dem kleinen Weiher hinter dem Haus verbracht hatte. »Sie sagten, es sei aus dem Wrack des UFOs.«

Marcel schnaubte verächtlich. »Ich war da, als sie die Reste aufsammelten, mein Freund. Ich habe eine Menge seltsames Zeug gesehen, aber das hier war nicht dabei. Ich habe noch nie zuvor etwas Ähnliches gesehen. Wo haben Sie es her, von Bach? Hat er Ihnen erzählt, es wäre aus Roswell?«

»Bach«, wiederholte ich. Ich behielt Marcel aufmerksam im Auge. Der Name schien keine guten Erinnerungen in ihm zu wecken. »Sie kennen ihn?«

Marcel starrte mich unfreundlich an. »Packen Sie es weg, in Ordnung?«

Ich gehorchte. Ich berührte es in der Mitte und es faltete sich gehorsam wieder zusammen. Während ich es wieder in das Feuerzeug steckte, erhob sich Marcel. »Nun«, sagte er gedehnt, »damit trennen sich unsere Wege. Ich habe Frau und Kinder, ich muss mich nicht zur Zielscheibe machen für eine verlorene Sache.«

Ich blieb sitzen. »Was ist in Roswell wirklich passiert?«, fragte ich ihn.

Marcels Brillengläser blitzten auf, als er sich mir wieder zuwandte. »Sie haben bekommen, weswegen Sie hergekommen sind, also hauen Sie besser wieder ab.«

Ich steckte das Feuerzeug ein, ohne den Blick abzuwenden. »Ich habe Anweisung, den Beweis zu holen und in Erfahrung zu bringen, was Sie dem Präsidenten erzählt haben. Ich will die ganze Geschichte hören.«

Der ehemalige Pressesprecher von Roswell betrachtete mich gelassen. Ich vermutete, dass er derartige Aufforderungen in den vergangenen Jahren schon oft gehört hatte. »Ich weiß nicht, ob ich wütend auf Sie sein soll oder dankbar«, sagte er schließlich.

»Warum?«, fragte ich überrascht.

»Weil Sie etwas geschafft haben, was ich fünfzehn Jahre lang vergeblich versucht habe.« Er grinste, eine freudlose Grimasse. »Sagen Sie mir, was damals passiert ist.«

»Ein Wetterballon ist abgestürzt«, antwortete ich. »Jedenfalls ist das die offizielle Version. In Wahrheit war es ein UFO. Ein Raumschiff von einem anderen Planeten, das Schiffbruch erlitten hat.«

»Ganz so war es nicht«, erwiderte Marcel. Zwei, drei Sekunden lang saß er einfach nur da. Das unmerkliche Zögern in seinen Worten entging mir nicht. Ich war sicher, dass er eigentlich etwas ganz anderes hatte sagen wollen, verzichtete aber darauf, nachzuhaken. Ich spürte instinktiv, dass ich am meisten erfahren würde, wenn ich ihn einfach reden ließ.

»Ich weiß nur, was ich gesehen habe«, sagte er dann. »Wir hatten einen improvisierten Landeplatz vorbereitet, mitten in der Wüste. Keine Ahnung, wer sich für diesen Ort entschieden hatte. Wir haben drei Lastwagen verloren, weil die verdammte Straße im Frühling unterspült worden war, und den Mistkerlen von der Navy war das vollkommen egal. Befehle, haben sie gesagt.« Marcel verzog das Gesicht. »Nun, es war ihre Show. Roswell war ein Luftwaffenstützpunkt der Armee, damals und in diesen Monaten zufälligerweise auch vorübergehend Depot für die wenigen Bomben, die wir zu diesem Zeitpunkt hatten. Ich war bei der Armee, als der Marinegeheimdienst erschien mit einer Anweisung des Nationalen Sicherheitsrates, und am nächsten Tag standen wir alle mit einem Spaten in der Hand irgendwo in den Hügeln – buchstäblich.« Er lachte. Sein Gesicht hatte sich entspannt, so als habe er sich in vielen Jahren eine verächtliche Distanz antrainieren können, zu der er nun wieder Zuflucht nahm. »Ich war Verbindungsoffizier zu

Bach und den anderen Einsatzleitern; und die Army-Truppe aus Roswell bediente die Radargeräte … nicht dass viel dabei herausgekommen wäre.« Er lachte. »Was immer es war, es schlug Haken um unsere Scheinwerfer und verschwand von den Bildschirmen, als hätte man sie abgeschaltet. Am Ende fiel auch noch der Strom aus, aber zu dem Zeitpunkt war es sowieso nicht mehr wichtig. Wir konnten es mit bloßem Auge sehen, über uns, ein dunkler, annähernd dreieckiger Umriss, mit umlaufenden Lichtern. Es hing einfach da, wie um uns zu verspotten.«

Er unterbrach sich und sah zum Fenster. »Ich war jünger damals … offensichtlich.« Er lachte wieder. »Optimistisch. Roswell war ein anderer Ort geworden, nachdem sie uns die Bomben gebracht hatten, aber es hieß, dass sie bald wieder abtransportiert werden sollten – vielleicht auch wegen der Ereignisse, die uns da wohl schon angekündigt gewesen waren – und ich glaubte an das, was ich tat … was immer es eigentlich war. Manchmal kann ich mich kaum noch daran erinnern, was mir … vorher … so wichtig erschienen ist.«

Marcel atmete tief ein und sein Blick fokussierte sich wieder auf mich, auf die Gegenwart. »Truman war dort«, fuhr er fort. »Ich sah ihn erst in dieser Nacht, aber wir alle wussten es. Er kam erst aus dem Zelt, als das UFO schon über dem Landeplatz hing. Was immer man von ihm halten mochte, er war ein mutiger Bastard oder dümmer, als ich es mir vorstellen kann.«

»Was geschah dann?«

»Ich weiß es nicht. Was immer es war, es leuchtete den Boden wie mit einem großen Scheinwerfer aus, ein Schlauch aus Licht, der uns blendete, und als wir wieder sehen konnten, stand dort im Lichtkreis etwas … Jemand.«

»Ein Grauer.«

»Ja, so nennt man sie jetzt wohl.« Marcel bewegte die Schultern, wie um sich zu entkrampfen. »Aus der Nähe wirkte die Kreatur fast Furcht einflößend, mit ihren großen, dunklen Augen und der lederartigen, harten Haut, aber damals empfand ich etwas, das so klein und zerbrechlich wirkte, nicht als Bedrohung. Im Gegenteil, wie es so zwischen all den Soldaten im Licht stand, wirkte es fast wie ein vom Himmel herabgestiegener Engel. Ich bin sicher, die anderen empfanden es genauso. Die Soldaten machten den Weg frei, ohne dass jemand einen Befehl dazu gegeben hätte. Es ging direkt auf Truman zu.«

Ich schüttelte stumm den Kopf. Bach hatte nicht viel über den Roswell-Zwischenfall verlauten lassen. Streng genommen hatte er nie viel mehr getan, als meinen Worten nicht zu widersprechen, und ich hatte meine Erkenntnisse größtenteils aus dem Umfeld von Blue Book gezogen. Majestic war wie eine Zwiebel und ich war nie über die ersten beiden Schalen hinaus vorgedrungen.

»Truman und das ganze Lametta sind dann zusammen mit dem Abgesandten im Zelt verschwunden«, fuhr Marcel fort. »Keiner von der Army wurde dazu eingeladen. Wie ich sagte, es war eine Veranstaltung der Navy und wir stellten die Kofferträger. Nun, auf jeden Fall war ich dabei, als das Feuerwerk begann ...« Er verstummte. »Es muss wohl fast eine Stunde gedauert haben. Wir standen an unseren Posten und warteten und jeder hing so seinen Gedanken nach. Ich dachte damals, sie seien nach Roswell gekommen, um uns davor zu warnen, jemals wieder Atombomben einzusetzen. Ich meine, es konnte kein Zufall sein, dass sie ausgerechnet dort Kontakt herstellten, und niemand von uns hätte sie dorthin eingeladen.« Er schüttelte den Kopf. »Einige Jahre lang habe ich mich allerdings gefragt, ob eine der Bomben aus unseren Bunkern in dieser Nacht nicht auf einem der Lastwagen war oder vielleicht sogar im Boden vergraben lag, genau dort, wo sich die Scheinwerfer kreuzten.«

»Glauben Sie das wirklich?«

»Mein Sohn, nach all diesen Jahren weiß ich nicht mehr, was ich glauben soll. Alles, was ich weiß, ist, dass sie zu uns kamen und Kontakt herstellten. Dann kam dieser Admiral und wies uns an, das Areal zu evakuieren. Direkter Befehl des Präsidenten, hieß es. Wir gehorchten. Wir waren noch keine hundert Schritt weit gekommen, als das Geräusch des UFOs über uns plötzlich wieder lauter wurde und sich auch das Licht veränderte. Wir blieben stehen. Ich habe den Abgesandten nicht mehr gesehen, aber ob er nun das Zelt jemals verlassen hat oder nicht, das Raumschiff setzte sich plötzlich in Bewegung. Es beschleunigte verdammt schnell, aber die Geschütze waren schneller. Sie haben es erwischt, während es noch über den Hügeln war, und der dritte oder vierte Treffer schickte es auf eine Bahn nach unten.«

Mir stockte der Atem. »Sie haben es abgeschossen?«, flüsterte ich ungläubig.

»Es ist in den Hügeln heruntergekommen. Es gab einen hellen Blitz, aber die direkte Sicht war uns versperrt.« Seine Stimme war jetzt ohne Betonung. Marcel hatte ein paar Illusionen verloren in dieser Nacht, soviel war offensichtlich, und vielleicht sogar die eine oder andere aufrichtige Hoffnung. »In den nächsten Tagen waren wir wieder in Navy-Diensten, nur dass wir diesmal aufräumten und Spuren verwischten. Da habe ich auch das Wrack gesehen oder besser gesagt das, was davon noch herumlag, nachdem die Navy ihr Team wieder abgezogen hatte.«

»So hat es also angefangen«, stellte ich beklommen fest.

»Wir haben es abgeschossen, Sohn«, sagte Marcel. »Sie kamen in Frieden, um zu reden, und wir haben das Feuer eröffnet. Bach und seine Leute haben keine Schiffbrüchigen aufgesammelt, sondern Kriegsgefangene. Oder Tote. Ich habe nie herausbekommen können, ob noch einer der anderen ... der Grauen am Leben war.«

»Nun«, sagte ich, »einer ist definitiv tot. Ich habe ihn in einer Kühlkammer bei Majestic gesehen.«

Bevor Marcel etwas sagen konnte, klingelte das Telefon. Marcel runzelte überrascht die Stirn. Ich war mit einem einzigen Schritt beim Telefon und hob ab, bevor er Einwände erheben konnte. »Ja?«

»Ich habe einen von Bachs Männern gesehen«, sagte Kim übergangslos.

»Wann sind sie angekommen?«

»Keine Ahnung«, sagte sie drängend. »John, er kam aus dem Hotel, um zu rauchen. Sie müssen durch einen anderen Eingang rein sein. Ich weiß nicht, wie lange sie schon hier sind.«

»Wer war es?«

»Ich weiß nicht, wie er heißt. Kurze, helle Haare. Verschwindet, so schnell ihr könnt.« Sie hängte einfach ein.

Ich wandte mich wieder zu Marcel um. Auch er war mittlerweile aufgestanden und ich bemerkte ohne besondere Überraschung, dass er wieder so angespannt und sprungbereit war wie vorhin, als er mir die Tür aufgemacht hatte. »Was ist passiert?«, fragte er.

»Anscheinend ist mir doch jemand gefolgt«, antwortete ich. »Wir bekommen gleich Besuch.«

Marcel nahm seine Pistole vom Tisch, schob sie unter den Gürtel und schlüpfte in der gleichen Bewegung in sein Jackett. »Wir reden später weiter«, sagte er. »Raus jetzt. Schnell.« Er ging zur Tür, öffnete sie ohne das mindeste Zögern und winkte mir, ihm zu folgen.

»Wir nehmen die Treppe«, sagte er. Es war kein Vorschlag. Aus dem Bibelverkäufer war endgültig ein Soldat geworden, der ohne das leiseste Zögern das Kommando übernommen hatte, und ich gehorchte ihm ebenso automatisch. Gleichzeitig warf ich einen nervösen Blick zum Lift. Der grüne Leuchtpfeil über der Tür war noch dunkel, aber das würde bestimmt nicht mehr lange so bleiben. Seit Kims Anruf war eine knappe halbe Minute vergangen. Zeit genug für Bach und seine Begleiter, den Lift zu erreichen. Und wahrscheinlich auch das Treppenhaus.

Marcel blieb nach einem Schritt wieder stehen. »Mein Ticket.«

»Wie?«

»Ich habe mein Flugticket im Zimmer liegen gelassen«, antwortete er. »Wenn Bach es findet, weiß er Bescheid. Mein Name steht darauf.«

»Wenn er Sie dort drinnen erwischt, weiß er auch Bescheid«, sagte ich, aber Marcel wischte meinen Einwand mit einer Handbewegung zur Seite.

»Er wird mich nicht erwischen«, behauptete er. »Jetzt verschwinden Sie endlich. Wir bleiben über Kennedy in Kontakt.«

Offensichtlich zögerte ich immer noch zu lange, seiner Anweisung nachzukommen, denn Marcel ergriff mich kurzerhand bei den Schultern, drehte mich herum und versetzte mir einen Stoß, der mich auf die Tür zum Treppenhaus zustolpern ließ. Als ich sie öffnete, erscholl hinter mir ein heller Glockenton, der die Ankunft des Liftes verkündete. Ich widerstand der Versuchung, mich noch einmal herumzudrehen, zog die Tür stattdessen lautlos hinter mir zu, lief die Treppe hinunter und blieb auf dem nächsten Absatz wieder stehen.

Unter mir hörte ich Schritte die Treppe heraufkommen.

Für einen Moment drohte ich in Panik zu geraten. Ich saß in der Falle. Ich konnte weder zurück, noch die Treppe weiter hinuntergehen, und ich hatte eine Fifty-fifty-Chance, dass es Steel war, der mir da entgegenkam; im Klartext: eine immerhin fünfzigprozentige Chance, mir eine Kugel einzufangen. Mein erster Impuls war, die Treppe wieder hinaufzustürmen, aber dann öffnete ich die Tür neben mir so leise wie möglich, schlüpfte hindurch und lehnte mich mit klopfendem Herzen dagegen. Mein Puls raste. Ich presste die Hände mit aller Kraft gegen die Tür, um ihr Zittern zu unterdrücken, und für ein paar Sekunden war ich einfach nicht in der Lage, einen klaren Gedanken zu fassen. Ich war in Panik, ob ich es nun zugeben wollte oder nicht, und der Grund dafür war nicht einmal die unmittelbare Gefahr, in der ich mich zweifellos befand. Es war die vollkommene Ausweglosigkeit der Situation, in die Bach und seine perfide Organisation Kim und mich hineingezwungen hatten.

Doch mein Zorn auf Bach würde mich nicht hier herausbringen. Der Aufzug musste die vierte Etage mittlerweile fast erreicht haben und wer immer hinter mir die Treppe herauf kam, konnte auch nicht mehr allzu weit entfernt sein. Ich hatte weiß Gott dringendere Probleme, als mit dem Schicksal zu hadern.

Ich verschwendete noch eine weitere Sekunde, in der ich vergeblich nach irgendeiner Möglichkeit suchte, die Tür hinter mir abzuschließen, dann gab ich es endgültig auf und lief mit raschen Schritten den Flur hinunter. Es gab nur ein einziges Fenster, das sich noch dazu am anderen Ende des langen Ganges befand, aber ich widerstand der Versuchung zu rennen. Sollte irgendeiner der anderen Gäste zufällig aus seinem Zimmer kommen, würde er sich vielleicht an mich erinnern, wenn ich an ihm vorbeiging und man ihn später danach fragte; aber *ganz bestimmt,* wenn ich an ihm vorbeirannte.

Es trat niemand aus seinem Zimmer und auch die Aufzugtüren bewegten sich nicht, bis ich das Fenster erreichte. Und ich hatte abermals Glück: Offenbar nahm man es in Fort Worth mit den Bauvorschriften genauer als in den meisten anderen amerikanischen Städten, denn das Fenster führte direkt auf eine Feuertreppe hinaus. Rasch öffnete ich es, kletterte ins Freie und zog das Fenster sorgfältig hinter mir wieder zu, ehe ich den Abstieg begann. Drei Minuten später trat ich auf den Bürgersteig vor dem TEXAS hinaus, überquerte mit schnellen, aber nicht hastigen Schritten die Straße und betrat das Café. Kim saß am gleichen Tisch wie vorhin, trank einen Kaffee und sah so perfekt gelangweilt aus, dass ich mich für einen Moment lang ernsthaft fragte, ob ich mir ihren Anruf vielleicht nur eingebildet hatte.

Sie war nicht mehr allein. An dem zweiten Tisch am Fenster, der vorhin noch leer gewesen war, saß jetzt ein junges Paar, das sich angeregt unterhielt. Die beiden beachteten weder Kim noch mich, sondern schienen ganz mit sich selbst beschäftigt zu sein. Sie wirkten vollkommen harmlos.

Ungefähr so unverdächtig wie Kimberley.

Ich setzte mich zu ihr, gab dem Kellner mit einem Wink zu verstehen, dass er mir noch einen Kaffee bringen sollte, und sah aus dem Fenster. Vor dem Hotel blieb alles ruhig. Wahrscheinlich waren Bach und seine Leute noch damit beschäftigt, nach Marcel und mir zu suchen.

»Nun, Liebling«, fragte Kimberley, eine Spur lauter, als vielleicht notwendig war, »wie ist es gelaufen?«

»Gut«, antwortete ich. »Ich glaube, dieser Marcel ist genau der Mann, den wir brauchen. Wir werden wohl ins Geschäft kommen. Aber die Konkurrenz ist auch hinter ihm her.« Ich sah an Kimberley vorbei zum Nachbartisch. Die beiden dort drüben nahmen noch immer keinerlei Notiz von uns. Wenn sie Schauspieler waren, dann die besten, die ich jemals gesehen hatte. Aller Wahrscheinlichkeit nach waren sie harmlos.

Trotzdem senkte ich meine Stimme fast zu einem Flüstern, als ich weitersprach. »Wie viele sind es?«

»Bach, Steel und ein dritter Mann«, antwortete Kim.

»Nicht mehr?«

»Keine, die ich gesehen habe«, sagte sie. Lauter fügte sie hinzu: »Hat er dir ein Muster gezeigt? Ich meine: sensationelle Angebote haben viele, aber ...«

»Keine Sorge. Sein Angebot ist seriös. Hier – sieh selbst.« Ich zog das Feuerzeug aus der Tasche, das mir Marcel gegeben hatte, reichte es ihr und gab ihr mit einer Geste zu verstehen, wie sie es öffnen konnte. Kimberley warf einen raschen Blick in das Geheimfach, drehte ein paar Mal am Zündrad und wollte mir das Feuerzeug zurückgeben, aber ich schüttelte den Kopf.

»Behalt es. Wenn wir ins Geschäft kommen, bekommen wir hunderte davon ... falls uns die Konkurrenz nicht dazwischenfunkt, heißt das.«

Das junge Paar am Nachbartisch stand auf und ging.

Wahrscheinlich waren sie nicht in der Stimmung, einem Handlungsreisenden zu lauschen, der seiner Freundin von einem großen Geschäft vorschwärmte, das er in Kürze abzuschließen hoffte.

Nachdem wir endlich alleine waren, atmete Kim hörbar auf. »Ich dachte schon, sie gehen nie«, seufzte sie. »Wie ist es gelaufen?«

»Nicht sehr gut«, antwortete ich. »Ich hoffe, Marcel ist ihnen entwischt. Der Mann weiß eine Menge. Wäre Bach eine halbe Stunde später gekommen ...«

»Ich habe noch eine schlechte Nachricht«, sagte Kimberley mit einer Kopfbewegung auf das Radio, das in der Wand über der Theke angebracht war. Ich hatte dem Programm bisher keine Beachtung geschenkt, aber es schien sich nicht von dem zu unterscheiden, das alle Radiosender des Landes an diesem Tag ausstrahlten: klassische Musik und wenn überhaupt, dann nur melancholische, traurige Schlager.

»Sie haben es gerade in den Nachrichten gebracht. Es hat einen Mord gegeben. In dem Motel, in dem wir übernachtet haben.«

»Steel.« Ich hatte mich nicht getäuscht. Es war ein Schalldämpfer gewesen.

»Zwei Tote«, fuhr Kim fort. »Ein junges Ehepaar. Ich glaube, sie hatten das Apartment neben uns ...«

»Dann hat er sich offenbar in der Tür geirrt. Oder wusste nicht genau, in welchem Apartment er uns findet. Er scheint sehr gründlich vorzugehen.«

»Aber das ... das ist Wahnsinn«, murmelte Kim. Ihr Gesicht blieb unbewegt, aber in ihrer Stimme war ein Ton, der mich schaudern ließ. »Welcher normale Mensch würde so etwas tun?«

»Keiner«, antwortete ich. »Aber Steel ist kein normaler Mensch mehr.«

»So wie ich, wolltest du sagen.« Kims Augen wurden um einen Ton dunkler.

»Unsinn! Er ist ...«

»Übernommen«, unterbrach mich Kim. Ihre Stimme war ganz ruhig. Kalt. »Besessen. Von einem Ganglion befallen ... Nenn es, wie du willst, aber es läuft immer auf das Gleiche raus. Ihm ist dasselbe passiert wie mir.«

»Aber das ist doch nicht wahr!«, protestierte ich. Die unheimliche Dunkelheit in ihren Augen war noch immer da und in ihrer Stimme war etwas, das mich fast in Panik versetzte. »Steel und du, das ... das sind zwei grundverschiedene Dinge! Dieses ... Ding ist nicht mehr in dir! Es hat niemals Gewalt über dich erlangt. Ganz davon abgesehen, dass Steel wahrscheinlich schon vorher ein Psychopath war.«

Ich streckte die Hand über den Tisch, um nach ihren Fingern zu greifen, aber Kim zog den Arm zurück und deutete ein Kopfschütteln an. »Und meine Träume?«, fragte sie. »Und das andere? Wieso kann ich sie spüren? Wieso weiß ich Dinge, die ich eigentlich gar nicht wissen kann?«

»Hör endlich auf damit!«, unterbrach ich sie; anscheinend eine Spur zu laut, denn ich sah aus den Augenwinkeln, wie der Mann hinter der Theke für einen Augenblick in seiner Tätigkeit innehielt und stirnrunzelnd in unsere Richtung blickte. Ich rettete mich in ein verlegenes Lächeln und ein Achselzucken, ehe ich mich wieder an Kimberley wandte und erneut – allerdings viel leiser – sagte: »Hör auf damit, Schatz. Das ist nicht wahr und du weißt es. Sie haben dich nicht gekriegt. Wir haben das Ding früh genug aus dir herausgeholt. Du bist immer noch du!«

»Bin ich das?« Kim schluckte ein paarmal. Ihr Gesicht wirkte weiter unbewegt, aber ich spürte, dass sie nur noch mühsam die Tränen unterdrückte. »Weißt du, John, genau das ist es, was ich mich frage. Bin ich wirklich noch ich? Oder bin ich nur noch ein ... ein *Ding*, das aussieht wie ich, denkt wie ich und sich einbildet, es wäre ich?«

»Hör auf damit«, sagte ich leise. »Bitte! Es ist alles in Ordnung. Warum quälst du dich so?«

Weil eben nicht alles in Ordnung war. Kim sagte nichts mehr, aber ich kannte die Antwort auf meine eigene Frage nur zu gut. Nichts war mehr so, wie es gewesen war, seit ich das *Ding* in der Kühlkammer im unterirdischen Labor von Majestic gesehen hatte. Selbst im Tode hatte mich der Anblick dieser Kreatur noch bis ins Innerste erschüttert. Und Kim hatte einen Teil dieses Wesens in sich gehabt. Wie konnte ich mir auch nur für eine Sekunde einbilden, dass sie dieses schreckliche Erlebnis mit einem Achselzucken abtun und anschließend zur Tagesordnung übergehen konnte, als wäre nichts geschehen?

»Sie kommen«, sagte Kimberley.

Ich sah zum Hotel hinüber. Bach, Steel und Phil Albano – der Mann, dessen Namen Kim nicht gekannt hatte – traten hintereinander aus dem Hotel. Sie waren nicht allein. Jesse Marcel ging mit steinernem Gesicht zwischen ihnen. Er hatte es nicht geschafft.

»Ist er das?«, fragte Kim.

»Marcel.« Ich nickte. »Verdammt!«

»Wer ist dieser Mann?«, fragte Kim in nachdenklichem Ton. »Er kommt mir irgendwie bekannt vor.«

»Vermutlich hast du sein Bild in der Zeitung gesehen«, antwortete ich, ohne Bach und seine Begleiter aus den Augen zu lassen. »Er war der offizielle Pressesprecher der Army damals beim Roswell-Zwischenfall.«

»Der Mann, der den Zeitungen erzählt hat, sie hätten Trümmerstücke eines UFOs gefunden?«

Ich nickte. »Und der am nächsten Tag in aller Öffentlichkeit zugeben musste, dass er dumm genug war, die Fetzen eines Wetterballons mit den Trümmern eines außerirdischen Raumschiffes verwechselt zu haben, ja.«

»Wozu sie ihn vermutlich gezwungen haben.«

»Nicht *sie*«, korrigierte ich. »Bach.«

»Dann dürfte er nicht besonders gut auf ihn zu sprechen sein«, vermutete Kim. Sie schüttelte den Kopf. »Ich frage mich, wie viele Leben Frank Bach noch zerstört hat.«

»Unseres wird er jedenfalls nicht zerstören«, versprach ich. Bach und die anderen traten an den Straßenrand. Ich sah ohne eine Spur von Überraschung, wie eine große Limousine mit getönten Scheiben aus einer Parklücke nur ein paar Wagen entfernt ausscherte und vor ihnen wieder anhielt.

»Wie lange steht dieser Wagen schon da?«, fragte ich.

»Bach ist damit gekommen«, antwortete Kim. »Warum?«

Ich antwortete nicht, aber ich gestand mir ein, dass ich schon wieder einen Fehler gemacht hatte. Ich hätte einfach wissen müssen, dass Bach nicht mit einem Taxi gekommen war oder gar zu Fuß. Hätte in diesem Wagen dort drüben jemand gesessen, der mein Gesicht kannte, dann hätte Bach jetzt nicht einen, sondern drei unfreiwillige Begleiter. Ich hatte geglaubt, mich an das Leben auf der Flucht bereits gewöhnt zu haben. Aber die Wahrheit war wohl, dass ich noch eine Menge darüber lernen musste.

Falls mir genug Zeit dafür blieb.

23. September 1963, 21:47

Jack Rubys Carousel Club

»Worauf um alles in der Welt wartet er eigentlich?« Kimberleys Stimme verriet weit mehr über ihren Gemütszustand, als es ihre Worte oder der Ausdruck erzwungener Ruhe taten, der auf ihrem Gesicht lag. Wir saßen seit annähernd einer Stunde in dem Wagen, den ich voller Unbehagen gemietet hatte, und beobachteten das Haus auf der gegenüberliegenden Straßenseite – voller Unbehagen, weil die Kosten für den Buick erneut ein unverhältnismäßig großes Loch in unseren ohnehin schon schmalen Etat rissen, aber auch, weil eine so alltägliche Handlung wie das Mieten eines Wagens plötzlich zu einer potenziellen Gefahr geworden war, denn sie hinterließ Spuren, denen Bach nicht nur folgen *konnte,* sondern ganz bestimmt auch *würde.* Möglicherweise kannte er bereits das Kennzeichen des Buick. Möglicherweise kannte auch Steel bereits diesen Wagen und möglicherweise waren es gar nicht wir, die *Steel* beobachteten, sondern genau anders herum …

»Unsinn«, murmelte ich. Gleichzeitig versuchte ich den Gedanken abzuschütteln. Ich war dabei, Bach und Majestic den größten Gefallen zu tun, zu dem ich überhaupt fähig war: Nämlich, mir selbst einzureden, dass wir keine Chance hatten, diesen ungleichen Kampf durchzuhalten. Kim sah mich fragend an, aber ich schüttelte nur den Kopf, deutete mit der gleichen Bewegung auf Steel und sagte: »Anscheinend wartet er auf jemanden.«

»Seit einer halben Stunde?«

»Vielleicht geht seine Uhr ja falsch«, antwortete ich.

»Du meinst, seine Uhr tickt nicht richtig?«, fragte Kim pointiert.

Meine Finger begannen nervös und ohne mein bewusstes Zutun den Takt einer Melodie auf dem Lenkrad zu trommeln, die mir schon seit Jahren immer wieder im Kopf herumging. Kim sagte nichts mehr, aber das musste sie auch nicht. Ihr Einwand war nur allzu berechtigt gewesen. Steel gehörte nicht zu den Männern, die eine halbe Stunde zu früh zu einer Verabredung kamen. Irgendetwas stimmte hier nicht. Mein Blick suchte zum vielleicht fünfzigstenmal innerhalb der letzten halben Stunde die Straße vor und hinter uns ab. Alles war ruhig. Vielleicht sogar *zu* ruhig.

»Glaubst du, dass Bach dahinter steckt?«, fragte Kim nach einer Weile.

Ich benötigte zwei, drei Sekunden, um ihrem Gedankensprung zu folgen und überhaupt zu verstehen, was sie meinte. »Der Mordanschlag auf uns?« Ich schüttelte den Kopf. Ich konnte es nicht erklären, aber ich war sicher, dass Bach nichts von dem kleinen Privatkrieg wusste, den Steel gegen uns führte. »Nein.«

»Dein Vertrauen in Frank Bach scheint ja grenzenlos zu sein«, sagte Kim spöttisch.

»Nicht in Frank Bach«, antwortete ich, »aber in Frank Bachs *Vernunft*. Es wäre ziemlich dumm von ihm, uns umbringen zu lassen, bevor er weiß, was wir bereits herausgefunden haben – und vor allem, mit wem wir schon alles *geredet* haben. Außerdem ... wenn Bach unseren Tod wollte, dann *wären* wir bereits tot.«

»Wie beruhigend«, sagte Kim. Sie begann in ihrer Handtasche herumzukramen, zuckte nach einem Augenblick enttäuscht mit den Schultern und fragte: »Hast du eine Zigarette?«

»Lieber nicht«, antwortete ich mit einer Geste auf Steel. »Er könnte die Glut sehen.«

Ich hatte den Wagen auf der anderen Straßenseite geparkt, gut dreißig Meter von Steel entfernt. Aber Steel war nicht mehr nur Jim Steel. Keiner von uns wusste, ob er nicht vielleicht mittlerweile über andere, schärfere Sinne verfügte als der Mann, der er einmal gewesen war. Möglicherweise war er sogar in der Lage, unsere Nähe einfach zu spüren; so, wie Kim umgekehrt seine Nähe fühlte. Aber ich hütete mich, diesen Gedankengang laut auszusprechen.

»Ein Striplokal!« Kimberley schüttelte den Kopf und sah nicht zum erstenmal mit einem verständnislosen Stirnrunzeln zu der flackernden Leuchtreklame an der Wand hinter Steel hoch.

»Vielleicht eine Tarnung für Majestic«, antwortete ich. Wahrscheinlicher aber war, dass Steel diesen Treffpunkt ziemlich willkürlich ausgesucht hatte. Irgendwie erschien mir das passend für den Kerl.

»Eigentlich schade«, fuhr ich fort.

»Was?«

»Dass die Hive Steel nicht als allerersten Menschen übernommen haben«, antwortete ich. »Vielleicht hätten sie ja von ihm auf den Rest der Menschheit geschlossen und wären zu dem Ergebnis gekommen, dass es sich nicht lohnt. Wer will schon einen ganzen Planeten voller Psychopathen?«

»Die Hive«, antwortete Kim ernst. »Ansonsten würden sie uns nicht angreifen.«

Die Lichter eines Wagens erschienen im Rückspiegel. Mein Herz begann ein wenig schneller zu schlagen, als ich sah, dass es sich um einen Streifenwagen der Polizei handelte, und noch ein wenig schneller, nachdem er keineswegs beschleunigte, nachdem er um die Kurve gebogen war, sondern im Gegenteil noch mehr an Tempo verlor. Als er an uns vorbeirollte, war er kaum schneller als ein Fußgänger, der gemächlich dahinschlendert. Ich spürte, wie sich Kim auf dem Sitz neben mir versteifte. Ich sah, dass nur ein einzelner Mann im Wagen saß, und das war an sich schon ungewöhnlich. Auch in den frühen Sechzigern gingen Polizeibeamte meistens zu zweit auf Streife.

Der Wagen hielt nicht an, sondern rollte langsam an uns vorbei, wechselte plötzlich die Straßenseite und kam unmittelbar vor Steel zum Stehen. Steel löste sich von seinem Platz an der Wand, an der er die letzte halbe Stunde gelehnt und eine Zigarette nach der anderen geraucht hatte. Ich beugte mich weiter vor, strengte meine Augen an und verfluchte insgeheim die Tatsache, vorsichtig gewesen zu sein, statt das Risiko einzugehen und näher bei Steel zu parken. Immerhin konnte ich erkennen, dass der Polizist die Scheibe herunterkurbelte und Steel etwas gab: eine durchsichtige Kunststofftüte, in der sich irgendetwas aus Metall befand.

»Das … sind Patronen«, sagte Kimberley erstaunt. »Gewehrmunition …?«

»Vielleicht will er jemanden erschießen«, antwortete ich.

»Vielleicht hat er das ja schon«, fügte Kim hinzu. »Was bedeutet das, John?«

»Ich weiß es nicht«, antwortete ich. »Was ist mit dem Polizisten? Ist er auch besessen?« Die Frage tat mir bereits leid, noch bevor ich sie ganz ausgesprochen hatte. Ich hatte mir fest vorgenommen, Kim nicht auf ihre unheimliche Fähigkeit anzusprechen, die Nähe eines Ganglions zu spüren.

Sie reagierte jedoch nicht verletzt, sondern hob nur die Schultern. »Ich habe nichts gespürt. Aber ich glaube es nicht.«

Steel steckte den Beutel mit den Patronen ein, griff in eine andere Tasche und lieferte mir die Antwort auf meine Frage, denn er zog ein ganzes Bündel Geldscheine heraus und zählte eine nicht geringe Anzahl davon ab, die er dem Cop reichte. Agenten der Hive würden sich kaum gegenseitig für ihre Dienste bezahlen.

»Was bedeutet das?«, murmelte Kim erneut, nachdem sie eine Weile konzentriert und stirnrunzelnd in Steels Richtung geblickt hatte. »Gewehrkugeln … Glaubst du, dass … dass es das bedeutet, was ich glaube?«

Ich wusste nicht, was sie glaubte, aber ich spürte, dass ich es eigentlich hätte wissen müssen. Ich wollte es nicht wissen, das war die Wahrheit. Noch nicht.

»Ich werde es herausfinden«, sagte ich entschlossen. »Warte hier.«

Ich streckte die Hand nach dem Türgriff aus, aber Kimberley hielt mich mit einer erschrockenen Bewegung zurück. »Nicht!«

Die Heftigkeit ihrer Reaktion überraschte mich; und Kimberley anscheinend auch selbst, denn sie zog die Hand fast genauso hastig wieder zurück. Einen Moment lang sah sie eindeutig verlegen aus. »Ich ... ich meine nur ... sei bitte vorsichtig.«

»Ganz bestimmt«, versprach ich und das war so ehrlich gemeint, wie es klang. Steel hatte uns schließlich vor weniger als vierundzwanzig Stunden auf die nur denkbar drastischste Weise bewiesen, dass er es bitter ernst meinte. Und ich war nicht lebensmüde. Um Kim (aber wahrscheinlich noch viel mehr mir selbst) zu beweisen, dass ich es ernst meinte, griff ich auf den Rücksitz, nahm die Waffe aus dem Koffer und entsicherte sie, ehe ich sie einsteckte. Kimberley sah nicht so aus, als beruhige sie dieser Anblick, aber sie sagte nichts dazu.

Ich wartete, bis der Polizeiwagen wieder abgefahren war, dann öffnete ich die Tür und stieg aus; mit einer wie zufällig wirkenden Drehung, die hoffentlich nicht nur möglichst natürlich wirkte, sondern auch dafür sorgte, dass Steel mein Gesicht nicht erkennen konnte, sollte er zufällig in unsere Richtung blicken. Ich wartete zwei, drei Sekunden, in denen ich scheinbar am Türschloss herumfummelte, dann nickte mir Kim aus dem Wagen heraus beruhigend zu, und ich wagte es, mich endgültig herumzudrehen. Steel ging gerade, immer zwei Stufen auf einmal nehmend, die Treppe zum Eingang des Striplokals hinauf. Über dem Eingang schrie eine pinkfarbene Leuchtreklame THE CAROUSEL CLUB in die Nacht hinaus. Sie war so schäbig wie das gesamte Gebäude, selbst für Steel eigentlich *zu* schäbig.

Steel verschwand in der Bar, ohne noch einen Blick auf die Straße zurückzuwerfen, und ich folgte ihm. Seltsamerweise war ich ganz ruhig. Steel würde keinen Sekundenbruchteil zögern, mich zu erschießen, wenn er mich entdeckte, aber mir wurde plötzlich klar, dass das umgekehrt auch für mich galt. Meine Hand war in die Tasche geglitten und hatte sich um die Pistole geschlossen, ohne dass ich es auch nur gemerkt hatte. Die Frage war nicht, wer von uns mehr dazu bereit war, den anderen zu töten. Die Frage war einzig, wer *schneller* war.

Ich erschrak vor meinen eigenen Gedanken und beschleunigte meine Schritte; beinahe, wie um mir selbst keine Gelegenheit mehr zu geben, womöglich doch im letzten Moment noch einmal kehrtzumachen. Als ich die Tür des *Carousel* öffnete, begannen meine Hände nun doch leicht zu zittern. Ich redete mir ein, dass es *Anspannung* war, nicht Nervosität, aber die Wahrheit war wohl: Ich wusste es nicht.

Gedämpfte Big-Band-Musik und rotes Licht schlugen mir entgegen, als ich mit gesenktem Kopf durch die Tür trat und mich umzusehen versuchte, ohne dass jedermann hier drinnen sofort mein Gesicht erkennen konnte. Das Innere des Clubs erfüllte fast hundertprozentig die Erwartungen, die sein schäbiges Äußeres in mir geweckt hatte. Alles hier drinnen war billig, bunt und aufgesetzt. Die Bar und das knappe Dutzend kleiner runder Tische waren zerschrammt und hätten bei Tageslicht betrachtet wahrscheinlich sofort auf die Müllkippe gehört. Eine Hand voll roter und gelber Lampen verbreitete schummeriges Licht, aber auch eine Atmosphäre, die ich eher als unangenehm als in irgendeiner Weise anregend empfand. Auf einer kleinen, von einem Flittervorhang begrenzten Bühne am anderen Ende des Raumes führte eine nicht mehr ganz junge Tänzerin das vor, was man Mitte der sechziger Jahre im Land der unbegrenzten Möglichkeiten unter einem Striptease verstand. Ich sah nicht einmal richtig hin.

Dafür musterte ich das halbe Dutzend Tische vor der Bühne umso aufmerksamer. Der Club war trotz allem ziemlich gut besucht, was mir natürlich nur recht war. Ich entdeckte Steel erst beim zweiten Hinsehen. Er saß an einem Tisch unmittelbar neben der Bar und verfolgte die Darbietung der Tänzerin mit offensichtlich großem Interesse. Vielleicht kannte man ja auf dem Mars keinen Striptease. Wenn er von dem berichtete, was er hier zu sehen bekam, würde man ihn dort wohl auch nie einführen.

Ich ging zur Bar, nahm auf einem Hocker in Steels Hörweite Platz und bedeutete dem Barkeeper mit Gesten, mir ein Bier zu bringen. Steel würde meine Stimme wahrscheinlich nicht erkennen, so gebannt wie er von der Tanzvorführung war, aber ich hatte wenig Lust, mich von einer Kugel im Hinterkopf eines Besseren belehren zu lassen.

Das bestellte Bier kam. Ich schenkte mir selbst ein, trank hastig den Schaum ab und füllte das Glas randvoll nach, was mir einen tadelnden Blick des Barkeepers einbrachte – aber auch einen improvisierten Spiegel, in dem ich zumindest Steels Gestalt als verzerrten Reflex hinter mir erkennen konnte. Er war noch immer allein, nippte ab und zu an einem Drink und wippte zum Takt der Musik mit dem rechten Bein, das er lässig über das linke geschlagen hatte. Ich hoffte nur, der Kerl war nicht wirklich hierher gekommen, um sich den Striptease anzusehen und sich auf Kosten seines Spesenkontos bei Majestic zu betrinken. Denn während der nächsten zehn Minuten zumindest tat er genau das. Mir kamen sie vor wie eine Stunde, und Kimberley, die draußen im Wagen wartete, mussten sie wie ein ganzes Jahr erscheinen. Ich betete, dass sie nicht die Nerven verlor und mir nachkam. Dass Steel mich nicht entdeckt hatte, grenzte an sich schon an ein kleines Wunder.

Ich war nahe daran, mein mittlerweile schal gewordenes Bier auszutrinken und es aufzugeben, als sich ein zweites, verzerrtes Spiegelbild neben das Jim Steels in meinem Bierglas setzte.

»Mister Ruby!« Steel hob sein Whiskyglas und prostete

dem Mann spöttisch zu. »Ich dachte schon, Sie hätten unsere Verabredung vergessen.«

Ich nahm all meinen Mut zusammen, drehte mich auf dem Barhocker halb herum und tat so, als hätte ich nun doch mein Interesse für die Stripteasevorführung auf der Bühne entdeckt. Die Tänzerin hatte mittlerweile gewechselt, aber die Qualität der Darbietung nicht. Immerhin konnte ich den Mann, der sich zu Steel gesetzt hatte, jetzt deutlich erkennen. Er musste zwischen vierzig und fünfzig Jahre alt sein, neigte zur Fettleibigkeit und trug einen teuren Anzug, der an ihm aber seltsamerweise ebenso schäbig wirkte wie dieses ganze Etablissement. Er war sehr nervös. Hätte er gewusst, dass sein Gesicht vierundzwanzig Stunden später auf jedem Fernsehschirm der westlichen Welt zu sehen sein würde, wäre er vermutlich noch sehr viel nervöser gewesen.

»Wieso kommen Sie hierher, Jim?«, fragte er. »Ich will nicht, dass wir uns hier treffen, das wissen Sie doch!«

Steel lachte und nippte an seinem Whisky. »Was ist los mit Ihnen, Jack? Fühlen Sie sich nicht gut?«

»Gut? Wer, zum Teufel, fühlt sich heute in diesem Land *gut*?«

»Ich«, antwortete Steel. »Und Sie sollten es auch, Jack. Sie haben keinen Grund, beunruhigt zu sein. Alles ist ganz hervorragend gelaufen.«

Ich sah nicht direkt in Rubys Richtung, aber er fuhr so heftig zusammen, dass es mir gar nicht entgehen konnte. Plötzlich begann er zu lachen; leise, hysterisch und nur für ein paar Sekunden, ehe der Laut in etwas anderes, Unangenehmes überging. »Ich … höre etwas, Jim«, stammelte er.

»Wir alle hören ständig irgendetwas, oder?«, antwortete Steel. »Das ist unser Job.«

Ruby schien seine Antwort gar nicht zur Kenntnis zu nehmen. »Ich höre ununterbrochen … Dinge«, murmelte er. »Stimmen, Jim. Fremde Stimmen. Fremde Gedanken. Ich … ich kann sie nicht abstellen.«

»Sie hören die Gedanken der Leute hier?« Ich konnte Steels Gesicht nicht erkennen, aber sein schmieriges Grinsen war beinahe zu hören. »Dann müssten Sie aber den ganzen Tag mit roten Ohren herumlaufen, Jack.«

»Ich meine es ernst«, antwortete Ruby. »Ich ... ich ertrage das nicht mehr! Es ist in meinem Kopf! Stimmen, die mir ... *Dinge* zuflüstern. Was haben Sie mit mir getan, Jim?«

»Ich?« Steel lachte ganz leise. »Nichts, Jack, das wissen Sie doch ... Was geht denn in Ihrem Kopf vor, Jack?«

»Oswald«, antwortete Ruby.

»Oswald? Wer ist das?«

»Irgendetwas wird passieren«, murmelte Ruby. »Etwas Schlimmes. Ich ... ich weiß nicht, was, aber es wird passieren. Bald. Warum ... warum weiß ich das alles, Jim?«

Irgendwie spürte ich Steels Bewegung, einen Sekundenbruchteil bevor er sich wirklich herumdrehte und in meine Richtung sah. Ich widerstand der Versuchung, erschrocken auf dem Barhocker herumzufahren, sondern drehte nur das Gesicht zur Theke und griff nach meinem Bier. Die verzerrte Spiegelung darin zeigte mir, dass Steel nicht mich anstarrte, sondern nur einen raschen, suchenden Blick in die Runde warf. Für jeden, der nicht wusste, wer Jim Steel wirklich war, war das Gespräch bisher vielleicht sonderbar gewesen, aber trotzdem unverfänglich. Steels nächste Worte bewiesen, dass das nicht mehr lange so bleiben würde.

»Lassen Sie uns irgendwo hingehen, wo wir reden können, Jack«, sagte er. »Ich denke, ich kann Ihnen helfen.«

»Ich ... ich will das nicht«, stammelte Ruby. Seine Stimme zitterte. Jetzt, wo ich ihn nicht mehr direkt ansah, fiel es mir schwer, seinen Worten noch zu folgen, aber ich hörte, dass nicht mehr die mindeste Kraft darin war. Nicht einmal mehr Trotz. Sie klang ... verzweifelt. Die Stimme eines Menschen, der nicht mehr die geringste Hoffnung hatte.

»Gehen wir in Ihr Büro«, antwortete Steel. Er stand auf.

Ruby zögerte, seufzte dann so tief, dass es fast wie ein Stöhnen klang, und erhob sich schließlich ebenfalls. Mein Herz schien für einen Moment auszusetzen, als die beiden so dicht an mir vorübergingen, dass ich Rubys billiges Aftershave riechen konnte. Aber ich hatte abermals Glück. Steel würdigte mich nicht einmal eines Blickes, sondern ging dicht hinter Ruby auf eine schmale, mit einem Vorhang verschlossene Tür zu, durch die sie beide verschwanden.

Ich zählte in Gedanken bis fünf, dann erhob auch ich mich möglichst unauffällig, schlenderte in die gleiche Richtung wie Steel und Ruby und versuchte, einen verstohlenen Blick über die Schulter zurückzuwerfen, als ich mich dem Vorhang näherte. Niemand nahm von mir Notiz. Der Barkeeper kämpfte hinter seinem Tresen gegen das Einschlafen und die wenigen Gäste starrten noch immer auf die Bühne und warteten vergeblich darauf, dass der dargebotene Striptease spannender wurde. Eine bessere Gelegenheit als jetzt würde sich kaum noch bieten.

Mit einem entschlossenen Schritt trat ich durch den Vorhang, halbwegs darauf gefasst, einem grinsenden Steel gegenüberzustehen, der mit einer Waffe auf mich zielte. Stattdessen jedoch befand ich mich in einem schmalen, muffig riechenden und nahezu unbeleuchteten Gang, in dem sich Bierkisten und Pappkartons mit billigem Whisky stapelten. In einiger Entfernung gewahrte ich einen matten Lichtschein. Als ich mich darauf zu bewegte, erkannte ich, dass es ein ehemaliges Fenster war – ehemalig, weil jemand die Scheibe mit weißer Farbe angemalt hatte, so dass noch schwaches Licht hindurchschien, aber keine Einzelheiten zu erkennen waren. Ganz leise glaubte ich auf der anderen Seite Steels Stimme zu hören, war aber nicht sicher. Dann entdeckte ich eine winzige, frei gebliebene Stelle auf dem Glas; kaum so groß wie ein Daumennagel und ungefähr in Höhe meines Gürtels. Behutsam ließ ich mich in die Hocke sinken und spähte hindurch.

Ich kann selbst nicht genau sagen, *was* ich zu sehen erwartete – wahrscheinlich alles oder nichts –, aber der Anblick, der sich mir durch das unregelmäßige Guckloch bot, war beinahe enttäuschend. Rubys Büro – wenn es sich denn darum handelte – entsprach so sehr dem Klischee eines Hinterzimmerbüros in einem schmierigen drittklassigen Nachtclub, dass es schon fast wieder lächerlich wirkte. Auf dem protzigen Schreibtisch stand eine Lampe mit übergroßem Schirm und einer viel zu schwachen Birne, die den Raum in schummeriges Halbdunkel tauchte. An den Wänden hingen die obligaten Pin-up-Kalender und über einem Stuhl neben der Tür ein mit Strass besetztes Kleid, daneben ein einzelner, roter Frauenschuh. Das mit Abstand größte Möbelstück im ganzen Zimmer war die halb verspiegelte Bar, an der Ruby nun stand und sich mit zitternden Händen einen Whisky eingoss. Ich sah, wie er Steel die Flasche entgegenhielt und mit dem gefüllten Glas in seiner anderen Hand eine auffordernde Geste machte. Steel schüttelte den Kopf, sah sich einen Moment lang suchend um und eilte dann mit energischen Schritten zu einem kleinen Regal auf der anderen Seite der Tür. Das einzige Utensil, das darauf stand, war ein selbst damals schon veraltet wirkendes Röhrenradio. Als hätte er in einer Situation wie dieser nichts Besseres zu tun, begann Steel am Senderknopf zu drehen. Er wandte mir dabei den Rücken zu, sodass ich sein Gesicht nicht sehen konnte, aber seine Haltung verriet höchste Konzentration. Und die Blicke, die Ruby ihm zuwarf, taten ein Übriges. Was immer Steel dort tat – er suchte nicht nach einem Sender, der den neuesten Cole-Porter-Song spielte …

»Also, Jack«, begann Steel nach einer Weile. »Sie wissen, warum ich hier bin.« Er sah nicht von seiner Tätigkeit auf, aber in Rubys Gesicht begann es immer stärker zu arbeiten. Er nippte nervös an seinem Glas, aber ich war ziemlich sicher, dass er die Wirkung des Alkohols in diesem Moment gar nicht spürte. Was ging dort drinnen vor?

»Jack?«

»Ja«, murmelte Ruby widerstrebend. »Ich weiß. Aber ich ... ich kann es nicht.«

»Wir hatten eine Übereinkunft«, erinnerte ihn Steel. Er sah immer noch nicht auf und seine Stimme hatte sich nicht einen Deut verändert. Trotzdem wurde Ruby noch blasser, trank den Rest aus seinem Glas mit einem einzigen, großen Schluck und kramte mit zitternden Händen eine Zigarette hervor. Er war so nervös, dass er drei oder vier Streichhölzer verbrauchte, bevor es ihm gelang, sie in Brand zu setzen.

»Ich weiß«, antwortete er. »Aber ich ... ich kann es nicht tun. Ich weiß nicht mehr, was ... was ich denken soll. Alles ist ... so verwirrend.«

Steel schüttelte den Kopf. Ich konnte sein Lächeln beinahe hören. »Sie enttäuschen mich, Jack«, sagte er. »Wir alle haben von Zeit zu Zeit schlimme Gedanken. Schlechte Träume. Das ist etwas, was wir von diesen ... *Menschen* mitbekommen haben. Ein Problem, aber wir werden es lösen.«

»Das ist es nicht«, antwortete Ruby. Selbst seine Stimme zitterte jetzt.

Steel hörte endlich auf, sich mit dem Radio zu beschäftigen, und drehte sich halb zu Ruby um. Er hatte seine Sonnenbrille abgenommen, sodass ich das erloschene Auge sehen konnte. Es war ein unheimlicher, fast Furcht erregender Anblick. »Was genau denken Sie, Jack?«, wollte er wissen.

Ruby fuhr sich nervös mit der Zungenspitze über die Lippen, setzte das Glas an und stellte erst dann fest, dass nichts mehr darin war. »Ich sehe ... Oswald«, sagte er schließlich. Er schien Mühe zu haben, den Namen überhaupt auszusprechen.

Steel nickte. »Das haben Sie mir bereits gesagt.«

»Ja«, antwortete Ruby fahrig. »Aber es ist ... noch mehr. Ich sehe auch ... Sie, Jim. Sie sehen so ... anders aus. Sie sprechen zu mir ... Jimmy.«

»Natürlich spreche ich mit Ihnen, Sie Dummkopf«, antwortete Steel. »Aber statt Ihren Träumen nachzuhängen, sollten Sie sich lieber darauf konzentrieren, was ich Ihnen jetzt sage. Ich ...« Steel stockte. Obwohl ich nur sein totes Auge sehen konnte, war doch deutlich zu erkennen, wie sein Blick einen Punkt irgendwo hinter Ruby fixierte. Rubys Blick folgte dem Steels und der Barbesitzer fuhr so heftig zusammen, dass er um ein Haar sein Glas fallen gelassen hätte.

Ohne ein weiteres Wort ging Steel an ihm vorbei, bückte sich einen Moment aus meinem Sichtfeld heraus und richtete sich dann mit einem Ruck wieder auf. In seiner rechten Hand befand sich jetzt ein großer, offensichtlich zum Bersten gefüllter Koffer. Ich schätzte, dass er mehr als einen Zentner wiegen musste, aber Steel schwenkte ihn ungefähr so mühelos wie eine Postkarte.

»Wollten Sie verreisen, Jack?«, fragte er.

Ruby schluckte ein paarmal. Er sagte nichts. Steel starrte ihn ein, zwei Sekunden lang wortlos an, dann schüttelte er den Kopf, setzte den Koffer fast behutsam wieder zu Boden und seufzte: »Jack, Jack. Was soll ich nur mit Ihnen tun? Ist das Ihre Art, Ihren Auftrag zu erfüllen?«

Ruby schwieg noch immer.

»Es ist Jack Ruby, nicht?«, fragte Steel kopfschüttelnd. »Der ... *Mensch* in Ihnen. Er ist einfach noch zu stark. Ich nehme es Ihnen nicht übel, Jack. Wenn überhaupt, ist es mein Fehler. Ich hätte Sie nicht auswählen dürfen. Aber nun ist es leider zu spät. Es ist Zeit. Jack Ruby muss seine Bestimmung erfüllen. Wir kennen seine Fähigkeiten. Die Beweise sind vorbereitet. Aber nun muss der Kreis geschlossen werden.«

»Ihr wollt, dass ich ihn töte«, murmelte Ruby. »Oswald.«

»Nicht du«, erwiderte Steel fast sanft. »Jack Ruby. Morgen Vormittag wird Oswald verlegt. Eine bessere Gelegenheit wird sich nicht bieten. Vielleicht gar keine mehr.«

Ruby schüttelte den Kopf. Die Bewegung wirkte trotzig, aber ohne jede Spur von Kraft. »Warum ich?«

»Weil es so geplant ist«, antwortete Steel. »Und weil ich nicht hier bin, um zu diskutieren.«

Seine Bewegung war so schnell, dass Ruby keine Chance hatte. Steels Hand schoss vor, packte Rubys Arm und wirbelte ihn herum. Der Barbesitzer war zwar ein gutes Stück kleiner als Steel, wog aber mindestens dreißig Pfund mehr, und ich hatte nicht den Eindruck, dass daran übermäßig viel Fett wäre. Trotzdem bereitete es Steel keinerlei Mühe, Ruby einfach an sich heranzuzerren und seinen beginnenden Widerstand im Keim zu ersticken. »Jim Steels Position bei Majestic darf nicht gefährdet werden, Jack.«

»Warum bezahlen Sie nicht einfach jemanden dafür?«, flehte Ruby. »Bitte, Jim. Ich kann Ihnen hier nützlicher sein. Ich habe viele einflussreiche Freunde. In meiner Bar gehen prominente Gäste ein und aus. Ich kann Ihnen Informationen liefern, die Sie …«

«Jack Ruby ist ein Freund der Polizei von Dallas«, unterbrach ihn Steel. »Deshalb wurde er ausgewählt. Die Polizei von Dallas macht Geschäfte mit Freunden. Darum wurde Dallas ausgewählt. Alles greift ineinander, Jack, ganz so wie die Zähne eines großen Rades. Jack Ruby wird der Polizei helfen. Das ist seine wahre Bestimmung.«

Ruby gab seinen ohnehin sinnlosen Widerstand auf und verlegte sich vollends aufs Flehen. »Bitte, Jim!«, keuchte er. »Wenn ich ihn umbringe, dann werden sie mich für den Rest meines Lebens einsperren! Haben Sie Erbarmen. Ich liebe mein Leben. Ich liebe meinen Club, ich mag die Mädchen.«

»Vielleicht«, wisperte Steel, »wird es die Stimmen zum Schweigen bringen, Jack.«

»Nein!«, keuchte der Barbesitzer. »Bitte nicht! Ich bin nicht bereit, all das für euch aufzugeben! Dieses Leben ist gar nicht so schlecht. Die Menschen sind …«

Der Rest seiner Worte ging in einem keuchenden Schmerzensschrei unter, als Steel seinen Griff warnungslos verstärkte. Ruby wehrte sich verzweifelt, aber ich wusste, wie sinnlos das war. Schließlich hatte ich mehr als einmal am eigenen Leib zu spüren bekommen, wie unvorstellbar stark ein Mensch war, der von einem Ganglion übernommen worden ist. Ohne die geringste Mühe zog Steel den Mann vollends zu sich heran, drückte seinen Kopf zurück und presste ihm gleichzeitig die Kehle zu.

»So, Jack Ruby ist nicht bereit«, zischte er. »Gut. Dann müssen wir dafür sorgen, dass er es ist. Vielleicht sind wir ja noch zu schwach in ihm!«

Ich ahnte, was kam. Trotzdem musste ich mich mit aller Kraft beherrschen, um nicht vor Schrecken und Ekel laut aufzuschreien. Steel zwang Rubys Kopf mit brutaler Kraft immer weiter in den Nacken. Gleichzeitig näherten sich Steels Lippen seiner Kehle, als wolle er sie ihm einfach durchbeißen. Aber das tat er nicht. Stattdessen drückte er Rubys Kopf plötzlich wieder nach vorne und verstärkte den Druck auf den Adamsapfel des Mannes noch weiter, bis Ruby mit einem halberstickten Keuchen den Mund öffnete und nach Luft zu schnappen versuchte.

Etwas Dünnes, sich Windendes schoss zwischen Steels Lippen hervor und verschwand schnell wie eine zustoßende Schlange in Rubys Mund. Es ging zu schnell, um es genau zu erkennen, aber ich wusste natürlich, was es war: ein Ganglion, die gleiche Art von parasitärem Monster, die auch für Steels Handlungen verantwortlich war – und die für kurze Zeit auch von Kim Besitz ergriffen hatte.

Ruby schrie. Er bekam immer noch nicht genug Luft, so dass eher ein schwächliches Blubbern daraus wurde, aber das machte den Laut noch schrecklicher. Sein Körper bäumte sich in Steels Griff auf und für eine Sekunde, vielleicht weniger, huschte ein Ausdruck unbeschreiblicher Qual über sein Gesicht.

Dann erschlaffte er.

Steel ließ von seinem Opfer ab, trat mit einem erschöpften Seufzen zurück und musterte Ruby mit einer Mischung aus Nachdenklichkeit und Spott. »Sehen Sie, Jack«, sagte er. »So schlimm war es doch gar nicht, oder?«

Ruby schwieg. Er *versuchte* zu antworten, aber ich konnte sehen, dass es ihm nicht gelang. Er taumelte. So schnell die Übernahme durch das Ganglion auch gewesen sein mochte, schien sie ihn doch all seiner Kraft beraubt zu haben.

Steel wartete einige Sekunden lang vergeblich auf eine Antwort. Dann schüttelte er den Kopf, drehte sich langsam herum und trat abermals an den Radioempfänger, um die Lautstärke mit einem Ruck aufzudrehen. Aus dem Empfänger drang jedoch keine Musik oder die Stimme eines Nachrichtensprechers, sondern eine Folge unheimlicher, an- und abschwellender Laute; etwas, das man zwanzig Jahre später als elektronisches Pfeifen bezeichnet hätte, mir damals jedoch vollkommen fremd war. Steel hörte einige Sekunden lang zu, zuckte dann mit den Schultern und drehte behutsam an der Sendereinstellung.

Aus dem Pfeifen und Heulen wurden … *Laute*. Keine Störgeräusche, sondern modulierte, wenn auch unsagbar *fremde* Worte. Worte in einer Sprache, die ich schon einmal gehört hatte.

»Klaa nuuuu«, keuchte Steel. *»Thiaa raaa, thaaa …«*

Die Stimme aus dem Radio antwortete; auf die gleiche unheimliche Art und Weise, aber viel flüssiger und schneller. Vielleicht waren Steels menschliche Sprechorgane einfach nicht dazu in der Lage, Worte einwandfrei in einer Sprache zu modulieren, die nicht für Menschen gemacht war. Nach einigen Sekunden kam auch Ruby näher; mit langsamen, marionettenhaft wirkenden Bewegungen und leeren Augen. Seine Lippen begannen die gleichen unheimlichen Laute zu formen, die auch Steel aus sich herauspresste und die aus dem Radio drangen.

Der unheimliche Dialog hielt weiter an, aber ich hatte nicht die Kraft, ihm noch länger zu folgen. Lautlos und zitternd bewegte ich mich einige Schritte von dem Fenster weg, dann wandte ich mich um und rannte regelrecht aus dem Haus. Und diesmal war es mir egal, ob ich Aufsehen erregte oder nicht.

23. November 1963, 23:30

Sunshine Motel, Dallas

Wir verbrachten das, was von dieser Nacht noch übrig war, in einem Motel in der Nähe des Flughafens. Es wurde eine unruhige, qualvolle Nacht. Kimberley hatte Albträume und am Ende saß ich bis zum Morgen neben ihr auf dem Bett, um sie wachzurütteln und zu beruhigen, sobald sie wieder zu wimmern begann.

Ich hätte aber wahrscheinlich ohnehin keinen Schlaf gefunden. Das Feuerzeug auf dem Nachttisch, die Waffe, die ich die ganze Nacht in der Hand hielt, der Gedanke an Steel und Bach, all das hätte mich wach gehalten, wenn es die Sorge um Kim nicht getan hätte. Stetig wanderte mein Blick zwischen Kims bleichem Gesicht und den abgedunkelten Fenstern hin und her. Es war eine stickige Nacht, so heiß, wie Sommernächte in Texas eben werden konnten. Ich spürte den Schweiß auf meiner Stirn wie einen dünnen, lebendigen Belag, aber mein Mund war trocken, trotz des abgestandenen Wassers, dass ich in unregelmäßigen Abständen aus dem Zahnputzbecher trank.

Ich hatte in meinem an billigen Unterkünften nicht gerade armen Leben noch nie eine solche Absteige wie dieses Motel gesehen. Die Bettlaken waren so steif, als habe jemand sie für ein Totenbett stärken wollen, die Matratze war ein Brett, aber klamm wie Sumpfgras, und die in Brauntönen längsgestreifte, vergilbte Tapete erzählte ihre eigene Geschichte in zahllosen mehr oder minder großen Flecken teils erkennbarer, teils undefinierbarer Herkunft. Ich hatte die Tür zum Bad offen gelassen, da sich dort der einzige funktionierende Ventilator befand. Die Klimaanlage neben dem Bett war nicht weniger laut als der alte Traktor, den mein Vater noch letztes Jahr gefahren hatte, aber eine merkliche Abkühlung hatte sie nicht zu Stande gebracht. Der infernalische Lärm hatte Kim und mich so eingeschüchtert, dass ich das Gerät rasch wieder abgeschaltet hatte. Es war mir so vorgekommen, als brülle die Klimaanlage unsere Anwesenheit in die drückende Nacht hinaus. Wir waren vermutlich nicht allein mit unserer Abneigung aufzufallen. Nur wenige der Zimmer waren belegt, aber keiner der anderen Gäste hatte seine Klimaanlage länger als ein paar Minuten laufen lassen.

Zumindest gab es außer den menschlichen keine anderen Gäste. Im ersten Moment hatte es mich überrascht, aber nachdem ich den durchdringenden Geruch nach Chemikalien im Bad gerochen hatte, wusste ich, warum Schaben und Kakerlaken das Zimmer, und vermutlich das gesamte Motel, fluchtartig verlassen hatten. Solange der Ventilator die Luft bewegte, konnte man den Gestank ertragen, aber bevor ich den schmutzigen Schalter hinter dem Gehäuse gefunden hatte, hatte mich das scharfe Insektizid im Hals gewürgt.

Der anhaltende Durchzug verschaffte mir inzwischen keine Linderung mehr. Zwei Stunden nach Sonnenuntergang schien die in den Mauern und dem flachen, teerbeschichteten Dach gespeicherte Hitze durch die Tapete nach innen zu sickern und sich in den Zimmern auszubreiten wie eine unsichtbare, zähe Masse. Das bloße Dasitzen verursachte mir Schweißausbrüche. Auf dem Nachttisch stand ein Plastikkübel mit Eis aus dem Automaten vor dem Büro, inzwischen zu zwei Dritteln mit Schmelzwasser gefüllt. Hin und wieder nahm ich einen Eiswürfel, um mir damit Gesicht und Hals zu kühlen, und einmal lutschte ich versuchsweise einen Eisklumpen auf, um meine trockene Kehle anzufeuchten. Die Kälte kontrastierte fast schmerzhaft mit der lähmenden Hitze um uns herum. Nach ein paar Stunden schien es, als sei die Zeit stehen geblieben. Nur der dunkle Umriss des breiten Stundenzeigers, der immer wieder andere Teile des im gespenstischen Radiumlicht leuchtenden Zifferblattes auf unserem kleinen Reisewecker überdeckte, bewies mir, dass ich noch wach und bei Verstand war. Meine Gedanken, die zunächst noch dahingerast waren, einander verfolgend und sich dabei überschlagend, waren zu einem fast völligen Stillstand gekommen. Im Grunde waren es nur mehr immer wieder dieselben Namen, die einander folgten wie die Töne einer hypnotisch langsamen Melodie … Bach, Steel, Kennedy, Ruby, Oswald, Bach … Eine schwere, tragende Melodie, wie die eines Trauermarsches, und immer wieder dazwischen der Name Kim, wie ein heller Glockenton, der die dunklen Töne für einen Augenblick in den Hintergrund drängte. Irgendwo auf der Welt, so hatte ich gelesen, gab es Mönche, die den ganzen Tag lang immer wieder dasselbe Wort wiederholten, als Teil ihrer Meditation. Was immer sie für ein Wort für ihre Gebete gewählt hatten, für mich erfüllte in dieser Nacht ein Name denselben Zweck.

Zweimal hatte ich Kim ein mit kühlem Wasser getränktes Taschentuch auf die Stirn gelegt, nachdem ich sie aus ihrem immer wiederkehrenden Albtraum hatte wecken müssen. Ich erinnerte mich noch an die heftige Grippe, die sie sich während unserer Zeit an der UCLA eingefangen hatte, unmittelbar nach den Prüfungen. Damals hatte sie sich völlig verausgabt und am Ende hatte ich, wie jetzt auch, an ihrem Bett gesessen, während sie im Fieber Tropfen für Tropfen ihre Krankheit ausgeschwitzt hatte. Fast sehnte ich mich nach diesen Tagen und Nächten im Studentenwohnheim zurück. Damals war mir ihre so plötzliche und so schwer erscheinende Krankheit wie eine schreckliche Bedrohung vorgekommen. Männer neigen zur Übertreibung, hatte sie schon damals gesagt. Jetzt, im Rückblick, stimmte ich ihr zu. Das Fieber, das sie in dieser Nacht, in diesem schäbigen Motel im Würgegriff hielt, war kaum von der Art, die man ausschwitzen konnte.

Ich erwachte aus meinen um sich selbst drehenden Grübeleien, als sie sich ein weiteres Mal auf dem Bettlaken bewegte. Es war eine kaum erkennbare Regung, aber inzwischen war ich in meiner einsamen Wache so auf sie konzentriert, dass ich die winzige Verlagerung der Hand selbst vom anderen Ende des Zimmers her wahrgenommen hätte. Sie lag seit einiger Zeit wieder auf dem Rücken, nicht mehr zusammengekauert wie ein kleines Kind, und während ich sie noch aufmerksam betrachtete, fiel ihr Kopf zur Seite, mir entgegen. Eine Haarsträhne klebte an ihrer Stirn. Glücklicherweise funktionierte die Dusche, dachte ich. Die Dusche war so ziemlich das einzige, was in diesem Motelzimmer seinen Dienst verrichtete. Wir würden beide eine ausgiebige Dusche nötig haben, bevor wir zum Flughafen aufbrachen.

Ich streckte die Hand nach ihrem Gesicht aus, um ihr die Haare aus den Augen zu streichen. Bevor ich sie noch berühren konnte, zog sie den Kopf plötzlich wieder halb zurück. Ihre Lippen verzogen sich plötzlich zu einem glückseligen Lächeln, noch bevor ich sie überhaupt berührt hatte. Es war das erste wirkliche Lächeln, das ich seit Wochen an ihr gesehen hatte, und ich bezweifelte, das es sich im wachen Zustand gezeigt hätte. Sie murmelte etwas und ihre Lider flatterten. Meine Finger verharrten in der Luft, eine Hand breit von ihrem Gesicht entfernt. Ich wagte nicht sie zu stören, aber ich wollte sie so gern berühren, und meine Unentschlossenheit ließ mich einfach stillsitzen, nicht einmal merkend, wie mein Arm ermüdete.

Ihr Mund öffnete sich. Ihre Lippen waren trocken und spröde wie meine eigenen. Eine Schweißperle rann von ihrem Kinn den Hals herab. Ich beugte mich unwillkürlich vor. Ich sah es nur aus den Augenwinkeln, aber ihre Hände schlossen sich zu Fäusten, und die an ihrem Hals scharf wie Draht hervortretenden Sehnen warnten mich.

Ich schwankte noch zwischen dem Impuls zurückzuweichen und dem Drang sie festzuhalten, als sie, anscheinend im tiefsten Schlaf, weit die Augen aufriss. Ihre Pupillen waren so sehr geweitet, dass sie die Iris vollständig verdrängt hatten, und im ersten Moment schien es, als wären ihre Augenhöhlen mit großen Tropfen aus nachtschwarzer Tinte gefüllt. Ihre Kehle bewegte sich, als wolle sie schreien, aber kein Wort drang hervor. Ihr Körper verkrampfte sich. Ich legte ihr in einer unwillkürlichen Reaktion die Hand auf den Mund. Ihr Schrei hätte das gesamte Motel aufgeschreckt. Etwas glitt über meine Handfläche, eine feuchte, kalte Berührung, die mich an Schnecken denken ließ. In panischem Schrecken zog ich die Hand zurück, nur um zu erkennen, dass es sich um ihre Zunge gehandelt hatte. Sie stammelte Worte, die ich nicht verstehen konnte, während sie den Kopf von rechts nach links warf. Ihre Finger waren so fest in das Bettlaken verkrallt, dass es unter ihrem Körper zum Zerreißen gespannt war. Falten zogen sich sternförmig von ihren beiden Fäusten davon. Ihre gestreckten Beine zuckten unregelmäßig, so als habe sie die Kontrolle über ihren Körper bereits verloren. Ich nahm mich zusammen, fasste sie mit beiden Händen bei den Schultern und schüttelte sie heftig.

»Kim«, rief ich, so laut ich es wagte. »Bitte, Honey. Wach auf!«

Ihre Kehle rang mit gurgelnden Lauten, die ich nie zuvor von ihr gehört hatte. Ihre Augen waren immer noch weit offen, die Pupillen so erweitert, dass ihr selbst das schwache Licht der Parkplatzbeleuchtung wehtun musste, aber sie nahm es gar nicht wahr, so wenig wie meine flehentlichen Rufe. Ich rüttelte sie, bis ihr Oberkörper in meinen Händen wie der einer Puppe pendelte, aber sie verharrte in einer Trance, aus der ich sie einfach nicht erwecken konnte. Die Krämpfe wurden heftiger und ich spürte, dass ihr Atem ausgesetzt hatte. In meiner Verzweiflung drückte ich sie an mich, während meine Hand nach dem Kübel auf dem Nachttisch tastete. Ohne Zögern schüttete ich ihr den Inhalt ins Gesicht.

Das kalte Wasser traf sie wie ein Schlag. Sie hustete plötzlich und ein Schwall Wasser traf mich aus ihrem offenen Mund. Der Hustenanfall war so heftig, dass ich sie in den Armen halten musste, während sie den Kopf in den Händen barg. Ihr ganzer Körper ruckte, wenn sie wieder zu keuchen begann. Schließlich ließen die Zuckungen wieder nach.

»Was …?«, japste sie atemlos.

»Du hattest wieder einen Albtraum«, sagte ich.

Kim warf mir einen verständnislosen Blick zu. Ihre Augen waren noch ein wenig dunkler als gewöhnlich, aber die Trance war beendet. Sie zog die Beine an und setzte sich auf. »Hast du mich deshalb ertränken wollen?«, fragte sie mit rauer Stimme.

»Ein Versehen«, sagte ich ruhig. »Ich wollte dir einen kalten Umschlag machen, als es losging. Du hast mich überrascht.«

»Großartig«, murmelte sie. Sie wischte sich mit dem Handrücken über den Mund und zupfte an ihrem nassen Nachthemd, dann sah sie wieder zu mir und musterte mich mit zusammengekniffenen Augen.

»Du bist angezogen«, sagte sie.

»Nur das Hemd«, antwortete ich. »Ich konnte nicht schlafen.«

Sie wandte sich ab und presste die Hand gegen den Bauch. »War es so schlimm?«, fragte sie tonlos.

»Ich hätte sowieso kein Auge zugetan«, sagte ich einfach. »Mir geht zu viel im Kopf herum.«

Sie sagte nichts darauf. Ich nahm den Kübel vom Boden und sah mich um. Der billige Teppich hatte ein paar dunkle Flecken mehr bekommen. Ich nahm den Zahnputzbecher und schüttete den Inhalt mit einem Achselzucken auf dem Boden aus, dann goss ich den Rest Eiswasser aus dem Kübel in den Becher und reichte ihn Kim. Sie trank mit kleinen, vorsichtigen Schlucken.

»Schmeckt nach Seife«, beschwerte sie sich.

»Trink«, sagte ich. »Zahnpaste ist gesund.«

Sie lachte – oder versuchte es wenigstens, dann rieb sie sich mit der flachen Hand über den Hals. »Muss wohl scheußlich gewesen sein«, sagte sie.

»Der Albtraum?« Ich streckte die Hand nach ihr aus,

fasste ihr Kinn mit den Fingerspitzen und strich mit dem Daumen ihren Wangenbogen entlang. »Sag du es mir.«

Sie sah mich nicht an. Sie ließ meine Berührung über sich ergehen, aber sie reagierte nicht darauf, ebenso wenig wie auf meine Aufforderung.

»War es wieder der Astronaut?«, fragte ich nach einer Weile.

Kim wich meinem Blick aus. »Ich möchte nicht darüber reden«, sagte sie. Eine halbe Sekunde später – und leiser – fügte sie hinzu: »Nein. Es war ... etwas anderes.«

»Es wird schlimmer«, vermutete ich.

Sie setzte einen entschlossenen Gesichtsausdruck auf, den ich nur zu gut kannte. »John, es ist nur ein Traum«, erklärte sie in einem Tonfall, der nichts Gutes verhieß. Ich beschloss, die Sache für den Augenblick auf sich beruhen zu lassen. Ich begann, mir wirklich Sorgen wegen dieses Albtraums zu machen, aber es hatte wenig Sinn, mit ihr zu reden, wenn sie in dieser Stimmung war. Es war ein Teil des Schutzwalls, den sie um sich herum zu errichten begonnen hatte – und diese unsichtbare Mauer zwischen uns war auch etwas, das mich mit Sorge erfüllte.

Kimberley setzte die Füße auf der mir abgewandten Seite des Bettes auf den Boden und blinzelte aus dem Fenster. »Die Sonne geht auf«, sagte sie überrascht.

Ich blickte an ihr vorbei auf den Parkplatz hinaus. Sie hatte Recht. Der frühe Morgen brachte einen bleigrauen, makellosen Himmel, so abrupt, wie es in dieser Gegend manchmal geschah. »Noch nicht ganz«, sagte ich. »Vielleicht noch eine Stunde.« Ich setzte mich zu ihr aufs Bett und begann ihren Nacken zu massieren. Sie war völlig verspannt und zunächst versteifte sie sich nur noch mehr, aber nach einer halben Minute entkrampfte sie sich sichtlich. Sie ließ den Kopf hängen. »Hmmmm«, machte sie.

»Wir haben zwei Stunden, bis der nächste Flug geht«, sagte ich. »Zeit genug, um uns ein paar saubere Sachen aus dem Koffer zu suchen und uns ein Frühstück zu besorgen.«

Sie bewegte die Schultern und die Sehnen spannten sich unter meinen Fingerspitzen. »Was ist mit Bach?«, fragte sie.

»Was meinst du?«

»Wann willst du ihn anrufen?«

Ich dachte ein letztes Mal darüber nach. »Kurz bevor wir in das Flugzeug steigen. Selbst wenn er den Anruf zurückverfolgt, werden wir weg sein, bevor seine Leute dort eintreffen.« Ich strich mit beiden Daumen nach oben, zum Haaransatz hin. »Und selbst er wird kaum vermuten, dass wir nach Washington zurückkommen.«

Sie sagte nichts darauf. Vielleicht stimmte sie mir nicht zu. Sie legte die Hand auf meine und drehte sich zu mir herum. »Danke«, flüsterte sie und küsste mich neben den Mund. Ich legte den Kopf auf ihre Schulter und erwiderte den Kuss, diesmal richtig.

»Es war mir ein Vergnügen«, sagte ich, als wir uns wieder voneinander lösten. Ich stand vom Bett auf, trat zu ihr, reichte ihr die Hand und zog sie auf die Beine. »Lass uns duschen«, sagte ich. »Du holst dir noch den Tod in diesem nassen Nachthemd.«

Sie sah an sich herunter, dann an mir herauf. »Du bist tatsächlich nicht vollständig angezogen.«

Ich sah sie verständnislos an. Sie lachte, dann drückte sie sich an mich, bis ich begriff. »Lass uns zusammen duschen«, sagte sie an meinem Ohr.

24. November 1963, 10:53

Love Field, Flughafen Dallas

Wir ließen den Studebaker auf dem Parkplatz am Flughafen stehen und vermutlich haben sie ihn noch am selben Tag abgeschleppt. Ich warf die Pistole in einen Mülleimer. Vielleicht würde man eine Verbindung herstellen, vielleicht auch nicht. Wir würden nicht mehr in der Nähe sein, wenn es jemals so weit kam. Womöglich würden wir dann nicht einmal mehr am Leben sein.

Glücklicherweise gab es noch zwei Tickets für eine Maschine nach Washington und glücklicherweise reichte unser verbliebenes Bargeld noch für den Flug und ein Essen. Im Licht der Morgensonne, das jetzt viel sanfter schien, wirkte das weißgekalkte Innere des Flughafengebäudes fast angenehm. Ich war erschöpft und müde, aber ich fühlte mich wohl, und in der Erinnerung wirkte selbst das schäbige Motelzimmer nicht mehr so bedrückend, wie ich es noch in der Nacht empfunden hatte. Nun, wir hatten es für eine kurze Zeit zu unserem Heim gemacht, in gewissem Sinne. Ich musste über mich selbst lachen. Kimberley warf mir einen Blick zu und versetzte mir einen warnenden Stoß, als sie meine Gedanken erriet. Sie war nicht weniger müde als ich, aber das mit erstaunlich ruhiger Hand aufgetragene Make-up verdeckte die Linien, die die vergangenen Tage in ihr Gesicht gezeichnet hatten. Wir trugen unsere letzten sauberen Kleider und die Dusche hatte uns auf mehr als eine Weise belebt und erfrischt. Schon an der UCLA hatte sie immer darauf bestanden, dass ich auf mein Äußeres achtete und der prüfende Blick, den sie gewöhnlich meiner Garderobe widmete, verfolgt mich manchmal bis ins Büro. Jetzt stand sie vor mir und rückte meinen Hemdkragen zurecht, als würden wir zu einem Bewerbungsgespräch gehen. Nun, in gewissem Sinne würden wir das tun – wir würden uns um Zutritt zu einem Flugzeug bewerben, zwei landesweit gesuchte Verrückte, gefährlich und vermutlich bewaffnet.

»Männer«, sagte sie und ihre Finger ruckten ungeduldig. »Kannst du bitte mal aufhören, so ein Gesicht zu schneiden?«

»Nicht, solange du mit spitzen Fingern an mir herumzerrst«, antwortete ich.

»Nun, vor einer Stunde hast du dich nicht beklagt«, versetzte sie schnippisch. »Ist das der Grund für dieses dämliche Grinsen, John Loengard?«

Ich räusperte mich. »Ich verweigere die Aussage«, sagte ich in offiziell klingendem Tonfall. »Ich streite jedes Wissen um die genannten Vorgänge ab.«

»Findest du mich albern?«, erkundigte sie sich, als sie endlich mit dem Sitz meines Kragens zufrieden war. Sie trat einen Schritt zurück und musterte mich kritisch: Kleidung, Gesicht und alles andere.

»Nur ein wenig«, antwortete ich.

»Blödmann«, teilte sie gelassen mit. »Das Äußere wirkt auf die innere Befindlichkeit zurück, mein Schatz. Jemand, der herumläuft wie ein ungemachtes Bett, dessen Gedanken sind vermutlich genauso verknittert wie sein Gesicht. Hör auf eine Frau.«

Ich nickte gehorsam. »Richtlinien direkt aus dem Weißen Haus«, spottete ich. »Die Geheimnisse der Macht, direkt aus dem Büro der Gattin des Präsidenten.« Ein Schatten zog sich über ihr Gesicht. »Entschuldige«, sagte ich rasch. »Das war dumm von mir.«

»Schon in Ordnung«, sagte sie und hakte sich unter. »Gehen wir. Du hast noch einen Anruf zu tätigen, vergiss das nicht.«

Ich sah auf die Uhr und nickte. »Der richtige Zeitpunkt«, sagte ich. Wir steuerten auf ein Wandtelefon in der Nähe zu, ein unauffällig gekleidetes junges Paar in einer nicht gerade menschenleeren, aber auch nicht übervölkerten Halle. Ich sah einen Flughafenpolizisten am anderen Ende der Halle und ein paar Monteure, aber keine weiteren Uniformen. Kim behielt die Passanten im Auge, während ich telefonierte. Ich wog den Hörer einige Sekunden in der Hand, dann schloss ich die Augen und wählte die Nummer, an die ich mich nur zu gut erinnerte.

»Disease Control Center der Navy, DC«, meldete sich eine Männerstimme. »Was kann ich für Sie tun?«

»Holen Sie mir Frank Bach an den Apparat«, sagte ich.

»Wer spricht?«, schnappte der Mann am anderen Ende.

»Loengard«, antwortete ich nicht weniger knapp.

»Sie müssen sich verwählt haben«, sagte die Stimme gedehnt.

»Lassen Sie den Unsinn«, sagte ich. »Hier ist John Loengard. Ich bin ... war ... Majestic-Agent. Ich weiß, dass Bach in Dallas ist, also stellen Sie mich besser zu ihm durch.«

»Das wird nicht einfach sein«, erklärte der Mann in der Telefonzentrale des angeblichen Dienstes zur Seuchenbekämpfung.

»Hören Sie«, sagte ich mit ruhiger Stimme. »Ich weiß, dass Sie den Anruf zurückverfolgen. Tun Sie, was Sie nicht lassen können, aber schinden Sie besser keine Zeit, oder ich hänge wieder ein. Bach hat sich irgendwo in Dallas ein gemütliches Plätzchen eingerichtet, das wissen Sie, und ich weiß es auch. Ich wäre wirklich verblüfft, wenn er nicht eine Standleitung zu Majestic hätte. Stecken Sie einfach die Verbindung ein, in Ordnung?«

»Loengard«, begann der Mann.

Ich unterbrach ihn. »Wollen Sie wirklich riskieren, ihm irgendwann gestehen zu müssen, dass John Loengard sich wegen Bachs liebstem Spielzeug bei Ihnen gemeldet hat und dass Sie sich nicht entschließen konnten, mich zu ihm durchzustellen?«

»In Ordnung«, kam nach einem Moment die Antwort.

»Das dachte ich mir«, sagte ich, als es auch schon knackte. Es klingelte einmal, dann war es für einen Moment totenstill in der Leitung. Der Telefonoperator sprach jetzt mit jemandem in Dallas, kein Zweifel. Es knackte noch einmal.

»Was für eine angenehme Überraschung«, hörte ich Bachs gelassene Stimme.

»Hören Sie genau zu, Frank«, sagte ich mit gesenkter Stimme. »Ihre Leute schwirren vermutlich wie die Schmeißfliegen herum, um den Anruf zu verfolgen, aber vergessen Sie das Spiel mal für einen Moment.«

»Schießen Sie los«, sagte Bach. Sein Tonfall verriet nichts.

Ich blickte zu Kim. Sie nickte ermunternd. »Sie haben ein Problem, und das sind nicht wir, und das ist nicht das Artefakt. Ihr Problem ist Steel. Wissen Sie, wo er jetzt ist?«

Ich konnte förmlich sehen, wie er die Stirn runzelte. »Ich werde das kaum mit Ihnen diskutieren, John.«

»Haben Sie Steel den Auftrag gegeben, uns zu töten?«

»Und wenn es so wäre?«

»Nur weiter so, Frank«, sagte ich. »Niemals ein Stück Information preisgeben, selbst wenn man dafür als übler Schurke dasteht. Ihnen gefällt die Rolle, was? Nun, ich brauche die Antwort nicht. Steel hat versucht, uns zu töten, erst in Washington, dann in Norman.«

»Norman?«, wiederholte Bach. Vielleicht war er tatsächlich überrascht. Ich fragte mich, wie viel freie Hand er Steel gelassen hatte.

»Was hat er Ihnen über die Nacht vor Kennedys Ermordung erzählt? Als Ihre Männer uns vor unserer Wohnung aufgelauert haben?«

»Sagen Sie's mir«, forderte mich Bach auf.

Ich fasste den Hörer fester. »Keine Spielchen. Sie müssen wissen, ob Sie ihn für diesen Einsatz eingeteilt hatten oder ob er aus eigener Initiative dort aufkreuzte. Jedenfalls hat er es verpfuscht. Was hat er Ihnen erzählt, wie es abgelaufen sein soll? Haben Sie mit den anderen Männern gesprochen? Ich habe ihn angefahren, Frank. Ein gewöhnlicher Mensch wäre danach nicht wieder von allein auf die Beine gekommen. Er schon. Beim zweiten Zusammenstoß hat er sich am Kopf verletzt. Ich habe gedacht, er hätte ein Auge verloren, aber da habe ich mich wohl getäuscht. Er konnte womöglich noch gut genug sehen, um ein Gewehr zu benutzen, denke ich. Was hat er Ihnen eigentlich gesagt? Ein einfacher Bluterguss?« Mir kam eine Idee. »Hat er sich in dieser Nacht für einen Tag vom Dienst abgemeldet? Wenn ich jetzt so darüber nachdenke, dann kam ihm die Verletzung sehr gelegen. Schließlich gab es da noch einen Termin in Dallas, nicht wahr?«

Bach hatte keine Anstalten gemacht, mich zu unterbrechen. Vermutlich waren seine Leute noch immer damit beschäftigt, den Anruf zurückzuverfolgen. Ich konnte nur hoffen, dass meine Worte Wirkung gezeigt hatten.

»Steel ist hive«, sagte ich betont. »Ich habe es selbst gesehen. Er ist in Kennedys Ermordung verwickelt und ein Kerl namens Jack Ruby wird Oswald für ihn erschießen.«

»Das ist eine interessante Geschichte, die Sie mir da erzählen«, sagte Bach nach einem Moment. »Vielleicht sollten wir einen Treffpunkt ausmachen, um in Ruhe darüber zu reden.«

»Keine Chance«, sagte ich. »Machen Sie's gut, Bach. Diesmal war's noch gratis.« Ich hängte ein.

»Gut«, sagte Kim. »Wenn er dir nicht glauben will, dann soll er es eben lassen.«

»Er wird mir glauben«, versicherte ich. »Und selbst wenn nicht, wird er Steel schon aus reiner Vorsicht durchchecken lassen. Schade, dass ich nicht dabei sein kann, wenn er begreift, dass die Hive ihm die ganze Zeit über die Schulter geschaut haben.«

»Vielleicht tun sie es ja noch«, sagte Kim. »Woher willst du wissen, dass Steel der Einzige ist? Jeder kann es sein. Der Mann, mit dem du gerade telefoniert hast, Dr. Hertzog … sogar Bach selbst.«

Oder du? Ich sprach den Gedanken nicht aus und ich verdächtigte Kim natürlich auch nicht wirklich, aber ich spürte, worauf unser Gespräch hinauslief. Auf den einzigen Punkt, um den sich ihre Gedanken seit einigen Tagen drehten. Wir hatten das Thema am Morgen vermieden, aber ich hatte ihr Stöhnen und Wimmern während der vergangenen Nacht nicht vergessen.

»Ja«, antwortete ich betont. »Es *könnte* jeder sein – sogar ich.« Ich blieb stehen, drehte mich zu ihr herum und sah ihr fest in die Augen. »Glaubst du, dass *ich* hive bin, Kim?«

Kimberley blinzelte irritiert. Dann lachte sie nervös. »Du? Was soll der Unsinn? Natürlich nicht. Du ...«

»Wieso erwartest du dann von mir, dass ich glaube, dass *du* es bist?«, unterbrach ich sie. »Verdammt, Kim, hör auf! Wir stehen das durch. Wir werden mit Bach fertig und auch mit Steel und diesen verdammten Hive. Aber ich kann dich nicht vor dir selbst beschützen. Wenn du aufgibst, dann sind wir beide erledigt.«

Kim hielt meinem Blick stand, aber ich sah, dass sie jetzt nur noch mit letzter Kraft die Tränen zurückhalten konnte. Sie tat mir unendlich leid. Und der Gedanke, dass es nichts gab, was ich für sie tun konnte, trieb mich fast in den Wahnsinn.

»Du ... hast Recht«, flüsterte sie schließlich. »Aber ... aber da ist etwas, John. In mir. Etwas, das ... das nicht dorthin gehört.«

»Ich weiß«, antwortete ich. »Aber wir werden damit fertig, Kim. Das verspreche ich dir.«

Ich musste wohl einigermaßen überzeugend geklungen haben, denn nach ein paar Sekunden zwang sich Kim zu einem Lächeln und wir gingen weiter. Innerlich aber fühlte ich mich erbärmlich und unendlich schwach und allein. Vielleicht weil ich das Gefühl hatte, Kimberley zum erstenmal im Leben *wirklich* belogen zu haben.

»Lass uns gehen«, sagte ich und nahm den Koffer auf. »Die Maschine geht in zehn Minuten.«

Sie nickte. »Ja, wir sollten machen, dass wir von hier wegkommen. Nicht auszudenken, wenn in der Telefonzentrale von Majestic jemand von den Hive sitzt.«

Daran hatte ich nicht gedacht. Ich blieb stehen, die

Klinke der Tür, die ich ihr offen hielt, in der Hand, und starrte sie an. Als sie meinen Blick erwiderte, lächelte ich sie an.

»Was ist los?«, fragte sie.

»Du bist eine Säule der Vernunft in meinem verwirrten Leben«, versetzte ich.

»Tolles Kompliment«, sagte sie ironisch und sah an sich herab. »Säule, hmmm?«

Sie trat aufs Flugfeld hinaus und drückte die Reisetasche an sich. »Du hast ihm nichts davon erzählt, wie Steel diesen Ruby übernommen hat.«

»Wir werden es Kennedy sagen«, sagte ich.

»Dann sollten wir das Flugzeug besser nicht verpassen«, stellte Kim fest und setzte sich in Bewegung. Wir liefen auf die Maschine zu, deren Rotoren bereits anliefen. Ein Mann von der Bodencrew kam uns entgegen, einen Kopfhörer ans Ohr gepresst.

»Haben Sie schon gehört?«, rief er über den Lärm, als er an uns vorbeitrottete. »Irgend so ein armer Irrer hat gerade Oswald erschossen, einfach so. Ein Dutzend Polizisten war Zeuge.« Kopfschüttelnd lief er weiter.

Wir tauschten einen Blick. Kim hielt die Reisetasche wie einen Schutzschild vor ihren Körper. Ich wusste, dass sie an Ruby dachte. Ich fasste sie am Ellenbogen und deutete auf die Maschine. Stumm setzten wir uns in Bewegung. Die Männer der Bodenmannschaft zogen die Leiter weg, sobald wir im Flugzeug waren. Ein paar Minuten später waren wir in der Luft und der Flughafen, das Motel, Fort Worth, Dallas und all die anderen Bauten inmitten der betonierten Steppe blieben unter uns zurück, als sich das Flugzeug nach Norden wandte. Für den Augenblick waren wir unseren Verfolgern einen halben Schritt voraus. Aber der Vorsprung schmolz immer weiter zusammen.

24. November 1963, 17:23

Washington D.C.

Das Haus lag auf der anderen Straßenseite, vielleicht zehn, allerhöchstens ein Dutzend Schritte entfernt; ein schlichtes, nicht besonders großes Haus in einer unauffälligen, nicht gerade teuren Wohngegend Washingtons. Es hätte einem Staubsaugervertreter gehören können, einem Tierarzt oder einem Angestellten eines Automobilkonzerns. Nichts daran war irgendwie außergewöhnlich und schon gar nichts deutete darauf hin, dass sein *Bewohner* in irgendeiner Weise außergewöhnlich sein könnte.

Genau diesen Eindruck sollte es ja auch erwecken. Doch auf mich wirkten die spießbürgerlich kiesbestreute Auffahrt und die schlichte Mahagonitür wie der Eingang zu Draculas Schloss.

Kim hatte kein Wort gesagt, als ich unsere nunmehr unwiderruflich letzte Barschaft am Flughafen nachgezählt und einem Taxifahrer ausgehändigt hatte, damit er uns hierher brachte, aber sie schwieg auf eine ganz bestimmte Art und Weise. Ihr Gesicht war verschlossen, ja, fast starr, und in ihren Augen lag ein Ausdruck, der mich erschreckt hätte, hätte ich den Mut gehabt, ihrem Blick länger als eine Sekunde standzuhalten. Von der überraschenden Fröhlichkeit, die sie noch am Morgen in Dallas an den Tag gelegt hatte, war nichts mehr geblieben. Anders als ich hatte sie auf dem Flug hierher geschlafen, aber die wenigen Stunden schienen sie mehr Kraft gekostet zu haben, als sie ihr gaben. Ihr Gesicht war grau und sie war nicht im Stande, die Hände ganz still zu halten. Ich war sicher, dass sie wieder geträumt hatte.

Hinter uns fuhr das Taxi los und die Stille, die das rasch verklingende Geräusch des Motors verschlang, riss mich in die Wirklichkeit zurück. Wir waren weit und breit die einzigen Menschen auf der Straße und mit Sicherheit wurden wir von einem Dutzend neugieriger Augenpaare beobachtet. Wir würden auffallen, wenn wir noch länger hier herumstanden und das Haus anstarrten. Vielleicht taten wir es bereits.

»Komm«, sagte ich. »Keine Angst. Er wird dir helfen.«

Kimberley tat mir auch jetzt nicht den Gefallen zu antworten, sondern sah mich nur an; vermutlich ohne irgendeinen Hintergedanken. Sie war einfach müde und suchte einen Halt für ihren Blick. Trotzdem glaubte ich einen vorwurfsvollen Schimmer in ihren Augen zu lesen. Aber sie widersprach nicht, sondern setzte sich mit einem angedeuteten Kopfnicken in Bewegung, als ich von der Straße heruntertrat und die Haustür ansteuerte.

Ich griff mit der linken Hand nach der Klingel, versenkte die rechte in der Manteltasche und drückte den Knopf so heftig in die Fassung, dass das Blut unter meinem Fingernagel wich. Gedämpft durch das dicke Holz der Tür hörte ich einen sanften Glockenton, dem praktisch sofort schnelle, schwere Schritte folgten, die sich näherten, und in dem vielleicht zehnten Teil einer Sekunde, der noch verging, bevor die Tür geöffnet wurde, schossen mir hunderte von Bildern durch den Kopf, die sich mir gleich bieten würden. Der Anblick einer Revolvermündung, die genau auf mein Gesicht zielte, war davon vielleicht noch das Harmloseste. Es war Wahnsinn gewesen, hierher zu kommen; der dümmste Fehler, den ich je gemacht hatte. Ebensogut hätten wir gleich zu Bach gehen oder am Flughafen auf Steel warten können und …

Die Tür wurde mit einem Ruck aufgerissen und ich starrte in Dr. Hertzogs schreckensbleiches Gesicht. Der Ausdruck des mit Entsetzen gemischten Unglaubens in seinen Augen erschien nicht erst darin, als er mich ansah. Er musste uns bereits gesehen haben, als wir aus dem Taxi stiegen. Ich fragte mich, wie viele Leute uns vielleicht *noch* gesehen hatten.

»John?«, murmelte er. Dann weiteten sich seine Augen

und er keuchte noch einmal: »John? Was um alles in der Welt ...«

Ich ließ ihn nicht ausreden, sondern legte die linke Hand auf seine Brust, schob ihn mit schon etwas mehr als nur *sanfter* Gewalt wieder ins Haus zurück und folgte ihm; gleichzeitig machte ich einen halben Schritt zur Seite, damit Kimberley mir folgen konnte, und warf die Haustür hinter mir mit dem Absatz zu. Das alles dauerte weniger als eine halbe Sekunde und Hertzogs Gesichtsausdruck nach zu schließen bekam er nicht einmal richtig mit, wie ihm geschah. Er war offensichtlich zu hundert Prozent damit beschäftigt, abwechselnd mich und Kim anzustarren.

»Hallo, Carl«, sagte ich. »Wir waren gerade in der Gegend und da dachte ich mir, wir schauen einfach mal vorbei. Sie haben doch nichts dagegen?«

Hertzog japste fassungslos nach Luft. »Sind ... sind Sie wahnsinnig geworden?«, murmelte er. »Was ... was tun Sie hier? Großer Gott, John – ganz Majestic sucht nach euch beiden! Ihr braucht ...«

»Hilfe«, fiel ich ihm ins Wort. »Genau. Aus keinem anderen Grund sind wir hier.«

Hertzog antwortete nicht gleich. Sein Gesicht hatte mittlerweile noch mehr Farbe verloren und leuchtete weiß im Halbdunkel der Diele, aber ich sah, wie er am ganzen Leib zu zittern begann. Ich hatte die rechte Hand immer noch in der Manteltasche, aber plötzlich wurde mir klar, wie albern das war. Hertzog war gar nicht in der Verfassung, sie zu bemerken und zu glauben, dass ich vielleicht eine Waffe darin hielt, mit der ich auf ihn zielte.

»Bitte, John«, murmelte er. »Sie ...«

Ich unterbrach ihn erneut: »Sind wir allein?«

Hertzog nickte. Mit sichtlicher Mühe löste er den Blick von meinem Gesicht, sah Kimberley an und dann wieder mich. »Ja.«

»Fünf Minuten«, sagte ich. »Mehr verlange ich nicht von Ihnen, Carl. Hören Sie uns fünf Minuten zu. Wenn

Sie es dann noch wollen, gehen wir, und Sie sehen uns nie wieder.«

»Wenn Bach erfährt, dass Sie hier waren, sieht *mich* niemand mehr wieder«, murmelte Hertzog, nickte dann aber und trat mit einer einladenden Geste zurück. »Kommt mit. Wir sind allein, aber die Putzfrau kommt jeden Augenblick. Es ist besser, wenn sie euch nicht sieht.«

Wir folgten ihm die Treppe hinauf und in ein kleines, ausgesprochen ungemütlich eingerichtetes Arbeitszimmer, dessen Fenster auf den Garten hinaus ging. Hertzog deutete mit einer fahrigen Geste auf eine zerschlissene Chaiselongue, die unter dem Fenster stand, schloss sorgsam die Tür hinter sich ab und nahm dann auf dem einzigen verbliebenen Stuhl im Zimmer Platz; so weit von uns entfernt, wie es der Raum überhaupt zuließ.

»Fünf Minuten«, sagte er. »Und wenn Sie mich nicht davon überzeugen, dass Bach selbst hive ist und Kennedy ein Agent der *Grauen* war, gebe ich Ihnen weitere fünf Minuten Vorsprung und informiere dann Majestic.«

»Das ist fair«, antwortete ich.

»Ich spiele mit offenen Karten«, erwiderte Hertzog ruhig. Er hatte seine Überraschung halbwegs überwunden und natürlich meldete sich jetzt sein Misstrauen. Ich fragte mich, was Bach ihm über Kim und mich erzählt haben mochte.

»Wir brauchen Ihre Hilfe«, sagte ich. »*Kim* braucht Ihre Hilfe.«

Ich deutete auf Kimberley und erhaschte dabei einen Blick auf ihrem Gesicht, der mich beunruhigte. Sie hatte mit keinem Wort gegen meine Idee protestiert, ausgerechnet hierher zu kommen, und bisher hatte ich dieses überraschende Stillschweigen sogar mit einer gewissen Erleichterung hingenommen. Jetzt fragte ich mich, ob sie überhaupt *begriffen* hatte, was ich tat. Oder wo wir waren.

»Sie sehen nicht gut aus, meine Liebe«, sagte Hertzog. »Sind Sie krank?«

»Warum sonst wären wir wohl hier?«, fragte ich.

»Wenn Sie einen Arzt brauchen, dann kann ich Ihnen die Adresse eines Kollegen geben«, sagte Hertzog. »Keine Sorge, er wird keine Fragen stellen, sondern …«

»Ist er zufällig Spezialist für die Hive?«, fragte ich.

Diesmal dauerte Hertzogs Schweigen ein wenig länger. Er hatte sich nun wieder vollkommen in der Gewalt, aber man musste kein Gedankenleser sein, um zu erkennen, wie es hinter seiner Stirn arbeitete. »Was … meinen Sie damit?«, fragte er zögernd.

»Die ART, die Sie bei Kim durchgeführt haben«, antwortete ich. »Sie scheint nicht hundertprozentig erfolgreich gewesen zu sein, *das* meine ich damit.«

»Unsinn!«, antwortete Hertzog überzeugt. »Ich habe sie gründlich untersucht. Ein Dutzendmal. Verdammt, John, Sie waren *dabei!* In ihr ist kein Ganglion mehr und das wissen Sie so gut wie ich.«

»Träume«, murmelte Kim. Ihre Stimme klang flach, praktisch ausdruckslos und ihre Augen blieben leer. »Ich … habe Träume.«

»Das ist ganz normal, nach dem, was Sie mitgemacht haben«, erwiderte Hertzog. In seinen Augen blitzte es ärgerlich auf, als er sich wieder an mich wandte. »John, Sie wollen mir doch nicht erzählen, dass Sie sich selbst, Kim und zu guter Letzt auch mich in Gefahr bringen, weil Ihre Freundin ein paar schlechte Träume hat?«

»Warum hören Sie mir nicht einfach zu, Carl?«, fragte ich. »Vielleicht verstehen Sie mich danach besser.«

Hertzog setzte zu einer ärgerlichen Entgegnung an, beließ es dann aber doch nur bei einem Achselzucken und machte eine abgehackte, auffordernde Geste. Zugleich sah er auf die Uhr. »Sie haben noch drei Minuten.«

Natürlich brauchte ich länger als diese Zeit, um ihm zu erzählen, was seit unserer überstürzten Flucht aus Washington geschehen war. Hertzog hörte mir schweigend zu und es bedurfte abermals keiner sehr großen Menschenkenntnis, um zu begreifen, dass er mir nicht unbedingt jedes Wort glaubte. Trotzdem unterbrach er mich kein einziges Mal. Als ich fertig war, lehnte er sich in seinem Stuhl zurück, verschränkte die Arme vor der Brust und starrte gute zehn Sekunden lang ins Leere.

»Oswald wurde heute Morgen in Dallas ermordet«, sagte er. »Es kam vor einer Stunde im Radio.«

»Ich weiß.«

»Sie könnten es dort gehört haben«, fuhr Hertzog fort. Er schüttelte den Kopf und lachte, leise und sehr nervös. »Warum sollte ich Ihnen diese verrückte Geschichte glauben, John? Und selbst, wenn sie wahr ist: Warum kommen Sie ausgerechnet zu mir? Sie wissen, dass ich …«

Er sprach nicht weiter, sondern biss sich auf die Unterlippe, und ich führte den begonnenen Satz für ihn zu Ende. »Ich weiß, dass Sie uns schon einmal an Bach verraten haben, Carl, das stimmt. Genau aus diesem Grund bin ich hier.«

»Wie?« Hertzogs Augen wurden schmal. »Sind Sie hier, um alte Schulden einzutreiben? Ich bin Ihnen gar nichts schuldig, wenn Sie das glauben.«

Das stimmte nicht und die Feindseligkeit in seiner Stimme war auch nicht echt, sondern purer Selbstschutz. Ich kannte Hertzog lange genug, um zu wissen, dass er sich den Verrat an Kim und mir niemals wirklich verziehen hatte. Wenn es bei Majestic überhaupt jemanden gab, der dem Begriff *Freund* nahe kam, dann war es Carl Hertzog gewesen – bis zu jenem Tag. Er hatte getan, was er glaubte tun zu müssen, aber ich wusste, wie sehr er unter diesem Vertrauensbruch litt.

»Sie sind der einzige Mensch in dieser Stadt, der uns helfen kann«, antwortete ich. »Vielleicht auf der ganzen Welt.«

»Unsinn!«, widersprach Hertzog. »Ich bin nur ein einfacher Arzt. Nicht einmal ein besonders guter, um ehrlich zu sein.«

»Aber Sie sind zufällig auch der einzige Spezialist für Ganglien«, erwiderte ich. »Und so ganz nebenbei auch der einzige Mensch in dieser Stadt, dem ich noch vertraue.«

Hertzog starrte mich überrascht an. »Mir?«

»Ja«, antwortete ich. In meiner Stimme war sehr viel mehr Überzeugung, als ich erwartet hatte, aber vielleicht begriff ich auch erst in diesem Moment, dass ich tatsächlich die Wahrheit sagte. Ich hatte mir jedes Wort, das ich Hertzog sagen wollte, sorgsam zurechtgelegt, und mir wurde erst jetzt klar, dass es eben nicht nur vorbereitete Argumente waren. »Sie haben damals nur getan, was Sie tun mussten, aber ich glaube, dass Sie es aus Überzeugung getan haben – weil Sie glaubten, dass es richtig war. Nicht aus blindem Gehorsam Bach und Majestic gegenüber. Sagen Sie mir, wenn ich mich irre.«

Hertzog schwieg. Er wirkte völlig verstört.

»Wir können niemandem mehr trauen«, fuhr ich fort, »nach dem, was wir mit Steel erlebt haben. Selbst wenn Bach ihn ausschaltet … Majestic ist nicht mehr sicher. Was, wenn Steel nicht der Einzige ist?«

»Das ist Wahnsinn«, murmelte Hertzog. »Steel und … und hive? Wenn das stimmt, dann … dann könnte es jeder sein. Sogar Bach. Sogar ich.«

»Nein«, sagte Kim leise.

»Nein?« Hertzog blinzelte. Seine Augen wurden schmal. »Woher wollen Sie das wissen?«

»Sie kann sie spüren«, antwortete ich an ihrer Stelle. »Auf diese Weise konnten wir Steel auch entkommen.«

»Sie können sie … *spüren?«*, krächzte Hertzog. »Sie meinen, Sie … Sie *wissen,* wenn sich ein Hive in Ihrer Nähe befindet?«

»Wenigstens war es bei Steel so«, sagte ich. »Ein weiterer Grund, aus dem wir nicht zu Bach gehen können.«

»Sie würden sie nie wiedersehen«, bestätigte Hertzog düster. Dann schüttelte er den Kopf. »Trotzdem – ist Ihnen eigentlich klar, wie unvorstellbar *wertvoll* diese Gabe ist?«

»Mir ist klar, wie unvorstellbar *gefährlich* Kim für die

Hive ist«, antwortete ich betont. »Ich weiß nicht, ob Steel etwas von dieser … Gabe ahnt. Aber wenn es so ist, dann werden sie sie töten, ganz egal, was es sie kostet.«

»Wann hat es angefangen?«, fragte Hertzog. Etwas in seiner Stimme änderte sich, fast unmerklich, aber von einem Augenblick auf den anderen. Er klang immer noch nicht besonders freundlich oder gar begeistert von der Vorstellung, uns helfen zu sollen, aber ich spürte auch das professionelle Interesse, das meine Worte in ihm geweckt hatten. Ich war enttäuscht. Ich hätte mir gewünscht, dass Hertzog uns aus anderen Gründen half. Aber in unserer Situation stand es uns nicht an, wählerisch zu sein.

»Gleich nach … nach der ART«, antwortete Kim stockend.

»Und Sie haben nichts gesagt?« Nicht nur Hertzog sah Kim überrascht an. Auch ich hatte keine Ahnung gehabt. Kimberley hatte bis zu unserem ersten Zusammenstoß mit Steel nicht einmal eine Andeutung gemacht.

Sie schüttelte den Kopf und warf mir einen raschen, um Verzeihung bittenden Blick zu. »Ich dachte, es wäre normal«, antwortete sie.

»Das kann ich sogar verstehen«, sagte Hertzog. Er seufzte. »Nach dem, was Sie mitgemacht haben, würde sich niemand über ein paar Albträume wundern, nehme ich an.«

»Du hättest es mir trotzdem sagen sollen«, sagte ich vorwurfsvoll.

Kimberley ignorierte mich einfach und fuhr leise und an Hertzog gewandt fort: »Es war auch nicht sehr schlimm. Aber seit ein paar Tagen … wird es schlimmer.«

»Seit Sie auf Steel gestoßen sind.« Offensichtlich hatte Hertzog meiner Schilderung sehr aufmerksam gelauscht.

Kim nickte. »Ja. Vielleicht hat die Nähe eines anderen Ganglions … irgendetwas ausgelöst. Geweckt.«

»Etwas, das jetzt in Ihnen heranwächst und Zähne und Krakenarme hat und grüne Antennenaugen«, sagte Hertzog todernst. Dann schüttelte er heftig den Kopf. »Jetzt machen Sie sich mal nicht verrückt, Kleines. Ich werde sie erst einmal gründlich untersuchen – so weit ich das hier kann, und danach sehen wir weiter. Im Augenblick gibt es noch keinen Grund, in Panik zu geraten.« Er legte den Kopf schräg, betrachtete erst Kim und dann mich sehr aufmerksam – und auf eine Art und Weise, die mir klar machte, dass ihm das, was er sah, nicht sehr gefiel – dann seufzte er abermals und fuhr fort: »So, wie ihr beide ausseht, braucht ihr wahrscheinlich nichts anderes als vierundzwanzig Stunden Schlaf.«

»Nein!«, sagte Kim. »Ich …«

»Ich werde Ihnen etwas geben, nach dem Sie ganz bestimmt *nicht* träumen werden«, unterbrach sie Hertzog. »Aber Sie können natürlich auch warten, bis Sie ganz von selbst zusammenklappen. Ich schätze, es wird nur noch ein paar Stunden dauern.«

Kim schwieg. Ihr Blick flackerte und ihre Hand kroch ein kleines Stück auf meine zu und zog sich dann wieder zurück, ganz kurz, bevor sich unsere Finger wirklich berühren konnten. Ich konnte mir vorstellen, wie es in ihr aussah. Sie musste panische Angst davor haben einzuschlafen, aber das allein war es wahrscheinlich nicht. Hertzog hatte uns schon einmal an Bach verraten. Wenn sie das Schlafmittel nahm, das er ihr anbot, lieferte sie sich ihm vollends aus. Nicht, dass das in ihrem momentanen Zustand noch einen großen Unterschied gemacht hätte …

»Ich verstehe«, sagte Hertzog. Seine Stimme wurde um mehrere Nuancen kühler. Offensichtlich hatte er Kimberleys Schweigen vollkommen richtig gedeutet. »Also gut. Sie sind beide schließlich alt genug, um zu wissen, was Sie tun. Ich kann verstehen, dass Sie mir nicht mehr vertrauen.«

»Darum geht es nicht«, antwortete ich hastig. Ich war nie ein besonders guter Lügner gewesen und der Reaktion auf Hertzogs Gesicht nach zu schließen hatte sich daran auch jetzt nichts geändert. Trotzdem fuhr ich fort:

»Uns bleibt nicht genug *Zeit,* um uns gründlich auszuschlafen, Carl. Die Hive haben irgendetwas vor. Ich weiß nicht, was, aber es scheint sich um eine große Sache zu handeln. Wir müssen Kennedy warnen. Und ich muss ihm das Artefakt übergeben. Darf ich Ihr Telefon benutzen?«

»Gerne«, sagte Hertzog, schüttelte aber absurderweise gleichzeitig den Kopf. »Aber dann können Sie Frank Bach auch gleich persönlich anrufen.«

»Wieso?«

Hertzog verzog die Lippen zu einem vollkommen humorlosen Lächeln. Gleichzeitig stand er auf. »Wie lange sind Sie schon Majestic-Agent, John?«, fragte er. »Immer noch nicht lange genug, um zu wissen, dass Sie niemals einem Telefon trauen sollten? Nicht einmal, wenn es ins Büro des Generalstaatsanwalts führt?«

Gerade dann nicht, fügte ich in Gedanken hinzu. Gleichzeitig schalt ich mich selbst einen Narren. Schließlich hatte mir Bach höchstpersönlich diese eherne Regel beigebracht: Traue nichts und niemandem und schon lange keiner Technik. Allmählich machte sich die Übermüdung wohl auch bei mir bemerkbar. Ich begann Fehler zu machen.

»Außerdem würde es Ihnen nichts nutzen, John.« Hertzog trat an eine niedrige Kommode und begann mit fahrigen Bewegungen in einer Schublade zu kramen. Er wandte mir den Rücken zu, während er weitersprach. »Bobby Kennedy ist nicht in Washington. Ich weiß zufällig, dass er erst morgen Vormittag zurück erwartet wird. Ich an Ihrer Stelle würde versuchen, ihn morgen zu treffen. Und vorher *niemanden* anrufen.«

»Wieso?«, fragte ich.

»Die Beerdigung«, antwortete Hertzog. »Der Präsident wird morgen Nachmittag beigesetzt. Ich nehme doch an, dass sein Bruder anwesend sein wird … nebst einigen tausend anderen Gästen und ein paar Millionen Fernsehzuschauern in aller Welt. Nicht einmal Frank Bach dürfte es wagen, Sie vor so vielen Zeugen zu … eh … belästigen.«

Ich war davon nicht annähernd so überzeugt wie Hertzog, gab ihm im Stillen aber natürlich Recht; zumindest, was seinen Rat anging, mit niemandem Kontakt aufzunehmen. Jedenfalls mit niemandem aus Kennedys Stab.

Hertzog hörte auf, in seiner Schublade herumzuwühlen, drehte sich wieder zu uns herum und reichte Kimberley ein kleines Fläschchen mit Pillen. »Nehmen Sie wenigstens das«, sagte er. »Oder lassen Sie es bleiben.«

Kimberley griff zögernd nach dem Fläschchen, drehte es aber nur unschlüssig in den Händen. Hertzog sah sie einen Moment lang an, zuckte dann mit den Schultern und ging zu seinem Stuhl zurück, setzte sich aber nicht.

»Ihr solltet euch allmählich entscheiden«, sagte er. »Ich habe jetzt Dienst – und Bach warten zu lassen wäre nicht unbedingt das Klügste. Ich weiß allerdings noch nicht, wann ich zurückkommen werde. Ihr könnt hier bleiben oder gehen … wenn ihr euch fürs Bleiben entscheidet, werde ich Kimberley untersuchen, sobald ich wieder da bin.«

»Okay«, antwortete ich lahm und enttäuscht, denn eigentlich hatte ich mir etwas anderes vorgestellt. Es passte mir nicht, dass Hertzog jetzt sofort gehen musste – oder wollte. Bahnte sich da ein erneuter Verrat an oder war es wirklich so, dass er jetzt in Majestic erwartet wurde? Insgeheim hatte ich erwartet, dass er sich sofort um Kim kümmern würde und nicht noch etliche Stunden dazwischen schob.

»Freut mich, dass ihr das auch so seht«, brummte Hertzog, der über meinen Tonfall hinwegging, als ob er ihn gar nicht bemerkt hätte. »Und für was entscheidet ihr euch?«

Ich wechselte einen Blick mit Kim. In ihren Augen glaubte ich die gleiche Unentschlossenheit zu lesen, die auch ich empfand. »Ich bin … bin mir noch nicht ganz sicher.«

Hertzog runzelte die Stirn, verzichtete aber auch diesmal auf einen Kommentar. Er nahm seinen Mantel von der Garderobe und begann sich anzukleiden. »Machen Sie jetzt keinen Fehler, John«, sagte er, während er in seinen Mantel schlüpfte. »Kimberley als vollkommen erschöpft zu bezeichnen wäre reine Schmeichelei – und wenn Sie ehrlich in sich hineinspüren, werden Sie feststellen, dass es Ihnen keineswegs viel besser geht. Sie müssen zur Ruhe kommen, ein paar Stunden wenigstens. Wenn Sie darüber hinweggehen, folgt automatisch der Zusammenbruch.« Er setzte seinen Hut auf und warf mir nochmals einen prüfenden Blick zu. »Und davon hat doch keiner was, oder?«

Die Tür fiel so abrupt hinter ihm ins Schloss, dass ich automatisch zusammenzuckte. Hertzogs Aufbruch erschien mir etwas übereilt und tausend Gedanken schossen mir durch den Kopf. Kim und ich sahen ihm nach und zumindest ich starrte die Tür hinter ihm noch endlose Sekunden weiter an. Ich fühlte mich hilflos und elend. Hilflos, weil ich einfach nicht mehr wusste, was ich tun sollte, und elend, weil Bach und die Hive mich mittlerweile so weit gebracht hatten, nicht einmal mehr meinen engsten Freunden vertrauen zu können – und Kim offensichtlich weit genug, nicht einmal mehr mir gänzlich zu vertrauen.

»Warum hast du es mir nie gesagt?«, fragte ich, während ich mich zu ihr umwandte.

»Was?«

»Du weißt ganz genau, wovon ich rede«, antwortete ich, ohne sie anzusehen und in schärferem Tonfall, als ich eigentlich beabsichtigt hatte. »Deine Träume. Deine ... Visionen. Ich dachte, es wäre alles vorbei.«

»Das war es auch«, antwortete Kim leise. Und nur, um sich mit ihrem nächsten Satz gleich selbst zu widersprechen. »Ich dachte, ich werde allein damit fertig. Und am Anfang war es auch so.«

Sie atmete hörbar ein, aber ich widerstand der Versuchung, mich zu ihr herumzudrehen und sie in die Arme zu schließen. Ich hörte ein leises Klappern und sah aus den Augenwinkeln, dass sie begonnen hatte, mit dem Tablettenfläschchen zu spielen, das Hertzog ihr gegeben hatte.

»Es geht mir wirklich schon ein wenig besser«, sagte sie nach einer Weile.

»Ach?«

»Ich meine es ernst.« Kimberley steckte das Fläschchen mit einer übertrieben heftigen Bewegung in die Manteltasche. »Ich meine ... ich bin hundemüde und ich fühle mich, als wäre ich von einem Panzer überrollt worden, aber ich fühle mich trotzdem besser.«

Natürlich sagte sie das nur, um mich zu beruhigen und vielleicht auch sich selbst und ebenso natürlich musste sie wissen, dass ich ihr kein Wort glaubte. Irgendetwas zwischen uns schien plötzlich nicht mehr da zu sein; jenes unsichtbare Band aus absolutem Vertrauen, das unser Verhältnis immer zu etwas Besonderem gemacht hatte. Sie belog mich nur, um mich zu beruhigen. Diese Art kleiner Lügen und Ausflüchte hatte es natürlich auch schon früher zwischen uns hin und wieder einmal gegeben. Und trotzdem war es diesmal anders. Ich konnte das Gefühl nicht wirklich in Worte kleiden, aber es war da und es tat sehr weh.

»Also?«, fragte sie nach einer Weile. »Bleiben wir hier? Ich meine: Vertraust du Hertzog?«

Vertrauen ... Das Wort hatte plötzlich einen sonderbaren, sehr bitteren Beigeschmack. Trotzdem nickte ich. »Er hat Recht«, sagte ich. »Wir brauchen ein wenig Ruhe. Ich beginne Fehler zu machen, weißt du, und das ist etwas, das wir uns nicht leisten können. Außerdem kann er dir vielleicht wirklich helfen.«

»Damit?« Kim zog das Fläschchen wieder aus der Tasche. Ich nahm es ihr aus den Fingern, warf einen Blick auf das Etikett und stellte erwartungsgemäß fest, dass mir die lateinische Beschriftung nichts sagte. Vermutlich nur ein harmloses Beruhigungsmittel.

»Auf jeden Fall wird es dir nicht schaden«, sagte ich, während ich es ihr zurückgab. Ich stand auf. »Wir haben keine Wahl, Kim. Irgendjemandem müssen wir vertrauen. Und ich wüsste nicht, wem – außer Carl. Zumindest, bis wir mit Kennedy gesprochen haben.«

»Du glaubst doch nicht im Ernst, dass wir während der Beerdigung auch nur auf hundert Fuß an ihn herankommen«, sagte Kim. Sie schüttelte heftig den Kopf. »Ich weiß nicht«, fuhr sie fort. Der Klang ihrer Stimme wurde eine Spur spröder. »Das alles gefällt mir überhaupt nicht, John. Ich traue deinem Doktor nicht. Je länger ich darüber nachdenke, umso mehr komme ich zu der Überzeugung, dass wir nie hätten hierher kommen dürfen.«

Ich zuckte mit den Achseln. Nach den sich überschlagenden Ereignissen der letzten Tage kam mir Hertzogs Haus geradezu als ein sicherer Hort vor, als letzte ruhige Insel inmitten einer stürmischen See, die uns schon mehr als einmal fast untergespült hätte. Allein der Gedanke, eine Weile hier zu verweilen und Kraft zu schöpfen, hatte etwas Verlockendes. Wir konnten schließlich nicht vierundzwanzig Stunden am Tag auf den Beinen bleiben. Wir brauchten beide etwas Ruhe. Und vielleicht brauchte ich noch etwas anderes: das Gefühl, ein Stück Verantwortung abgeben zu können. Ich hatte Hertzog einen Ball zugespielt und jetzt hing es einzig und allein von ihm ab, wie er ihn aufnahm.

»Wenn wir jedem misstrauen, laufen wir uns irgendwann tot«, sagte ich. Ich wollte Kim erklären, warum ich das Risiko für vertretbar hielt, Hertzog um Hilfe zu bitten. Aber meine Worte wären an ihrem Misstrauen sowieso abgeprallt und so ließ ich es lieber.

»Deswegen müssen wir uns doch nicht vorsätzlich in Gefahr begeben«, antwortete Kim ärgerlich.

»Aber das tun wir doch nicht«, beharrte ich. Gleichzeitig fühlte ich ein merkwürdiges Gefühl in mir aufsteigen; eine Unruhe, die weit über das hinausging, was mich in akuten Gefahrensituationen in den Klauen hielt. Hinter meiner Stirn formten sich Gedanken und Gefühle, die so absolut monströs waren, dass ein möglicher Verrat Hertzogs im Vergleich dazu geradezu harmlos erschien. Ich fühlte mich merkwürdig unwirklich, als wäre ich selbst nur ein Beobachter, der zufällig in dieses Dutzendhaus in einer besseren Gegend Washingtons geraten wäre; als würde mich alles nichts wirklich angehen und als wäre ich nur Zeuge einer Situation, auf die ich selber keinen Einfluss hätte.

Kims Augen wurden eine Spur dunkler. »Lass uns von hier verschwinden«, forderte sie mit rauer Stimme. »Je eher wir weg sind, umso besser.«

Ihre Worte erreichten mich nur wie durch Watte. Tage- ja wochenlang hatte mich der Gedanke immer wieder gestreift. Aber, jetzt, hier in diesem Haus, das in meiner Erinnerung so vollständig mit der Austreibung des Ganglions aus Kim verknüpft war, überfiel mich die Angst um sie mit unerbittlicher Kraft. Wenn ich ehrlich war, dann musste ich mir eingestehen, dass ich nicht wusste, wer sie war. Oder *was.* Vielleicht entglitt sie mir gerade jetzt, vielleicht hatte ich sie aber auch schon längst verloren. Und plötzlich wurde mir klar, dass die Frau, die ich liebte und mit der ich alles zu teilen bereit war, nicht mehr vollkommen sie selbst war. Möglicherweise kämpfte in ihr eine unvorstellbar fremde Macht mit ihrem Geist, mit ihrer Seele um die Vorherrschaft.

»Ich will hier weg, John«, sagte Kim. Ihre Stimme klang eiskalt, so als habe sie jedes Gefühl verloren. Auf unangenehme Weise fühlte ich mich an Steel erinnert, an diese unwirklich wirkende Szene seines Gesprächs mit Ruby im schummerigen Hinterzimmer des Carousel Clubs. »Ich habe Angst«, fuhr Kim im selben grauenvoll unbeteiligten Tonfall fort. »Hertzog wird mit der halben Mannschaft Majestics hier auftauchen. Wie kannst du nur so naiv sein zu glauben, dass Bachs Leibarzt uns mehr Loyalität entgegenbringt als seinem Herrn und Meister?«

»Ich …«, begann ich, brach dann aber verwirrt ab. Kims Befürchtungen klangen durchaus plausibel. Und doch überschlugen sich meine Gedanken. Wie sollte ich Kim begreiflich machen, dass ich selbst ihr nicht trauen konnte? Wie konnte ich ihr so etwas überhaupt begreifbar machen, ohne dass sie das Gefühl bekam, ja, bekommen musste, dass ich mich innerlich sehr weit von ihr entfernt hatte? Und das Schlimmste war: Was auch immer da in ihr am Werke war, was immer sie befähigte, die Nähe eines Hive zu spüren – es war nichts Menschliches. Was nun, wenn der fremde Teil in ihr sie dazu zwang, Hertzog auszuweichen? Denn schließlich war er der einzige Mensch, der dem fremden Etwas in ihr gefährlich werden konnte. War es wirklich gesundes Misstrauen, das aus Kim sprach, oder etwas gänzlich anderes?

»Was ist nun?«, fragte Kim ungeduldig. »Mit jeder Minute, die verstreicht, sinken unsere Chancen.«

»Da bin ich mir nicht so sicher«, sagte ich so fest wie möglich. Ich konnte aber nicht verhindern, dass meine Stimme fast unmerklich zitterte; jemand anderem würde das kaum auffallen, aber Kim konnte es nicht entgehen. Und dann wurde mir schlagartig klar, dass letztlich alles auf die Frage hinauslief, wem ich mehr traute: Kim oder Hertzog. »Hertzog ist schließlich die einzige Chance … um dir zu helfen …«, fuhr ich schließlich fort.

»Ach ja, ist er das?« Kim zog spöttisch die Augenbrauen nach oben. Ich kannte diesen Blick und ich fürchtete ihn; so reagierte sie nur, wenn sie sich in die Enge getrieben fühlte. »Ist dein Mister Allwissend vielleicht auch in der Lage, sich gegen Bach und Steel durchzusetzen? Kann Mister Supermann vielleicht mit einem Fingerschnippen die Ermordung Kennedys rückgängig machen?« Sie lachte kurz und hart auf »Mach dir doch nichts vor, John. Er gehört mit zu Bachs Häschern, zu den Leuten, die tief in Kennedys Tod verstrickt sind. Und er wird nichts tun, was ihn selbst ernsthaft in Gefahr bringt.«

»Aber er hat uns schon einmal …«

»Er hat schon einmal was? An mir rumgepfuscht und uns dann verraten?« Kim schüttelte energisch den Kopf. »Nicht mehr mit mir. Nicht *jetzt*. Mir geht es gut. Ich kann die Hive orten, und das hat uns schließlich schon mehr als einmal gerettet. Möchtest du, dass ich diese Fähigkeit verliere?«

Ja, das will ich! hätte ich ihr am liebsten entgegengeschrien. Ich hätte sie liebend gern gepackt und alles aus ihr herausgeschüttelt, was so fremd, so unvorstellbar *anders* war als alles, was ich an ihr liebte und schätzte. Doch da schwelte noch mehr unter der Oberfläche. Die Gefahr schweißte uns unbarmherzig zusammen und hatte verdeckt, wie weit wir uns in den letzten Tagen und Wochen innerlich voneinander entfernt hatten. Wir waren uns fremd geworden, vielleicht nicht allein nur durch dieses unvorstellbare *Ding*, den Rest dieses Aliens, der sich bei ihr eingenistet hatte. Aber das war das Schlimmste von allem. Weil ich nie sicher sein konnte, warum Kim etwas sagte und tat: aus freien Stücken oder als Sklavin einer ekelhaft fremden Intelligenz.

Meine Gedanken und Gefühle mussten wohl deutlich in meinem Gesicht abzulesen sein. Denn Kim starrte mich aus großen, runden Augen an, in denen sich erst Unverständnis und dann Abscheu spiegelten. »Das ist es also«, sagte sie leise. »Du traust *mir* nicht mehr! Du denkst, ich wäre eine von ihnen!«

»Nein, ich …«

»Erzähl mir nichts, John.« Sie hob die Hände in einer kraftlosen Geste und ließ sie dann wieder fallen. »So weit ist es also schon«, fuhr sie leise fort. »Du hast dich innerlich so weit von mir entfernt, dass dir selbst dieser … dieser widerliche Hertzog näher steht als ich.« Sie schien einen Augenblick nahe dran zu sein, in Tränen auszubrechen. Doch dann ging ein spürbarer Ruck durch ihren Körper und sie lächelte traurig. »Zeit für mich zu gehen. Wir sollten uns hier und jetzt trennen.«

»Wie … was meinst du damit?«, fragte ich fassungslos.

Ich hätte sonst was darum gegeben, in diesem einen endlosen Augenblick ihre Gedanken lesen zu können. Sie kam mir so erschreckend fremd vor. Da war überhaupt nichts mehr, was sie mit mir zu verbinden schien. Nichts. Keine Liebe, keine Sympathie, ja, nicht einmal so etwas wie Achtung und Respekt.

»Das, was ich sagte.« Sie straffte sich und schüttelte dann leicht den Kopf. »Wir sollten uns trennen. Für den Moment. Ich kann im Büro der First Lady mehr erreichen, als wenn wir beide zusammenbleiben.«

Einen Herzschlag lang war es totenstill. Es war eine Stille, die auf unangenehme Weise mehr war als nur das Fehlen von Geräuschen. Das Einzige, was ich wahrnahm, war das harte und zu schnelle Hämmern meines Herzens.

»Das ist doch nicht wirklich der Grund, oder?«, fragte ich zögernd. »Du willst einfach nicht mehr mit mir zusammen sein, ist es das?«

Nachdem ich den Satz ausgesprochen hatte, kam ich mir ausgesprochen dumm vor. Es wäre klüger gewesen, ihn ungesagt zu lassen, das war mir sofort klar. Das Letzte, was wir gebrauchen konnten, war ein Streit, der hier und jetzt unsere ganze Beziehung in Frage stellte.

»Ich weiß es nicht, John«, sagte Kim und diesmal schimmerten in ihren Augen Tränen. »Ich weiß es wirklich nicht. Ich weiß nur, dass ich raus muss aus diesem Albtraum. Es muss ein Ende haben. Ich kann nicht mehr.« Sie schluchzte auf, riss sich aber sofort wieder zusammen und versuchte so etwas wie ein Lächeln. Es wurde aber nur eine groteske Grimasse daraus.

»Und was schlägst du vor?«, fragte ich so beherrscht wie möglich. Alles in mir verlangte danach, sie in die Arme zu nehmen und zu trösten, wie man ein kleines Kind tröstet, das schlecht geträumt hat. Auf eine widerliche Art und Weise musste ich gleichzeitig daran denken, wie sich Steel Ruby genähert hatte, um ein ekelhaftes, zuckendes, tentakelbewehrtes kleines Ungeheuer von seinem Mund in den Rubys wandern zu lassen. Ich weiß nicht, warum ich einfach stock und steif stehen blieb; vielleicht war es diese Erinnerung, vielleicht aber auch einfach nur Sensibilität, die mich spüren ließ, dass Kim in diesem Moment jede Berührung zuwider sein würde.

»Wir haben doch keine Chance, an Robert Kennedy auf dem Friedhof heranzukommen«, sagte Kim. »Wir müssen auf irgendeine andere Art Kontakt mit ihm aufnehmen.« Das Wort *wir* in diesem Satz gefiel mir nicht. »Vielleicht gelingt es mir.«

»Und wie willst du das anstellen?«, fragte ich stirnrunzelnd.

»Über das Büro der First Lady«, sagte Kim rasch. »Ich habe immer noch meinen Ausweis. Mit ein bisschen Glück ...«

»... wirst du nur verhaftet, sobald du dich dem Capitol näherst«, fiel ich ihr ins Wort. »Und mit ein bisschen weniger Glück erschießen sie dich gleich.« Ich machte eine heftige Handbewegung, als sie widersprechen wollte. »Das kommt nicht in Frage.«

»Ach nein?«, fragte Kim trotzig. »Hast du etwa eine bessere Idee?«

Diese Frage war im höchsten Maße unfair. Streng genommen hatte ich in den letzten Tagen nur noch spontan gehandelt. An Ideen hatte es mir dabei zwar nicht gemangelt, aber das war alles nur Stümperei gewesen. Wir waren auf der Flucht, gejagt wie Wild und wohl kaum fähig, in Ruhe einen genialen Plan auszutüfteln. Die einzige Chance, die wir im Augenblick hatten, hieß Robert Kennedy und die wollte ich mir auf keinen Fall entgehen lassen.

»Also gut«, sagte ich schließlich. »Schließen wir einen Kompromiss.« Ich zögerte einen Moment, denn ich war absolut unsicher, ob uns das, was ich vorschlagen wollte, wirklich weiterbrachte.

»Und wie soll dieser Kompromiss aussehen?«, fragte Kim in einem Tonfall, der alles bedeuten konnte, nur nicht, dass sie es mir leicht machen würde.

»Er sieht so aus, dass wir dieses gastliche Haus sofort verlassen«, fuhr ich fort. »Aber gemeinsam.« Mir war während des Gesprächs klar geworden, dass wir uns selber um Kopf und Kragen spielen würden, wenn wir nicht wenigstens die Aussicht auf etwas Ruhe und Geborgenheit hatten. Wir glichen zwei bis aufs äußerste gespannten Federn – ein Zustand, der sich nur mit etwas Normalität vernünftig entspannen ließ. »Doch zuvor werde ich noch ein Telefonat führen. Wir brauchen einen sicheren Platz, an dem wir unsere Wunden lecken können, wenn diese Sache mit dem Artefakt ausgestanden ist.«

»Wen willst du anrufen?«, fragte Kim stirnrunzelnd.

»Meine Familie«, antwortete ich rasch. »Sie werden mitbekommen haben, dass man uns wie wilde Tiere hetzt. Ich will sie nicht in die Sache hineinziehen, aber wir brauchen ihre Hilfe, um etwas zur Ruhe zu kommen. Doch bevor wir das tun können, werden wir sofort unseren letzten Trumpf ausspielen, um mit Robert Kennedy Kontakt aufzunehmen.«

»Unseren letzten Trumpf?«, echote Kim. »Nun komm schon, John, mach es nicht so spannend.«

»Also gut«, sagte ich. »Unser letzter Trumpf heißt Nelson T. Bennet. Wir werden ihm jetzt sofort einen Besuch abstatten. Es wäre doch gelacht, wenn er uns nicht zu Kennedy bringen könnte.«

»Wer, zum Teufel, ist Nelson T. Bennet?«, fragte Kim argwöhnisch.

»Ein schwatzhafter Autoverkäufer. Und vielleicht der einzige Mann, der uns im Moment wirklich weiterhelfen kann.« Ich hatte das Bild des rotweinfarbenen Chevrolets, den mir dieses halbe Hemd im Cowboydress fast aufgeschwatzt hatte, so nah vor Augen, als hätte ich den Wagen erst gestern gesehen. Und doch schien mir der Besuch bei dem Gebrauchtwagenhändler eine Ewigkeit her zu sein. So als gehöre er zu einer längst untergegangenen Epoche meines Lebens, zu der es kein Zurück mehr gab. Und genau genommen stimmte das ja auch.

Wir hatten Glück. Hertzog hatte noch seinen alten Dodge in der Garage stehen, ein mindestens zwanzig Jahre altes Ungetüm, das mich an die frühen Filme von James Cagney in seiner typischen Rolle als unerbittlicher und doch innerlich zerrissener Gangsterboss erinnerte. Der Doktor hatte mir gegenüber einmal erwähnt, dass er sich von seinem ersten Wagen bislang nicht hatte trennen können. Eine Sentimentalität, die einem Mitarbeiter Majestics seltsam anstand. Aber schließlich nur ein weiterer Persönlichkeitszug, der ihn etwas menschlicher machte als die Marionetten Bachs, die auch vor einem Mord nicht zurückschreckten.

Ich rechnete damit, dass wir für den Weg zum Car Paradise gut zwanzig Minuten brauchen würden. Es wurde eine kleine Ewigkeit daraus. Der Dodge lief stur und unbeirrt durch den Regen, eher wie ein LKW als wie einer der relativ komfortablen Straßenkreuzer, die Anfang der 60er Jahre die Straßen zu dominieren begannen. Ein leichter Regen ließ die Fahrbahn hinter einem Vorhang glitzernder Tröpfchen verschwinden. Natürlich hatte dieses Prachtstück aus den frühen 40er Jahren keine Waschanlage für die Frontscheibe und so blieb mir nichts anderes übrig, als mit zugekniffenen Augen durch die zerkratzte Windschutzscheibe ins düstere Grau hinauszustarren und zu hoffen, dass ich trotz meiner Müdigkeit keine Brems- oder Ampellichter übersah.

»Es tropft«, sagte Kimberley, nachdem wir schon mindestens fünf Minuten wortlos durch die Nacht gefahren waren. »Das Dach ist undicht.«

»Damit werden wir wohl leben müssen«, antwortete ich müde. »Immerhin war es doch nett von Carl, dass er den Wagen aufgetankt und mit Zündschlüssel im Schloss in seiner Garage stehen hatte. Wir hätten ja wohl kaum per Anhalter fahren können.«

»Nein, aber wir hätten ein Taxi nehmen können«, sagte Kimberley. »Wir hätten uns doch etwas Geld von deinem Doktor ausleihen können ...«

»Die Spur eines Taxis lässt sich leichter verfolgen als die eines Oldtimers«, sagte ich gereizt. Ich hatte jetzt absolut keine Lust auf eine *Wir-hätten-doch-können*-Diskussion. Und mir war auch nicht danach zu erklären, warum ich das ungefragte Ausleihen eines Autos in der jetzigen Situation für legitim hielt, nicht aber das Durchwühlen von Carls persönlichen Sachen auf der Suche nach ein paar Dollar. Dass Kimberley überhaupt auf eine solche Idee kam, beunruhigte mich. Es passte so gar nicht zu ihrem Charakter.

»Da vorne müssen wir, glaube ich, links«, unterbrach sie meine düsteren Gedanken. Sie hatte immer schon über einen guten Orientierungssinn verfügt und kannte sich in Washington fast besser aus als ich.

»Danke, ich kenne den Weg«, sagte ich schroff. Dabei stimmte das nicht ganz. Die Abzweigung hätte ich vermutlich übersehen. Denn in Gedanken war ich immer noch bei dem kurzen Telefonat mit Lucy, meiner Schwester, die ich aus einer Telefonzelle heraus nur drei Blocks von Hertzogs Haus entfernt angerufen hatte. Es war ein merkwürdiges Gespräch gewesen. Als meine Schwester begriffen hatte, wen sie da am Telefon hatte, war ihre an sich ruhige Stimme geradezu umgekippt. »John!«, hatte sie geschrien. »Was zur Hölle ist los? Wo bist du? Wie geht es dir? Was macht Kimberley?« Nachdem ich ihren Wortschwall einigermaßen hatte stoppen können, hatte ich alles versucht, um sie zu beruhigen und ihr gleichzeitig anzudeuten, dass wir in einigen Tagen Hilfe gebrauchen könnten. »Selbstverständlich. Was können wir tun?«, hatte sie gesagt und ich schäme mich nicht, dass meine Augen bei dieser Antwort feucht geworden waren. Ein Stück Kindheitsgeborgenheit schien in diesem Moment durch die Telefonleitung zu kriechen und die Erinnerung an wilde Tage stieg in mir hoch, an gemeinsam durchgestandene Jugendstreiche, an das Vertrauen zwischen uns vier Geschwistern, an dieses unendlich schöne Gefühl zu wissen, dass die anderen immer zu mir halten würden, egal, was geschah. Wir hatten uns vielleicht aus den Augen verloren, und doch war da noch immer dieses alte Gefühl der Verbundenheit, das uns durch unsere Kindheit getragen hatte – und letztlich auch das Gefühl, dass ich in meine Beziehung zu Kimberley mit hatte einbringen können.

Ich setzte den Blinker und bog vorsichtig in die Hauptstraße ein. Das Gespräch mit Lucy hat mir Mut gemacht und doch gleichzeitig verwirrt. Ich hatte ihr kurz und knapp erzählt, was wir vorhatten und dass ich mich nach unserer Stippvisite im Car Paradise wieder bei ihr melden würde. Sie hatte mir im Gegenzug berichtet, dass mein Bruder Ray nach Washington gefahren sei, um mir zu helfen. Das verstand ich nicht. Was konnte Ray dazu bewogen haben, sein alltägliches behütetes Leben aufzugeben, nur um aufs Geratewohl nach Washington zu kommen? Da musste mehr vorgefallen sein als nur eine Familiendiskussion, wie man einem Bruder helfen konnte.

Doch ich kam nicht dazu, den Gedankengang weiterzuverfolgen. Bei einem Blick in den Rückspiegel fiel mir ein grelles Scheinwerferpaar auf, das zuerst auf uns zuschoß und dann wieder zurückfiel. Ich verfluchte die Konstrukteure dieser alten Gurken, die den Wagen nur Rückfenster spendiert hatten, die kaum größer waren als der Sehschlitz eines Panzers. Ich konnte im Rückspiegel einfach nicht genug erkennen, um beurteilen zu können, ob wir verfolgt wurden oder nicht.

»Pass auf«, schrie Kimberley plötzlich. »Du rammst noch den Lastwagen.«

Sie hatte Recht. Ich trat auf die Bremse und der Wagen schlitterte rasiermesserscharf an einem alten, qualmenden Truck vorbei. Einen fürchterlichen Moment verlor ich die Kontrolle über den Wagen, kurbelte wie wild am Lenkrad. Doch dann fing sich der Dodge wieder und ich konnte ihn problemlos an dem Truck vorbeilenken. Als wir auf der Höhe des Führerhauses waren, drückte der Fahrer auf die Hupe. Das brutale Dröhnen ließ mich schmerzhaft zusammenzucken, aber das war ja wahrscheinlich genau das, was der Fahrer beabsichtigt hatte.

»Idiot«, murmelte ich. Dabei meinte ich aber mehr mich als den Truck-Fahrer. Denn ein rascher Blick in den Rückspiegel hatte mich überzeugt, dass außer dem Lastwagen im Augenblick niemand hinter uns war. Wegen eines Hirngespinsts hätte ich beinahe einen Unfall gebaut. Langsam begann ich eine Art Verfolgungswahn zu entwickeln, der letztlich genauso gefährlich sein konnte wie die Gefahr, in der ich und Kim tatsächlich schwebten.

Kimberley verzichtete darauf, mein ungeschicktes Fahrmanöver zu kommentieren. Das war auch besser so. Denn ich brauchte meine ganze Konzentration, um nicht von der Fahrbahn abzukommen. Die huschenden Lichtreflexe und das tiefe Brummen des Motors hatten etwas Einlullendes und ich musste mich mehr als einmal zusammenreißen, um nicht der Trägheit meiner Augenlider nachzugeben. Die Ganglien, Bach, die Ermordung Kennedys und auch dieser merkwürdig knappe Halbsatz Lucys über die kurz entschlossene Reise meines Bruders Ray nach Washington, bevor mein Kleingeld ausgegangen war und ich Genaueres erfahren konnte – all das schrumpfte zu einem unbedeutenden Etwas zusammen angesichts der Erschöpfung, die mich erbarmungslos darauf aufmerksam machte, dass ich am Rande meiner Kraft war.

Obwohl ich erst einmal im Car Paradise gewesen war und mich mehr im Halbschlaf als im Wachzustand befand, funktionierte mein Orientierungssinn erstaunlich gut. Mit geradezu traumwandlerischer Sicherheit steuerte ich durch die Straßen Washingtons, die heute weniger belebt waren als gewöhnlich. Das lag wahrscheinlich nicht nur an dem unangenehmen Nieselregen, sondern auch an der Tatsache, dass sich das wichtigste Machtzentrum der westlichen Welt seit der brutalen Ermordung Kennedys noch immer nicht von seinem Schock erholt hatte.

Schließlich erreichten wir die Seitenstraße, in der sich das große, aber heruntergekommene Gebrauchtwagengelände befand. Ein paar bunte Glühbirnenketten tauchten den Hof in einen undefinierbaren Lichterglanz, der vom mühsam aufpolierten Lack Dutzender Gebrauchtwagen zweifelhaften Zustands widergespiegelt wurde. Ein blinkender Lichtpfeil mit dem geschwungenen Schriftzug Car Paradise zeigte auf das lang gestreckte, flache Gebäude, das gleichzeitig als Werkstatt, Büro und Verkaufsraum diente. Das alles machte einen so tristen Eindruck, dass ich unter anderen Voraussetzungen nie meinen Fuß auf dieses Gelände gesetzt hätte. Doch so steuerte ich den Dodge in Richtung des blinkenden Lichtpfeils an der traurigen Parade der Rostlauben vorbei und hielt direkt neben der Eingangstür an.

»Bist du sicher, dass wir hier richtig sind?«, fragte Kimberley besorgt.

»Aber ja«, antwortete ich mit einer Zuversicht in der Stimme, die ich so nicht empfand. »Hier habe ich mich vor ein paar Wochen mit Robert Kennedy getroffen. Und Nelson T. Bennet hat den Kontakt hergestellt. Wenn er hier ist, wird er uns auch weiterhelfen können.«

»Ich weiß nicht ...«, begann Kimberley. Ihre Stimme klang mit einemmal sehr besorgt. Und das auf eine Art, die mich mit einem Schlag hellhörig machte.

»Ja?«, fragte ich als sie nicht weitersprach. Die bunt blinkende Lichtreklame zerriss ihr Gesicht in groteske Momentaufnahmen äußerster Angespanntheit. Irgendetwas hatte sie alarmiert. Der Schleier der Müdigkeit, der mich die Fahrt über gefangen gehalten hatte, war mit einemmal wie weggeblasen.

»Ich ... ich bin mir nicht sicher«, sagte sie.

Sie kam nicht dazu, ihren Gedankengang zu beenden. Die nur rund zehn Yard von uns entfernte Tür zum Verkaufsraum des Car Paradise wurde aufgerissen und ein dünnes Kerlchen in Cowboyhut, Westernstiefeln und einem braunen Fransenlederanzug stürmte heraus. Das war ganz eindeutig Nelson T. Bennet. Die Selbstverständlichkeit, mit der er den Cowboy spielte, hätte mir zu anderer Zeit ein Schmunzeln entlockt. Doch so starrte ich ihn mit plötzlichem Misstrauen an. Meine Idee, über diesen eigentümlichen Autofriedhof Kontakt zum Bruder des ermordeten Präsidenten herzustellen, kam mir mit einemmal absurd vor.

Bennets Kopf ruckte zu uns herum und einen kurzen Augenblick trafen sich unsere Blicke, noch nicht einmal so lang, wie ein Aufblitzen der Leuchtreklame dauerte. Doch es war offensichtlich lang genug, dass er mich erkannte: Seine Augen öffneten sich schreckensgeweitet und das professionelle Lächeln wich schlagartig aus seinem Gesicht.

Beim nächsten Aufblitzen der Leuchtreklame war er schon auf zwei Schritte an unseren Wagen herangekommen. Ich legte automatisch den Rückwärtsgang ein, bereit, bei jeder verdächtigen Bewegung sofort Vollgas zu geben. Es war etwas in Bennets Blick gewesen, das mich erschreckt hatte. Es war nicht unbedingt der Blick eines Menschen, der hive war. Aber es war in jedem Fall der Blick eines Menschen, der bis ins Mark getroffen war.

»Sie sind hier«, keuchte Kimberley. »Es sind Hive hier!«

»Bennet?«, fragte ich rasch.

Kimberley zuckte mit dem Kopf, kaum mehr als ein angedeutetes Kopfschütteln, dann aber nickte sie. »Ich weiß es nicht ...«, stammelte sie hilflos.

Da war der schmalschultrige Cowboy mit dem viel zu großen Hut auch schon heran. Er riss ohne zu zögern an der Türklinke. Aber ich hatte sie nicht entriegelt und dachte auch gar nicht daran, das jetzt nachzuholen. Ganz im Gegenteil: Mein Fuß spielte mit der Kupplung und der Wagen machte einen kleinen, grotesk anmutenden Satz nach hinten, bevor er wieder zur Ruhe kam.

»Mister Loengard, um Gottes Willen!«, rief Bennet, der der Bewegung des Wagens gefolgt war. Seine Stimme klang durch die geschlossene Fensterscheibe seltsam dumpf und dunkel. »Was wollen Sie hier?«

Sie sind hier, echote Kims Warnung durch meine Gedanken und das konnte alles oder auch nichts bedeuten. Fast erwartete ich, dass Bennet mit der übermenschlichen Kraft der Hive die Autotür mit einem Ruck aus den Angeln reißen und sich mit der nächsten Bewegung auf mich stürzen würde. Aber was, wenn er ungefährlich war, wenn er nach wie vor unsere einzige Chance war, direkt an Robert Kennedy heranzukommen?

»Gehen Sie von der Tür weg«, schrie ich Bennet zu.

Der vorgebliche Gebrauchtwagenverkäufer zuckte zusammen, als sei er geschlagen worden, wich dann aber gehorsam zwei, drei Schritte zurück. Im Licht der rotgrünblauen Glühlampen wirkte sein Gesicht wie eine groteske Karikatur eines Rodeoreiters, der sich zum Clown geschminkt hatte. Bei jedem Aufflackern des grellhellen Leuchtpfeils schlossen sich seine Augen zu einem schmalen Spalt. Trotzdem erkannte ich in ihnen die gleiche Art Angst und Unsicherheit, die auch mich ergriffen hatte.

Ohne den Gang auszukuppeln, kurbelte ich das Fenster einen Spalt runter. »Ich muss unbedingt Mister Robert sprechen«, sagte ich ungeduldig.

»Das geht jetzt nicht«, antwortete Bennet ungehalten. Sein rechtes Augenlid begann unkontrolliert zu zucken. »Mister Robert ist wegen dringender Familienangelegenheiten verhindert. Und Sie sollten sehen, dass Sie von hier verschwinden. Wir haben geschlossen!«

»Kommen Sie, Bennet«, sagte ich nicht weniger gereizt als er. »Es ist verdammt wichtig. Es geht ja gerade um diese … Familienangelegenheiten. Mister Robert wird es Ihnen sehr übel nehmen, wenn Sie ihn jetzt nicht unterrichten.«

»Das geht nicht.« Bennets rechte Hand kroch in die Tasche seines übertrieben wirkenden Fransenanzugs. Ich spürte, wie mir der kalte Schweiß ausbrach. Wenn der falsche Cowboy ebenso schnell mit der Waffe war wie seine Vorbilder in den Kinowestern, würde mich das Blech der Autotür nicht schützen. Nicht auf diese geringe Entfernung. »Wir haben …«

Er kam nicht mehr dazu, den Satz zu beenden. Hinter ihm wurde die Tür aufgerissen. Ein wahrer Hüne stürmte hervor und war mit ein paar wenigen Schritten bei Bennet.

»Was ist los?«, herrschte er den Autoverkäufer mit barscher Stimme an. Als Bennets Kopf herumfuhr, spürte ich, wie sich alles in mir verkrampfte. Der Mann war schnell und bewegte sich trotz seiner Größe mit einer katzengleichen Eleganz. Seine Kleidung wirkte neben der des Autoverkäufers, als käme er aus einer anderen Welt: dunkler Anzug mit hellem Hemd und unauffälliger Krawatte. Dazu ein schwarzer Hut mit grauem Hutband und ein Gesichtsausdruck, der zu glatt wirkte, um eine Emotion zu verraten. Der Mann sah aus wie Elliot Ness in der gleichnamigen Krimireihe, wenn er an der Spitze seiner Unbestechlichen das Lager eines Alkoholhändlers stürmte, um dem mittlerweile längst untergegangenen Gesetz der Prohibition Geltung zu verschaffen. Heute gehörte dieser Schlag Menschen zum FBI oder einer ähnlich staatlichen Organisation. Wenn ich Glück hatte, stand der Hüne auf der Gehaltsliste des Justizministers. Wenn nicht, sollte ich machen, dass ich so schnell wie möglich hier wegkam.

»Eh, nichts«, hörte ich Bennet sagen. Er drehte sich einfach um und ging mit langsamen, fast tänzelnden Bewegungen zum Eingang des angeblichen Gebrauchtwagenladens zurück. Erst da begriff ich. Der Hüne hatte uns nicht gesehen; ihm war der fremde Wagen mit den beiden Personen, die im ganzen Land wie Schwerverbrecher gesucht wurden, inmitten der chromglänzenden Gebrauchtwagen offensichtlich nicht aufgefallen. Das war mehr als Glück. Wahrscheinlich hatte ihn die Leuchtreklame, als er auf Bennet zustürmte, so geblendet, dass er unseren Dodge nur als undeutlichen Schemen erkennen konnte.

Bennet hatte die Tür erreicht, streckte die Hand nach der Klinke aus und drehte sich noch einmal um, als ob er etwas sagen wollte. Doch was auch immer er wollte: Es blieb bei der Absicht. Der Hüne zog mit einer fast lässigen Bewegung eine schwarz schimmernde Pistole hervor und erschoss Bennet.

Es war nur ein Schuss und er war aus der Hüfte abgefeuert worden und doch war er absolut tödlich. Bennet wurde mitten im Gesicht getroffen. Das Fauchen der Kugel, der Knall, Bennets rückwärts stolpernde Bewegung, seine Arme, die noch ein-, zweimal in der Luft ruderten, als ob er verzweifelt Halt suchte, die Blutwolke, die von seinem Gesicht aufstob, der grelle Finger der Leuchtreklame, die seinen fassungslosen Blick wie das Blitzlicht einer Kamera der Ewigkeit entreißen wollte – all das wirkte wie in Zeitlupe auf mich, wie eine grotesk verlangsamte Aufnahme eines grausigen, unglaublichen Vorgangs.

Mein Fuß rutschte im gleichen Moment von der Kupplung, als der Hüne mit einer eleganten Bewegung herumfuhr. Mein rechter Fuß trat ohne mein bewusstes Zutun das Gaspedal bis aufs Bodenblech durch. Die Räder des schweren Dodge wirbelten Staub und kleine Steine auf, ehe sie fassten und den Wagen schwerfällig nach hinten schoben. Langsam, viel zu langsam setzte sich der alte Wagen in Bewegung. In das Dröhnen des Motors mischten sich Kims Schrei und das harte Peitschen eines Schusses, den der Hüne direkt auf mich abgab.

Ein Schauer scharfkantiger Glassplitter regnete auf mich herab. Die Seitenscheibe des Dodge bestand natürlich noch nicht aus Sicherheitsglas, wie das heute üblich ist. Ein paar Splitter rissen meine Gesichtshaut auf und dünne Blutrinnsale wie nach einer arg missglückten Nassrasur rannen meine linke Wange hinab. In diesem Moment bemerkte ich es nicht einmal. Blinde Panik trieb mich an, weg von diesem Mann, der zweifelsohne Hive war und vielleicht sogar gefährlicher als Steel.

Der Mann machte keine Anstalten uns zu folgen. Er hatte die klassische Schussstellung eingenommen; sicherer Stand mit leicht vorgebeugtem Oberkörper und die linke Hand als Unterstützung der rechten Hand, die Hand mit der Pistole, die uns töten sollte oder zumindest kampfunfähig machen, damit er uns seinen Auftraggebern ausliefern konnte. In mir war kein Platz für einen klaren Gedanken und meine Beobachtung nichts mehr als eine Momentaufnahme, die mich rein instinktiv handeln ließ. Ich riss das Steuer wild zur Seite gerade in dem Augenblick, als er ein zweites Mal abdrückte. Der zweite Schuss prallte irgendwo über mir in das kalte Metall des Dodge. Die dritte Kugel fraß sich dicht neben meinem linken Ohr ins Wageninnere.

Dann reagierte der Dodge endlich. Er schob sich über die Hinterachse herum wie ein Elefant, der schwerfällig, aber kraftvoll die Richtung wechselt um dem Angriff eines Tigers zu entgehen. Dummerweise brachte er damit Kimberley ins Schussfeld; das war etwas, was ich in der Panik komplett übersehen hatte. Doch dann geschah etwas Seltsames: Der Hüne riss die Pistole hoch, schüttelte verwirrt den Kopf, legte dann noch einmal an und zielte nach unten, auf die Reifen. Offensichtlich wollte er Kim nicht treffen.

Ich zwang die Vorderräder mit einer kräftigen Bewegung in die Geradeausrichtung. Der Dodge schwankte wie ein Betrunkener, der sein Ziel aus den Augen verloren hatte. Das war unsere Rettung. Denn so wurde ihm auch das Glück des Betrunkenen zuteil: Der vierte Schuss des Hünen stob als Querschläger davon, ohne irgendwelchen Schaden anzurichten.

Erst dann packten die Räder richtig und katapultierten den Wagen voran. Keine Sekunde zu früh. Die Heckscheibe barst nach einem Treffer und eine Sekunde später grub sich eine Kugel neben mir in das altmodische Armaturenbrett aus der Sorte Nussbaumholz, das jahrzehntelang und mit wachsender Begeisterung von der Automobilindustrie in Mittelklassewagen verbaut worden war.

Doch der Hüne blieb nicht alleine. Eine schmale Gestalt schoss aus den blitzblank polierten Schrottkisten hervor und hielt geradewegs auf uns zu; einen aberwitzigen Augenblick glaubte ich, der Mann wollte unseren Dodge mit purer Körperkraft aufhalten, so zielstrebig rannte er auf uns zu, mit weit ausgestreckten Armen und etwas Unverständliches brüllend.

Ich riss abermals das Steuer herum und der Dodge schlitterte auf einen Chevy zu, touchierte die chromausladende Kühlerschnauze. Metall schrammte auf Metall und irgendetwas versetzte dem Wagen am Heck einen heftigen Stoß. Die hintere rechte Tür wurde durch den Ruck des Aufpralls regelrecht aufgesprengt, flatterte einen irren Moment wie ein Blatt im Wind und knallte bei der nächsten Lenkbewegung wieder in die Scharniere. Sekundenlang kämpfte ich mit dem Wagen, der zu einem bizarren Eigenleben erwacht zu sein schien.

Doch damit nicht genug. Die fürchterliche Zeitspanne, in der die Tür aufgestanden hatte und sich der Wagen zu verkeilen drohte, hatte dem zweiten Angreifer genügt, um mit einem Satz ins Auto zu hechten; ich sah einen dunklen Schemen im Rückspiegel, der mir kurzfristig die Sicht nach hinten versperrte und dann auf dem Rücksitz untertauchte. Es waren fürchterliche Sekunden. Ich drohte den Überblick zu verlieren, ähnlich einer Situation, wie ich sie beim Überholen eines Trucks bei einem Platzregen mehr als einmal erlebt hatte, wenn die von den Rädern hochgewirbelte Gischt über das Dach meines geliebten Chevy hinweggetobt war und mir fast komplett die Sicht genommen hatte. Doch diesmal war es nicht nur eine Gefahr, mit der ich konfrontiert war, sondern zwei Gegner, von denen der gefährlichere ohne Zweifel derjenige war, der mit seinem Kamikaze-Einsatz unseren Wagen geentert hatte.

»Gib endlich Gas!«, schrie eine Stimme hinter mir.

Es war vollkommene Fassungslosigkeit, die über mir zusammenschlug. Die Gestalt hinter mir hatte sich wieder aufgerichtet, und jetzt sah ich ihr, nein, sein Gesicht so deutlich und klar im Rückspiegel, dass ich gar nicht anders konnte, als ihn zu erkennen: Der Schemen hatte die Silhouette meines Bruders Ray und es war ganz eindeutig seine Stimme. Aber ich konnte nicht begreifen, wie er hierhin kam, hier in diese Gegend und noch dazu in unseren Wagen. Es war schlicht und einfach unmöglich!

Doch dann waren wir frei und ich musste mich vollkommen aufs Fahren konzentrieren; der Wagen schoss schlitternd und wieder meinen Lenkbewegungen gehorchend direkt auf die Straße vor uns zu. Mit quietschenden Reifen bog ich in die menschenleere Straße ein, kämpfte ein paar Augenblicke mit dem Heck des Wagens, das in eine andere Richtung als das Vorderteil wollte. Das Letzte, was wir jetzt gebrauchen konnten, war ein Unfall, der uns hier festnagelte und dem Hünen doch noch die Gelegenheit gab zu beenden, was mit der Ermordung des lächerlichen Autoverkäufer-Cowboys seinen blutigen Auftakt genommen hatte.

»Nur weg hier!«, schrie Kimberley. »Sie werden uns nicht so einfach entkommen lassen!«

Sie hatte Recht. Es standen genug Autos auf dem Gelände vom Car Paradise, um eine ganze Armee von Verfolgern mit Fahrzeugen zu versorgen. Und mit Carls mittlerweile bereits angeschlagenem Dodge waren wir wohl kaum in der Lage, einen Vorsprung herauszuholen. Ich warf einen verzweifelten Blick in den Rückspiegel, aber dort war nichts weiter zu erkennen als die kalte Nacht, die sich jetzt ungehindert ins Wageninnere fraß. Ray war wieder verschwunden wie eine Fata Morgana, die sich im wahrsten Sinne des Wortes in warmer Luft auflöst. Entweder war ich im Begriff, vollkommen verrückt zu werden, oder hier geschah etwas, was einer ausführlichen Erklärung bedurfte.

Ich musste meine Aufmerksamkeit wieder der Straße zuwenden. Der Nieselregen begann sich zu einem Unwetter auszuwachsen und der Regen prasselte hart und schwer wie Gewehrfeuer auf den Wagen. Obwohl ich durch den dichten Schleier der Wasserkanonade kaum die Straße erkennen konnte, ließ ich die Scheinwerfer ausgeschaltet. Vielleicht war das die einzige Chance, unseren Verfolgern zu entkommen.

Und dann, wie ein Springteufel, der von einer Feder getrieben hochschnellt, tauchte Ray wieder auf: als schwarzer Schatten im Rückspiegel, der genau wusste, was er wollte. »Dort«, rief er. »Fahr dort in die Einfahrt.«

Ich reagierte fast zu spät. Die Einfahrt, auf die er mich aufmerksam gemacht hatte, war nichts als ein dunkler Schlund wie der eines Wals, der mit einemmal ein ganzes Fischerboot verschlucken konnte. Ich trat so hart auf die Bremse, dass das Heck des Dodge wieder ausbrach. Aber erneut ließ sich der alte Wagen brav in die Spur und anschließend in die Abzweigung zwingen. Mit einem letzten Satz schoss er auf eine kiesbedeckte Auffahrt, die in einer Kurve auf einen Schuppen zuführte; viel zu schnell, um noch rechtzeitig zum Stehen zu kommen. Ich kam mir vor wie der Pilot eines Flugzeugs, der mit zu hoher Geschwindigkeit und zu spät auf der Landebahn aufgesetzt hatte und nun verzweifelt darum kämpfte, die Maschine vor der letzten Begrenzung zum Halten zu bringen. Die Reifen des Dodge quietschten protestierend und der nasse Kies spritzte links und rechts davon. Mit einem üblen Geräusch kam der Wagen schließlich zum Stillstand, kaum einen Meter von dem dunklen Schatten des Schuppens entfernt.

Der Motor erstarb mit einem Stottern und ein paar Sekunden lang war nichts weiter zu hören als das harte Trommeln des Regens auf dem zwanzig Jahre alten Blech des Dodge. Doch dann mischte sich in dieses Geräusch etwas, auf das ich schon die ganze Zeit insgeheim gewartet hatte: das typische dumpfe Brummen langhubiger

Straßenkreuzer, die ungesund hoch gedreht wurden. Im Rückspiegel sausten ein, zwei Lichtpunkte hinter uns vorbei, dann folgte das fast schmerzhaft laute Quietschen von Bremsen. Mein Brustkorb verkrampfte sich. Dann hörte ich, wie die Wagen wieder beschleunigten. Ich konnte mir lebhaft vorstellen wie die beiden Fahrer die schweren Straßenkreuzer zurück zur Einfahrt schießen ließen, während ihre Komplizen ihre Waffen entsicherten und mit zusammengekniffenen Gesichtern darauf warteten, dass sie freies Schussfeld bekamen. Offensichtlich war die Idee mit der Einfahrt doch nicht so gut gewesen. Meine Hand tastete nach der Kims.

»Um Gottes willen«, flüsterte sie.

Uns war klar, dass wir keine Chance mehr hatten, wenn sie uns jetzt und hier stellten. Bevor wir auch nur den Wagen verlassen konnten, würden sie auch schon da sein. Und auch mit dem Wagen hatten wir keine Chance, nicht gegen rücksichtslose Männer in modernen Fahrzeugen. Trotzdem ließ ich Kims Hand los und tastete nach dem Zündschlüssel. Ich würde es ihnen nicht leicht machen.

»Oh, Shit«, hörte ich Rays Stimme aus dem Fond des Wagens. »Das war knapp.«

Im ersten Moment verstand ich ihn nicht. Doch dann begriff ich: Die Wagen hatten wieder beschleunigt, aber nicht auf uns zu, sondern weg von uns. Das Brummen der Motoren war nur noch einen Moment zu hören, dann erstarb es und es blieb nichts weiter zurück als das harte Prasseln des Regens.

Ich drehte mich nach hinten um, auf alles gefasst und doch nicht darauf, wirklich und wahrhaftig meinen Bruder hinter mir zu sehen. »Hallo, John«, sagte er. Die Stimme klang seltsam vertraut und löste eine tiefe Resonanz in mir aus. Es konnte kein Zweifel bestehen: Das war er!

»Hallo, Ray«, krächzte ich.

»Hallo, John«, wiederholte er ruhig. »Schön, dich wieder zu sehen. Allerdings sind die Umstände nicht ganz nach meinem Geschmack.«

Ich wollte etwas sagen, aber die Stimme versagte mir. »Was machst du ... denn hier ...«, brachte ich schließlich mühsam hervor.

»Meinst du nicht, dass es Zeit wäre, sich aus dem Staub zu machen?«, fragte Ray, ohne auf meine Frage einzugehen und in einem Tonfall, als wäre es vollkommen selbstverständlich, sich plötzlich hier mit uns in dem alten, zusammengeschossenen Dodge des Majestic-Arztes Dr. Hertzog zu befinden.

»Wenn sie merken, dass wir sie geleimt haben, kommen sie mit Sicherheit wieder. Und dann sehen wir alt aus.«

»Eh, ja«, machte ich. Natürlich hatte er Recht. Aber es war ein bisschen viel; hier wie ein Gespenst zu erscheinen, keine Erklärung abzugeben und mir stattdessen in überheblichem Ton Anordnungen geben zu wollen. Ich hätte nicht überraschter sein können, wenn plötzlich Bach hinter mit gesessen und mir seinen Zigarrenqualm ins Genick geblasen hätte. »Wo kommst du her, Ray?«, fragte ich und ärgerte mich gleichzeitig über den kraftlosen Ausdruck in meiner Stimme.

»Das spielt doch im Moment keine Rolle«, antwortete Ray ärgerlich. »Ich bin da, weil ich euch helfen will. Aber wenn du nicht bald fährst, dürfte es bei dem Versuch bleiben.«

»Wenn wir wie die Wilden einfach losfahren, könnten wir unseren Verfolgern genauso vor die Flinte laufen«, entgegnete ich schroff. Und trotz meiner grenzenlosen Überraschung war sie schlagartig wieder präsent: die alte Hassliebe zwischen Brüdern, das Gerangel um die Führungsposition wie unter den Jungtieren eines Wolfsrudels, die letztlich nie ganz geklärt worden war. Nach all der Zeit hatte ich fast vergessen, dass es außer dem Zusammenhalt der Loengard-Kinder auch handfeste Zwistigkeiten gegeben hatte. Und das durchaus auch im wortwörtlichen Sinne.

»Das wird mir jetzt alles ein bisschen zu viel«, unterbrach mich Kim. »Es muss mal irgendwann Schluss sein.« Ihre Stimme klang seltsam schwach. Aber da war noch ein anderer Unterton in ihr, ein Klang, als würde sie in eine unendliche Tiefe fallen. Vielleicht bildete ich mir ihren Tonfall nur ein, sicherlich aber nicht das dahinter stehende Gefühl. »Ich kann nicht mehr und ich will nicht. Bring mich hier raus, John. Wir haben es vermasselt und ich wüsste auch nicht, was wir jetzt noch tun könnten.«

Meine Hand tastete nach ihr, aber sie schob sie ungeduldig beiseite. »Verstehst du nicht?«, fragte Kim verzweifelt. »Ich kann nicht mehr! Es ist aus. Es war vielleicht schon in dem Moment aus, als sie Kennedy erschossen hatten.«

Ich starrte in den Regen hinaus, in die kalte Dunkelheit, die ihre Finger bis ins Wageninnere ausstreckte – und plötzlich war es mir egal, wie und warum Ray aufgetaucht war. Es war ein ungemütlicher Abend, ein typischer Novembertag, den man besser zu Hause am Kaminfeuer verbrachte statt in einem alten Auto mit einer frischen Beule am rechten Kotflügel, einer zerschossenen Heckscheibe und mehreren Einschusslöchern, von denen ich nur hoffen konnte, dass sie nicht an lebenswichtigen Stellen saßen. »In einem Monat ist Weihnachten«, sagte ich und hatte meinen Bruder schon halb vergessen, der hinter uns im Fond das Wagens war und Zeuge unserer intimen Unterhaltung wurde – aber darauf konnte ich jetzt keine Rücksicht nehmen. »Ich hätte mir nichts sehnlicher gewünscht, als dass wir es in Ruhe und Frieden in unserer Wohnung hätten verbringen können.« Um uns vielleicht über so ganz profane Dinge wie unsere Hochzeit oder um die Frage nach Kindern, Karriere und Eigenheim zu streiten, fügte ich in Gedanken hinzu.

»Ach, John«, sagte Kimberley nur. In diesem Moment war sie mir gleichzeitig so nah und so schmerzhaft weit entfernt, weiter vielleicht sogar als bei unserer ersten Begegnung. Damals hatte uns die ganze Welt offen gestanden und die kribbelnde Aussicht auf ein spannendes

Leben hatte uns optimistisch und lachend in die Arme getrieben. Doch was war jetzt davon übrig geblieben?

Ich konnte mich kaum noch an unsere Wohnung erinnern. Sie kam mir so weit entfernt vor wie das Klassenzimmer meiner ersten Schuljahre. Statt dessen hatte ich wieder das Zeitungsbild vor Augen, dieses berühmte Foto mit der großen offenen Limousine, das in grober Auflösung Kennedy zeigte, bereits tödlich getroffen und doch noch aufrecht stehend. Und hinter ihm der Leibwächter, der sich wenige Augenblicke später schützend und doch vollkommen sinnlos über seinen Präsidenten werfen würde. Nein, es war noch lange nicht vorbei.

»Wir sollten sehen, dass wir hier erst einmal wegkommen«, mischte sich Ray wieder ein. »Es kann sein, dass sie noch einmal zurückkommen, wenn sie uns auf der Hauptstraße nicht finden.«

»Und wohin sollen wir?«, fragte Kim.

»Ich ... ich denke«, begann ich vorsichtig, wobei ich sorgfältig vermied, in ihre Richtung zu blicken, »dass wir noch eine Chance haben. Du hattest den Vorschlag gemacht, es über das Weiße Haus zu versuchen. Tu das ...«

»Aber ...«

»Aber wir haben keine Chance mehr?« Ich schüttelte den Kopf. »Wenn wir den Kopf in den Sand stecken, werden wir irgendwann mit den Zähnen knirschen. Nein. Wenn uns Bach jetzt erwischt, wäre das vielleicht noch das kleinere Übel. Irgendwann werden *sie* uns erwischen. Steel und Konsorten. Und die werden nicht an einem Gespräch interessiert sein. Sie werden uns sofort erschießen.«

»Wir könnten untertauchen ...«

»Uns vor diesen ... diesen Dingern verstecken?«, unterbrach ich sie abermals. »Während sie nach und nach alle wichtigen Leute übernehmen? Mach dich nicht lächerlich. Sie werden uns irgendwann aufspüren. Und wir werden in der Zwischenzeit dahinvegetieren, auf der Flucht und ohne Hoffnung. Nein.« Ich presste die Zähne zusammen und verschränkte die Hände einen Moment vor dem Gesicht, so wie man sich nach einer langen Fahrt räkelt. Aber in der Bewegung war nichts Entspannendes – ganz im Gegenteil. Ich fühlte mich angespannt und meine Schultern waren hart und verkrampft. Trotzdem spürte ich fast keine Erregung in mir; es war eine eiskalte Entschlossenheit, die mich ergriffen hatte. Ähnlich mussten sich Mitglieder eines Todeskommandos vor dem Einsatz fühlen. Vielleicht war das der Moment, in dem ich zum erstenmal wirklich tief in meinem Inneren begriff, dass mein und Kims Leben keinen Pfifferling mehr wert war. Wir waren Vogelfreie, dazu verdammt, jedem zu misstrauen und dabei doch im Innersten zu wissen, dass es keine wirkliche Hoffnung mehr gab.

»Nicht dass ich euch eure Unterhaltung nicht gönnen will«, mischte sich Ray ein. »Aber dafür scheint mir jetzt weder der rechte Augenblick noch der rechte Ort zu sein.«

»Wir brauchen doch zumindest eine Pause«, sagte Kimberley tonlos, als wäre mein Bruder überhaupt nicht da. Die Teilnahmslosigkeit in ihrer Stimme erschreckte mich. »Wir können doch nicht ohne Unterbrechung allein gegen den Rest der Welt kämpfen.«

»Es ist nicht der Rest der Welt«, sagte ich so sanft wie möglich. Ich wartete auf eine Entgegnung von Kim, suchte, als sie stumm blieb, im Rückspiegel nach einer Spur, einem Hinweis, ob wir hier noch in Sicherheit waren oder nicht. Dabei begegnete ich Rays Blick.

»Ich will ja nicht unhöflich sein«, sagte er spöttisch. »Aber könntet ihr eure Turtelei vielleicht ein anderes Mal fortsetzen?«

»Was willst du überhaupt?«, fragte ich grob. »Schneist hier rein wie der Weihnachtsmann und willst gleich wieder das Kommando übernehmen, ganz so wie in alten Zeiten, was, Ray?«

Einen Moment lang herrschte eisiges Schweigen. Kims Kopf bewegte sich langsam nach oben und dann drehte sie sich um. »Hallo, Ray«, sagte sie. »Ich will jetzt gar nicht wissen, wie du hierher gekommen bist. Es ist in jedem Fall schön, dich hier zu sehen.« Sie unterbrach sich mit einem Laut, der wohl ein kurzes Auflachen sein sollte, aber eher ein Schluchzen war. »Aber es ist ein ungünstiger Moment, verstehst du? Vielleicht hast du ja eine Idee, wo wir in dieser Nacht etwas zur Ruhe kommen könnten?«

»Ich habe auch eine Idee ...«,sagte ich.

»Wir sollten auf alle Fälle erst einmal losfahren«, unterbrach mich Ray.

»Verdammt noch mal, lass mich zumindest ausreden!«, herrschte ich ihn an und ärgerte mich gleichzeitig darüber, dass ich so impulsiv reagierte. Aber meine Nerven waren mittlerweile so straff gespannt wie Klavierdrähte und ich konnte es beim besten Willen nicht vertragen, wenn mir jemand Befehle geben wollte.

Es war Kim, die die Situation rettete. »Er hat Recht, John«, sagte sie ruhig und in so selbstverständlichem Tonfall, als sei das Auftauchen meines Bruders unter diesen merkwürdigen Umständen vollkommen normal. »Lass uns fahren. Irgendwohin, wo wir in Ruhe miteinander reden können.«

Ich starrte ein paar Sekunden wortlos in die Nacht hinaus, in das allumfassende, feuchte Dunkel, das gleichermaßen unbehaglich wie auch beruhigend wirkte: beruhigend, weil es die törichte Illusion vermittelte, dass sich niemand freiwillig bei diesem Wetter nach draußen begeben würde und wir somit sicher und geschützt wie in einer geheimen Höhle saßen, von der niemand etwas wusste. Kein Wunder, dass mir ein solcher Vergleich einfiel, denn eine solche Höhle hatte es tatsächlich gegeben, in meinem und Rays Leben, eine Höhle, die vielleicht vor ein paar hundert Jahren den Indianern bekannt war und davor Bären und Schakalen, die aber niemals vom Weißen Mann in Besitz genommen worden war. Als wir sie als Kinder entdeckt hatten, hatten wir uns wahrscheinlich nicht weniger stolz gefühlt als Christoph Kolumbus nach der Entdeckung Amerikas.

»Nun fahr schon«, sagte Ray. In seiner Stimme klang eine Geringschätzung mit, die ich schon fast vergessen geglaubt hatte. Warum musste er sich nur immer so aufspielen?

Trotzdem brachte seine Art, Anordnungen, ja, regelrechte Befehle zu erteilen, so viel Normalität mit ins Spiel, dass ich meine Lethargie abschütteln konnte und den Motor startete. »Hast du einen besonderen Wunsch, wo du hinwillst?«, fragte ich in einem gehässigen Tonfall, *meiner* Waffe gegen seine Art, sich mit seiner großsprecherischen Art über mich erheben zu wollen.

»In der Tat, Bruderherz«, sagte er ernsthaft und in so versöhnlichem Ton, dass ich meine unterschwellige Provokation sofort wieder bedauerte. »Ich habe in der Nähe der Zweihundertfünfundneunzigsten ein kleines Zimmer gemietet. Dort sollten wir ungestört sein.«

Die Route 295 verläuft parallel zum nordöstlichen Arm des Potomac River, einer jener mächtigen Flussarme Nordamerikas, die seit undenklichen Zeiten das Wasser kanadischer Seen in den Nordatlantik spülen. Sie durchschneidet damit parallel zum Flussarm die Stadt vom Südwesten in nördliche Richtung, doch der stellenweise über eine Meile breite Hauptarm verzweigt sich immer schmaler werdend genau in die entgegengesetzte Richtung, in Richtung Pennsylvania und kanadischer Seenplatte. Washington hatte damit seinen schnellen Aufschwung nicht zuletzt den Wasserwegen zu verdanken, die es einst zu einem strategisch wichtigen Punkt hatten werden lassen. Nur zwanzig Meilen vom östlichen Stadtrand entfernt erstreckt sich die Chesapeake Bay, so groß wie der deutsche Bodensee und im Süden vierzig Meilen breit aufgerissen in den Nordatlantik ragend: eine ideale Verbindung zu den Weltmeeren. Es hatte eine Zeit gegeben, als ich mich für die Erfolgsstory der Hauptstadt der wohl mächtigsten Nation der Welt interessiert hatte, beginnend mit Pierre Charles L'Enfant, der 1791 Washington inmitten der Wildnis so großzügig angelegt hatte, dass seine Zeitgenossen ihn, gelinde gesagt, für größenwahnsinnig gehalten hatten. Der Größenwahn hatte sich offensichtlich über die Jahrhunderte in der Regierungsstadt gehalten. Eines seiner jüngsten Opfer war Frank Bach. Er und Pierre Charles L'Enfant hätten sich wahrscheinlich blendend verstanden.

Doch dieser bittere Vergleich hielt sich nur flüchtig in meinem Kopf. Dafür spukte mir viel zu sehr die Geschichte im Kopf herum, die mir mein Bruder aufgetischt hatte. Sie klang, gelinde gesagt, dürftig. Angeblich hatte er Lucy angerufen, kurz nachdem ich mit meiner Schwester telefoniert hatte. In dem Gespräch hatte er erfahren, wohin wir unterwegs waren, und sich dann ebenfalls sofort zum Car Paradise begeben, wo er gerade noch rechtzeitig zu unserer Flucht ankam. Als ich den Chevy gerammt hatte und die Tür unseres Dodge aufgesprungen war, hatte er die Gunst der Stunde genutzt und war in unser Auto gesprungen. Behauptete er.

Ich nahm ihm die Geschichte nicht ganz ab. Während wir Richtung Innenstadt fuhren, die Rhode Island Avenue hinab, die nach einer Abbiegung am National Museum of Women in the Arts auf die berühmte Route 66 führen würde, versuchte ich krampfhaft, Ordnung in meine Gedanken zu bringen. Es war alles ein bisschen viel. Rays plötzliches Auftauchen beruhigte mich ganz und gar nicht. Das Misstrauen, mit dem ich seine knappe Erklärung aufgenommen hatte, mochte man meinetwegen für krankhaft erachten; nichtsdestotrotz war es da und verlangte danach, dass ich Rays Geschichte nicht einfach stillschweigend akzeptierte. Trotzdem: Mochte es auch noch so unglaublich sein – wie sonst hätte er plötzlich im Car Paradise auftauchen können?

»Wir müssen da vorne links, in Richtung Stanton Park«, unterbrach Ray meine düsteren Gedanken. Er selbst hatte das, was Kimberley ihm berichtet hatte, erstaunlich ruhig aufgenommen. Mehr noch, er zeigte sich über das meiste bereits informiert. Und das, so fand ich, war das Erstaunlichste von alledem.

Wir waren mittlerweile auf Höhe des nur noch rund eine Meile entfernten Weißen Hauses angekommen, diesem Nabel und wichtigsten Kreuzpunkt Washingtons und damit der gesamten Vereinigten Staaten, wenn nicht sogar der ganzen westlichen Welt. Ich kannte diese Gegend besser als viele meiner ehemaligen Kollegen aus den beengten Büroetagen des Weißen Hauses, die Bannmeile mit ihren sorgfältig angelegten Parks, den oft sonnendurchfluteten breiten Passagen und den aufwändig gestalteten Monumenten für die Hand voll staatstragender Männer wie George Washington und Abraham Lincoln. Meine Kenntnisse verdankte ich nicht zuletzt der Tatsache, dass sich unsere Wohnung in unmittelbarer Nähe des Weißen Hauses befand – unser erster gemeinsamer Zufluchtsort vor den Wirrnissen des Alltags, den wir jetzt unbedingt meiden mussten, da er zweifelsohne von Bachs Männern überwacht wurde. Was wäre gewesen, wenn dieser ganze Mist mit den Ganglien, den Grauen und damit auch mit Majestic nie passiert wäre? Hätten wir dann jetzt vor dem Fernseher gesessen oder aber am Küchentisch, um aufgeregt das Tagesgeschehen und unsere Zukunft zu besprechen? Hätte uns die Normalität eines trotz aller Nähe zum Zentrum der Macht recht träge dahinlaufenden Bürokratenlebens mittlerweile erdrückt und vielleicht sogar entzweit?

Ich wusste es nicht. Es war auch müßig, darüber nachzudenken. »Wieso bist du über alles so gut im Bilde?«, fragte ich stattdessen laut.

»Das habe ich dir doch schon erklärt«, sagte Ray in erstaunlich geduldigem Tonfall. »Dieser Polizist, von dem du sagst, es könnte auch ein Majestic-Agent gewesen sein – er tauchte auf und stellte tausend Fragen. Er hat mich regelrecht verfolgt, blieb mir tagelang auf den Fersen und löcherte mich immer wieder mit Fragen. Und das hat mich neugierig gemacht.«

»Wie genau sah er aus?«

Ray seufzte. »Hörst du mir überhaupt zu?«, fragte er dann gepresst. Seine Stimme ging fast im dunklen Dröhnen des niedertourig laufenden alten Motors des Dodge unter, der sicherlich schon seine zweihunderttausend Meilen hinter sich hatte und gemeinsam mit Ray dagegen zu protestieren schien, dass ich einfach keine Ruhe geben konnte. »Du stellst auch immer wieder die gleichen Fragen, genau wie dieser Bulle. Was ist bloß los mit dir? So kenne ich dich gar nicht.«

Natürlich kannte er mich nicht so. Im letzten Jahr hatten sich die Ereignisse so überstürzt, dass mein ganzes Inneres durcheinander gewirbelt worden war. »Wenn er dir Fragen gestellt hat, bedeutet das ja nicht, dass er dir auch gleich die ganze Majestic-Geschichte auf die Nase gebunden hat.«

»Herrgott.« Ray seufzte abermals. »Ich habe nachgeforscht. Glaubst du eigentlich, du bist der Einzige in unserer Familie, der in der Lage ist, zwei und zwei zusammenzuzählen? Es gab ein paar mehr oder weniger klare Hinweise, aus denen ich den Schluss zog, dass ich dir helfen könnte – und müsste. Und Washington schien mir der geeignete Ort zu sein, dich aufzuspüren ...«

Kimberley hatte unser gereiztes Gespräch schweigend verfolgt, vielleicht zu müde und zu erschöpft von den Ereignissen der letzten Tage, als dass sie sich daran wirklich hätte beteiligen können und wollen. Um ehrlich zu sein: Ich hatte ihr auch keine große Beachtung geschenkt, nicht nachdem mein Bruder so dramatisch in unser Leben geplatzt war und offenbar willens schien, das Kommando zu übernehmen, ganz so, wie er es als Heranwachsender immer versucht hatte. Doch jetzt begann Kim plötzlich zu stöhnen, ein langer klagender Laut, der im dumpfen Brummen des gleichmäßigen Motorengeräuschs fast unterging.

»Was hat sie?«, fragte Ray alarmiert. Ich konnte sein besorgtes Stirnrunzeln fast spüren, diese ungleichnamige Art, das Gesicht zu verziehen, gleichzeitig Anteilnahme und Hochmut auszudrücken.

Ich warf einen besorgten Blick auf Kim. Das diffuse Licht der Straßenlampen schien beim Vorbeifahren auf- und abzuschwellen, ein merkwürdig unwirklicher und doch gleichzeitig einschläfernder Rhythmus, der den Innenraum des Wagens nur dürftig ausleuchtete. Und doch reichte das Licht aus, um zu erkennen, dass hier etwas ganz und gar nicht stimmte. Kims Gesicht wirkte gleichzeitig versteinert und gelähmt wie auch in fließender Bewegung. Etwas schien mit ihrer Gesichtshaut nicht zu stimmen; sie bewegte sich, so, als ob sich jeder einzelne ihrer Gesichtsmuskeln in zuckenden Krämpfen befand – oder als ob sie mit winzig kleinen Bewegungen von innen aus heraus massiert würde!

Es war, als griffe eine eiskalte Hand mein Herz. Ich weiß nicht, was mir in diesem Moment alles an Gedanken durch den Kopf schoss, aber ich werde nie den Schreck vergessen, den ich bei diesem Anblick empfand. Es musste ein ähnliches Gefühl sein wie das, von dem mir mein alter Freund Walter vor ein paar Jahren mit stockender und gebrochener Stimme erzählt hatte: Als er eines Abends mit seinem klapprigen Ford T die Landstraße hinabgefahren war und schon von ferne die blinkenden Lichter gesehen hatte, die auf eine Straßensperre hindeuteten. Eine merkwürdig kalte Vorahnung hatte ihn ergriffen, als er näher gefahren und seinen Ford hinter einem Streifenwagen abgestellt hatte. Er hatte die Szene nur verschwommen erkannt, den Lastwagen, der in den Vordergraben gerutscht war, sodass seine Hinterräder grotesk über der Straße hingen, und die wenigen Menschen, die vor einer mit einer alten Pferdedecke bedeckten, am Straßenrand liegenden Gestalt standen, leise vor sich hinmurmelten und ihn mit stumpfen, betroffenen Blicken ansahen, wortlos einen Schritt zur Seite wichen, als er an ihnen vorbeiging, sich bückte und die Pferdedecke ein Stück von dem Unfallopfer zog. Es war sein jüngerer Bruder Peter, ganze fünfzehn Jahre alt und an diesem kalten Septemberabend von einem Lastwagen überfahren und getötet worden.

»Da vorne, noch vor dem Stanton Park links«, sagte Ray, der in Ermangelung meiner Antwort wohl davon ausgegangen war, dass alles in Ordnung war. Seine Stimme erreichte mich wie durch Watte. Und doch gehorchte ich ganz automatisch. Ohne den Blinker zu setzen und ohne auf Gegenverkehr zu achten, zog ich den Wagen in die Seitenstraße, die uns zu Rays Wohnung führen sollte. Hinter uns quietschte etwas und irgendjemand hupte so laut, wie es in meiner Vorstellung nur Ozeandampfern zustand. Es war mir vollkommen egal, ja, ich nahm es nicht einmal richtig wahr. Stattdessen steuerte ich den Wagen an den Straßenrand und brachte ihn abrupt zum Stehen.

»Warum halten wir?«, fragte Kim.

Die Nebenstraße war unbeleuchtet und die kalte feuchte Nacht dämpfte das Licht von der Fifth Street so stark, dass es im Auto fast vollständig dunkel war. Ich konnte Kims Gesicht nicht erkennen, und doch schien es mir, als wäre da noch immer diese unheimliche Kraft am Werk, die aus ihrem Inneren heraus etwas Unvorstellbares mit ihr anstellte. Ich hatte noch nie zuvor etwas Vergleichbares gesehen, aber mir war klar, dass es nur eine Deutung geben konnte. Alles, was ich hoffte, von ganzem Herzen vom Schicksal erflehte, war, dass ich mich getäuscht hatte, dass ich einer Täuschung meiner überreizten Nerven erlegen war.

»Stimmt etwas nicht, John?«, fragte Kim. Ihre Stimme klang so wie immer. Fast. Aber es schien mir, als ob etwas Fremdes darin mitschwang, eine Kälte, die ich nicht an ihr kannte und auch nie an ihr erlebt hatte. »Wenn du zu müde bist, dann lass doch deinen Bruder fahren. Er kennt den Weg zu seiner Wohnung sowieso besser.«

»Das wäre wohl in der Tat besser«, mischte sich Ray ein. »Falls du es nicht gemerkt haben solltest: Du hast eben einem 12-Tonner die Vorfahrt genommen. Wenn unsere Schutzengel nicht zusammengearbeitet hätten, lägen wir jetzt unter ein paar Tonnen Stahl begraben.«

Ich wollte antworten, aber meine Stimmbänder fühlten sich so ausgetrocknet an, als ob ich tagelang durch die Sahara marschiert und tonnenweise Wüstensand geschluckt hätte. Meiner Kehle entrang sich ein Laut, der kaum mehr zu verstehen sein konnte. Ich schluckte krampfhaft, räusperte mich und versuchte es dann noch einmal. »Wie … wie fühlst du dich, Liebling?«

»Warum fragst du?«, wollte Kim wissen. Diesmal stimmte irgendetwas mit ihrer Stimme nicht, ganz eindeutig, und es war mehr als nur eine ungewohnte Kälte, die ich herauszuhören glaubte. Ich wusste nicht, ob es an dem prasselnden Regen lag, dass ich sie nur undeutlich hören konnte; ihre Stimme kam mir jedenfalls schwächer vor als normal und dabei so fremd im Klang, dass ich sie nicht erkannt hätte, hätte ich nicht gewusst, dass sie neben mir saß.

»Weil … weil …«, stammelte ich hilflos.

»Wenn du es genau wissen willst: Ich bin fix und fertig«, unterbrach mich Kimberley im gleichen fremden Tonfall. Jetzt wusste ich auch, was nicht stimmte: Es lag an der eigentümlichen Betonung, die sie so fremd klingen ließ. Wie verfremdet durch eine aufwändige Elektronik, wie sie teilweise bei den Anfang der sechziger Jahre immer noch populären Hörspielen im Radio eingesetzt wurde. »Und ich habe jetzt absolut keine Lust dazu, hier auf der Straße zu stehen und mit dir zu diskutieren. Lass Ray ans Steuer, damit wir endlich weiterkommen.«

Die Kälte, die durch die geborstene Heckscheibe ins Innere kroch, war nicht das Einzige, was mir einen Schauder über den Rücken jagte. Es war etwas ganz anderes, das Gefühl, dass etwas Unvorstellbares geschah, dass ich Zeuge eines unglaublichen Vorfalls wurde – oder ganz einfach die Nerven verlor. Was war mit mir los? War das die Ankündigung eines Nervenzusammenbruchs oder war irgendetwas in Kim darauf aus, die Kontrolle über sie zu übernehmen? Hatte mir das Geflackere der Straßenbeleuchtung einen Streich gespielt oder hatte es wirklich etwas gegeben, das in mir das gleiche Entsetzen rechtfertigte wie bei Walter, als er auf den mit einer Pferdedecke notdürftig bedeckten Leib seines toten Bruders zugegangen war?

Ich beschloss, es herauszufinden. Dabei rangen die widerstrebendsten Gefühle in mir, das Verlangen, Kim anzuherrschen und zu fragen, was denn nur eigentlich los sei, und das Gefühl, dass es im Moment besser war, einfach ihrem Wunsch nachzukommen. Aber ich hatte keine Lust, mir das Steuer aus der Hand nehmen zu lassen, und das im wortwörtlichen Sinne.

»Was ist nun?«, fragte Ray. »Mit jeder Sekunde, die wir hier rumstehen, sinkt unsere Chance, mit heiler Haut aus der Sache herauszukommen.«

»Du hast Recht«, sagte ich und nickte mit einer Entschlossenheit in die Dunkelheit hinein, die ich so nicht empfand. »Aber *ich* fahre. Das ist doch hier richtig, oder?«

»Ja, die Richtung stimmt.« Rays Stimme klang mühsam beherrscht. Wie ich diesen Tonfall hasste, mit dem er immer und immer wieder versucht hatte, Einfluss auf mein Leben zu gewinnen. Und doch war es im Augenblick vollkommen nebensächlich.

Ich startete den Wagen und fuhr auf Rays Geheiß hin weiter nach Osten, in eine Gegend, die mir kaum bekannt war und mich eher an New York als an Washington erinnerte, so urban und gleichzeitig heruntergekommen wirkte sie. Dazu mochte der Regen beitragen: Der Niederschlag war mittlerweile in feines Nieseln und einen nach unten drückenden Nebel übergegangen, gegen das die Scheibenwischer verzweifelt ankämpften. Die Schlieren auf der Windschutzscheibe machten es fast unmöglich, die Fahrbahn zu erkennen. Viel mehr als das vom

Scheinwerferlicht reflektierte glitzernde Funkeln der feuchten, von den dunklen Silhouetten trister Miethäuser eingerahmten Straße war nicht zu erkennen, aber das war es nicht, was mir Sorgen machte. Um diese Zeit und bei diesem Wetter war eine solche Wohngegend zweiter Klasse sowieso so gut wie leer gefegt und die Gefahr, einen Fußgänger zu übersehen, entsprechend gering. Nein, was mir Sorgen machte war die rapide Veränderung von Kims Zustand, die mich das Schlimmste befürchten ließ.

Nach ein paar Minuten hatte ich vollständig die Orientierung verloren und wunderte mich darüber, mit welcher Sicherheit Ray die Richtung vorgab. Er war meines Wissens früher noch nie in Washington gewesen und konnte auch jetzt erst seit kurzem in der Stadt sein; dennoch kannte er sich hervorragend hier aus. Schließlich dirigierte er mich in eine schmale Seitenstraße, in der auf Anhieb ein Parkplatz frei war. Bei diesem Wetter, bei dem jeder vernünftige Mensch zu Hause blieb, ein wahrer Glücksfall, den ich allerdings nicht richtig würdigen konnte. Schließlich war ich mir gar nicht mehr so sicher, ob es wirklich das Beste war, gemeinsam mit Kim Rays Wohnung aufzusuchen. Vielleicht wäre es doch besser gewesen, bei Dr. Hertzog auszuharren und darauf zu hoffen, dass er ihr weiterhelfen konnte.

Trotzdem stieg ich wortlos aus dem Wagen und folgte Ray und Kim, die ineinander eingehakt mit schnellen Schritten auf den Eingang eines vierstöckigen Hauses zusteuerten. Ich hatte es so eilig, den beiden zu folgen, dass ich darauf verzichtete, den alten Dodge abzuschließen. So, wie der Wagen aussah, würde ihn selbst hier niemand anrühren und wenn: Es war mir in diesem Moment vollkommen egal.

Der dunkle, nasse Himmel ließ die alten Häuser sicherlich schäbiger und unansehnlicher aussehen, als sie bei Sonnenschein gewirkt hätten. Vielleicht war sogar der leichte, aber durchdringende Gestank des Mülls nur bei einem solchen Wetter wahrzunehmen. Dennoch: Es gab bessere Gegenden, vor allem in Washington, das seiner Würde als Hauptstadt der Vereinigten Staaten in allen Punkten gerecht zu werden versuchte. Anders als in den üblichen amerikanischen Städten dominierten gut gepflegte Gebäude im Stil der italienischen Renaissance oder der europäischen Klassik, helle Bauten mit Säulen, Erkern und Verzierungen inmitten sorgfältig angelegter Grünflächen und Gärten, wie sie vor allem in der Mitte des 19. Jahrhunderts entstanden waren und auch spätere Bauherren noch entsprechend inspiriert hatten. Sicherlich war nicht alles aus Marmor und nicht alles im besten Zustand; Reihenhaussiedlungen typisch amerikanischer Art mit preiswerten Holzhäusern, die auf uneingezäunten, nur sparsam bepflanzten Grundstücken standen, prägten in langweiliger Gleichförmigkeit ganze Stadtviertel. Doch ausgewachsene Wolkenkratzer gab es in Washington überhaupt nicht, höchstens Miethäuser mit wenigen Stockwerken – doch auch diese konnten unansehnlich und schmuddelig aussehen.

In genau so einem Haus wohnte Ray.

Ray hatte bereits die unverschlossene Haustür aufgestoßen und Kim mit einer raschen Geste an sich vorbei in die Trockenheit gestoßen. Als ich ihn erreichte, schob er auch mich in den Hausflur, einen düsteren, nur spärlich beleuchteten Treppenschacht, der überhaupt nichts Einladendes hatte. Das Licht stammte von einer Glühbirne, die am Draht von der Decke hing; die Zuleitung und der Drahtkäfig um die Birne schwankten ein wenig; der ganze Hausflur war in ein flackerndes Licht getaucht, in dem ich Kim wie einen verschwommenen Schemen wahrnahm. Ich musste ein paarmal blinzeln, bevor ich meine Umgebung genauer erkennen konnte. Es wurde Zeit, dass ich etwas gegen meinen Erschöpfungszustand unternahm. Mich zum Beispiel ein paar Stunden aufs Ohr legte. Ansonsten bedurfte es keines Bachs und keiner Grauen, um mich fertig zu machen.

»Da hat schon wieder jemand die Haustür aufgelassen«, murmelte Ray, während er vor mir die knarrende Holztreppe hinaufstieg. Ich erkannte, dass Kim bereits vor einer Tür im ersten Stock stehen geblieben war, auf uns wartend. Ich suchte ihren Blick, aber sie starrte an mir vorbei ins Nichts, gedankenverloren vielleicht oder auch ausweichend, weil sie im Grunde genommen im Moment genauso wenig mit mir sprechen wollte wie ich mit ihr. Zumindest konnte ich an ihr keine außergewöhnliche Veränderung feststellen, sah man einmal von den dunklen Ringen unter den Augen ab und von den Haarsträhnen, die ihr wirr und verschwitzt über der Stirn hingen. Kimberley hatte es bislang immer verstanden, sich frisch und adrett zu präsentieren; ein Wesenszug, der bei ihr viel stärker ausgeprägt war als bei mir. Bei ihrem Anblick hatte ich das Gefühl, als würde man mir ein Messer im Magen umdrehen. Es war einfach entwürdigend.

Ray schob sich an mir vorbei und kramte in den Hosentaschen nach seinem Schlüssel. Dann schien er zu stutzen. »Das gibt es doch gar nicht«, sagte er mehr zu sich selbst als zu uns. Er stieß gegen die Tür und sie schwang mit einem leise quietschenden Geräusch zurück. »Sieht so aus, als hätte ich in der Zwischenzeit Besuch gehabt.«

Ich spürte ein prickelndes Gefühl im Nacken und meine Magenmuskeln schienen sich zusammenzuziehen. Es war still im Hausflur, abgesehen von einem entfernten Klappern von Geschirr, ein paar gedämpften Stimmen, die von einem Radio oder einem Fernseher stammen konnten. Doch die Stille konnte trügerisch sein; der Hausflur über uns blieb unseren Blicken verborgen und war damit ein geeignetes Versteck für jemanden, der es auf uns abgesehen hatte. Genausogut war es aber auch möglich, dass man in aller Ruhe in der Wohnung auf uns wartete.

Ray schien in die gleiche Richtung zu denken wie ich. »Bleibt hier«, flüsterte er. »Ich seh' erst mal nach, was los ist.«

Ich nickte nur stumm und sah zu, wie Ray die Tür aufstieß und in der dunklen Wohnung verschwand. Ich tauschte einen raschen Blick mit Kim und las in ihren Augen die gleiche Art von Besorgnis, die auch ich empfand. Es war merkwürdig, aber ich dachte zuerst an Steel, an unseren gnadenlosen Verfolger, der im Driver's Inn ohne zu zögern ein junges Paar erschossen hatte, nur weil er es mit uns beiden verwechselt hatte. Ich traute ihm durchaus zu, dass er Ray aufgestöbert hatte und nun hier in der Wohnung auf ihn oder vielleicht sogar gezielt auf uns alle drei wartete. Und doch passte es nicht zusammen: Steel hätte weder die Haus- noch die Wohnungstür offen gelassen, dazu war er viel zu sehr Profi. Das hier war ganz eindeutig nicht seine Handschrift.

Wir warteten schweigend, während ich gleichzeitig versuchte, den Hausflur und die Wohnungstür im Auge zu behalten. Nichts geschah. Die Sekunden dehnten sich scheinbar endlos. Schließlich wurde es mir zu bunt. Mein Instinkt warnte mich, Ray zu folgen, aber ich tat es dennoch und näherte mich vorsichtig der Tür. Als ich schon nach der Klinke greifen wollte, nahm ich ein anderes Geräusch wahr – ein pulsierendes Piepsen, wie es ein Telefon von sich gibt, wenn man es länger als dreißig Sekunden ausgehängt hat. Das Geräusch irritierte mich; es war ein weiteres Indiz, dass hier etwas ganz und gar nicht stimmte. Doch durch die halb offene Tür sah ich nichts als Dunkelheit und ein paar verwischte Lichtpunkte von den gegenüberliegenden Häusern.

Ich blieb noch an die zehn Sekunden dort, wo ich war, und hörte nichts weiter als das Piepsen des Telefons. Dann drückte ich den Handrücken sacht gegen die Türfüllung, atmete tief ein und war mit einem Schritt über der Schwelle.

Im gleichen Moment flammte etwas auf, ein gleißendes Licht, das mich blendete, sodass ich automatisch den Arm hochriss, um meine Augen zu schützen. Und doch erkannte ich genug, um zu wissen, dass ich in die Falle gegangen war; ich verspürte schlagartig das bekannte, leere Gefühl in der Magengrube und einen säuerlichen Geschmack in der Kehle. Was ich sah, ließ mich zusammenzucken, und danach stand ich einen Herzschlag lang wie angewurzelt da. Es waren zwei Männer mit Pistolen in den Händen, die ich nicht kannte, und ein weiterer Mann, der sich etwas abseits hielt. Es dauerte einen Moment, bevor ich ihn gegen das gleißend helle Licht erkennen konnte: Es war Phil Albano, einer der engsten Vertrauten Bachs.

Die Rückkehr ins Hauptquartier von Majestic war wie ein Albtraum für mich; Kim und ich hatten es solange geschafft, Bachs Häschern zu entgehen, bis ausgerechnet mein Bruder Ray sie auf unsere Spur gebracht hatte. Majestic bedeutete, dass das Artefakt für uns endgültig verloren war, dieser einzige offensichtliche Beweis für die Existenz der Außerirdischen, ohne dessen Hilfe unsere Geschichte nicht mehr wert war als das Gestammelte zweier Verrückter. Majestic bedeutete aber auch, dass unsere Bewegungsfreiheit eingeschränkt war und vielleicht sogar unser Leben in akuter Gefahr: Es war nicht vorauszusehen, was Bach mit uns vorhatte.

Ich saß neben Phil Albano im Fond eines großräumigen Plymouth, einer jener Familienkutschen, in denen man wohl kaum Agenten einer Organisation wie Majestic vermuten würde. Kim und meinen Bruder hatte man in einem zweiten Wagen untergebracht; offenbar hatte es Albano für sinnvoll gehalten, mich und Kim zu trennen.

»Wie seid ihr eigentlich auf unsere Spur gekommen?«, fragte ich Albano in dem Versuch, ihn in ein Gespräch zu verwickeln. Aber wie ich erwartet hatte, verzichtete er auf jegliche Antwort. Mit bewegungslosem Gesicht saß er neben mir; die schwarze Sonnenbrille auf seiner Nase wirkte in der Dunkelheit noch deplatzierter als sonst. Zum wiederholten Male fragte ich mich, wie er es eigentlich schaffte, durch die dunklen Gläser auch in der Nacht jede Einzelheit wahrzunehmen, zumal mir noch nie aufgefallen war, dass er irgendwann einmal etwas übersehen hätte.

»Was soll das, Phil«, sagte ich mürrisch. »Immerhin habe ich euch Steel geliefert.« Als er nicht antwortete, fuhr ich fort: »Ihr habt ihn euch doch geschnappt, oder?«

Diesmal antwortete Albano. »Ja, wir haben ihn uns geschnappt«, sagte er ruhig. »Um *den* brauchst du dir jedenfalls keine Sorgen mehr zu machen.«

»Ah ja. Umso besser.« Ich überlegte verzweifelt, wie ich das Gespräch in Gang halten konnte; denn schließlich war es möglich, dass ich etwas erfuhr, was mir später weiterhelfen würde. »Und habt ihr die Sache mit Oswalds Tod überprüft?«, fragte ich weiter.

Albano wandte den Kopf zu mir und sah mich einen Moment lang schweigend an. »Du quatschst zu viel, Loengard«, sagte er dann. »Wir sitzen doch hier nicht beim Bier zusammen und unterhalten uns über alte Zeiten.«

Allerdings nicht. Diese Vorstellung war auch etwas grotesk; ich konnte mir beim besten Willen nicht vorstellen, dass irgendjemand mit Albano typisches Bargeplänkel austauschte. Und schon gar nicht, wenn es um Majestic ging. »Mir ist nicht nach Smalltalk zu Mute«, antwortete ich dennoch ungehalten. »Aber es könnte ja sein, dass ich noch mehr weiß. Es könnte sein, dass ein Gespräch zwischen uns wie zwischen erwachsenen Leuten den Sinn hätte, uns auf den gleichen Kenntnisstand zu setzen.«

Albano nahm meine Worte ohne sichtbare Regung auf. Aber dennoch war da eine Kleinigkeit anders als sonst, das unbestimmte Gefühl, dass etwas seine simple Sicht, die Dinge zu betrachten, durcheinander gebracht hatte und er sich nicht ganz sicher war, ob es nicht vielleicht doch besser war, sich auf ein Gespräch einzulassen. »Du bluffst, Loengard«, behauptete er. »Du weißt gar nichts. Das mit Steel war ein Glückstreffer. Außerdem hätten wir ihn auch ohne dich erwischt; er hatte den Bogen bereits überspannt und hätte ein, zwei Tage später auffliegen müssen.«

»Aha. Und wie das?«

»Was, zum Teufel, geht dich das an?« Phil Albano wirkte trotz seiner schroffen Worte so distanziert wie immer – aber immerhin unterhielt er sich mit mir. Und das allein war schon ungewöhnlich genug.

»Es geht mich eine ganze Menge an«, antwortete ich ernsthaft und mit dem festen Entschluss, meinen einzigen Trumpf hier und jetzt auszuspielen. »Schließlich bringt ihr mich nach Majestic zurück.« Obwohl ich vorhatte, so ruhig wie möglich zu bleiben, konnte ich nicht verhindern, dass meine Stimme zitterte. »Und da läuft nicht nur Steel mit netten kleinen *Ganglien* rum.«

Ich glaubte im schwachen Licht der Straßenbeleuchtung zu erkennen, dass Albano die Stirn runzelte. Vielleicht täuschte ich mich auch. Aber dennoch: Ich hatte ihn immer als einen Soldaten betrachtet und als sonst nichts. Ein Mann, der Befehlen gehorchte und im Rahmen überschaubarer Regeln problemlos mit dem Unfassbaren umgehen konnte, solange es sich nur irgendwie bekämpfen ließ. Was aber musste in diesem Mann vorgehen, wenn er nicht wusste, ob seine Vorgesetzten und Kollegen vielleicht von einem bösen Geist besessen waren, von etwas, das wir Hive nannten? Ging es ihm nicht ähnlich wie schlachterprobten Kriegern im Mittelalter, die zwar Tod und blutrünstige Massaker nicht fürchten, wohl aber das unerklärbar Dämonische, das monströs Teuflische, den Leibhaftigen, der ihrem Glauben zufolge in jedem Menschen stecken konnte?

»Wenn du etwas weißt, dann spuck es aus«, sagte Albano ruhig. »Sonst spar dir deine Rede für Bach. Er ist für dein Seelenleben verantwortlich, nicht ich.«

Ich unterdrückte die Bemerkung, dass mein Seelenleben weder ihn noch Bach irgendetwas anging. »Ich bin mir nicht hundertprozentig sicher«, sagte ich stattdessen laut. »Ich kann dir mehr sagen, wenn du mir verrätst, wie ihr Steel geschnappt habt.«

»Das klingt nach einem Kuhhandel«, sagte Albano

verächtlich. »Auf so etwas lasse ich mich prinzipiell nicht ein.«

»Nenn es, wie du willst«, sagte ich so beherrscht wie möglich. »Aber was hast du zu verlieren? Ich bin ein Gefangener Majestics. Und das, was ich sowieso schon weiß, dürfte weit über das hinausgehen, was du mir erzählen kannst.«

»Kann sein«, sagte Albano. »Ich sehe trotzdem nicht ein, warum du die Geschichte von Steels … eh … Verhaftung wissen musst, um mir einen Verdacht zu nennen.«

»Weil es etwas schwerer ist, als zwei und zwei zusammenzuzählen«, sagte ich eindringlich. »Schließlich habe ich auch Steel enttarnt, bevor ihr das geschafft habt. Vielleicht gelingt mir das auch in einem anderen Fall.« Ich biss mir auf die Lippe; es war eine unbewusste Geste, die Albano meine Unsicherheit verraten hätte, wenn er sie gesehen hätte. Aber wir fuhren jetzt durch eine unbeleuchtete Seitenstraße und damit hatte Albano, mit oder ohne Sonnenbrille, keine Chance, *irgendetwas* zu sehen.

Albano ließ mich ein paar Sekunden zappeln. Die zu weiche Federung des Plymouth schüttelte mich währenddessen durcheinander und mir fiel plötzlich ein Fahrbericht in der Washington Post ein, der diesen Wagen *weich und instabil wie ein Sofakissen* genannt hatte. Komisch, welche Dinge einem manchmal in den Kopf kommen. Dabei war mein Gefühl viel mehr bei Kim, die mit Ray in dem vor uns fahrenden Straßenkreuzer saß und sicherlich nicht weniger verzweifelt war als ich. Wenn ich wenigstens neben ihr hätte sitzen können! Doch so konnte ich sie nicht einmal trösten.

»Also gut«, sagte Albano schließlich. »Schließen wir den Kuhhandel. Ich erzähl' dir alles über Steel und dann sagst du mir, was du daraus für Schlüsse ziehst.«

Das war mehr, als ich erwartete hätte. »Okay«, sagte ich trotzdem schwächlich und plötzlich gar nicht mehr so sicher, dass mein Bluff eine gute Idee gewesen war.

»Bach ist dem Hinweis, dass Steel hive sein könnte und

an der Ermordung Lee Harvey Oswalds beteiligt war, sofort nachgegangen«, begann Albano ruhig, während er die Sonnenbrille abnahm und gedankenverloren mit ihr spielte. »Er hat alles andere hintangestellt und sich den Film besorgen lassen, der Oswalds Ermordung zeigt. Und dabei sind wir dann tatsächlich auf etwas gestoßen, was bis dahin undenkbar gewesen wäre.« Albano fuhr fort, mit ruhiger, sachlicher Stimme von den Ereignissen nach meinem Telefonat mit Bach zu berichten. Und doch hatte seine Art zu erzählen eine ganz eigene Kraft, etwas, das mich seine Worte in der Phantasie so ergänzen ließ, dass sich ein geradezu plastisches Bild der Ereignisse in mir formte.

24. November 1963, 13:17

Majestic

»Stoppen Sie dort«, sagte Bach mit dem Telefonhörer in der Hand. »Halten Sie sie genau dort ... und gehen Sie noch ein Stück zurück.«

Das Surren des Projektors verstummte einen Herzschlag lang, als Albano die Stopptaste drückte und den Film dann zurücklaufen ließ. Doch kaum setzte das Summen wieder ein, da winkte Bach mit einer schnellen Bewegung ab, die an einen Streckenposten erinnerte, der einen Formel-1-Rennwagen an die Boxen zurückruft. »Frieren Sie es genau dort ein«, ordnete er an.

»Da ist Steel nur zwei Schritte hinter Oswald, direkt hinter dem Cowboy«, stellte Albano sachlich fest. Tatsächlich war dort Steel aufgetaucht, ein schwarzweißer Schatten rechts hinter dem dicken schweren Mann mit Cowboyhut, der rechts neben Oswald ging und offensichtlich nicht nur die Aufgabe hatte, einen Gefangenen zu verlegen, sondern auch, ihn zu beschützen. Was ihm offensichtlich vollkommen misslungen war. Aber darum ging es jetzt nicht und auch nicht um die Frage, warum man Kennedys Mörder so leichtsinnig in aller Öffentlichkeit verlegt hatte. Lynchjustiz war schließlich ein Wort, dass mit keinem anderen Land der Welt so eng verbunden zu sein schien wie mit den USA. Die offene und nur unzureichend gesicherte Verlegung des Mörders des beliebtesten amerikanischen Präsidenten kam der Aufforderung zu einer Affekthandlung geradezu gleich.

Um eine Affekthandlung ging es hier aber ganz und gar nicht. Steels Gesicht wirkte angespannt und selbstversunken wie das eines Mannes, der zu allem entschlossen war. Im tristen Schwarzweiß des grobkörnigen Films, den alle Wochenschauen und Fernsehstationen immer und immer wieder gezeigt hatten, war er doch nicht mehr als ein flüchtiger Schatten, ein für die meisten Menschen namenloses Gesicht, das für den Bruchteil einer Sekunde aufblitzte und dann wieder vergessen war.

Nicht aber für Bach und Albano. Bachs Gesicht schien es verlernt zu haben, so etwas wie Überraschung zu zeigen, und doch schien es Albano, als zucke beim Anblick seines womöglich engsten Mitstreiters ein Anflug von Unverständnis und Ärger übers Gesicht. Aber statt das Bild zu kommentieren, nickte er wie geistesabwesend. »Und was hat die Überprüfung der Telefonverbindungen ergeben?«, fragte er seinen unsichtbaren Gesprächspartner, während er mit dem Telefon in der Hand an das nach innen führende Fenster trat, dessen Jalousien nicht nur wegen der Vorführung heruntergelassen waren. Er schob ein paar Lamellen auseinander, gerade weit genug, um einen Blick auf den Mann werfen zu können, der auf der Leinwand in Übergröße hinter Oswald stand, während er im Augenblick unruhig wartend auf dem Flur stand. Fast schien es, als würde Steel spüren, dass sich etwas gegen ihn zusammenbraute, denn seine sonst zur Schau getragene Überheblichkeit hatte einem unruhig flackernden Blick Platz gemacht. Er biss sich auf die Lippen und sah sich sichernd nach beiden Seiten im Gang um; eine erstaunlich menschliche Bewegung für jemanden, der hive sein sollte.

»Das ist genau einen Moment vor Oswalds Ermordung«, stellte Albano fest, der den Blick nicht von der Leinwand genommen hatte. »Und Steel steht genau in der richtigen Position.« Er musste nicht erklären, wozu die Position richtig war.

»Hat Steel mit Jack Rubys Klub auch am Tag vor der Ermordung Oswalds telefoniert?«, fragte Bach in den Telefonhörer, ohne auf Albanos Worte einzugehen. Er lauschte seinem Gesprächspartner und runzelte die Stirn. »Okay, gehen Sie der Sache weiter nach und halten Sie mich auf dem Laufenden. Und geben Sie Renaldo Bescheid, dass die Sache jetzt steigen wird.« Ohne ein weiteres Wort legte er auf und setzte den Telefonapparat auf dem Tisch ab. Einen Moment starrte er mit gerunzelter Stirn auf die Leinwand. »Schalten Sie den Projektor aus«, sagte er dann. »Und lassen Sie uns gehen. Bringen wir es hinter uns.«

Albano nickte und tat, wie ihm geheißen war. Als er auf den Ausgang zuging, fuhr seine Hand automatisch unter sein Jackett zum Holster, in dem seine schussbereite Waffe steckte. Nach Bach verließ er den Raum und schloss hinter sich die Tür des schalldichten Raums, in dem mehr brisante Entscheidungen getroffen worden waren, als es den Verantwortlichen im Weißen Haus lieb sein konnte. Dieser Raum war so etwas wie die geheime Kommandozentrale von Majestic – funktionell und fast spartanisch eingerichtet, aber absolut abhörsicher und unauffällig genug, um von gelegentlichen Besuchern aus der Politik nur als durchschnittlicher Tagungsraum wahrgenommen zu werden.

»Ach, Steel, gut dass ich Sie hier treffe«, sagte Bach ohne Umschweife, als er auf den Korridor trat und fast in seinen dienstältesten Außendienstmitarbeiter gestolpert wäre. »Kommen Sie mit, wir müssen da ein paar Dinge klären.«

Steel kniff die Augen zusammen, aber sein flackernder Blick beruhigte sich, als er sah, wie Albano hinter ihm auftauchte, seine Sonnenbrille aus der Tasche nahm und sie mit einer ruhigen Bewegung aufsetzte. »Ich wollte auch mit Ihnen sprechen«, stieß er hervor. »Es geht um Loengard. Wir müssen ihn unbedingt erwischen, bevor er mit Robert Kennedy Kontakt aufnehmen kann.«

»Da bin ich ganz Ihrer Meinung«, antwortete Bach ruhig, während er den Korridor hinunterging, der eher zu einer Finanzbehörde gepasst hätte als zu einem hoch technisierten geheimen Sicherheitstrakt unterhalb Washingtons, wären da nicht die in regelmäßigen Abständen und zusätzlich zur flackernden Neonbeleuchtung platzierten, durch massive Stahlgeflechte gesicherten Lampen gewesen, die ungewöhnlich angeschrägte Decke und die roten und gelben Notschalter, deren Funktion auf den ersten Blick kaum erkenntlich war. »Der junge Mann wird langsam lästig. Wir müssen ihn schnellstmöglich aus dem Verkehr ziehen.«

»Ich werde mich persönlich um Loengard kümmern«, sagte Steel. In seiner Stimme schwang eine Ungeduld mit, die ahnen ließ, wie sehr ihm die Angelegenheit unter den Fingern brannte. Wer nicht wusste, was in ihm vorging, hätte ihn einfach für einen engagierten Mitarbeiter halten können. »Ich werde diesen Kerl erwischen, bevor er auch nur auf einen Kilometer an Bobby Kennedy herankommt.«

»Das wäre sicherlich wünschenswert«, antwortete Bach ruhig. Er öffnete eine Zwischentür und drehte sich mit seinem typischen kalten Lächeln zu Steel um. »Zumal Loengard sich zurzeit in Washington D.C. aufhält.«

»Da wissen Sie mehr als ich«, sagte Steel stirnrunzelnd, während er hinter Bach die Zwischentür passierte und ihm in den Seitengang folgte, der zu den Labors führte. Er konnte nicht ganz verhindern, dass Ärger in seiner Stimme mitschwang. »Aber ich werde jetzt die Angelegenheit in die Hand nehmen und Ihnen noch heute diese kleine Ratte vor die Füße werfen.«

»Keinesfalls«, sagte Bach ruhig. »Loengard ist keine persönliche Angelegenheit …«

»Aber er ist das größte Problem, das wir zurzeit haben«, unterbrach ihn Steel.

»Loengard ist *ein* Problem«, stellte Bach richtig. »Und er ist *mein* Problem. Sie brauchen sich deswegen keine grauen Haare wachsen zu lassen.« Er blieb stehen und warf einen nachdenklichen Blick auf Steel. »Sie haben doch ganz andere Dinge vor sich«, fuhr er fort, während er die Tür zu einem kleinen Besprechungsraum aufstieß, der in letzter Zeit kaum benutzt worden war. Ohne ein weiteres Wort trat er einen Schritt zur Seite und Steel betrat automatisch den Raum, der normalerweise einen runden Tisch und vielleicht ein Dutzend Stühle beherbergte.

Es war erstaunlich, wie leicht sich Steel reinlegen ließ. Die Hive verfügten offenbar doch nicht über den sechsten Sinn, den ihnen die wenigen Eingeweihten zuschrieben. Wäre es anders, hätte Steel spätestens von dem Verdacht gegen ihn Wind bekommen müssen, als sich Bach und Albano den Film über Oswalds Ermordung angesehen hatten, nur wenige Meter von ihm entfernt und nur durch eine schalldichte Wand von ihm getrennt. Aber er hatte noch nicht einmal etwas gemerkt, als sie den Raum verlassen und ihn beinahe über den Haufen gerannt hatten – die beiden Männer, die willens waren, ihn so schnell wie möglich zu enttarnen und dann die entsprechenden Schritte einzuleiten. Vielleicht aber fühlte sich der menschliche Teil von Steel auch einfach nur zu sicher oder vielleicht lag es an der Ausstrahlung von Bach und Albano, die keine Erregung verrieten und deswegen auf ihn vollkommen unverdächtig wirkten.

Steel war einen Schritt in den Raum getreten und wollte gerade den zweiten machen, als er begriff. Sein Blick fiel auf den beigefarbenen Stuhl mit den stabilen Kunststofffesseln, der mitten im Raum stand und zu der Einrichtung passte, die jetzt plötzlich mehr an ein Labor als an einen Besprechungsraum erinnerte – mit Glasvitrinen, in denen Hertzogs Utensilien untergebracht waren, einem Metallschreibtisch, auf dem ein Mikroskop und mehrere Reagenzgläser standen; so, als sei Dr. Hertzog hier bereits vor ein paar Wochen eingezogen, um für den Fall der Fälle gerüstet zu sein. Erst dann bemerkte er die beiden kräftigen Männer in weißen Kitteln, die mit zielsicheren, schnellen Bewegungen von hinten auf ihn zustürmten, und Dr. Carl Hertzog, der inmitten des Raumes stand, mit gerunzelter Stirn einen nervösen Blick über den Rand seiner Brille auf Steel werfend, ohne dabei die Spritze aus den Augen zu verlieren, die wie ein bösartiges und zustechbereites Insekt in seiner Hand lauerte.

Steels Reaktion war schnell und doch nicht schnell genug; es war die Reaktion eines Menschen, der über eine Schrecksekunde verfügt und nicht über die eines übermenschlichen Wesens, das ohne jede Zeitverzögerung konsequent und folgerichtig handelt.

Als er herumwirbeln wollte, waren die beiden Weißbekittelten schon heran und auch Albano, der mit zwei, drei raschen Schritten an Bach vorbeigestürmt war und nun Steels linken Arm mit hartem Griff packte. Die drei Männer waren Profis und sie wussten, was sie wollten, und sie hatten den Vorteil der Überraschung auf ihrer Seite. Und doch genügte das nicht, um Steel so einfach in die Knie zu zwingen. Der Hive wehrte sich verzweifelt, riss die Männer mit einer unglaublich kraftvollen Bewegung nach vorne und zwang sie für einen Moment in eine Kehrtwendung zur Tür. Dann hatten die drei Majestic-Agenten ihre Bewegungen koordiniert und es gelang ihnen, Steels Fluchtbewegung zu stoppen. Zwei, drei Sekunden sah es nach einem Unentschieden aus – drei kräftige Männer gegen ein kaum mehr menschlich zu nennendes Wesen, das das Grauen in sich trug, irgendeine ekelhafte widerliche Kreatur, ein zuckendes, krabbelndes Etwas mit mehreren Inch langen Fühlern oder Tastarmen, das in Steel hineingekrochen war auf eine hinterlistige Art und Weise und nun sein Denken vergiftete, sich mit den aggressiven Impulsen des Menschen verband, um einen Auftrag auszuführen, der letztlich auf die Vernichtung der Menschheit hinauslaufen würde, wenn man nicht dieses Wesen und seinesgleichen stoppte.

Es war die pure Kraft der Verzweiflung, das Wissen um das abscheuliche Ganglion in ihrem Ex-Kollegen, dass den drei Agenten die Kraft gab, den Tobenden in eine Rückwärtsbewegung zu zwingen. »Nein«, schrie Steel als sie ihn auf den Stuhl drückten. Er kam wieder hoch, in der grotesken Satire eines Schülers, der aufspringt, um seinem Lehrer eine wütende Bemerkung entgegenzuschleudern, oder eines Abgeordneten, der für die CNN-Kameras das Schauspiel eines von ehrlicher Entrüstung getriebenen Wutanfalls bot.

»Es hat keinen Sinn, dagegen anzukämpfen«, sagte Bach. Er war einen Schritt in den Raum hineingetreten und betrachtete den ungleichen Kampf scheinbar teilnahmslos, so, als sei er sicher, wie er ausgehen würde. Und vielleicht war er das ja auch. »Es ist nur zu Ihrem eigenen Besten, Jim. Befreien Sie sich von diesem ... Ding.«

Steel gab einen gurgelnden Laut von sich, dann ein Zischen und etwas, das wie das Knurren einer gereizten Echse klang. Es war nichts Menschliches an diesen Lauten, noch nicht einmal etwas Tierisches. Es war ein instinktiver Aufschrei einer ganz anderen Spezies, etwas, das den weiten Weg von einem entfernten Sonnensystem zur Erde gefunden hatte. Es lag so viel Unmenschliches darin, dass die Majestic-Agenten gar nicht anders konnten, als ihn mit aller Kraft niederzuringen. Albano hatte Steels Kopf gepackt; sein rechter Arm umklammerte den Hals seines Opfers, mit der linken Hand hatte er sich in seine Haare verkrallt. Damit verschaffte er den beiden anderen einen Moment Luft, lang genug, um Steels Arme niederzudrücken und die Armfesseln zuschnappen zu lassen.

»Hööört auuuf!«, schrie Steel und diesmal war es offensichtlich der menschliche Teil in ihm, der aufbegehrte. Der Stuhl war am Boden festgeschraubt und doch ging ein Ruck durch die schweren Metallrohre, als Steel mit aller Kraft gegen seine Fesseln ankämpfte. Die zwei Männer in den weißen Kitteln hielten weiterhin seine Arme gepackt und drückten sie nach unten, während Albano Steels Hals von hinten umklammert hielt, als würde er ihn endgültig erbarmungslos erwürgen wollen. Es sah aus, als ob sie ein urzeitliches Ungeheuer festhalten mussten, wie in einem dieser unglaublich simpel produzierten und doch nicht minder faszinierenden Filme Jack Arnolds, der den Kampf der Menschheit gegen irgendwelche Albtraumkreaturen in schwarzweiße Kinofilme gebannt hatte.

Bach betrachtete ihn mit kühler Distanz wie ein Wissenschaftler, der ein seltenes Phänomen vor sich hat und es unter allen Umständen studieren will, ganz egal, welches Risiko es für ihn oder andere bedeutet. Doch der Kampf war noch nicht vorbei. Dr. Hertzog war nicht untätig geblieben; er hatte die bereits aufgezogene Spritze beiseite gelegt und eine Phiole mit der Substanz in die Hand genommen, deren Mischung nur ihm und einigen wenigen anderen Menschen bekannt war. Das, was er anwenden wollte, kursierte unter den wenigen Eingeweihten als ART, als Alien Rejection Technique; etwas, das verteufelt an die Austreibung von Dämonen erinnerte, wie die Kirche sie zu betreiben in der Lage zu sein behauptete. Doch es waren keine Dämonen, denen er mit der toxischen Substanz beikommen wollte, es war eine für Menschen zwar gefährliche, aber für Ganglien mit Sicherheit tödliche Substanz, die sie aus ihrem Wirt drängte – so wie Feuer eine ekelhafte Schlangenbrut aus ihrem Versteck zwang. Die Chancen standen allerdings fünfzig zu fünfzig, dass auch der Wirt bei der mehrstündigen Prozedur zu Schaden kam; je länger er bereits vom Ganglion besessen war, umso geringer waren die Aussichten für einen Befallenen, die grausige Prozedur zu überleben.

Dr. Hertzog war mit ein paar raschen Schritten am Stuhl und drückte Albano die Phiole in die Hand, in der sich das gräulichweiße, dampfende Gemisch befand, das dem Ganglion ein Ende bereiten sollte. Dann holte er einen metallenen Trichter aus den Tiefen seiner ausgebeulten Kitteltasche hervor, eine Spezialanfertigung aus absolut beiß- und säurefestem Edelstahl, mit einer konvex geformten Öffnung, die genau in die Mundöffnung eines Menschen passte. Der ART-Trichter war erst vor kurzem optimiert worden für die Alien Rejection Technique – angepasst an eine Prozedur, die so gewaltsam ablief wie die blutige Unterwerfung eines Dissidenten in den sibirischen Foltergefängnissen. Doch im Gegensatz zu den Folterärzten in Sibirien ging es Dr. Hertzog tatsächlich ums Heilen; wenn auch nach den Regeln Majestics und gemäß den Anordnungen Bachs, für den ein Menschenleben kaum mehr als taktische Bedeutung hatte.

Steel kämpfte ums Überleben. Sein Kopf zuckte hin und her, mit einer Kraft, die angesichts Albanos Würgegriff nichts Menschliches mehr an sich hatte. Niemand wusste, was in seinem Kopf wirklich vor sich ging, wieweit sich die unvorstellbar fremde Intelligenz mit der des eiskalten Killers verbunden hatte, der im Auftrag Bachs zahllose Menschen getötet hatte. Niemand wusste, wie lange Steel das Ganglion in sich trug und wieweit er vielleicht nur noch einem ausgehöhlten Baumstamm glich, der im Inneren bereits komplett von dem fremdartigen Etwas zerfressen war. Wenn der Prozess der Übernahme schon so weit fortgeschritten war, würde ein Rettungsversuch dieses nur noch scheinbar menschlichen Wesens unweigerlich zu spät kommen.

»Machen Sie schon, Albano«, rief Hertzog. »Halten Sie seinen Kopf still.«

Steel bäumte sich mit aller Kraft gegen seine Fesseln auf. Seine Arme ruckten ein, zwei Zentimeter hoch und der Stuhl vibrierte, als würde er jeden Moment aus der Verankerung gerissen. Albano, der in der Rechten das Gefäß mit der für Ganglien tödlichen Flüssigkeit hielt, drückte mit dem linken Arm Steels Hals so fest zu, dass einem normalen Menschen der Kehlkopf eingedrückt worden wäre. Es dauerte nur ein paar Sekunden, aber es kam Albano wie eine Ewigkeit vor: Er hatte alle Mühe, Steel im Würgegriff zu halten und die Phiole mit dem Ganglion-Gift so ruhig zu halten, dass nichts verschüttet werden konnte. Wenn er den Becher mit dem dampfenden Gift fallen ließ, hatten sie keine andere Wahl mehr; dann mussten sie Steel töten.

»Geben Sie auf, Jim«, sagte Bach ruhig. »Machen Sie es uns nicht unnötig schwer.«

In Steels verzerrtem Gesicht tauchte so etwas wie der Funken eines Verstehens auf, das in grenzenlosen Hass umschlug. Er riss den Mund auf und gurgelte ein paar unartikulierte Laute, die nichts Menschliches hatten, sondern etwas in einer unvorstellbar fremden Sprache bedeuten konnten, die zu verstehen dem menschlichen Verstand vielleicht für immer versagt blieb.

Diesen Moment nutzte Hertzog. Er schlug den ART-Trichter geradezu in Steels Mund, so, wie man mit voller Wucht auf eine Vogelspinne einschlagen würde, die gerade dazu ansetzte, sich auf ihr Opfer zu stürzen. Es lag das ganze Entsetzen eines Mannes in dieser Bewegung, der in den Strudel eines lebendig gewordenen Wahnsinns geraten war. Als der Trichter in Steels Schlund einschlug wie ein Zapfhahn in ein Bierfass, knirschte Metall auf Zahnschmelz und mit einem hässlichen Krachen brachen ein paar Zahnstücke weg. Steels Gurgeln erstickte. Eine Ader trat auf seiner Stirn hervor und seine Augen waren so schreckensgeweitet wie die eines Rehs, das wie hypnotisiert in die Scheinwerfer eines heranrasenden Trucks starrt.

Albanos Hand zuckte zielsicher vor und ein Schwall graudampfender Flüssigkeit ergoss sich in den Trichter. Aus Steels Gurgeln wurde ein erstickter Schrei, als sich die saure Flüssigkeit in seine Kehle brannte. Aber er war noch lange nicht bereit aufzugeben. Der Instinkt des in die Enge getriebenen Menschen verband sich mit der Todesfurcht des Ganglions, das außerhalb seines Wirtskörpers kaum mehr als eine Stunde lebensfähig war. Steels Kopf ruckte vor und trieb damit den Trichter noch tiefer in seinen Mund. Aber es gelang ihm damit, auch den Becher mit der todbringenden Flüssigkeit beiseite zu stoßen. Unwillkürlich lockerte Albano seinen Griff etwas und Steel heulte triumphierend auf, als er mit einer ruckhaften Kopfdrehung Albanos Griff die Kraft nahm.

Doch der Majestic-Agent mit der an diesem Ort grotesk wirkenden Sonnenbrille war zu sehr Profi, um sich dadurch von seiner Aufgabe ablenken zu lassen. Mit einer entschlossenen Bewegung schüttete er den kompletten Inhalt des Bechers in den Trichter, während sich seine Linke in Steels Haare krallte. Ein paar Tropfen spritzten hoch und benetzten Steels Jackett, hinterließen kleine schmutzige Flecke, die sich geradezu in den Stoff einzubrennen schienen. Doch der größte Teil der ätzenden Flüssigkeit traf mit ungemilderter Wucht in Steels Kehle und mit würgenden Lauten schluckte er einen Teil des widerlichen Gebräus hinunter.

Die Majestic-Agenten ließen ihm keine Verschnaufpause. Hertzog hatte die Gelegenheit genutzt, um mit raschen Bewegungen seine bereits aufgezogene Spritze vom Schreibtisch zu holen. Die anderen Männer wussten Bescheid und handelten, ohne ein Wort zu wechseln. Steel wurde nach dem Schlucken von Hertzogs Spezialmischung von einem heftig würgenden Hustenanfall geschüttelt; Albano stauchte seinen Kopf nun mit aller Kraft nach vorne und die beiden anderen unterstützten die Bewegung, indem sie seine Arme losließen, ihn an den Schultern packten und ebenfalls nach vorne drückten. Hertzog trat hinter ihn, die überdimensionierte Spritze mit dem Konzentrat in der Hand, das er in Steels Blutbahn spritzen musste, um die Wirkung der oral verabreichten ART-Spezialmischung zu optimieren. Der Arzt handelte mit der ihm eigenen unerschütterlichen Professionalität; wie ein Tierarzt, der sich unversehens mit einer bissigen Bestie konfrontiert sieht und sie dennoch behandeln will und muss.

Dabei war er nicht wählerisch. Es war nicht gerade üblich, einem Menschen eine Spritze in den Nacken zu verabreichen, aber in diesem Fall war es der schnellste und damit sicherste Weg. Hertzog setzte die Spritze zwei Zentimeter über dem Wirbelansatz mit einer Bewegung an, wie sie eher üblich war, um einen Dartpfeil sicher ins Ziel zu bringen, und stieß sie mit einer harten Bewegung in

Steels Nacken. Dann drückte er mit der Rechten den Kolben nach unten.

Aber er kam nicht dazu, den gesamten Inhalt zu entleeren. Steel spannte sich mit einer verzweifelten Bewegung an, zerrte an den angeblich absolut sicheren Kunststoffgurten des Spezialstuhls, die sich im Einsatz vieler psychiatrischer Kliniken bewährt hatten, die Epilepsiepatienten genauso sicher gehalten hatten wie Tobsüchtige, die man mit der gerade nur allzu populären Elektroschockbehandlung mit Sicherheit gequält, aber kaum je geheilt hatte, und wie die Patienten Dr. Freedmans, denen man bei vollem Bewusstsein einen Eispickel durch die Nase ins Gehirn getrieben hatte, um die Verbindung von konfus zusammenarbeitenden Gehirnteilen unwiderruflich zu zerstören. Bei all diesen tausend Einsätzen hatten sich die Stahlrohrstühle mit den Kunststofffesseln bewährt; nie war es einem Patienten gelungen, sich aus einem von ihnen zu befreien. Aber es gibt bekanntlich immer ein erstes Mal.

Und es war ausgerechnet Steel, der bewies, dass es immer verkehrt ist, sich zu sicher zu fühlen. Mit einer letzten Anstrengung riss er die Arme nach oben und sprengte beide Kunststofffesseln. Ehe die anderen Männer reagieren konnten, war er bereits aufgesprungen. Durch den Schwung der Bewegung wurde Albano, der sich bis zuletzt in Steels Haare verkrallt hatte, zurückgeschleudert und schlug schwer auf dem Boden auf, die beiden anderen Männer taumelten ein paar Schritte zurück, bevor sie sich wieder fangen konnten. Steel griff mit einer blitzschnellen Bewegung nach hinten und riss sich die halb volle Spritze aus dem Nacken. Doch statt sie wegzuschleudern, hielt er sie wie ein Messer in der Hand und genauso setzte er sie auch ein. Der ART-Spezialist, der sich als Erster wieder gefangen hatte und nun mit geöffneten, zum Zupacken bereiten Armen auf ihn zustürmte, bemerkte die Gefahr zu spät. Steel stieß die Spritze mit aller Kraft in seinen Bauch und jagte ihren Inhalt in den

Mann. Die Wirkung war genauso schnell wie drastisch: Der Angegriffene stieß einen gurgelnden Laut aus, ruderte hilflos mit den Armen. Sein Gesicht zuckte wie bei einem epileptischen Anfall, dann riss er noch einmal die Arme hoch, schlug gegen einen Schrank und brach wie vom Blitz gefällt zusammen.

Da war auch schon der andere ART-Spezialist heran. Er stürmte wie ein wütender Bulle auf Steel zu. Dieser wirbelte herum, packte den Mann, als sei er ein Kind, und schleuderte ihn mit einer unglaublich kräftigen Bewegung in Hertzogs Richtung. Die beiden Männer gingen krachend zu Boden. Da war Steel auch schon über ihnen, schlug den ART-Spezialisten mit einem einzigen seitlich geführten Fausthieb bewusstlos und riss ihm seine schussbereite Pistole aus dem Holster. Bach machte einen Schritt auf ihn zu; aber dabei blieb es. Steel handelte schnell und überlegt. Er schlug Bach mit der Waffenhand zur Seite und der Chef der mächtigen Majestic-Operation ging ohne einen Laut zu Boden. Dann wirbelte Steel mit der Waffe in der Hand in Richtung seines gefährlichsten Gegners: Albano, der bereits wieder auf die Füße gekommen war und gerade seine Waffe zog. Steel schoss; zweimal bellte die schwere Magnum in dem kleinen Raum auf und beide Kugeln zerschmetterten ein paar Glasgefäße in der Vitrine mit Hertzogs Utensilien, dann erwiderte Albano das Feuer. Es war nur ein Schuss, aber er traf. Steel wurde ein Stück zurückgeschleudert und ein roter Fleck zeichnete sich oberhalb des Gürtels auf seinem Hemd ab.

Es war ein Schuss, der einen anderen Gegner zweifelsohne zu Boden gestreckt hätte. Aber es schien, als könne Steel den Treffer ohne weiteres wegstecken. Als er sich umdrehte und aus dem Raum stürmte, taumelte er nicht einmal. Doch er kam nicht weit: Die Wirkung von Hertzogs ART-Mischung holte ihn schlagartig ein. Er schrie auf, stolperte in den Gang hinaus und die Magnum polterte zu Boden, als er die Hände in einer entsetzten Geste vors Gesicht schlug. Wimmernd ging er in die Knie und gab noch einmal einen unartikulierten, erschreckend fremdartigen Laut von sich. Als Albano mit gezogener Waffe hinter ihm auftauchte, brach er endgültig zusammen. Wimmernd wie ein kleines Kind, das einen schweren Schock erlitten hatte, krümmte er sich am Boden.

Mittlerweile war ein anderer bewaffneter Majestic-Agent im Korridor aufgetaucht und eilte auf den zusammengebrochenen Steel zu. Bach und Hertzog drängten sich an Albano vorbei, der die Waffe noch immer nicht hatte sinken lassen.

»Es ist aus, Jim«, sagte Bach so ungerührt zu seinem vor ihm liegenden und wimmernden Mitarbeiter, als würde er ein alltägliches Gespräch über einen Einsatz führen. »Das Zeug, das Sie in sich haben, wird dem Ganglion den Garaus machen. Wir müssen die Prozedur nur noch abschließen.«

»Ohhccch«, gurgelte Steel. Weißer Schaum trat vor seinen Mund, wie bei einem Tollwütigen im Endstadium. Seine linke Hand hatte sich an seinem Hemdkragen verkrallt und er zerrte daran, als würde er keine Luft mehr bekommen.

Bach beugte sich zu ihm herunter. »Aber es gibt da noch ein paar Dinge, die wir wissen müssen.«

»Nichts ... müsst ihr wissen«, stieß Steel mühsam hervor.

»Oswald hat in Ihrem Auftrag gehandelt, nicht wahr?«, fragte Bach in beiläufigem Ton. »Die Ballistiker haben festgestellt, dass es drei Schützen waren. Wer war der Dritte?«

Steel schüttelte schwach den Kopf. »Das ist nur der Anfang«, keuchte er an Stelle einer direkten Antwort.

»Das Ganglion hat an Kraft verloren«, sagte Hertzog. Er warf einen Blick auf seine alte Armbanduhr mit dem abgewetzten braunen Lederarmband. »Die Wirkung hat jetzt ihr Maximum erreicht.«

»Okay«, sagte Bach ungerührt, während er sich erhob und zum Gehen wandte. »Bringt es zu Ende.«

24. November 1963, 20:43,

Majestic, Konferenzraum

Es war ein merkwürdiges Gefühl, nun Bach wieder gegenüberzusitzen und ausgerechnet in dem Raum, in dem er noch vor kurzem zusammen mit Albano den Film über Oswalds Hinrichtung angesehen hatte. Ein durchaus nicht angenehmes Gefühl. All das, was mich je mit Majestic verbunden hatte, war Illusion gewesen: die Illusion, dass ich an einer guten und großen Sache mitarbeitete, dem Kampf gegen unvorstellbar fremdes außerirdisches Leben, das sich am Effektivsten mit einer Geheimorganisation wie Majestic bekämpfen ließ. Mittlerweile hatte ich erkannt, wie falsch und gefährlich dieser Glaube war. Nur wenn die Menschheit die Wahrheit erkannte, würde sie auf lange Sicht mit der Gefahr aus dem All fertig werden. Männer wie Bach dagegen nutzten das Agentenspielchen nur, um ihre Macht zu stärken und einen Staat im Staate zu bilden.

»Ihr Alleingang ist vollkommen sinnlos«, sagte Bach ärgerlich, kaum das wir uns gesetzt hatten. »Dieses Spiel bringt niemandem etwas – nicht Ihnen, nicht dem Land, nicht dem Präsidenten.«

»Was für ein Spiel?«, fragte ich ärgerlich. »Das ist doch kein Spiel. Der Präsident ist tot.« Ich schüttelte wütend den Kopf. Egal, was ich jetzt sagte, ich würde mich sowieso um Kopf und Kragen reden. Und wenn das so war, wollte ich wenigstens wissen, was genau hier passiert war und welche weiteren Schritte Bach plante. »Sind Sie in die Sache verwickelt, Frank?«

»In welche Sache?«, fragte Bach ungewohnt rasch und legte das Feuerzeug beiseite, mit dem er sich eine Zigarette angezündet hatte. »Mein Land und die Menschheit vor einer unglaublichen Bedrohung zu beschützen? Gegen dummdreiste Regierungsstellen anzukämpfen, die überhaupt nicht begreifen, worum es geht? Bornierten Hornochsen klarzumachen, dass sie die Gelder für Majestic nicht streichen dürfen?« Er lehnte sich zurück und gestattete sich den Luxus eines Lächelns. »Natürlich bin ich darin verwickelt. Aber Sie müssen sich ja in alles einmischen. Sie mussten ja unbedingt den weißen Ritter spielen, der gegen die Windmühlenflügel der Bürokratie kämpft, Mister Don Quijote. Sie haben alles durcheinander gebracht.«

»Na und? Ich habe nur getan, was getan werden musste. Der Präsident hatte schließlich das Recht zu wissen, was vorgeht. Die ganze Menschheit hat das Recht zu wissen, was vorgeht. Es ist Ihre Geheimniskrämerei, die den Präsidenten umgebracht hat.«

»Sie gehen entschieden zu weit, Loengard«, sagte Bach kalt. »Es liegt nicht an Ihnen zu entscheiden, wer was wissen darf. Sie haben den Stein ins Rollen gebracht, der letztlich zu Kennedys Ermordung führte ...«

»Das ist doch Quatsch.« Ich sprang von meinem Stuhl auf und ging ein paar Schritte hin und her. Bachs Augen folgten mir wie die einer Schlange – aufmerksam, wachsam, aber ohne jede Spur von Gefühl. »Ich habe überhaupt keinen Stein ins Rollen gebracht. Die Geröllawine wäre auch ohne mich den Abhang hinuntergesaust.«

»Ach ja, wäre Sie das?«, fragte Bach höhnisch.

»Aber sicher«, beharrte ich. Ich blieb ein paar Schritte vor ihm stehen, wie ein Staatsanwalt vor der Jury, wenn er sein großes Plädoyer hält. »Wenn ihn etwas umgebracht hat, dann war es Ihre Geheimniskrämerei«, fuhr ich fort. »Verdeckte Operationen, Tarnfirmen, Agenten mit der Lizenz zum Töten, alles, was Sie während der letzten sechzehn Jahre unter Verschluss gehalten haben.« Ich deutete mit dem Finger auf ihn. »Wissen Sie, was Ihr größtes Problem ist, Frank? Sie vertrauen absolut niemandem, vielleicht nicht einmal sich selbst.«

Er nahm einen tiefen Zug aus seiner Zigarette und blies den Rauch in meine Richtung. »Ich habe Ihnen vertraut, John«, behauptete er.

»Blödsinn«, sagte ich ungerührt. »Sie haben mich benutzt und manipuliert und mich für ein oder zwei Bauernopfer aufgebaut. Erzählen Sie mir nichts von Vertrauen.« Ich ging ein paar Schritte zurück und wandte mich ihm dann wieder zu. »Ich habe es Ihnen schon einmal gesagt. Wenn Sie für die Menschheit kämpfen, Frank, dann sollten Sie ein wenig mehr Vertrauen zu uns haben. Was hält Sie eigentlich in Gang? Woher nehmen Sie die Kraft weiterzumachen, wenn Sie weder an uns noch an sich selbst glauben können?«

Bach inhalierte einen weiteren tiefen Zug und die Furchen in seinem Gesicht schienen plötzlich tiefer zu werden. »Am Ende des Glaubens«, sagte er nach einer Weile, »findet sich die Furcht.«

Das nahm mir den Wind aus den Segeln. Ich konnte mich nicht entscheiden, ob diese Antwort ein Stück des wahren Frank Bach offenbarte oder nur eine weitere Übung in praktizierter Desinformation war, um mich in die ihm genehme Richtung zu lenken.

»Haben Sie deshalb das Bruchstück aus diesem Wrack um den Hals getragen, all die Jahre lang?«, wollte ich wissen.

»Bruchstück von einem UFO-Wrack?«, fragte Bach mit abfällig heruntergezogenen Mundwinkeln. »Ist es das, wofür Sie es halten?«

»Selbstverständlich«, sagte ich fest. »Ich weiß Bescheid. Ich weiß mittlerweile sogar ziemlich genau, was vor sechzehn Jahren passiert ist.«

»Ach ja, wissen Sie das?«, fragte Bach ohne jede Spur von Humor. »Wie naiv sind Sie eigentlich, Loengard? Sie haben das Artefakt doch in den Händen gehalten. Sieht es vielleicht aus wie das Bruchstück einer Caravelle? Oder wie das eines Mustang-Jagdfliegers? Sieht es nicht ganz anders aus als alles, was man mit dem Wrack eines wie auch immer gearteten Flugobjekts in Verbindung bringt?«

»Selbstverständlich sieht es anders aus«, sagte ich. »Die

Ganglien sehen ja auch anders aus als die kleinen grünen Männchen auf den Covertiteln der Science-Fiction-Magazine. Es würde mich sogar komplett überraschen, wenn ein Teil aus dem Wrack eines UFOs *irgendwelche* Ähnlichkeiten mit *irgendetwas* mir Bekanntem hätte.«

»Die Eigenständigkeit des Objekts hat Sie nicht stutzig gemacht?«, fragte Bach lauernd.

»Doch …« Ich runzelte die Stirn. Selbstverständlich hatte es das, aber ich wusste dennoch nicht, worauf Bach hinauswollte. »Es kann ja auch sein, dass es nicht aus der Außenhülle stammt, sondern beispielsweise – eine Art Karte war für die Piloten.«

»Eine Karte für die Piloten?« Bach lächelte geringschätzig. »Das ist kompletter Unsinn.«

»Ach ja?«, sagte ich. »Ist es dann vielleicht auch kompletter Unsinn, dass Sie und Ihresgleichen das UFO kaltblütig abgeschossen haben?«

Während ich den Satz aussprach, wusste ich bereits, dass ich einen Fehler machte. Es war doch ganz offensichtlich, warum Bach mich in dieses Gespräch hineingezogen hatte: Er wollte wissen, was Kim, Ray und ich bislang in Erfahrung gebracht hatten. Und darüber hinaus musste es für ihn brennend wichtig sein herauszubekommen, ob und wo wir mit unserem Wissen bereits hausieren gegangen waren. »Das war kein Wetterballon, der bei Roswell niedergegangen ist«, fuhr ich in dem Bestreben fort, ihn so weit wie möglich zu provozieren. »Es war nicht einmal die Bruchlandung eines UFOs. Sie kamen in Frieden, um mit uns zu reden. Und Sie haben sie einfach aus dem Himmel geholt, mit einer Flaksalve, so wie die Deutschen unsere Bomber vom Himmel gefegt haben.«

Bachs Reaktion war ganz anders, als ich erwartet hatte. Seine Mundwinkel glitten leicht nach oben, weder spöttisch noch belustigt, und dann nickte er ganz leicht. »Ja«, sagte er einfach. »So kann man es natürlich sehen. Und so würden es auch viele sehen, wenn wir so leichtsinnig wären, die Ereignisse von Rosswell unzensiert zu veröffentlichen. Und genau das ist der Grund, warum wir es nicht tun.«

»Das ist doch Quatsch«, sagte ich heftig. »Sie haben sie abgeschossen und daraufhin haben sie uns den Krieg erklärt.«

Jetzt schüttelte Bach nur ganz leicht den Kopf und es war so viel Resignation in dieser Bewegung, dass ich unwillkürlich zögerte, die nächsten Anklagepunkte hervorzubringen. Bach nahm die Zigarette, die er auf dem Aschenbecher abgelegt hatte, in die Hand, betrachtete sie einen Moment gedankenverloren und nahm dann einen tiefen Zug.

Ich stand immer noch mit leicht nach vorne gebeugtem Oberkörper vor ihm, in einer Haltung, die überhaupt nicht mehr zu der Situation passte. »Okay, Frank«, sagte ich und ließ mich ihm gegenüber in einem der schwarzen Konferenzstühle nieder. Es war eine merkwürdige Situation – diese Mischung zwischen Verhör und fast freundschaftlichem Schlagabtausch, bei dem die Machtverhältnisse allerdings genauso klar definiert waren wie bei einem Gespräch zwischen einem Novizen und einem Abt in einem buddhistischen Kloster. Und dennoch: In mir brannte die Neugierde und ich wollte unbedingt wissen, was nun wirklich passiert war.

»Warum lassen wir nicht das ganze Spiel, Frank?«, fragte ich. »Warum erzählen Sie mir nicht einfach Ihre Version der Ereignisse von Roswell?«

Bach hatte den Kopf leicht zurückgelegt und paffte an seiner Zigarette; der helle Rauch zog in Richtung Klimaanlage und machte mir einmal mehr klar, dass Majestic viele Fuß tief unter die Erde eingegraben lag, ein ausgedehntes Bunkersystem, das wahrscheinlich sogar einem direkten Atombombentreffer standhalten würde. Es war sicherlich kein Zufall, dass Bach sich wie ein Maulwurf in die Erde gebuddelt hatte – das kam seinem Instinkt entgegen, alles zu verbergen und so gut wie möglich zu sichern. Ich bezweifelte allerdings, dass er während der Planung von Majestic auf den Gedanken gekommen war, der Feind könne sich einen viel hinterhältigeren Weg einfallen lassen, um in Majestic einzudringen: Den von Ganglien zerfressenen Steel hatten weder die meterdicken Betonmauern noch die speziell abgeschotteten Sicherheitsbereiche aufhalten können.

Ein paar Sekunden lang herrschte absolutes Schweigen. »Ich wüsste nicht, inwieweit uns das weiterbringen sollte«, sagte er schließlich.

»Weil wir letztlich nicht Feinde sind, sondern Verbündete«, sagte ich ärgerlich. »Und weil es sein kann, dass wir durch das Zusammenlegen unserer Informationen auf neue Erkenntnisse stoßen. Denken Sie nur an Steel, da kam der entscheidende Hinweis schließlich auch von mir.«

»Hm«, machte er und blies einen Rauchring zur Decke. Es gelang ihm nicht ganz, aber er war auch nicht mit dem Herzen bei der Sache. Er senkte den Kopf und starrte mich an, wie ein Lehrer, der mit einem besonders uneinsichtigen Schüler konfrontiert war. Ich dachte an die Ganglien, die ganzen widerwärtigen Einzelheiten und an meine erste Reaktion auf den toten Grauen, der seit Jahren in einem Kühlfach zwei Stockwerke tiefer lag. Ich erinnerte mich daran, dass Steel in die Ermordung Kennedys verwickelt gewesen war, getrieben von einer grausam intelligenten Kraft, die auch schon andere Menschen vor ihm zu furchtbaren Handlungen angetrieben hatte: der mordlüsternde Farmer Elliot P. Brandon etwa, der mich mit seinem Truck fast dem Erdboden gleichgemacht hatte. All das stand im scharfen Kontrast zu der Schönheit des durchscheinenden dreieckigen Artefakts, das ich zuletzt im Beisein Jesse Marcels bewundert hatte, als sich das grelle Licht der Sommersonne in einer kreisförmigen Welle auf der folienähnlichen Oberfläche gebrochen und die Illusion von Erhabenheit und Frieden vermittelt hatte.

»Sie sind sehr naiv, John«, wiederholte Bach, als hätte er meine Gedanken erraten.

»Kann schon sein«, entgegnete ich ruhig. »Aber darauf kommt es jetzt wirklich nicht an, Frank. Wollen Sie mir jetzt nicht endlich erzählen, was in Roswell wirklich passiert ist?«

Er nahm einen letzten langen Zug und drückte den Zigarettenstummel im Aschenbecher aus; der kalte Rauch stieg mir unangenehm in die Nase. »Sie meinen, Sie wollen meine Version hören?«, erkundigte er sich dann mit perfekt gespielter Höflichkeit. »Oder die Wahrheit?«

»Was immer Sie zum Besten geben wollen«, antwortete ich kurz.

Bach nickte ungerührt. »Sie haben mit Jesse gesprochen, nicht wahr?«

Der Name löste in mir eine unangenehme Erinnerung aus; Bachs Leute hatten den ehemaligen Öffentlichkeitsbeauftragten von Roswell schon im Hotel TEXAS in ihre Gewalt gebracht und das, bevor ich von ihm die ganze Geschichte in Erfahrung bringen konnte. »Was haben Sie mit ihm gemacht?«, fragte ich stirnrunzelnd, gleichermaßen um das Schicksal des schmächtigen Mannes besorgt wie auch begierig darauf, die letzten fehlenden Puzzlestücke der Roswell-Geschichte zu erfahren.

»Jesse Marcel.« Bach lachte kurz und freudlos. »Ein Mann, der sechzehn Jahre lang daran gearbeitet hat, sich im Selbstversuch ein Rückgrat wachsen zu lassen. Sie werden ja seine Geschichten gehört haben, Loengard. Alles, was er zu Stande gebracht hat, ist ein Korsett aus Verschwörungstheorien und wilden Spekulationen. Das hält ihn aufrecht, das und ein klares Feindbild.«

»Hat er Unrecht?«

Bach ignorierte den Einwurf. »Jesse und ich sind alte Bekannte. Ich habe miterlebt, wie er die Öffentlichkeitsarbeit nach dem Roswell-Vorfall verpfuscht hat. Ich bin die Mauer, an der er sich aufrecht hält. Wenn man ihm sein Korsett wegnehmen würde, würde er einknicken und in sich zusammenfallen, als hätte man die Luft aus ihm herausgelassen.«

»Ich bin erstaunt«, sagte ich in die entstehende Pause hinein. »Ein Gefühlsausbruch?«

Bach verzog keine Miene. »Sie sind auf dem besten Wege, wie er zu werden«, erklärte er nüchtern. »Jesse würde auch dann die Wahrheit nicht erkennen, wenn man sie ihm in großen Leuchtbuchstaben vor die Nase halten würde. Wie steht es mit Ihnen?«

»Das werden Sie gleich erleben«, parierte ich. Er honorierte es mit einem anerkennenden Kopfnicken.

»Sie haben tatsächlich mit uns geredet«, sagte er nach einer längeren Pause. Der Rauchschleier in der Luft hatte sich aufgelöst. Ich konnte das summende Geräusch der Lüftungsanlage hören, solange seine gleichmäßige Stimme sie nicht übertönte. »Sie schickten einen einzelnen Abgesandten, nicht viel größer als ein halbwüchsiges Kind.« Er verzog das Gesicht zu einem Ausdruck des Unwillens. »Falls Sie denken, der Tote da unten sei kein schöner Anblick, lassen Sie mich Ihnen versichern, dass der Lebende kaum weniger einnehmend aussah. Die großen, durchgehend schwarzen Augen bieten dem Blick keinen Anhaltspunkt und die Haut sieht aus wie die einer Schlange, die sich gerade gehäutet hat.« Er trommelte mit den Fingern auf der Tischplatte. »Ja, so war es, Schlangenhaut, die jemand über einen Haufen Knochen gespannt hat. Da waren Membranen an seinem Kopf, hinter denen der menschliche Blick Schädelknochen erwartete, und dennoch bewegten sie sich, wenn das Ding atmete. Das ganze war so fremdartig, dass ich überhaupt nichts damit anzufangen wusste. Ich glaube, den anderen erging es nicht anders.«

»Truman?«

Er würdigte mich nicht einmal eines Blickes. »Ich denke, jeder in dem Zelt fühlte sich damals heillos überfordert. Es gab keine Vorschriften, keine Pläne, keine Empfehlungen. Niemand hatte je zuvor über eine solche Situation nachgedacht, nicht damals. Schon unsere ganzen Vorbereitungen waren ein einziges Durcheinander gewesen. Es war einfach beängstigend. Eine einzige Funkbotschaft und sowohl Regierung als auch Militärapparat hatten sich in ein einziges Chaos verwandelt.« Er lachte leise, ein ganz anderes Lachen, als ich es jemals zuvor von ihm gehört hatte. »Falls Sie einmal in eine ähnliche Situation kommen sollten, dann nehmen Sie sich die Zeit, die Gesichter der Umstehenden genau zu betrachten. Ich habe damals gelernt, dass auch die mächtigsten Männer der Welt vergessen, den Mund zuzumachen, wenn man es schafft, sie zu überrumpeln.« Sein Gesicht wurde übergangslos wieder ernst. »Und überrumpelt haben sie uns, bei Gott.«

»Was ist passiert?«, fragte ich langsam.

»Ihr Abgesandter hat diese Folie in der Luft vor uns ausgebreitet und sie ist langsam auf Präsident Truman zugesegelt und vor ihm auf dem Tisch niedergegangen, sanft wie ein Blatt und zielsicher wie ein ferngesteuertes Modellflugzeug. Er sprach kein Wort, während der ganzen Zeit nicht. Er machte nur eine Geste, mit der er Truman bedeutete, das dreieckige Blatt mit zwei Fingern zu berühren.« Bach tippte mit Zeigefinger und Mittelfinger auf den Tisch, um es mir zu verdeutlichen. Es erinnerte an die Hand des Grauen, die ebenfalls zwei Finger hatte und zwei kleine Daumen darunter. »Roscoe Hillenkoetter hatte es als Erster von uns begriffen, der alte Mistkerl«, erklärte Bach in widerwilliger Anerkennung. »Einer von Trumans Beratern musste natürlich davon abraten. Politiker und Soldaten … es ist immer wieder dieselbe Geschichte.«

»Hat er es getan?«

»Natürlich hat er«, antwortete Bach. »Harry Truman war ein Hurensohn, aber was immer er sonst für Schwächen hatte, er wusste genau, wann er keine Wahl hatte. Er wusste, dass die Reihe an ihm war. Als nichts geschah, stand er auf und murmelte etwas davon, dass er wie ein Idiot aussähe. Im selben Moment bewegte sich die Folie unter seinen Fingern, gerade so wie eine Wasseroberfläche, und er zuckte zurück.« Bach deutete ein Lächeln an. »Er hielt sich gut, das muss ich ihm lassen. Ein zäher alter Mann.« Er musterte mich und jeder Humor war aus seinen Zügen verschwunden. »Die Folie oder was immer es war, sie hatte zu ihm gesprochen. Er sagte, er hätte eine Stimme gehört, nicht mit den Ohren, sondern im Kopf. Er hatte sogar verstanden, was sie sagte.« Er tippte noch einmal mit den beiden Fingern auf den polierten Tisch, wiederholte die Geste. »Sie verlangten unsere bedingungslose Kapitulation.«

Ich schüttelte stumm den Kopf. Alles zusammengenommen ergaben seine Worte einen Sinn und, alles zusammengenommen, war seine Geschichte noch schlimmer, als ich befürchtet hatte.

»Sie gaben uns eine Stunde – zumindest hatte der Präsident sie so verstanden. Der größte Teil davon wurde in endlosen Diskussionen vergeudet. Der Abgesandte stand die ganze Zeit regungslos in dem anderen Zelt und wartete. Forrestal und die anderen redeten von Verhandlungen und günstigen Bedingungen.« Jetzt war sein Tonfall offen verächtlich geworden. »Der Präsident konnte reden, so viel er wollte, sie ignorierten es einfach, bis ihm der Geduldsfaden riss. Er erklärte uns, dass er nicht der erste Präsident der Vereinigten Staaten sein wolle, der eine Kapitulationsurkunde unterschriebe, aber er wolle auch keinen Krieg auf unserem eigenen Grund und Boden verlieren.«

Bach richtete sich auf und betrachtete seine Hand, die eben noch den zweifingrigen Griff des Abgesandten nachgeahmt hatte, mit einem Ausdruck irgendwo zwischen Verwunderung und Missfallen. »Das war der Moment, in dem ich meinen Mund nicht mehr halten konnte«, bekannte er. »Ich sagte dem Präsidenten, dass es keinen Krieg geben würde.«

»Nun, da haben Sie sich wohl geirrt«, platzte ich heraus.

»Denken Sie nach«, rügte Bach mich milde. »Denken Sie an den Zweiten Weltkrieg. Haben die Nazis irgendetwas entwickelt, was sie nicht gegen uns eingesetzt hätten?«

Ich schüttelte den Kopf, als klar wurde, dass er auf einer Antwort bestehen würde.

»Wir haben die Atombombe entwickelt«, sagte Bach. »Haben wir sie eingesetzt?«

»Ja«, sagte ich mit trockenem Mund.

»Ganz recht.« Bach schürzte die Lippen. »Natürlich haben wir sie eingesetzt, hat Truman gesagt. Wir haben es sogar zweimal getan. Wir haben alle eingesetzt, die wir hatten. Ich denke, dass er sofort begriffen hatte, was ich sagen wollte, aber er wollte es nicht selbst aussprechen. Also habe ich es getan.«

Ich hatte endlich verstanden. »Ein Bluff!«

»Das waren meine Worte. Sie bluffen, habe ich Truman gesagt. Einem Ultimatum geht immer eine Machtdemonstration voraus, nicht umgekehrt. Diese Kreaturen hatten uns ein beeindruckendes Fluggerät und ein wenig Hokuspokus gezeigt, nicht mehr. Ich behauptete, dass sie nicht mehr hätten als das, was sie uns gezeigt hatten. Ich setzte meine ganze Karriere darauf und mein Leben.«

»Einiges mehr als das«, sagte ich tonlos.

Bach lachte wieder dieses seltsame Lachen. »Ja, das ist wohl richtig. Wie der Präsident es ausdrückte: Wir waren im Begriff, die gesamte Menschheit darauf zu verwetten. Auf das Wort eines einzelnen Lieutenant-Commander.« Er warf mir einen Blick zu. »Natürlich war es nicht meine Entscheidung. Truman hat die Münze geworfen. Aber ich hätte genauso entschieden.«

»Er hat befohlen, sie abzuschießen«, stellte ich fest.

»Es war eine knappe Sache. Die eine Stunde war fast abgelaufen. Sie müssen etwas gemerkt haben, denn das Raumschiff setzte sich schon in Bewegung, als wir gerade erst damit begonnen hatten, den Platz zu evakuieren. Die dritte Salve hat sie dann über den Hügeln doch noch erwischt.« Er lehnte sich zurück und zog wieder die Zigarettenschachtel hervor. »In derselben Nacht hat Harry Truman mich damit beauftragt, die Reste aufzusammeln. Falls wir es überleben, waren seine Worte.«

Ich musterte ihn abschätzig. »Die Geburtsstunde von Majestic.«

»Man hat mich abkommandiert«, nickte Bach. »Es war meine Pflicht. Und ich habe Recht behalten.«

»Haben Sie das wirklich?«, fragte ich ruhig. »Oder hat es nur ein wenig länger gedauert als erwartet, bis uns die Rechnung für diese Entscheidung präsentiert wurde?«

»Sehen Sie sich die letzten sechzehn Jahre an«, forderte mich Bach gelassen auf, während er unentschlossen die Zigarettenschachtel in der Hand drehte. »Sie haben keine Waffen, keine Soldaten, keine Armeen.«

»Sie machen uns zu ihrer Armee und nutzen unsere Waffen«, erwiderte ich. »Sehen Sie den Tatsachen ins Auge. Sie machen uns mit einem implantierten Ganglion zu ihrem Werkzeug, einen nach dem anderen.«

»Leute wie Elliot Brandon oder Ihre Freundin?«, fragte Bach verächtlich.

Ich zuckte nicht mit der Wimper. »Denken Sie an Dallas«, sagte ich nur. »Denken Sie an Steel, verdammt. Er wusste, wovon er sprach. Das hier ist wirklich erst der Anfang.«

Seine Finger stoppten das zerstreute Spiel mit der Zigarettenschachtel. »Sie haben sich sechzehn Jahre Zeit gelassen«, wandte er ohne Überzeugung ein.

»Dann sollten wir davon ausgehen, dass sie jetzt umso besser vorbereitet sind.«

Er verzichtete auf eine Entgegnung. Er wusste, dass ich Recht hatte, und er hatte keine Bedenken, es sich anmerken zu lassen. Er konnte eine Auseinandersetzung mit mir jederzeit zu seinen Gunsten entscheiden, wenn er seine eigenen Ansichten und Bewertungen von einem Moment auf den anderen änderte. Schließlich saß er am Drücker und nicht ich.

»Warum erzählen Sie mir das alles?«, fragte ich ihn neugierig.

»Ich muss mich über Sie wundern«, sagte er in einem Tonfall puren Sarkasmus'. »Haben Sie mir nicht eben noch lang und breit erklärt, ich sollte mehr Vertrauen haben zur Menschheit im Allgemeinen und John Loengard im Besonderen?«

»Machen Sie sich ruhig darüber lustig.« Stumm sah ich zu, wie er sich eine weitere Zigarette nahm. Ich bekam langsam Kopfschmerzen von dem Zigarettenrauch. Vielleicht rauchte Bach nur so viel, weil er damit Widersacher im wahrsten Sinne des Wortes einnebeln konnte, während er sich selbst mit Nikotin und heißer Luft aufputschte. »Was ist aus dem Abgesandten geworden?«, erkundigte ich mich.

Diesmal verweigerte er die Antwort. Natürlich, dachte ich. Es war Teil seines Spieles, wie schon zuvor. Ich hatte mich ungezogen gezeigt und war weiterer Informationen nicht würdig.

Und dennoch, ganz gleich, wie unzugänglich er sich gab und wie ätzend er sich auch äußern mochte, es war ein weiterer Widerspruch, eine weitere Unstimmigkeit in seiner ganz persönlichen Fassade, die in den letzten anderthalb Jahrzehnten nicht nur ihn, sondern auch ganz Majestic geprägt hatte. Vielleicht hatte er ja schon als Kind mit diesem Spiel begonnen ... vielleicht konnte er schon selbst nicht mehr unterscheiden, was eine echte Regung war und was nur eine der vielen Masken, die er sich zugelegt hatte.

Er hatte nicht einfach sechzehn Jahre lang irgendein beliebiges Andenken um den Hals getragen. Ich hatte nie so recht verstanden, weshalb er das Risiko überhaupt eingegangen war, und es passte ganz und gar nicht zu dem Bild, das ich mir von ihm gemacht hatte. Frank Bach war ein Profi, kein Schwachkopf, der sich auf einer Absturzstelle bückte und ein Souvenir mitgehen ließ. Er war nicht eitel genug dafür und zugleich ging seine Eitelkeit weit darüber hinaus, in einem Ausmaß, das mich schwindelig machte. Eine fremde Spezies war über den Abgrund zwischen den Sternen zur Erde gekommen und hatte der mächtigsten Nation ein Ultimatum gestellt und er hatte es zurückgewiesen. Nicht Truman, nicht der Sicherheitsrat, er war die treibende Kraft hinter der Entscheidung gewesen.

Und danach hatte er die Folie mit dem Ultimatum an sich genommen und sechzehn Jahre mit sich herumgetragen, als Erinnerung an diesen Tag und zur Mahnung an das, was er von diesem Tag an als seine Aufgabe verstanden hatte. Da saß er, äußerlich unberührt, und zog genießerisch an seiner Zigarette: Frank Bach, ein einzelner Mann, der sich selbst die Last der ganzen Welt um seinen Hals gelegt hatte. Ich fragte mich nur, ob er sich überhaupt darum scherte, was in den Majestic-Akten verzeichnet wurde, oder ob es ihm einzig und allein darum ging, die Fäden in der Hand zu halten.

Vielleicht nicht. Vielleicht war das der Schlüssel zu seinem widersprüchlichen Verhalten mir gegenüber. Ich fragte mich, was er eigentlich in mir gesehen hatte und was er jetzt in mir sah. Ich dachte an Steel und fragte mich, was er wohl in seinem anderen missratenen Ziehsohn gesehen hatte.

»Reden wir über Steel«, sagte ich in einem Versuch, seine Verteidigung zu umgehen.

»Steel?«, erkundigte sich Bach in einem Schwall von Tabakrauch.

»Wie lange war er schon infiziert?«

»Sagen Sie es mir.«

»Ich habe keine Ahnung«, gab ich zu, »und Sie offenbar auch nicht.« Er machte sich nicht die Mühe, es abzustreiten.

Vielleicht wusste er es wirklich nicht. »Wie ich es auch drehe und wende, es ergibt einfach keinen Sinn. Wenn man Steel schon ein Ganglion implantiert hatte, als wir Brandon in Idaho aufgriffen, warum hat er uns dann damals nicht erledigt?«

Bachs Interesse war geweckt. Er zuckte die Achseln. »Die Infiltration von Majestic ist mehr wert als ein Dutzend Brandons, vermute ich.«

»Durch Brandon sind wir erst darauf gekommen, dass es so etwas wie eine Infiltration überhaupt gibt, oder?«

Das trug mir einen weiteren dieser gelassenen, undeutbaren Blicke ein, die ich zu hassen gelernt hatte.

»Wir vermuten, dass Brandon eine Nachricht war«, sagte Bach.

»Eine Nachricht?«, wiederholte ich verständnislos.

»An uns«, erklärte Bach. »Wie ich schon sagte, ein Ultimatum folgt gewöhnlich einer Demonstration.«

Es ergab einen Sinn. »Wenn Steel damals schon hive war, wieso hat das Ganglion aus Brandon ausgerechnet ihn angefallen?«

»Ein einzelnes Ganglion nach einer ART, verletzt und ohne Wirt, ist vermutlich nicht intelligenter als eine Ratte«, sagte Bach geringschätzig. »Jedes Tier flüchtet dorthin, wo es auf ein Willkommen hoffen kann.«

»Und Steel hat sich gewehrt, weil sein Ganglion noch bei Verstand war?« Ich dachte darüber nach. »Was, wenn Steel erst an diesem Tag infiziert worden ist? Ein kleiner Stich, ein abgebissenes oder von selbst abgeschnürtes Stück vom Ganglion, das er während des Kampfes verschluckt hat, ohne es zu merken.«

Bach nickte nach einem Moment. »Möglich«, sagte er.

Ich lehnte mich gegen den Tisch und starrte ihn aus der Nähe an, damit mir keine Einzelheit seiner Reaktion entgehen konnte. »Wussten Sie vielleicht schon vor Dallas, dass er befallen war?«

Bach lachte. Es war sein kontrolliertes, unechtes Lachen. »Sie überschätzen mich«, sagte er.

Ich ignorierte ihn. Die Vergangenheit schien mich plötzlich wieder eingeholt zu haben. Brandons Farm, der Kampf gegen den befallenen Farmer, der mich erbarmungslos über seine Felder gejagt hatte wie ein Psychopath; diese entsetzliche Todesangst, als er mich fast erwischt hatte und mich Bachs Männer im letzten Moment befreit hatten, die Erkenntnis, dass dem Farmer weitaus Schlimmeres zugestoßen war als nur eine geistige Verwirrtheit, die Gewissheit, dass dort irgendetwas in ihm wucherte, das ihn innerlich aushöhlte, gefangen nahm, zu einer menschlichen Hülle ohne eigenen Willen werden ließ. Vor allem die Obduktion Brandons, die von Hertzog mit ruhiger Hand durchgeführt wurde, während ich, gegen meinen Brechreiz kämpfend, zusah, wie der Leichnam des Farmers regelrecht ausgeweidet wurde ... und sich dann *irgendetwas* in seinem Kopf bewegte, nach außen drängte mit zuckenden, widerwärtigen Bewegungen. Nie in meinem Leben werde ich diese entsetzliche Szene vergessen, als der ausgeweidete Leichnam plötzlich zu pulsierendem Leben erwachte, als sich die Finger des toten Farmers um Hertzogs Hals schlossen und ihm erbarmungslos die Luft abschnürten. Mein Gott, was waren das nur für Kräfte, gegen die wir kämpften, jeder auf seine Weise?

»Hertzog hat damals dem Schimpansen nur eine kleine Menge Gewebe injiziert«, erinnerte ich mich laut. Das Gewebe hatte er diesem Ding entnommen, das von Brandons Gehirn Besitz ergriffen hatte, dem Ding, das Bach schon zuvor *Ganglion* getauft hatte – von dem er damals allerdings behauptet hatte, bis zu Brandons Obduktion nur tote Exemplare entdeckt zu haben. Mittlerweile war ich da alles andere als sicher. Bach würde mir auch glaubhaft zu versichern versuchen, dass Kennedys Ermordung lediglich die Tat eines verwirrten Einzeltäters gewesen sei, wenn er sich ausrechnete, damit durchzukommen. Die Grenze zwischen Wahrheit und Lüge schien für ihn gar nicht zu existieren; Machiavellis berühmt-berüchtigter Spruch, dass der Zweck die Mittel heilige, schien geradezu auf ihn zugeschnitten zu sein.

Als Bach nicht antwortete, hakte ich nach: »Das war kein Stück eines Beines, kein intaktes Ganglion, nur ein Haufen Zellen in einer wässrigen Lösung. Richtig?« Dabei hatte ich plastisch das Bild des Schimpansen vor mir, dem Hertzog diese Lösung injiziert hatte, ein Wesen, das seinerzeit mein Gespräch mit meinen damaligen Kollegen mit Blicken verfolgt hatte, als würde er jedes Wort verstehen. Vielleicht war es auch so. Vielleicht hatte dieses … *Etwas,* dieses in dem Affen heranwachsende Ganglion auch nur gespürt, was um es herum vorging. Im Grunde genommen war es aber vollkommen gleichgültig. Tatsache war jedenfalls, dass es viel gefährlicher war, als ich seinerzeit vermutet hatte.

Aber das war im Moment fast unwichtig. Denn mit der Erinnerung kam die Angst. Die Angst um Kim, in der sich noch immer ein Rest des Ganglions eingegraben hatte, ganz offensichtlich, denn sonst hätte sie nicht die Nähe ihrer … *Artgenossen* spüren können.

Es dauerte ein paar Sekunden, bevor Bach meine Frage mit einem Nicken belohnte. Ich bezweifelte plötzlich, dass ich in dieser Sache jemals mehr an Antwort von ihm erhalten würde als dieses einzelne, genau bemessene Kopfnicken. Alles, was er sagte, wenn er der Welt diesen starren Gesichtsausdruck zeigte, pflegten Gegenfragen, allgemeine Behauptungen, Ausweichmanöver oder glatte Lügen zu sein. Vielleicht ging ihm das Thema wirklich nahe und wenn es so war, dann wollte ich verdammt sein, ehe ich davon abließ und von ihm.

»Hat er jemals untersucht, ob eine Infektion auch über die Luft möglich ist?« Ich erkannte seinen spöttischen Blick als die Erwiderung und hob die Hände. »In Ordnung. Keine Antwort.«

»Sie wollten aussteigen«, erinnerte er mich trocken.

»Sie wollen mich nicht gehen lassen«, erwiderte ich kurz angebunden.

Bach nickte erneut, zweimal. »Sieht so aus, als hätten Sie einen Fehler gemacht. Sie sind nicht Fisch noch Fleisch, John. Sie sind nicht mehr drin, aber Sie kommen auch nie wieder raus. Ich hatte Sie gewarnt.«

»Wo wir gerade von Aussteigen reden«, sagte ich,

seinem unvermittelten Angriff ausweichend, »was ist eigentlich aus Doktor Hertzog geworden?«

»Carl hatte womöglich Heimweh«, sagte Bach nachdenklich. Ich fragte mich, warum es wie eine Drohung klang. Es war wieder eine von diesen Antworten, mit denen Bach seine Gegner zu verhöhnen pflegte. Es war gerade so, als müsse er sich und ihnen beweisen, dass sie ihm nicht gewachsen waren.

»Hertzog ist ein erstaunlicher Bursche«, fuhr Bach fort. »Er fand heraus, dass die Ganglien Ähnlichkeiten mit einer bestimmten Art von Schleimpilzen aufweisen.«

»Mit was?«, fragte ich irritiert. Das ganze Gespräch begann eine Richtung zu nehmen, die mir ganz und gar nicht gefiel. Meine Vermutung, dass es ihm nur darum ging herauszubekommen, wie viel wir wussten und wie viel wir ausgequatscht hatten, löste sich langsam in Luft auf. Was wollte er wirklich von mir? Wenn ich es nicht besser gewusst hätte, hätte ich vermutet, dass er Zeit gewinnen wollte. Doch wozu? Um Kimberley erneut einer ART zu unterziehen oder sie sonst wie zu drangsalieren?

»Dictyostelium ist ein Schleimpilz.« Bach spitzte die Lippen. »Acrasiomycota«, sagte er betont. »Ich habe dreimal nachfragen müssen. Etwas ganz Besonderes, nicht Vielzeller, nicht Einzeller, sondern beides. Kann sich aus einzelnen Zellen zusammenfügen und eine Art Organismus bilden und dann einfach wieder zerfallen. Jede Zelle trägt das vollständige Programm, wie eine Samenzelle. Hertzog sagt, ein Ganglion ist auch so etwas … ein Aggregationsplasmodium. Ganglien können sich auflösen, sich vollständig im Körper verbergen und dann wieder zusammenkommen. Sie nisten nicht nur in der Kehle oder im Hirnstamm, sie durchsetzen den gesamten Körper wie ein Pilz, mit feinen Myzelien bis in die Zehen und Fingerspitzen. Sie wuchern an der Amygdala und durchdringen das gesamte Stammhirn. Das ist so, als wenn man ein zweites Nervensystem hätte. Hertzog glaubt, wenn wir den pH-Wert des Blutes verändern und diesen ganzen Voodoo-Zauber vollziehen, den wir so hochtrabend ART nennen, dann lösen wir nur eine automatische Reaktion der einzelnen Zellen aus und das Ganglion fügt sich zusammen.«

»Eine automatische Reaktion?«, wiederholte ich verständnislos. Ich verstand überhaupt nichts mehr. Was hatten Schleimpilze mit Kim zu tun? Das Ganglion, das Kimberley befallen hatte, hatte Hertzog zwar mit seiner ART aus ihr herausgewürgt. Aber es steckte noch irgendetwas in ihr, und wenn Bach mit seinen Andeutungen Recht hatte, konnte es auch gar nicht anders sein, als dass es sich weiterentwickelte, eben genau wie ein Pilz, der sich verästelnd ins Erdreich ausdehnt oder in einem befallenen Wirt.

»Flucht, Fortpflanzung, wir wissen es nicht. Wir verändern die Körperchemie, dem Fremdgewebe wird es ungemütlich und es fängt an, sich im Kehlraum zu einem differenzierten Vielzeller zusammenzuziehen.« Bach drückte die Zigarette aus, obwohl sie noch nicht einmal halb zu Ende geraucht war. Anscheinend ließ dieses Bild selbst ihn nicht völlig unbeeindruckt. »Sagt Hertzog. Er hat eines der abgetrennten Pseudopodien in eine Schale gelegt. Nach zwei Tagen ist es zu einer Art durchsichtigem Wackelpudding zerfallen. Er sagt, es sei immer noch lebendig. In der richtigen Umgebung würde es wachsen und sich notfalls wieder zu einem Ganglion zusammensetzen können.«

»Ich verstehe«, sagte ich langsam. Nur mit Mühe unterdrückte ich die aufkommende Panik und nur ein Gedanke beherrschte mich: Nichts anmerken lassen, nicht Bach zeigen, dass ich an nichts anderes mehr denken konnte als an Kim und das, was da in ihrem Inneren vorging, unbemerkt oder zumindest doch nicht offensichtlich, es sei denn, man war ihr so nah, wie ich es war. »Steel ist durchsetzt damit.«

»Jedes verdammte Stück Gewebe. Er schwimmt darin,

weit mehr noch als Brandon. Er ist entweder schon lange infiziert gewesen oder es ist bei ihm besonders schnell gegangen.« Bach hielt eine neue Zigarette in der Hand, drehte sie zwischen den Fingern und schüttelte den Kopf, wie um sich über seine eigene Nervosität zu wundern. Er zündete sie nicht an. »Hertzog hat nach Brandon ein Dutzend Berichte produziert und jeder liest sich wie das Drehbuch zu einem verdammten Horrorfilm. Manchmal denke ich, wir sind alle reif für ein Irrenhaus.«

Ich lachte und war selbst davon überrascht.

»Was ist so komisch?«, erkundigte sich Bach ruhig.

»Nichts«, sagte ich, erschrocken über meine eigene Reaktion. Kim. Wo war sie? Was stellten sie mit ihr an? In meiner Phantasie überschlugen sich die Bilder, vermischte sich die Erinnerung an Brandons Obduktion mit der dieser fürchterlichen Prozedur, mit der Dr. Carl Hertzog zum erstenmal an einem lebenden Menschen versucht hatte, ein Ganglion auszutreiben, und das ausgerechnet bei Kim. *Hertzog hatte wohl Heimweh,* echoten Bachs Worte in meinem Kopf, und das empfand ich jetzt als doppelt bedrohlich, denn schließlich war Carl so etwas wie mein einziger Verbündeter bei Majestic gewesen und ein Garant dafür, dass niemand leichtfertig Experimente mit Kim anstellte.

»Was werden Sie mit Steel machen?«, fragte ich Bach so schroff wie möglich, um nicht zu offenbaren, dass ich mit der Frage eigentlich Kimberley meinte.

»Das ist Halligens Sache«, teilte er mit verschlossenem Gesicht mit. Er musterte mich grimmig. »Ich habe mir eben die Röntgenaufnahmen angesehen. Ich hatte Ihnen nicht geglaubt, was den Unfall anging. Ich habe mich geirrt. Der Schläfenknochen war eingedrückt.«

»Ich frage mich, wie er das überlebt hat«, sagte ich.

»Hertzog hat behauptet, dass jemand, der über einen Zeitraum von mehreren Jahren infiziert war, wie ein Stück Boden ist, durchsetzt mit den Wurzeln einer Pflanze. Der Farmer in Idaho war bestenfalls ein paar Wochen infiziert und Sie waren ja dabei, was passierte, als Hertzog ihn aufschneiden wollte.«

»Steel hätte einen EBE-Test bestanden«, vermutete ich. Es war noch gar nicht lange her, da war ich sehr stolz auf diesen Test gewesen, den ich in meiner aktiven Zeit bei Majestic entwickelt hatte, um von Ganglien befallene Personen zu enttarnen. Der Test hatte sich durchaus als hilfreich erwiesen, wenn er auch viel zu wenig eindeutig war, um mehr als ein Hilfsmittel zu sein: Er beruhte auf einem Wechselspiel sinnvoller und unsinniger Fragen, die Befallene in charakteristischer Art aus dem Tritt bringen konnte. Das war natürlich nichts im Vergleich zu Kims Fähigkeit, Befallene direkt zu spüren. Wenn ich Bach Kims Fähigkeit offenbarte, würde er sie künftig als lebendes Messgerät missbrauchen – die Frage war nur, ob sie ihr nicht gerade im Moment etwas Schlimmeres antaten.

»Sie und Ihr EBE-Profil«, spottete Bach. »Sie sind verdammt stolz darauf, was? Ein paar Bögen Papier mit sinnlosen Fragen und ein paar Empfehlungen. In den ersten Wochen nach der Implantation ist Ihr Test vielleicht sogar nützlich, aber spätestens nach einem Jahr ...« Er ließ den Satz unbeendet. »Hertzog nennt die Tage unmittelbar nach der Implantation das Alpha-Stadium und die folgende Periode Beta.« Als ich ihn fragte, wie lange das Beta-Stadium dauert, konnte er mir keine Antwort geben. Er sagte nur, dass irgendwann eine ART-Behandlung nicht mehr möglich sei. Dann, so erklärte er mir, hätten wir es mit einem Gamma zu tun.

»War Steel ein Gamma?«

Bach versuchte einen weiteren Rauchring. »Ich weiß nicht, was Steel war. Ich bezweifle, dass Hertzog es weiß.« Er wirkte plötzlich bedrückt. »Ich wünschte, der verdammte Kerl wäre tot«, sagte er aufrichtig.

»Er ist noch immer am Leben?«

»Laut Halligen ist sein Zustand stabil. Er ist im Koma. Das EEG ist so flach wie die Kornfelder von Oklahoma nach heftigen Regenfällen. Nach allem, was wir wissen, könnte er bis zum jüngsten Tag im gegenwärtigen Zustand bleiben.« Bach atmete tief ein. »Und ich frage mich, wann ich es seiner Frau sagen soll.«

»Er ist verheiratet?«

Bach warf mir einen schwer zu deutenden Blick zu. »Finden Sie das so erstaunlich?«

Ich zuckte mit den Achseln. »Sie können sie ja anlässlich des tröstenden Gespräches einer EBE unterziehen«, parierte ich.

Er zuckte tatsächlich zusammen. Er starrte mich für einige lange Sekunden an und schüttelte dann verwundert den Kopf. »Sie sind ein richtiger Mistkerl, wenn Sie es drauf anlegen«, sagte er ganz ruhig.

»Ich hatte einen guten Lehrer«, hielt ich dagegen.

Er schien eine Entgegnung in Erwägung zu ziehen und ließ das Thema dann doch auf sich beruhen, einfach so. Er zog den Stuhl neben sich vom Tisch weg und nahm etwas von der Sitzfläche, das er mir achtlos hinwarf. Es war ein dunkelbrauner Aktendeckel, der säuberlich mit einem maschinengeschriebenen Etikett beschriftet war, zu klein allerdings, als dass ich es hätte entziffern können.

»Kimberley Sayers«, sagte er. »Erzählen Sie mir, was ich wissen muss.«

Ich starrte auf den Aktendeckel und tausend Gedanken schossen mir durch den Kopf. »Ist das ihre Akte?«, fragte ich. »Ist Kim der Grund, warum Sie mit mir sprechen wollten?«

Bach lehnte sich zurück und blies genüßlich den Zigarettenrauch aus Mund und Nase. »Nein«, sagte er schließlich. »Das ist nicht die Akte Ihrer Freundin. Jedenfalls nicht das, was Sie unter einer Akte verstehen würden. Nein.« Er beugte sich wieder vor und sah mir geradewegs in die Augen. »Es sind Aufzeichnungen von Hertzog.«

Ich versuchte ruhig zu bleiben, spürte aber, wie wenig mir das gelang. Am liebsten wäre ich aufgesprungen, hätte Bach am Revers gepackt und kräftig durchgeschüttelt. Jede Sympathie, die ich für ihn empfunden haben mochte, war wie weggewischt. »Was genau soll das heißen?«, fragte ich. Meine Stimme klang in meinen eigenen Ohren seltsam rau und heiser.

»Hertzog ist ein durchaus schlauer Kopf«, sagte Bach statt einer direkten Antwort. »Kein theoretisierender Wissenschaftler, sonder ein Pragmatiker, der oft aus dem Bauch heraus handelt und damit mehr als einmal richtig gelegen hat.«

Meine Abneigung gegen Bach wuchs mit jedem Satz. Vielleicht war sein Katz-und-Maus-Spiel nur ein Beispiel seiner perfiden Art von Humor, um mir auf diese Weise zu demonstrieren, wie sehr er mir voraus war. Ich verzichtete auf einen Kommentar.

Bach nahm den Aktendeckel in die rechte Hand und wog ihn wie ein Steak, dessen Gewicht darüber Aufschluss geben soll, ob man es teilt oder in einem Stück zu braten gedenkt. »Wenn Sie das gelesen hätten, dann wüssten Sie, worüber ich mir Sorgen mache.«

Ich starrte ihn trotzig an. »Ich denke, Sie müssen sich über eine ganze Menge Dinge Sorgen machen. Kimberley dürfte auf Ihrer Prioritätenliste doch erst unter Position dreiundachtzig auftauchen.«

»Wie ich Prioritäten setze, sollten Sie mir schon lieber selber überlassen«, sagte Bach ohne jeden Ärger in der Stimme.

»Ach ja?«, versetzte ich und beugte mich ein Stück vor. »Und was war mit Kennedys Ermordung? War er nur eine unwichtige Randerscheinung, genauso wie Steels Verwicklung in Oswalds Hinrichtung?«

Bach runzelte die Stirn. »Hat Oswald für Sie eine höhere Priorität als Ihre Freundin?«, fragte er scharf. »Stand Ihnen John F. Kennedy näher als Kimberley Sayers? Halten Sie Ihre eigene persönliche Episode für den Nabel der Welt, der sich notfalls auch Majestic und der Rest der Welt unterzuordnen hat?«

Das war wieder einer der typischen Bachschen Volltreffer. Denn streng genommen hatte er vollständig Recht; streng genommen erwartete ich, dass Kim eine Sonderbehandlung zukam, nur weil es Kim war. In gewisser Weise hatte ich genau denselben Fehler gemacht, den ich ihm vorwarf – ich hatte meine eigene Bedeutung überschätzt.

»Was soll ich Ihrer Meinung nach tun, John?«, erkundigte sich Bach. Seine zusammengekniffenen Augen musterten mich mit einer Kälte, die mich schaudern ließ – wie die einer Schlange, kurz bevor sie zustößt. »Bezüglich ihres Bruders, der so plötzlich in die Geschichte hineingeschneit kommt, dass es fast schon peinlich ist. Was mache ich mit ihm?«

»Mit ihm machen?« Ich wusste, dass er mich in der Falle hatte, und er wusste, dass ich es wusste. Er hatte mich ein weiteres Mal ausmanövriert, Drohung gegen die Dame, Schach und matt. Er würde mich für jede meiner scharfen Anklagen zahlen lassen, Silbe für Silbe. Ich sah es ganz deutlich vor mir. Er würde mir jedes einzelne Wort die Kehle wieder hinunterwürgen. Nein, schlimmer noch, er würde Ray und Kim dafür zahlen lassen, dass ich an seiner Maske herumgezerrt hatte. Ich hatte an seiner Kontrolle gerüttelt, seinen Nimbus beschädigt. Bach hatte einen Fehler gemacht, als er mich in den inneren Kreis geholt hatte, vermutlich gegen den ausdrücklichen Rat von Albano und seinen anderen Vertrauten. Jetzt wollte er seinen Fehler um jeden Preis wieder ausbügeln und wenn er mich dabei zu Staub zerdrücken musste, dann würde er keine Sekunde zögern.

Bach ließ sich Zeit. Er nahm einen tiefen Zug aus seiner Zigarette, stieß eine Rauchwolke durch die Nase aus und sah mich durch den grauen, allmählich auseinander treibenden Schleier hindurch an. Er betrachtete mich ohne Freundlichkeit. Es dauerte lange, bis er den Faden wieder aufnahm, aber als er es tat, klang seine Stimme um keinen Deut weniger leutselig als zuvor.

»Wir können ihn schlecht einfach wieder zurück schicken«, sagte er. »Dazu ist er bereits zu tief in die Sache verstrickt.«

»Wie sind Sie überhaupt auf ihn gekommen?«, fragte ich.

Bach leistete sich den Luxus eines leichten Lächelns. »Reine Routine. Wir hatten uns schon längst an seine Fersen geheftet, als er selbst noch gar nicht auf die Idee gekommen war, nach Washington zu fahren. Er war eine Schwachstelle, durch die wir früher oder später an Sie und Ihre Freundin kommen mussten.« Er beugte sich ein Stück vor und blies einen Rauchschwaden direkt in meine Richtung. »Glauben Sie, dass Ihre Freundin, sagen wir, geheilt ist?«, erkundigte er sich, abrupt das Thema wechselnd.

»Die ART war erfolgreich«, erinnerte ich ihn ohne Hoffnung. »Ihre Leute haben die Reste des Ganglions vom Boden gekratzt.«

»Natürlich«, sagte er. »Wissen Sie, Loengard, ich verstehe nicht alles, was Hertzog oder auch Halligen in ihre Berichte schreiben, und beide wissen im Grunde auch nicht mehr als irgendjemand sonst.« Er zündete sich umständlich die nächste Zigarette an, die er nun schon seit einigen Minuten zwischen den Fingern gedreht hatte. »Nehmen Sie zum Beispiel sich selbst«, sagte er in einem neuerlichen Schwall von Tabaksqualm. Die Wellen und Luftwirbel, die seine Worte im Rauchschleier hervorriefen, erinnerten mich an die schimmernden Reflexe auf der Folie. Ich hatte das Artefakt fast vergessen, das Bach nun wieder an sich genommen hatte, diesen einzigen Beweis der Existenz einer überlegenen Technologie, den ich unbedingt zu Robert Kennedy hatte bringen wollen. Wie unwichtig das plötzlich alles war.

»Was ist mit mir?«, fragte ich.

»Sie haben Brandon gesehen«, sagte Bach, »und Steel. Und Ruby, wie ich höre. Sie haben womöglich mehr Kenntnisse aus erster Hand als die meisten hier und sicherlich mehr als Halligen. Sie haben miterlebt, was ein einzelnes Ganglion anrichten kann und was aus den Infizierten wird.« Sein Blick war so stetig wie erbarmungslos. »Nun sagen Sie mir, wie sie die Chancen einschätzen, dass ein Mensch davon geheilt werden kann.«

»Kimberley ist geheilt«, beharrte ich.

»Da spricht Ihr Herz, John«, stellte er fest. »Lassen Sie Ihren Verstand sprechen. Kann ein Mensch wirklich geheilt werden, wenn er einmal infiziert wurde?«

»Beweisen Sie mir das Gegenteil«, forderte ich.

»Sehen Sie sich die Prozedur doch an. Ein kruder Humbug, kaum erprobt, ein Einfall von Hertzog nach ein paar Tests an Gewebeproben, der rein zufällig funktionierte und bislang in etwa dieselbe Erfolgsquote aufweist wie der bei den Ärzten früherer Jahrhunderte beliebte Aderlass.«

»Kimberley hat überlebt«, hielt ich wütend dagegen. »Das wäre wohl kaum der Fall, wenn Hertzog ihr das Ganglion chirurgisch entfernt hätte.«

»Wenn er es getan hätte, wären wir immer noch nicht sicher«, entgegnete Bach. »Wir konnten in keinem Fall ein Ganglion vollständig entfernen, das wissen wir jetzt. Wie kann ein Patient da von einer ART geheilt werden?«

»Wozu ist die ART-Behandlung sonst gut?«

»Reden wir über chirurgische Eingriffe.« Bach nahm einen tiefen Zug. »Wozu schneidet ein Chirurg einen Tumor aus dem Körper eines Menschen? In neunzig Prozent der Fälle zögert er das unvermeidliche Ende nur heraus. Es gibt meistens Metastasen. Der Eingriff verschafft dem Kranken ein wenig mehr Zeit, aber in den meisten Fällen trägt schließlich der Krebs den Sieg davon.«

»Ist das nicht genug?«, fragte ich verzweifelt. »Sollen wir den Kampf aufgeben, nur weil wir keine Erfolgsgarantien haben? Ich werde kämpfen, solange ich lebe, für Kim und für mich selbst und wenn Sie schon nicht auf unserer Seite stehen, dann gehen Sie uns um Himmels willen aus dem Weg. Kimberley ist in Ordnung. Die ART war erfolgreich, verdammt!«

»Sie müssen nicht schreien«, sagte Bach milde.

»Die Wände sind schalldicht«, hielt ich dagegen. »Wen kümmert es?«

Er fixierte mich nachdenklich. Ich suchte in seinem Gesicht nach einem Zeichen, einem Hinweis und plötzlich verstand ich, dass mein Wutausbruch ihm ein Stück von dem gegeben hatte, was er haben wollte. Sobald ich die Beherrschung verlor, hatte ich aus seiner Sicht einen Teil seiner Überlegenheit wiederhergestellt. Ihm bereitete es Genugtuung, wenn ich schrie und tobte, war das doch ein offensichtliches Zeichen meiner Schwäche wie auch ein Zeichen seiner Stärke. Aber darum ging es jetzt gar nicht mehr. Es gab etwas, das für mich wichtiger geworden war als seine Anerkennung oder meine Selbstachtung.

»Kimberley ist in Ordnung«, wiederholte ich. »Ich weiß nicht, was morgen sein wird. Vielleicht sind wir morgen schon tot, vielleicht fallen wir in die Hände der Hive, vielleicht wird es einen Rückfall geben. Ich werde mich damit auseinander setzen, wenn es so weit ist. In der Zwischenzeit will ich nicht mehr als am Leben bleiben und mit ihr zusammen sein. Die Behandlung hat das Ganglion entfernt und wenn die Infektion dadurch nicht besiegt worden ist, dann wurde sie zumindest zum Stillstand gebracht.« Ich gab mir keine Mühe, den flehentlichen Unterton zu unterdrücken. »Ist das nicht genug?«

Bach verzog den Mund. »Für Sie mag das genügen«, sagte er. »In meinem Fall ...« Er ließ den Satz unbeendet.

»Was wollen Sie tun?«, fragte ich tonlos.

»Majestic wird seine Vorgehensweise ändern müssen«, sagte er mit Bedauern. Es war womöglich sogar aufrichtig, soweit er dazu eben in der Lage war. »Wir können uns auf das Resultat einer ART nicht mehr verlassen.«

»Was wollen Sie machen, die Opfer lebenslang einsperren?« Ich sprang auf. »Wollen Sie sie anbinden und beobachten, so wie Steel?«

»Er wird nicht ewig in diesem Zustand bleiben.«

»Woher wollen Sie das wissen?«, fuhr ich ihn an. »Und

was wollen Sie tun, wenn er Ihnen nicht den Gefallen tut, da unten auf diesem Seziertisch zu verrecken? Was wollen Sie tun, wenn er wieder erwacht? Ihn erschießen? Ihn in kleine Stücke zerschneiden und in Formaldehyd einlegen lassen?«

»Wir reden über Kimberley Sayers«, sagte Bach finster. »Oder liegt Steel Ihnen ebenso am Herzen?«

»Reden Sie keinen Mist.« Ich ließ meiner Wut freien Lauf. »Wie sollen denn die neuen Richtlinien aussehen, Bach? Ich will gar nicht wissen, welche gefällige Abkürzung sich die Metzger da unten im Kellergeschoss diesmal ausdenken, aber ganz egal, wie Sie es nennen, ich nenne es Mord. Sie werden diese Menschen töten, so wie Sie es mit Elisabeth Brandon und unzähligen anderen getan haben.«

»Jemand, der mit einem Ganglion infiziert wurde, ist so gut wie tot«, sagte Bach hart. »Was von dem Menschen noch übrig ist, verschwindet innerhalb weniger Wochen.«

»Was denn? Seine Seele?« Ich schlug mit der flachen Hand auf den Tisch und er zuckte zusammen. »Sind Sie in letzter Zeit zu oft in der Kirche gewesen, Frank? Wir reden hier nicht vom Teufel und den himmlischen Heerscharen. Wir sprechen von einer Krankheit. Wir reden von der Pest und von Ratten, nicht von Dämonen und Bannflüchen. Wollen Sie jetzt Knoblauchzehen und Silberkugeln an Ihre Männer ausgeben lassen?« Ich beugte mich über den Tisch und er wich tatsächlich ein Stück zurück, nur für einen Sekundenbruchteil und kaum merklich, aber ich hatte es wahrgenommen. »Diese Ganglien sind aus Fleisch und Blut. Ein verdammter Schleimpilz, den man zerstören kann. Ich habe einen davon mit meiner Schuhsohle über den Boden verteilt, bis man ihn kaum noch sehen konnte. Vielleicht kann eine ART nicht alles entfernen. Vielleicht bleiben Narben zurück oder kleine Reste. Vielleicht kann unter ungünstigen Umständen eine erneute Infektion aus diesen Überresten entstehen. Was wollen Sie tun? Wollen Sie jeden erschießen lassen, der jemals mit einem Ganglion in Berührung gekommen ist? Dann müssen Sie bei mir anfangen und bei sich selbst. Wollen Sie jeden verbrennen, der des Teufels ist? Sind Ihre Leute schon dabei, Holz für die Scheiterhaufen zu sammeln?«

Er blies mir den Rauch ins Gesicht. »Wir haben die Leichen schon immer einäschern müssen«, sagte er kalt.

Es traf mich wie ein Schlag in die Magengrube. Ich hatte einen Atemzug lang geglaubt, ich wäre zu ihm durchgedrungen, aber er ruhte wieder in sich selbst. Was immer er in seinen Albträumen sah, es waren sicherlich nicht die Gesichter der Menschen, die unter seinen Händen gestorben waren. Ich ließ mich erschöpft in den Sessel fallen.

»Wenn Sie glauben, dass mir diese Entscheidung leicht fällt, dann irren Sie sich«, erklärte Bach. »Wir haben keine andere Wahl. Wir wissen einfach zu wenig. Wir wissen nicht einmal, ob eine Implantation überhaupt notwendig ist oder ob für eine Infektion nicht schon eine Berührung ausreicht, ein Händedruck.« Er nickte mir zu. »Oder ein Kuss«, fügte er hinzu.

Ich war zu getroffen, um darauf sofort reagieren zu können. Ich starrte ihn an, ohne ihn wirklich zu sehen. »Sagen Sie mir nur eines«, verlangte ich in einem letzten verzweifelten Versuch, ihn zu fassen zu bekommen. »Sagen Sie mir, auf wen Sie mit Ihren neuen Spielregeln eigentlich zielen?«

»Wie meinen Sie das?«

»Geht es Ihnen um Steel oder um Kimberley?« Ich beugte mich vor und stemmte die Hände rechts und links von mir auf die Tischplatte, ohne es selbst gleich zu bemerken. »Oder wollen Sie am Ende nur mich damit treffen?«

»Jetzt überschätzen Sie sich selbst«, antwortete Bach und schüttelte den Kopf, Verständnislosigkeit signalisierend. »Die Dienstanweisungen von Majestic werden nicht um Ihretwillen geändert und auch nicht um meinetwillen, falls Sie das denken sollten.« Er starrte mich entschlossen an. »Und sie werden auch nicht für Kimberley Sayers geändert, weder auf die eine noch auf die andere Art.«

Ich nickte erschöpft. »Selbstverständlich. Sind wir wieder bei Pflicht und Verantwortung angekommen?« Ich fühlte mich unendlich müde. Die fieberhafte Konzentration, mit der ich nach einem Argument, einer Ausflucht, einer Ablenkung gesucht hatte, war einer bleiernen Trägheit gewichen. Ich konnte nur hoffen, dass Kim nicht gerade jetzt irgendwo in einem der tristen Labors in diesem gottverdammten Bunkerkomplex unterm Messer lag. Sie war klug genug zu verschweigen, dass sie Hives auf emphatischem Wege orten konnte, aber ich wusste nicht, wie sie darauf reagieren würde, wenn man sie mit irgendwelchen chemischen Substanzen oder Drogen voll pumpte. Es wäre besser gewesen, nie wieder nach Washington zurückgekehrt zu sein. Ich hatte das Gefühl, Kimberley in jeder Hinsicht im Stich gelassen zu haben – und meinen Bruder gleich noch dazu.

Ich hob den Kopf und versuchte, aus Bachs Gesicht eine menschliche Regung herauszulesen, eine Spur Mitgefühl, einen Ansatz von Trauer. Ich fand nichts und wenn etwas da gewesen wäre, dann hätte ich es vermutlich nicht einmal mehr erkannt. »Ich weiß nicht, wofür Sie kämpfen, Frank«, sagte ich leise. »Ist Ihnen das alles nur Pflichtbewusstsein und sonst nichts? Was ist mit Ihrer Frau und Ihren Kindern? Ist das auch nur eine Pflichtübung? Nur ein notwendiger Bestandteil der Tarnung?«

Er zeigte keine Reaktion. Er sah mich an, wie ein Boxer in der Pause vor der zehnten Runde seinen Widersacher ansehen mochte, mit einem Ausdruck, der abgeklärt oder einfach nur stur sein mochte oder vielleicht sogar benommen. Schließlich erwachte er aus seiner Starre. Er drückte mit einer entschlossenen Bewegung die Zigarette aus und stand auf.

»Ich hoffe nur, dass Hertzog Unrecht hat«, sagte er rau und gestikulierte mit dem braunen Aktendeckel. »Er hat da ein paar Vermutungen angestellt, die wirklich Besorgnis erregend sind.« Er ging zur Tür. »Sie sollten beten, dass Ihre Freundin wirklich clean ist«, sagte er noch. »Sie sollten beten, dass sie mehr für uns ist als nur ein unkalkulierbarer Risikofaktor.« Er riss die Tür auf. »Ich lasse Sie zu Marcel bringen«, waren seine letzten Worte. »Vielleicht können Sie beide sich gegenseitig etwas darüber beibringen, wie es in der wirklichen Welt aussieht.«

25. November 1963, 4:37,

Majestic, Arrestzelle

Bach überließ mich entgegen seiner Ankündigung zuerst seinen Männern, aber ich ignorierte ihre Fragen und aus irgendeinem Grund gaben sie sich auch nicht allzu viel Mühe. Sie ließen mich schließlich auf einer Pritsche ein paar Stunden schlafen. Ich war sofort hellwach, als sie mich erneut holten, und ich konnte mich beim besten Willen nicht daran erinnern eingeschlafen zu sein, aber meine Erschöpfung muss so groß gewesen sein, dass nicht einmal der Gedanke an Kimberley und die Gefahr, in der sie sich befand, mich lange hatten wach halten können.

Bach hielt letztlich doch noch Wort. Sie sperrten mich im selben Stockwerk, in dem die Labors lagen, in ein kleines Verhörzimmer mit einem rechteckigen Tisch und zwei Stühlen und einer Wache mit braunem Hemd und weißem Helm vor den Fensterscheiben zum Korridor. Jesse Marcel saß auf einem der Stühle und starrte mich verwirrt und fragend an, als sie hinter mir den Schlüssel im Türschloss zweimal herumdrehten. Ich nehme an, dass er mir Fragen gestellt hat, aber ich ignorierte ihn völlig. Ich verschmähte den Stuhl und ließ mich einfach an der Wand herabgleiten, an der ich gerade stand. So saß ich fast eine Stunde, allein mit Marcel und meinen Gedanken. In dieser endlosen Nacht vor John F. Kennedys Beisetzung, die am frühen Nachmittag des 25. November auf dem Arlington National Cemetery stattfinden sollte, haben vermutlich viele Amerikaner schlecht geschlafen – und dennoch beneidete ich sie um die Normalität ihrer alltäglichen Sorgen, die ich vollends verloren hatte. Gegenüber Bach war es leicht gewesen, alle Zweifel abzustreifen und Kim zu verteidigen. Tatsache war, sie hatte sich verändert, und selbst wenn die ART das fremde Gewebe ganz aus ihrem Körper entfernt hatte, in ihren Erinnerungen und ihrer Persönlichkeit waren tiefe Spuren zurückgeblieben. Und auch in meinen Erinnerungen, gestand ich mir selbst.

Ich dachte an glücklichere Tage, daran, wie aufgeregt ich gewesen war, als ich sie zu unserer ersten Verabredung abgeholt hatte, an die erste Nacht, die wir miteinander verbracht hatten, an den Tag, an dem sie zwei Knöpfe an der Bluse verloren hatte. Ich sah ihr Gesicht wach im Kerzenlicht und schlafend im Mondschein und ich erkannte mit albtraumhafter Gewissheit, dass die anderen, die unsagbar hässlichen Bilder schon damit begonnen hatten, diese Erinnerungen zu durchsetzen und zu überlagern, ganz so, wie sich die Ausläufer eines Schimmelpilzes plötzlich überall auf dem finden, was am Tag zuvor noch unberührt und gesund gewirkt hatte.

Ganz so, wie die Pseudopodien eines Ganglions sich im Körper eines Infizierten ausbreiteten. So, wie sie mehrere Tage lang unbemerkt in Kims Körper gewuchert hatten.

Ich unterdrückte die aufsteigenden Tränen. Ich dachte daran, wie wir uns im Flughafenmotel geliebt hatten, und fragte mich, ob ich das nächstemal, wenn ich sie küsste, vor meinen geschlossenen Augen den grässlichen Kuss sehen würde, mit dem Steel den um seinen Verstand ringenden Ruby zerstört hatte. Ich fragte mich, ob ich an die tastenden Beine der Ganglien würde denken müssen, wenn ich das nächstemal ihre Zunge an der meinen spürte. Was immer Bach hatte erreichen wollen, er hatte in kaum einer Viertelstunde mein ganzes Leben vergiftet. Er hatte zu Ende gebracht, was die Hive begonnen hatten. *Es ist zu spät,* hatte die Kreatur in Pratt mir zu verstehen gegeben. *Wir haben Sie.* Die Hive hatten sie berührt und worauf auch immer sie ihre widerlichen Finger legten, es war danach gezeichnet, Kimberley nicht mehr und nicht weniger als ich selbst.

»Sie sehen aus, als hätte Sie jemand auf ein Rad gespannt«, sagte Marcel. Ich hatte vollkommen vergessen, dass er dort am Tisch saß.

»Bach?«, fragte er, als sich das Schweigen wieder zu Minuten zu dehnen drohte.

Ich nickte stumm. Mir war nicht nach einem Gespräch zu Mute. Ich wollte nichts als den Rest meines Lebens mit angezogenen Knien und aufgestütztem Kinn in dieser Ecke sitzen, mit dem Rücken an der Wand und dem kalten Beton unter mir.

»Sind Sie okay, Loengard?«

Ich starrte ihn an. Mit seiner Brille und seinen gedeckten Beamtenkleidern sah er genauso aus, wie Bach ihn dargestellt hatte. Eine Welle des Hasses überkam mich, Hass auf Marcel, auf Bach und auf mich selbst. Ich hasste Steel dafür, dass er so dumm gewesen war, den Hive in die Hände zu fallen, und mich, dass ich selbst Bach alles in die Hände gespielt hatte, was dieser nun gegen Kimberley zu verwenden drohte, und ich hasste Kimberley dafür, dass sie nicht wieder so war wie vor der unseligen Nacht, in der sie sie sich geholt hatten. Ich hasste sie dafür, dass ich mir selbst die Schuld geben musste, wenn sie den nächsten Tag nicht überleben sollte. Vor meinen Augen verschwamm alles und mein ganzer Körper verkrampfte sich; ich verspürte den unbändigen Drang zu schreien.

»Was hat Bach Ihnen angetan?«, erkundigte sich Marcel vorsichtig, vollkommen ahnungslos, was in mir vorging. Ich schloss die Augen. Ich konnte fühlen, wie sich meine Fingernägel in meine Handballen gegraben hatten, so fest hatte ich beide Hände zu Fäusten geballt. Ich wollte jemanden umbringen, ihm mit bloßen Händen das Rückgrat zerbrechen, als seien seine Knochen aus morschem Holz – und das Schlimmste daran war, ich wusste nicht einmal genau, wer es sein sollte.

»Wollen Sie nicht darüber reden?« Sein Tonfall ließ durchblicken, dass er sich unwohl fühlte, aber er wirkte entschlossen, trotz meines sichtbaren Widerwillens, nicht so leicht aufzugeben. Mein Blick sprang zurück zu seinem verknitterten Gesicht. Mit seinen horngefassten Brillengläsern und den davon vergrößerten Augen erinnerte er an einen Nachtvogel. Ich sah ihn jetzt mit anderen Augen als im Hotel Texas, aber ich glaubte auch etwas anderes in ihm zu sehen als das, was Bach mir über ihn hatte einreden wollen. Ich versuchte die Verzweiflung abzuschütteln, die mich so vollständig in ihren Würgegriff genommen hatte. Marcel trug keine Schuld an meinem Elend und ich wollte verdammt sein, ehe ich Bach ein weiteres Mal auf den Leim kroch.

»Er hat mir das Herz aus dem Leib gerissen«, stieß ich hervor, ohne darüber nachzudenken, was ich eigentlich sagte. »Er hat es mir herausgerissen und dann hat er es mir in die Hand gedrückt und mir gesagt, ich solle es gut festhalten, bis er kommt, um es sich zu holen.« Ich legte den Kopf in den Nacken und starrte die Decke an. Ich atmete mehrmals tief ein und mein Blickfeld klärte sich langsam wieder. »Und am Ende wird er noch versuchen, es mir verkehrt herum wieder einzusetzen.«

Marcel konnte damit vermutlich nicht mehr anfangen als ich selbst.

»Immerhin«, sagte er unbeholfen. »Der Bach, den ich gekannt habe, hätte Sie gezwungen, es zu essen.«

Ich war zu verblüfft, um etwas zu sagen. Wir starrten uns an und die Absurdität unseres Wortwechsels wurde mir in ihrem vollen Ausmaß bewusst. Er zwinkerte hinter seinen Brillengläsern, zufällig oder mit Absicht. Ich musste lachen, ein unterdrücktes Lachen, das mir die Kehle zuschnürte, aber als er einstimmte, brach es frei aus mir heraus und nach und nach verlor sich der schrille Unterton der Hysterie und ich konnte so befreit lachen wie schon seit langem nicht mehr. Ich lachte Tränen und vermutlich weinte ich auch. Es ging eine ganze Weile so und die Wache auf dem Gang warf uns ein paar misstrauische Blicke durch die Glasscheibe zu, aber das kümmerte mich herzlich wenig.

Als wir uns wieder beruhigt hatten, wischte ich mir mit dem Ärmel über das Gesicht, stand auf und ging zum

Tisch hinüber. Es war, als schmerze jede einzelne Muskelfaser und jede Sehne in meinem Körper. Ich bewegte mich wie ein alter Mann und vermutlich hat Marcel am Ende tatsächlich geglaubt, Bachs Leute hätten mich zusammengeschlagen. Ich konnte ihm nicht sagen, dass keine Prügel der Welt mir so hätten wehtun können wie der womöglich schon verlorene Kampf um Kimberleys Leben.

Stattdessen erzählte ich ihm unsere Geschichte. Er stellte nicht viele Fragen und ich musste ein paarmal innehalten, wenn mich die Erinnerung überkam. Ich ließ eine Menge Dinge aus, aber er war ein guter Zuhörer. Er konnte sich kaum in meine Situation versetzen, aber er begriff genug von dem, was ich unausgesprochen ließ, um betroffen auf seine Hände zu sehen. Auf eine seltsame Art und Weise hatten wir die Rollen getauscht. In Fort Worth war er es gewesen, der gebeichtet hatte, jetzt war die Reihe an mir.

»Ich hätte es besser wissen müssen«, sagte ich, als ich am Ende angekommen war. »Wir waren schon auf der Flucht, bevor Kennedy ermordet wurde. Wir waren gewarnt. Wir hätten weiter nach Süden fahren sollen, nach Mexiko oder bis runter nach Südamerika.« Ich stellte plötzlich fest, dass ich schon seit einiger Zeit wieder auf den Füßen war. Ich muss unzählige Male in dem kleinen Zimmer auf und ab gegangen sein. »Aber ganz gleich, wohin wir uns gewandt hätten, man sieht überall denselben Himmel, nicht wahr?«

Marcel nestelte umständlich eine zerknitterte Zigarettenschachtel aus der Tasche. Es war nicht die Marke, die er in Texas geraucht hatte. Es war Bachs Marke. Ein kurzer Stich des Misstrauens durchzuckte mich. Er zog eine Zigarette heraus und entzündete sie mit seinem Feuerzeug, während er sich nach einem Aschenbecher umsah. Dann bemerkte er meinen Blick.

»Stört es Sie?«, fragte er.

Ich hielt meinen Blick auf das Feuerzeug in seinen

Händen und dachte wieder an Kim. »Ich dachte, Sie wollten es aufgeben«, sagte ich mit merklicher Zurückhaltung.

»Schlechte Gewohnheiten verlieren sich nicht so schnell«, bemerkte er und steckte sein Feuerzeug wieder ein.

»Wie etwa, für die Regierung zu arbeiten?«

Er runzelte die Stirn. »Was haben Sie auf dem Herzen?«, erkundigte er sich. Sein Blick fiel auf die Zigarettenschachtel und er nickte nach einem Moment. Er nahm die Zigarette aus dem Mund und betrachtete nachdenklich den schmalen Streifen schwelenden Tabaks, der die Asche von dem weißen Papier trennte. »Kriegsgefangenen standen von jeher Zigaretten zu«, sagte er zu niemandem im Besonderen. Er hob die linke Hand und drückte die Zigarette mit den Fingern aus. »Sie haben Recht«, sagte er dann zu mir. »Es ist eine schlechte Gewohnheit.«

Ich beschloss, die Sache auf sich beruhen zu lassen. Nichts von dem, was ich ihm erzählt hatte, konnte für Majestic eine Überraschung darstellen, und ob sich Marcel nun von Bach hatte einspannen lassen oder nicht, der Raum war ohnehin verwanzt und vermutlich hatten sich die ganze Zeit Tonspulen im Nebenraum mitgedreht. Es kam nicht darauf an. Wichtiger war, dass ich wieder einen klaren Kopf bekommen hatte und dass es mir gut tat, meine Sorgen in Worte zu fassen, bevor sie mich innerlich erdrücken konnten.

»Eine abscheuliche Geschichte«, sagte Marcel, als ich mich wieder setzte. Er nahm die Brille ab und rieb sich die Schläfen. »Die ganzen Jahre habe ich geglaubt, dass diese Aliens die Antwort auf all unsere Gebete hätten sein können.« Er schüttelte beklommen den Kopf. »Was mich am meisten erschreckt, ist der Gedanke, dass sie überall sein könnten, in jedem von uns, und wir würden es womöglich nie erkennen, bis es zu spät ist.«

»In der ersten Zeit nach der Implantation finden sich ein paar untrügliche Zeichen, wenn man darauf achtet, aber danach …« Ich breitete die Hände aus. »Kann gut sein, dass es danach fast unmöglich ist ohne eine genaue medizinische Untersuchung.«

»Und diese Grauen, die haben ebenfalls so ein Ganglion in ihren Köpfen?«

»Bach sagt es.« Ich biss mir auf die Lippen. »Falls er die Wahrheit sagt, sind sie womöglich ebenso Opfer wie wir. Falls nicht, ändert das auch nichts – dann sind die Ganglien eine Waffe in den Händen der Grauen und nicht umgekehrt. Wir können die einen nicht von den anderen trennen. Wir können es ja nicht einmal bei Menschen.«

Marcel wusste, worauf ich anspielte. »Was sind das nur für Kreaturen«, sagte er mit mühsam unterdrücktem Ekel.

»Irgendjemand von den Ärzten hat die These aufgestellt, dass es sich um eine insektenähnliche Lebensform handelt, mehr weiß ich auch nicht.« Ich schloss die Augen. »Seitdem hat sich die Bezeichnung Hive eingebürgert. Aber im Grunde haben wir keine Ahnung. Es ist keine irdische Lebensform und sie passt nicht in unsere Ordnung.«

Marcel nahm das alles schweigend auf. »Sechzehn Jahre lang wollte ich unbedingt zum inneren Kreis gehören«, sagte er dann. »Sechzehn Jahre lang habe ich mir jeden Tag gewünscht, ich würde dazugehören. Ich wollte die Wahrheit wissen. Und ich wollte nicht, dass Leute wie Frank Bach die Wahrheit nach ihrem Gutdünken unterdrücken und benutzen konnten.« Er schüttelte noch einmal schwerfällig den Kopf. »Und heute ist es die Wahrheit, dass eine fremde Spezies in unsere Körper und Gedanken eindringen kann und es um nichts anderes geht, als unsere bedingungslose Kapitulation zu erzwingen.«

Ich verzichtete auf einen Kommentar.

»Glauben Sie, dass Bach und seine Männer sie aufhalten können?«

»Die Hive?«, fragte ich dagegen. »Oder die, die hinter ihnen stehen?«

Marcel hob die Schultern. »Was auch immer.«

»Ich glaube nicht mehr an die edle Mission von Bachs Majestic«, stellte ich fest. »Was die Hive betrifft …« Ich ließ den Satz unbeendet. »Ich muss sehen, dass ich erst einmal irgendwie hier wieder herauskomme …« Ich lachte voller Bitterkeit. »Manchmal frage ich mich, ob Bach nicht schlimmer ist als die Hive. Und doch ist Majestic irgendwie die einzige konstante Kraft, die sich den Aliens gegenüber stellt. So etwas wie die einzige Hoffnung der Menschheit.« Aber nicht meine Hoffnung, ergänzte ich in Gedanken, sondern ganz im Gegenteil. Ich hatte einen schlechten Geschmack im Mund. Es war früher Morgen, draußen, wo man die Sonne sehen konnte. Vielleicht würde es auch ein bedeckter Tag werden. Ich fragte mich, was Kim und Ray gerade machten, ob sie schliefen, ob man gerade irgendwelche Experimente an Kim vornahm oder Schlimmeres. Und dann kroch die entsetzliche Frage in mir hoch, die ich die ganze Zeit versucht hatte zu unterdrücken: Ob sie vielleicht schon tot war?

Die nächste halbe Stunde verging schweigend. Eingesponnen in meine Ängste und Befürchtungen hatte ich mich wieder auf den Fußboden gehockt und die Verzweiflung mischte sich mit meiner Erschöpfung zu einer abstrusen Vision, in der Kim von innen heraus von den pilzähnlichen Ganglien zerfressen wurde, bis nichts mehr übrig blieb außer ihrer äußeren Hülle. *Bleib bei den Fakten!*, ermahnte ich mich, *Kim lebt und es besteht nach wie vor die Hoffnung, dass wir diesem ganzen Albtraum unbeschadet entrinnen können.* Aber es war nicht mehr viel Hoffnung in mir, nicht, nachdem mir Bach auf seine unnachahmliche Art klargemacht hatte, dass ich mir Kims Zustand schöngeredet hatte und da etwas in ihr am Werke war, das sie aller Wahrscheinlichkeit nach von innen Stück für Stück verschlang.

Irgendwann musste ich dann wohl doch eingeschlafen sein, denn als draußen etwas krachte, schreckte ich benommen hoch, kniff ein paarmal die Augen zusammen, bis ich wieder einigermaßen klar sehen konnte, und strich mir übers Haar, wobei ich nur mit Mühe ein Gähnen unterdrücken konnte. »Was ist los?«, fragte ich.

Marcel war aufgestanden und an die Scheibe getreten. »Ich weiß nicht«, antwortete er leise, aber mir entging nicht der besorgte Ton in seiner Stimme. »Da geht etwas vor, was mir gar nicht gefällt. Vielleicht ...«

Er kam nicht mehr dazu, seinen Gedankengang zu beenden. Das Schrillen einer Alarmsirene zerriss seinen Satz und dann mischten sich andere Geräusche in das beginnende Chaos, das Trampeln schwerer Stiefel und aufgeregte Schreie, die Kommandos oder auch Fragen brüllten. Die uniformierte Wache vor unserer Glasscheibe, die bislang Marcel sehr genau im Auge behalten hatte, drehte sich auf dem Absatz um, warf einen Blick den Gang hinab und zögerte einen Moment lang, mit der Waffe im Anschlag. Dann warf der Mann einen letzten Blick auf Marcel, der ihm wohl bedeuten sollte, keinen Unsinn zu machen, und stürmte den Gang hinab.

»Was, zum Teufel ...?«, begann ich, als ich mich hochstemmte und mit zwei schnellen Schritten bei Marcel war. Ich weiß nicht, warum ich beim Schrillen der Alarmsirene automatisch an Steel denken musste. Vielleicht war es einfach die Aura von Gewalttätigkeit, die dieser Mann ausströmte, das Gefühl der Unberechenbarkeit und der animalischen Stärke, das nur zum Teil mit dem Ganglion zu tun hatte, das sich in ihn hineingefressen hatte.

Ein Gewehrschuss unterbrach meine Gedanken, gerade als ich an die Scheibe getreten war und in die Richtung starrte, in der die Wache verschwunden war. Der laute Knall hallte erschreckend laut von den Betonwänden wider, dumpf und irgendwie falsch, deplatziert in dieser unterirdischen Festung, in der Bach alles unter Kontrolle zu haben glaubte und doch nichts mehr so war, wie es sein sollte.

Doch damit war es noch nicht vorbei. Der uniformierte

Mann, der uns die ganze Nacht nicht aus den Augen gelassen hatte in dieser Mischung zwischen Zelle und spartanisch eingerichtetem Aufenthaltsraum, war offensichtlich in einem der Nebenräume verschwunden. Denn jetzt taumelte er rückwärts wieder aus dem Raum heraus, verzweifelt um sein Gleichgewicht kämpfend. Seine Bewegungen wirkten so unkontrolliert, als ob er an einen Grizzlybären geraten war, der ihm mit einem wütenden Prankenhieb klargemacht hatte, wer hier Herr der Situation war. Der Mann war an die Einmeterneunzig groß und brachte sicherlich einhundertachtzig Pfund auf die Waage und dennoch war er der Attacke seines Gegners offensichtlich in keiner Weise gewachsen. Durch die Scheibe musste ich hilflos mit ansehen, wie er endgültig aus dem Gleichgewicht kam, hintenüber schlug und hart auf dem Boden aufprallte.

Doch der Soldat war besser in Form, als ich vermutet hatte. Er hatte seine Waffe trotz seines harten Sturzes krampfhaft festgehalten und brachte sie mit einer blitzschnellen Bewegung in Anschlag. Immer noch mit dem Rücken auf dem Boden liegend feuerte er in die Tür hinein.

Offensichtlich verfehlte er sein Ziel. Denn es stürzte ein Mann in dunklem Jackett und hellem Hemd auf ihn zu, packte die Waffe und riss sie ihm mit einer unglaublich kraftvollen Bewegung aus den Händen.

Es war Steel.

Der ehemalige Vertraute Bachs wirbelte das Gewehr herum, sodass der Lauf nicht mehr auf ihn, sondern auf den Soldaten gerichtet war. Der Soldat tat das einzig Richtige; mit beiden Händen griff er nach der Waffe, bekam den Lauf zu fassen und versuchte ihn beiseite zu drücken.

In diesem Moment löste sich ein weiterer Schuss. Der Knall schien noch lauter zu sein als zuvor; er dröhnte in meinen Ohren und riss jeden bewussten Gedanken mit sich.

»Runter«, rief Marcel und zerrte mich hinab, hinter den vielleicht fünf Fuß hohen Metallsims, auf dem die Glasscheibe aufsaß. Keine Sekunde zu früh. Denn in diesem Moment drehte Steel den Kopf in unsere Richtung, die instinktive Handlung eines jeden Kämpfers, der seine unmittelbare Umgebung sichert, bevor er die nächsten Schritte einleitet. Ein paar Sekunden lang fürchtete ich, er hätte uns gesehen. Mein Hals fühlte sich trocken und ausgedörrt an und mein Nacken verkrampft, und das nicht nur durch die ungemütliche Haltung hinter der vielleicht nur einen halben Zoll starken Metalleinfassung, unserem einzigen Schutz vor der verrückten Bestie, zu der Steel mutiert war.

Ehe mich Marcel darin hindern konnte, schob ich meinen Kopf vorsichtig so weit nach oben, dass ich den Gang einsehen konnte. Steel war verschwunden. Zumindest wusste ich, in welche Richtung er das Weite gesucht hatte; da er nicht an uns vorbeigekommen war, musste er den Gang hinabgelaufen sein, in Richtung Treppenhaus. Ich hatte keine Ahnung, was passiert war und wie es Steel abermals hatte gelingen können, dem Tod ein Schnippchen zu schlagen. Aber ich wusste, dass ich ihn nicht einfach durch die Bunkeranlage laufen lassen konnte.

»Wo, zum Teufel, sind die Wachen?«, fragte Marcel, während er sich aufrichtete und in den Gang hinaus blinzelte. »Ich habe doch gerade noch Stimmen gehört.«

»Ja.« Ich runzelte die Stirn. »Das ist seltsam.« In der Tat lag der Gang wie ausgestorben vor uns und selbst das Wimmern der Sirene war verstummt.

»Es sieht so aus, als seien wir auf uns allein gestellt«, fuhr Marcel fort. »Kommen Sie.«

Die Entschlossenheit in seiner Stimme stand im krassen Gegensatz zu seinem harmlosen Erscheinungsbild, eine Tatsache, die er sich wahrscheinlich schon oft zu Nutze gemacht hatte, um einen Gegner zu überrumpeln. Mit einer entschlossenen Bewegung nahm er den Holzstuhl, auf dem er die Nacht verbracht hatte, holte aus und ließ ihn mit aller Kraft gegen die schwere Scheibe donnern. Das Glas knirschte protestierend, nahm den Treffer aber ohne den kleinsten Riss hin.

»Verdammt«, fluchte er und versuchte es noch einmal. Sein Schwung war diesmal so groß, dass ein Bein von dem einfachen braunen Holzstuhl abriss und zentimeternah an mir vorbeisauste. Doch die Scheibe hielt nach wie vor stand. Was ihn nicht daran hinderte, es ohne zu zögern nochmals zu versuchen. Er nahm den Stuhl mit beiden Händen über den Rücken und ließ ihn mit aller Kraft auf die Scheibe niedersausen. Und diese Taktik hatte Erfolg; die Scheibe reagierte auf den Stuhl wie eine dünne Eisschicht auf einen schweren Männerstiefel und dünne Risse bewegten sich von der Stelle weg, an der der Stuhl aufgeplatzt war. Mit zwei, drei weiteren Schlägen gelang es Marcel, die angeschlagene Scheibe endgültig zu zersplittern. Ein wahrer Scherbenregen brach in den Gang hinaus und stürzte glitzernd auf den mausgrauen Boden wie ein warmer Sonnenregen auf einen unbestellten Acker.

Triumphierend drehte er sich mit dem Stuhl in der Hand um, dem die rohe Gewalt übel mitgespielt hatte: Die beiden vorderen Beine waren abgebrochen, das hintere zersplittert. Die ganze Aktion hatte nur wenige Sekunden gedauert und mich mehr als überrascht; schließlich hatte ich angenommen, einem Mann wie Marcel gegenüber die Führung übernehmen zu müssen. Das sollte ein Mann ohne Rückgrat sein? Was auch immer mir Bach über diesen ehemaligen PR-Verantwortlichen hatte einreden wollen: Es passte überhaupt nicht zum Verhalten des zerbrechlich wirkenden, aber mehr als tatkräftigen Mannes.

Ich zögerte nicht länger, sondern war mit einem Satz auf dem Gang. Glassplitter knirschten unter meinen Schuhen und irgendetwas brannte auf meiner Wange; wahrscheinlich ein Glassplitter aus der nicht vollkommen zerstörten Scheibe, den ich mir bei meinem ungestümen

Satz durch das Loch im Glas zugefügt hatte. Ich achtete nicht darauf, sondern hetzte mit Riesenschritten auf die zusammengekrümmte menschliche Gestalt zu, die Steel mit einem Gewehrschuss niedergestreckt hatte.

In diesem Moment flackerte das Licht, unmerklich fast und doch ungemein störend wie alles, was daran erinnerte, dass sich über uns Tonnen an Geröll und Erde auftürmten und ein Leben in dieser Anlage tief unter der Oberfläche nur möglich war, wenn die Technik einwandfrei funktionierte. Einen Herzschlag lang blieb ich mit geballten Fäusten auf dem Gang stehen und trotz der kühlen Luft in diesem Teil des Gebäudes, den die Lüftungsanlage gleichmäßig bis in den letzten Winkel verteilte, stand mir der Schweiß auf der Stirn.

Dann fiel das Licht endgültig aus. Einen Moment lang herrschte absolute Finsternis um uns herum. Es kam so überraschend, dass ich gar nichts in mir spürte außer der Verwunderung darüber, wie dunkel es in einem Gebäude unter der Erde sein konnte, in das kein Licht einer entfernten Straßenlaterne fiel, kein Sternenlicht und kein Mondschein für eine geringe Aufhellung sorgte, keine Lampe aus einem Nachbarhaus ihre warmgelben Finger in die Nacht hinausschickte. Bevor dieser Gedanke mir überhaupt bewusst durch den Kopf schießen konnte, flackerte schon wieder etwas auf, durchbrach pulsierender Lichtschein die Schwärze um mich herum und beraubte sie ihrer alles verschlingenden Kraft. Ein paar Sekunden flackerte es noch, dann wurde es wieder heller, wenn auch nicht mit der selbstverständlichen Leuchtkraft, die von den gleichmäßig angebrachten Neonröhren ausging. Es war die Notbeleuchtung, die zuverlässig in die Bresche gesprungen war und uns vor dem Schicksal bewahrte, uns wie lebendig begraben zu fühlen.

Und mich damit erbarmungslos mit der Realität konfrontierte.

Am Boden direkt vor mir lag die Wache und sie war zweifelsohne tot. Einen Bauchschuss aus nur wenigen

Zentimeter Entfernung mit der großkalibrigen Waffe konnte wahrscheinlich nur ein von Ganglien zerfressener Mensch überleben; der Schuss musste dem Mann regelrecht die Eingeweide zerfetzt haben. Aber es war nicht an der Zeit, meinen Gefühlen nachzugeben. Ich bückte mich nach dem Schnellfeuergewehr, wobei ich nicht verhindern konnte, dass mein Blick die toten Augen des Soldaten trafen. Wenn überhaupt etwas in diesen Augen im Augenblick des Todes eingefroren war, dann nicht Schmerz, sondern grenzenlose Überraschung. Der Mann hatte keine Zeit gehabt, mit seinem Leben abzuschließen; ein weiteres Opfer, das Steel bedenkenlos ausgelöscht hatte, doch diesmal nicht in Bachs Auftrag, sondern ganz im Gegenteil, im Kampf gegen ihn.

Marcel war direkt neben mir stehen geblieben und in seinem Blick war eine Nachdenklichkeit, die ich nicht zu deuten vermochte. Es herrschte eine unangenehme Ruhe, selbst das immer währende Säuseln der Lüftungsanlage schien verstummt zu sein. »Hier«, sagte ich rau und warf Marcel das Gewehr zu. Er fing es mit einem schnellen, routinierten Griff auf.

Ich kniete neben dem toten Soldaten und öffnete mit einem entschlossenen Ruck seine Pistolentasche. Das kalte Metall der Waffe glitt in meine Hand, aber die beruhigende Wirkung blieb aus. Steel war nicht unsterblich, aber nach meinem Empfinden zu nahe dran an einem Zustand der Unbesiegbarkeit, als dass mir allein eine Pistole ein Gefühl der Sicherheit hätte geben können. Während ich mich wieder erhob, schob ich den Sicherungshebel der 38er zurück.

»Gehen wir«, sagte ich. Meine Schritte quietschten unangenehm laut auf dem grauen Kunststoffboden, als ich auf die Tür zuging, die zur Nottreppe führte. Es dauerte ein paar Sekunden, bevor ich begriff, dass mir Marcel nicht folgte. Ich drehte mich zu ihm um und blieb stehen. Er stand an der Tür, durch die der Soldat geflogen war, und starrte ins Innere des Raums, der nach meiner Erinnerung eines der vielen gesicherten Labors auf dieser Ebene beherbergte. Sein Gewehr hing kraftlos in seinem Arm und seine Körperhaltung verriet, dass für den Augenblick alles Kämpferische von ihm abgefallen war.

»Was für eine Scheiße«, murmelte er so leise, dass ich ihn kaum verstehen konnte. »Was für eine gottverdammte Scheiße.«

»Was ist?«, fragte ich besorgt.

Marcel schüttelte benommen den Kopf. »Unser Mann war nicht der Einzige«, sagte er dann kraftlos. »Steel hat ein regelrechtes Blutbad angerichtet.« Er deutete ins Innere des Raums. »Da liegen noch drei Agenten. Mein Gott, wie hat er das nur geschafft?«

Ehe ich ihn fragen konnte, was genau er damit meinte, war er schon in der Tür verschwunden. »Marcel!«, rief ich und konnte dabei nicht verhindern, dass meine Stimme abkippte. »Was soll der Quatsch?«

»Ich sehe nur nach, ob hier noch jemand lebt«, hörte ich seine Stimme dumpf aus dem Labor. Irgendwo hörte ich Schritte, aber ich wusste nicht, von wem sie stammten und wohin sie führten, ich wusste nur, dass Marcel in dem Labor verschwunden war, statt sich mit mir sofort und ohne weitere Verzögerung auf die Jagd nach Steel zu machen, den wir unter allen Umständen von dem abhalten mussten, was auch immer er vorhatte.

Die Schritte verstummten und dann klirrte etwas. Mein Herz klopfte wie rasend und meine rechte Hand umklammerte dic Pistole so stark, das es mir selber wehtat. Ich versuchte mich zu beruhigen, redete mir cin, dass Marcel das einzig Richtige tat. Vielleicht konnte er noch jemanden retten. Aber mein Instinkt riet mir, auf dem Absatz kehrtzumachen und sofort von hier zu verschwinden.

Dann hörte ich ein entferntes Rascheln und plötzlich und ohne Vorwarnung leise Stimmen, die sich so selbstverständlich zu unterhalten schienen, als sei überhaupt nichts Besonderes vorgefallen. »Marcel!«, rief ich erneut. »Was, zum Teufel, geht da vor?«

»Kommen Sie, John«, antwortete er. Seine Stimme klang so gedämpft, dass ich die Worte mehr erriet als wirklich verstand. »Die Agenten sind tot, aber ich habe hier jemand anderen gefunden.«

Ein merkwürdiges Gefühl ergriff mich, eine zaghafte Hoffnung, die sich explosionsartig in meinem Körper ausbreitete und schließlich komplett von mir Besitz ergriff. Ich schob die 38er in meinen Gürtel und jagte mit ein paar Schritten zu der Tür, hinter der Marcel verschwunden war. Die Andeutung in Marcels Stimme verhieß mir, dass ich hier jemand Bekannten treffen würde. Kim?!?

Es war eine unglaubliche Szene. Das Labor war verwüstet und zerstört, als wäre hier eine Herde Nashörner durchgestürmt. Ein paar Schränke waren umgestürzt und überall lagen Unmengen von Glasscherben, in die Instrumente, Spritzen und Laborschalen hineinexplodiert waren, hineingetupft wie die Farbkleckse bunter Blumen in einem Van-Gogh-Gemälde. Das Schlimmste waren die Blutlachen, die grell und abstoßend das Chaos auf dem Boden verklebten, und die drei Männer, die grotesk verrenkt am Boden lagen und so offensichtlich tot waren, wie es Opfer einer mit unglaublicher Brutalität begangenen Gewalttat nur sein konnten. Es war kaum vorstellbar, dass das nur das Werk eines einzelnen Menschen sein sollte, und doch zweifelte ich keinen Augenblick daran, dass es Steel gewesen war, der diese Wahnsinnstat begangen hatte.

Aber Steel war kein Mensch mehr.

Marcel stand im Hintergrund des Raumes, an einer schräg in den Angeln hängenden Tür, die irgendwohin führte, in einen weiteren Raum oder in einen anderen Gang, von dessen Existenz mir nichts bekannt war. Aber das spielte jetzt auch keine Rolle. Es war die Gestalt hinter ihm, verborgen durch die Tür, aufrecht stehend und offensichtlich nur durch Zufall dem brutalen Ausbruch Steels entgangen, die mich interessierte – und sonst nichts. Ich bahnte mir mit entschlossenen Schritten den Weg in den Raum. Glas und Metall knirschte unter meinen Schuhsohlen und fast wäre ich auf den Arm eines der Toten getreten, eines hageren Mannes, der mir flüchtig bekannt war und jetzt mit gebrochenen Augen an mir vorbei zur Decke starrte. Sein Arm stand in unnatürlichem Winkel vom Körper ab und unter ihm sickerte immer noch pulsierendes Blut auf den Boden. Ich spürte, wie sich mein Magen schmerzhaft verkrampfte und irgendetwas Saures würgte meine Kehle hoch. Nur mit Mühe unterdrückte ich den aufkommenden Brechreiz.

Ich umrundete die massive, schmutzigbraune Pritsche, auf der zweifelsohne der halb tote Steel festgeschnallt worden war, bewacht durch drei Männer, die sich offensichtlich zu sicher gefühlt hatten und das mit ihrem Leben hatten bezahlen müssen. Die Luft um mich schien zu flirren und es war wohl nur der Mischung aus meiner Erschöpfung und Erregung zu verdanken, dass ich das grauenvolle Bild der drei brutal totgeschlagenen Agenten zurückdrängen konnte und mich darauf konzentrierte, die letzten Meter zur gegenüberliegenden Tür zurückzulegen.

Dann erkannte ich die Gestalt, die neben Marcel stand. Es war nicht Kim, es war mein Bruder Ray. Mit Herzklopfen und einem trockenen Gefühl im Mund ging ich ihm entgegen. Auf dem Weg zu ihm schien die Luft immer kälter zu werden. Ray sah grauenvoll aus; dunkle, fast schwarze Ränder zeichneten sich unter seinen Augen ab, das Gesicht war eingefallen und blass wie das eines Schwerkranken. Die Art, wie er mich ansah, hatte etwas Erschreckendes. Es lag so viel Trauer in seinem Blick, dass ich ihm fast nicht standhalten konnte. Ich konnte mich nicht daran erinnern, meinen robusten Bruder Ray jemals zuvor in einem solchen Zustand gesehen zu haben.

Ray versuchte zu lächeln, aber es gelang ihm nicht. Ein schmaler, vertrockneter Blutstreifen war von der Nase sein Kinn hinabgeronnen und hatte sich in den Bartstoppeln verfangen, die deutlich sichtbar zeigten, dass wir heute Morgen alle nicht zum Rasieren gekommen waren. Ich erinnerte mich daran, dass Rays Bartwuchs schon immer kräftiger als meiner gewesen war. Als Jugendlicher hatte ich ihn darum beneidet, als Erwachsener fand ich es nur lästig.

»Wo ist Kim?«, fragte ich und meine Stimme klang scharf und schneidend wie die eines Unteroffiziers, der nachhakt, weil an der Uniform eines Untergebenen ein Knopf fehlt.

»Ich … ich weiß nicht«, sagte Ray schwach. Er gab ein lautes, stöhnendes Geräusch von sich und sein Kinn ruckte nach unten, als hätte es jede Kraft verloren. Benommen schüttelte er den Kopf und richtete dann wieder den Blick auf mich. In seinen glasigen Augen war jedes Feuer erloschen.

»Ich will alles wissen, was du über Kims Unterbringung weißt«, fuhr ich ihn an und hasste mich für den brutalen Klang meiner Stimme, aber ich hatte jede Geduld verloren. »Albano hat euch doch beide zusammen weggebracht, als Bach mit mir sprechen wollte.«

»Ich hab' keine Ahnung«, stammelte Ray. Doch dann klärte sich sein Blick etwas und er schüttelte erst den Kopf und nickte dann wieder. »Stimmt nicht. Dieser Typ … Albano? … hat zu dem anderen Typen gesagt, er solle Kim zu einem gewissen Kalligan …«

»Halligen«, korrigierte ich ihn, ohne auf Marcel zu achten, der mich verständnislos durch seine Hornbrille anblinzelte.

»Ja«, wieder nickte Ray. »Er sollte sie zu einem gewissen Halligen bringen, und hat dann dem zweiten Mann befohlen, mich ein Stock tiefer abzuliefern. Dann hat sich dieser Albano verdrückt.«

»Okay«, sagte ich bitter. Es machte Sinn. Einen Stock höher befanden sich einige wenige reguläre Labors und es war keine Frage, dass man Kim und Steel nicht auf dem gleichen Stockwerk oder sogar im selben Raum unterbringen würde. Trotzdem fragte ich mich, warum man Ray hierhin gebracht hatte, in die unmittelbare Umgebung von Steel – oder was von ihm übrig geblieben war. Ich konnte mir keinen Reim darauf machen. Aber im Grunde genommen war es auch vollkommen nebensächlich. Ich hatte eine Spur von Kim, und das musste genügen. Vielleicht lief ich ja bei der Suche nach ihr sogar Steel über den Weg. Es war dann allerdings nur die Frage, wer damit zwei Fliegen mit einer Klappe schlagen würde.

Ray war benommen und in einem so erbärmlichen Zustand, wie ich es noch nie bei ihm erlebt hatte. Doch er erholte sich erstaunlich rasch. Ich nötigte ihn dazu, sich die 38er des toten hageren Majestic-Agenten in den Hosenbund zu stecken – mit Steel war nicht zu spaßen und ich hatte keine Ahnung, was uns hier sonst noch alles erwarten würde. Denn irgendetwas stimmte hier ganz und gar nicht. Es hätte hier mittlerweile von Agenten wimmeln müssen, angelockt von der Alarmsirene und den Kampfgeräuschen. Doch stattdessen herrschte eine fast gespenstische Stille, in der das leise Säuseln der gerade wieder angelaufenen Lüftungsanlage das einzige konstante Geräusch war, unterbrochen nur von unseren Schritten, die leer und hohl von den Gangwänden widerhallten.

Es beruhigte mich durchaus, dass die Lüftung wieder funktionierte, schließlich würde die Luft hier unten ohne sie sehr schnell schal und verbraucht werden. Das änderte allerdings nichts daran, dass meine innere Anspannung in den letzten Minuten eher noch zugenommen hatte. Doch dass die Lüftungsanlage einen Geruch mittrug, der entfernt an eine Mischung zwischen Rosenduft und Marzipan erinnerte, bemerkte ich erst, als wir das Treppenhaus erreicht hatten und uns mit schussbereiten Waffen vorsichtig und langsam durch das Halbdunkel vortasteten. Denn auch hier hing dieser penetrante Geruch in der Luft. Zuvor hatte ich wie selbstverständlich angenommen, dass er von den zerbrochenen Fläschchen in dem zerstörten Labor stammte.

Die schwere Eisentür zum nächsten Stockwerk ging zum Treppenhaus hinaus auf, logisch für denjenigen, der Fluchtwege plante, ungünstig für Leute wie uns, die möglichst rasch und unbemerkt von außen in ein Stockwerk eindringen wollten. Marcel gab mir mit einem Kopfnicken zu verstehen, dass ich vorgehen sollte, während er mir Feuerschutz geben würde. Bei einer anderen Situation wäre ich mir vollkommen lächerlich vorgekommen, als Karikatur eines Polizisten mit gezogener Waffe in einen Gebäudeteil eindringen zu wollen, in dem ich mich bislang immer wie selbstverständlich und ohne Furcht bewegt hatte. Doch jetzt lief mir nur Angstschweiß den Nacken runter.

Marcel zerrte am Türgriff und viel zu langsam glitt sie zurück. Mit der linken Hand hielt ich mein rechtes Handgelenk umklammert, genauso, wie ich es beim Waffentraining vor noch gar nicht allzu langer Zeit von Peter, dem Schießmeister Majestics, beigebracht bekommen hatte. Doch die schussbereite 38er in meiner rechten Hand war ein nur äußerst zweifelhafter Schutz gegen die Kreatur, zu der Steel mutiert war. Und das war mir nur zu bewusst: Mein Magen war so hart und verkrampft, als hätte ihn gerade jemand als Punchingball benutzt, und mein Kopf schien von einer eisernen Klammer umspannt zu sein.

Der Gang lag leer und ausgestorben vor mir. Fast war ich enttäuscht. Es war wie beim Besuch beim Zahnarzt: Wenn man sich erst einmal dazu aufgerafft hatte, die Sache anzugehen, wollte man sie auch so schnell wie möglich hinter sich bringen. Einen Steel, der ahnungslos gerade den Gang entlangkommen würde, hätte ich mit so viel Blei voll gepumpt, wie das Magazin meiner Pistole hergegeben hätte. Ich konnte mir trotz seiner ungewöhnlichen Nehmerqualitäten nicht vorstellen, dass er das überlebt hätte.

Stattdessen blieb mir nun nichts anderes übrig, als mit vorsichtigen Schritten in den Gang zu treten, wobei ich mich bemühte, kein überflüssiges Geräusch zu machen. »Alles klar«, flüsterte ich Marcel zu.

Er und Ray folgten mir. Wir waren ein groteskes Trio: Ein ehemaliger PR-Mann mit einem Schnellfeuergewehr in der Armbeuge und einem wachen Blick für diese ungewöhnliche Situation, ich als ehemaliger, nichtsdestotrotz noch sehr junger Majestic-Agent, der mit Leuten wie Robert Kennedy und Frank Bach direkten Kontakt pflegte und dennoch überhaupt nicht in diese Welt der geheimen Operationen und schießwütiger Männer passte, und nicht zuletzt Ray, der blass und verstört hinter uns herstolperte, eine Pistole im Hosenbund, von der ich nicht wusste, ob er sie im Ernstfall benutzen würde.

Und der kam schneller, als mir lieb war.

Eine Tür flog auf und ein Mann stürmte heraus: dunkler Anzug, helles Hemd, unauffällige Krawatte und ein hellbrauner Pistolengurt, der für einen Moment aufblitzte, als er sich zu uns umdrehte und sein Jackett durch die schnelle Drehung zur Seite rutschte. Ich kannte ihn flüchtig. Es war einer der Agenten, die gelegentlich Albano zuarbeiteten.

»Hey», rief er mit zusammengekniffenen Augen. Seine rechte Hand glitt unter sein Jackett, aber er führte seine Bewegung nicht zu Ende. Offensichtlich hielt er es nicht für ratsam, zwei Männer zu provozieren, die die Waffen bereits auf ihn gerichtet hatten.

»Hallo, Dirk«, sagte ich langsam. »Halte besser die Hände so, dass ich sie sehen kann.«

»Ich … was wollt ihr hier?«, fragte er. Er machte keine Anstalten, seine rechte Hand aus dem Jackett zu bewegen.

Ich erklärte ihm mit ein paar knappen Worten die Situation, berichtete ihm von Steels Ausbruch und dem Tod der Agenten, die ihn hatten bewachen sollen. »Und jetzt müssen wir Steel finden«, beendete ich meine Erklärung.

»Hast du irgendeine Ahnung, wo er stecken könnte?«

»Ich habe Steel hier nicht gesehen«, antwortete er steif. Er hatte ein schmales, knochiges und merkwürdig unregelmäßiges Gesicht, mit tiefen Falten auf der Stirn und um die Augen; es schien kaum in der Lage zu sein, Gefühle auszudrücken – und doch spiegelte sich jetzt deutlich Misstrauen in ihm wider. »Und ich würde mich auch wundern, wenn er hier herumlaufen würde. Das Komische ist, dass er während meiner Schicht aussah wie mein Onkel Harry auf der Intensivstation, als sie uns geholt haben, um uns von ihm zu verabschieden.«

»Wollen Sie damit etwa sagen, dass Sie uns nicht glauben?«, fragte Marcel scharf.

»Erraten, Freundchen«, sagte Dirk. Sein Körper straffte sich fast unmerklich und ich hob meine 38er wieder, die ich während meiner Erklärung hatte sinken lassen. »Ich sehe drei Inhaftierte, die hier mit Waffen rumfummeln, die meinen Kollegen gehören. Sie berichten mir, dass meine Kollegen ermordet wurden. Von einem Untoten, oder was?«

Während er sprach, verlagerte er fast unmerklich sein Gewicht auf den rechten vorderen Fuß. Ich spürte in mir zugleich glühende Hitze und eisige Kälte aufsteigen. Die Pistole in meiner Hand zitterte. Ich war kein Killer und wenn Dirk seine Waffe zog, wusste ich nicht, was ich machen würde. Ich betete zu Gott, dass er mich nicht zwang, ihn niederzuschießen.

Doch das war auch nicht nötig. Marcel hatte offensichtlich genauso wie ich bemerkt, dass Dirk im Begriff war, alles auf eine Karte zu setzen. Und er wollte ihn nicht sein Spiel machen lassen. »Ganz langsam«, sagte er. »Ziehen Sie Ihre Pistole ganz langsam aus dem Holster und werfen Sie sie dann auf den Boden.«

Dirk blinzelte und einen Moment lang sah es so aus, als wolle er doch noch sein Glück herausfordern. Vielleicht rechnete er sich Chancen aus, weil er mittlerweile gemerkt haben musste, dass Ray bei einer Auseinandersetzung nicht zählte. Aber er hatte den richtigen Zeitpunkt verpasst; der Überraschungsmoment war nicht mehr auf seiner Seite.

»Sie können natürlich auch versuchen, den Helden zu spielen«, sagte Marcel leise. »Aber das wäre sehr unklug. Ich werde Sie zwar nicht töten, aber ich werde Ihnen ins Knie schießen. Sie kennen die Waffe, die ich in der Hand halte, und wissen, was das bedeutet. Was Sie aber nicht wissen, ist, dass ich bei meinem Jahrgang in South Carolina der beste Schütze war.«

Dirk presste die Lippen aufeinander. Blass und nervös wanderte sein Blick zwischen mir und Marcel hin und her. Dann schob er die Hand noch ein Stück tiefer ins Jackett und zog langsam die Waffe hervor. Als er die Pistole auf den Boden warf und sie klappernd ein paar Meter weitersegelte, atmete ich erleichtert auf

»Wenn du schon Steel nicht gesehen hast«, hakte ich sofort nach, »was ist dann mit Kim? Weißt du, wo sie steckt?«

»Kimberley Sayers?«, fragte er. Seine Augen bewegten sich instinktiv nach links, zu der Tür, aus der er getreten war. Dann sah er mir wieder geradewegs in die Augen und schüttelte den Kopf. »Keine Ahnung.«

Es war offensichtlich, dass er log; seine Kopfbewegung hatte ihn verraten. Wahrscheinlich kam er geradewegs aus dem Raum, in dem Kim gefangen gehalten wurde. Eine Welle heißer Erregung durchlief mich. Wenn mich mein Verdacht nicht trog, trennten mich nur wenige Meter von Kimberley. Ohne weiter auf ihn oder Marcel zu achten und ohne ein Wort der Erklärung stürmte ich an ihm vorbei, riss die Tür wieder auf, die hinter ihm zugefallen war, und war mit einem Satz in dem Raum, atemlos und für alles bereit, was mich dort erwarten würde.

Ich entdeckte Kim sofort. Sie saß im Hintergrund an einem Tisch, einem Mann gegenüber, der wie auch Dirk den typisch unauffälligen Anzug trug, der so etwas wie die Berufskleidung von Majestic-Agenten war. Der Mann hatte seine Krawatte gelockert und der leichte Ansatz von Bartstoppeln und die tief geränderten Augen verrieten, dass er heute Nacht gleich mir nicht zum Schlafen gekommen war.

Es war eine so groteske Situation, dass ich vor Überraschung an der Tür stehen blieb und meine 38er sinken ließ. Auf dem kleinen Tisch, der zwischen Kimberley und dem mir unbekannten Agenten stand, lag ein Stapel Spielkarten. Kim schien gerade ihr Blatt aufgenommen zu haben, denn sie löste nur widerwillig den Blick von den Karten, um mir den Kopf zuzuwenden. Ihre Begrüßung bestand in einem leichten Stirnrunzeln und einem angedeuteten Kopfnicken. Keine Freude, keine Erleichterung, keine Sympathie oder auch nur ein Anzeichen dafür, dass sie gleich mir überrascht war, mich so plötzlich wieder zu sehen.

Es fehlten nur noch die Whiskeyflasche auf dem Tisch und ein paar Gläser, dann wäre die traute Pokerrunde komplett. Aber vielleicht war Dirk ja auf dem Weg gewesen, um Alkohol zu besorgen. Was, zum Teufel, ging hier vor? Kims blasses und völlig ausdrucksloses Gesicht ließ mich frösteln.

Der Agent ließ die Hand sinken, in der er sein Blatt hielt. Seine Augen wurden zu schmalen Schlitzen. Er war ein noch sehr junger Mann, vielleicht zwei, drei Jahre jünger als ich. Aber ich zweifelte nicht daran, dass er über genügend Professionalität verfügte, um es mit einem ungebetenen Eindringling problemlos aufnehmen zu können. Zu seinem Pech war er in einer denkbar ungünstigen Situation und ich mittlerweile so geladen, dass meine Skrupel, das kalte Stück Metall in meiner Hand einzusetzen, mit jeder Sekunde geringer wurden.

»Denk noch nicht einmal daran«, sagte ich. Ich wunderte mich, dass meine Stimme so gelassen klang. »Leg die Hände vor dir auf den Tisch und verhalt dich mucksmäuschenstill.«

Er brauchte drei oder vier Sekunden, bis er begriff,

dass er keine Chance hatte. Dann blinzelte er und tat, wie ich ihm geheißen hatte.

»Komm her, Kim«, sagte ich. »Es wird Zeit, dass wir gehen.«

Sie starrte mich wortlos an und rührte sich nicht.

Als Teenager hatte ich eine Zeit lang das Füttern der Guppys übernommen, die wir als Kinder in unserem winzigen Aquarium für den Inbegriff exotischer Tierwelt gehalten hatten. Irgendetwas war schief gegangen. Eines Morgens, als ich gerade wieder eine Prise Fischfutter in das trübe Wasser hatte streuen wollen, trieben alle sieben Guppys an der Oberfläche. Der Blick ihrer Augen war genauso leer und ohne Spur von Leben gewesen wie jetzt der von Kim.

»Ich hab gesagt, du sollst herkommen«, sagte ich heftig.

Wie fühlt sich ein Kaninchen, wenn es von einem Jagdhund aufgestöbert wird? Wie ein Wolf, der in die Flinte eines Jägers schaut? Vielleicht fühlen sie gar nichts, vielleicht Panik, die ihre Herzen zu schnellen Schlägen antreibt und sauerstoffreiches Blut durch ihre Körper pumpt. Vielleicht fühlen sie eine erbarmungslose Leere in sich, nicht wissend, ob sie ihr Heil im Angriff oder in der Verteidigung suchen sollten. Wenn es so war, dann fühlten sie das Gleiche wie ich in diesem Moment, in dem Kim meine Worte vollkommen teilnahmslos hinnahm wie ein gepanzerter Wagen einen schweren Gewitterregen.

Hinter mir krachte etwas und dann stolperte Dirk hinein, merkwürdig schwer atmend, als hätte er gerade eine große körperliche Leistung vollbracht. Marcel war dicht hinter ihm und trieb ihn mit dem Gewehr an, das noch vor einer Stunde der nun tote Elitesoldat ein Stockwerk tiefer in den Händen gehalten hatte.

»Na wunderbar«, sagte Marcel, als er die Situation mit einem Blick erfasste. »Jetzt haben wir zumindest ihre Freundin wieder gefunden.«

Ich erinnerte mich daran, dass er Kim nur von einem

flüchtigen Blick aus Zimmer 422 im Hotel TEXAS kennen konnte. Er musste ein erstaunlich gutes Gedächtnis haben – oder er hatte nur zwei und zwei zusammengezählt.

»Du da hinten«, kommandierte Marcel, ohne mich weiter zu beachten, »steh auf und stell dich neben deinen Kumpel.«

Wie durch einen Nebel nahm ich wahr, dass Marcel den jungen Agenten entwaffnete und anschließend seine beiden Gefangenen zwang, sich an die rückwärtige Wand zu stellen. Es sah aus wie eine Hinrichtungsszene in einem der Al-Capone-Streifen, die bis in die fünfziger Jahre hinein so erfolgreich gewesen waren, mittlerweile aber von Streifen wie Hitchcocks *Psycho* oder Agentenfilmen wie *Lemmy Caution* verdrängt worden waren. Ich fühlte mich wie betäubt und doch gleichermaßen merkwürdig klar und wach. Es war eine der wenigen Situationen im Leben, in denen man sich fragte, ob man träumte oder wach war. Es war alles so unwirklich, Marcels Kopfnicken in Kimberleys Richtung, sein gemurmeltes *Kommen Sie, meine Liebe,* der merkwürdige Blick, den mir Kim zuwarf, als sie aufstand – ein fixiertes Starren der Pupillen, das kaum etwas Menschliches hatte.

»Nun kommen Sie schon, John«, riss mich Marcels Stimme schließlich aus meiner Erstarrung. »Es wird Zeit, dass wir von hier verschwinden.«

Ich nickte und folgte Marcel und Kim mit ein paar schnellen Schritten in den Gang. Ray stand immer noch da wie zuvor, ein blasses, zerstörtes Ebenbild seiner selbst. Gestern Abend war er noch vollkommen anders gewesen, kraftvoll und streitsüchtig wie immer, und es hatte kein Anzeichen gegeben, dass etwas mit ihm nicht stimmte. Ich hatte noch nie eine so radikale Änderung an ihm erlebt.

Marcel ließ hinter uns die Tür ins Schloss fallen und drehte einen Schlüssel um. »So, das hätten wir«, grinste er, aber es war keine Freude in seinem Blick. »Das wird sie zumindest eine Zeit lang aufhalten.«

In diesem Moment wurde mir wieder dieser seltsame Geruch bewusst, der den ganzen unterirdischen Komplex zu durchtränken schien. Erinnerte er nicht entfernt an Bittermandeln? Gab es nicht irgendein Gift, das diesen Geruch verströmte?

»He, John, alles in Ordnung mit Ihnen?«, fragte Marcel besorgt.

»Wie?« Ich versuchte die Lähmung abzuschütteln, die mich in den letzten Minuten ergriffen hatte – was mir aber nur teilweise gelang.

»Wir können nicht einfach hier herumstehen«, sagte Marcel besorgt. »Obwohl ich nicht mehr weiß, ob es wirklich nur Steel ist, der unser Problem ist. Hier stimmt etwas nicht.« Er deutete mit der Hand den Gang hinunter. »Kein Mensch zu sehen. Die Alarmsirenen sind losgegangen, Steel hat eine Blutspur durch das Gebäude gelegt, aber keiner scheint sich darum zu kümmern.«

»Riechen Sie das auch?«, fragte ich, ohne auf ihn einzugehen. Als Marcel die Stirn runzelte, fuhr ich schnell fort: »Dieser Marzipan- oder Rosenduft. Oder bittere Mandeln …«

»Ich bin mir nicht ganz sicher, ob ich verstehe, was sie meinen«, sagte Marcel langsam.

Ich hob hilflos die Schultern. »Es ist mir schon unten aufgefallen, aber ich dachte, dieser … dieser Gestank stammte aus den zerbrochenen Flaschen. Aber das stimmt nicht. Hier riecht es genauso.«

»Tut mir Leid«, sagte Marcel kühl. »Ich rieche nichts. Aber das hat nichts zu sagen. Mein Geruchssinn hat in den letzten Jahren gelitten.«

»Ich rieche es auch«, sagte Kim. »Die ganze Zeit schon. Was ist es?«

Ihre Unterstützung kam vollkommen unerwartet für mich. Ich drehte mich zu ihr um und musterte sie fragend. »Wie geht es dir?«, fragte ich in der Hoffnung, der Bann zwischen uns sei gebrochen.

»Danke der Nachfrage«, sagte sie spitz. »Miserabel, um

ehrlich zu sein. Aber du siehst auch nicht gerade wie das blühende Leben aus.«

Einen Moment lang verfingen sich unsere Blicke und dann fingen wir beide an zu lachen. Der Lachreiz in mir überschüttete jedes andere Gefühl. Es war eine gewaltige, fast elektrisierende Erleichterung, wie der Durchbruch der Sonne durch eine dicke Wolkenschicht; ein Gefühl der Wiedergeburt. Ich hatte Kim schon fast verloren geglaubt, verloren an die Kreatur, die vielleicht immer noch in ihr wütete und danach trachtete, sie vollkommen in die Gewalt zu bekommen. Ich lachte so laut und heftig, dass mir schon nach wenigen Sekunden die Seiten wehtaten. Aber dann verebbte das Lachen und in das Gefühl der Erleichterung kroch erneut der Zweifel – der Zweifel daran, dass es überhaupt noch eine reelle Chance für uns gab.

»Ach, John«, sagte Kim, die gleich mir wieder ernst geworden war. »Was sollen wir bloß tun?«

Die Frage erübrigte sich. Denn im gleichen Augenblick begannen die Alarmsirenen loszuwimmern. Und irgendetwas krachte gegen die Tür, die Marcel gerade abgeschlossen hatte, mit grausamer Wucht und so ungestüm, dass sie in den Grundfesten erbebte. Die Geräusche vermischten sich zu einem ohrenbetäubenden Crescendo, das jeden bewussten Gedanken mit sich riss. Die Tür splitterte und bevor ich begriff, was überhaupt vor sich ging, sprang sie aus den Angeln und uns geradezu entgegen, wie ein eigenständiges Wesen, wie der verzauberte Besen aus dem Zauberlehrling, der sich nicht mehr bremsen ließ in seiner unnatürlichen Lebendigkeit. Die Tür drehte sich einmal um ihre Achse und stürzte dann krachend zu Boden. In der Wolke aus Staub und Splittern, die sie aufgewirbelt hatte, erkannte ich zwei Gestalten, die mit gezogenen Waffen in der Tür standen.

Ich hatte entsetzliche Angst. Nicht wegen der Gefahr, in der wir zweifelsohne schwebten. Sondern davor, dass ich Kim wieder verlieren könnte, so kurz nachdem ich sie wieder gefunden hatte. Das konnte und wollte ich nicht zulassen.

Aber es war nicht Marcel und auch nicht ich, der schnell genug reagierte. Es war ausgerechnet Ray, der verstörte und völlig ausgebrannt wirkende Ray, der noch nicht einmal eine Waffe in der Hand hielt. Mit geradezu traumwandlerischer Sicherheit drehte er sich einmal um seine eigene Achse, zog die Pistole aus seinem Hosenbund, entsicherte sie und schoss fast im gleichen Moment.

Er traf Dirk mitten ins Gesicht. Es war fürchterlich. Der Schuss hallte schmerzhaft in meinen Ohren wider und mischte sich mit Dirks Schrei, ein Schrei des Entsetzens, der sich in nichts von dem unterscheiden mochte, was ein zu Tode getroffener Seeadler ausstoßen würde. Das hagere, ungleichmäßige Gesicht des Majestic-Agenten wurde regelrecht zerschmettert; eine rote Wolke spritzte weg und traf den Kaugummi kauenden Jungen, der zum Zeitpunkt des Treffers direkt an Dirks Seite war.

Ray handelte, als stände er auf einem Schießstand und als ginge es lediglich darum, den schwarzen Punkt inmitten der Zielscheibe zu treffen. Ein zweiter Schuss löste sich aus seiner Waffe zeitgleich mit einem Schuss, den der zweite Agent abgab. Vor vielen Jahren hatte Ray einmal mit einem Kleinkalibergewehr Kaninchen gejagt, aber als er mit einem von ihm erlegten Kaninchen nach Hause gekommen war, hatte er von unserem Dad eine gehörige Tracht Prügel bekommen. Mich hatte beides sehr beeindruckt, zumal ich nie auf die Idee gekommen wäre, ohne Not ein wehrloses Tier zu erschießen. Aber ich hatte weder gewusst, welch guter Schütze Ray war, noch, wie wenig ihm ein Menschenleben bedeutete.

Der Agent hatte keine Chance. Wenn sein Gesicht eine Zielscheibe gewesen wäre, hätte Ray ungefähr dort getroffen, wo eine Drei einen durchaus akzeptablen Treffer markiert hätte: Die Kugel zerschmetterte seinen linken Wangenknochen und trat irgendwo hinterm Ohr wieder aus, um als Querschläger in die Decke zu sausen. Der

Schuss des Jungen ging dagegen ins Leere, traf hinter uns die Wand.

Ich weiß nicht, was mir in diesem Moment an Gedanken durch den Kopf schoss. Es war das grauenhafte Gefühl, etwas beizuwohnen, was vollkommen außer Kontrolle geraten war.

»Bist du wahnsinnig?«, schrie ich Ray an.

Er drehte sich zu mir um und steckte die Pistole wieder ein. »Wieso?«, fragte er knapp. »Sie oder wir.«

Ich sah, wie sich Marcel auf die Lippen biss. In seinem Gesicht arbeitete es. »Das war nicht nötig«, sagte er schließlich und, wie ich fand, in maßloser Untertreibung. Als Ray etwas erwidern wollte, hob er nur die Hände. »Keine Diskussionen jetzt. Wir müssen sehen, dass wir hier wegkommen.«

Genau das traf die Sache auf den Punkt. Denn auf der gegenüberliegenden Seite, dort, wo sich die Nottreppe wie ein stämmiger, massiver Baumstamm durch das Gebäude zog, bewegte sich etwas, rief jemand und dann ging alles im erneuten Schrillen der Alarmsirene unter. Ich packte Kim bei den Schultern und stieß sie vor mir her. Wir hetzten den Gang hinab, keine Sekunde zu früh. Schwere Schritte waren plötzlich hinter uns und jemand schrie: »Bleibt stehen oder ich knalle euch ab!«

Ich konnte es ihnen nicht verdenken. Steel hatte mindestens vier Menschen auf dem Gewissen, Ray jetzt zwei. Ich konnte mich nicht daran erinnern, dass es in Majestic schon jemals zuvor ein solches Blutbad gegeben hätte. Sie würden sich nicht die Mühe machen zu differenzieren, wer geschossen hatte. Für sie mussten wir ein Haufen Verrückte sein und das Einzige, was sie daran hindern konnte, sofort das Feuer zu eröffnen, war wohl der Befehl Bachs, uns nach Möglichkeit lebend zu schnappen.

Ich beschleunigte meine Schritte. Ray, Marcel, Kim und ich rannten, stolperten auf den Mittelgang zu, der uns für einen Moment aus dem Sichtfeld unserer Verfolger bringen würde. Die einzige Chance, die wir hatten, waren die

Aufzüge. Und das auch nur dann, wenn ein Aufzug auf uns wartete; wenn die beiden Kabinen auf irgendeinem anderen Stockwerk standen oder unterwegs waren, hingen wir fest. Ich hoffte nur, dass Ray dann nicht anfing durchzudrehen. Nach meinem Geschmack hatte es schon zu viel Tote gegeben.

»Verdammte Scheiße«, schrie jemand hinter uns. »Sie haben Dirk und Clark abgeknallt!«

Nicht sehr professionell, streifte mich ein Gedanke. Es passte nicht zu den Majestic-Agenten, wie wild gewordene Hilfssheriffs rumzubrüllen. Der Gedanke störte mich, aber dann ging er unter in den sich überstürzenden Ereignissen. Schüsse donnerten durch die Gänge und Kugeln bohrten sich in die Wände um uns.

»Bleibt stehen, verdammt noch mal!«, schrie eine sich überschlagende Stimme. »Ihr gottverdammten Bastarde!«

Wir hatten die Abzweigung erreicht und ich schubste Kim nach rechts, weg aus der Schusslinie unserer Verfolger. Die Notbeleuchtung flackerte und warf tanzende Schatten auf die Wände, aber ich achtete nicht darauf, sondern rannte so schnell ich konnte neben Kim auf die Nische zu, die der Eingang zum Aufzugschacht und damit unser Tor zur Freiheit war. Ray und Marcel taten es mir gleich, aber auch wenn sie uns nicht gefolgt wären: In diesem einen Moment war es mir ganz egal, ging es mir nur um Kim und mich selber.

Wir hatten Glück. Eine der Kabinen stand offen und das im Licht der Aufzugskabine matt schimmernde Metall ihrer Wände schien uns geradezu einzuladen. Marcel und ich waren auf gleicher Höhe, als wir die Kabine erreichten, und prallten hart gegeneinander. Kim und Ray stolperten in uns hinein und einen grotesken Augenblick fürchtete ich, wir würden uns so ineinander verkeilen, dass keiner von uns in den Aufzug kam. Aber dann stopfte ich Kim an den anderen vorbei in die Kabine, schob Ray nach und sprang nach einer einladenden Handbewegung Marcels ebenfalls in den Aufzug.

Ein Schuss jagte hinter uns her und ein Stück Metall splitterte neben Marcel von der Türverkleidung ab. Die Verfolger waren heran und würden uns erwischen, wenn wir nicht machten, dass wir von hier wegkamen. Ich packte Marcel am Revers seines Jacketts und zog ihn zu uns herein. Dann war er endlich in der Kabine und ich drückte mit zitternden Fingern die Taste für das oberste Stockwerk, den Ausgang, unseren Weg in die Freiheit, sofern es einen solchen überhaupt gab. Steel war mir im Moment herzlich egal, auch das, was hier in Majestic vor sich ging. Ich wollte nur weg, irgendwohin, wo wir zur Ruhe kommen konnten, um diesen ganzen Irrsinn zu vergessen.

Dabei fing er in diesem Moment erst richtig an. Kaum hatte ich den Knopf gedrückt, setzte sich der Aufzug zitternd und ruckend in Bewegung. Aber nicht aufwärts, sondern abwärts! Die Kabine sackte ein, zwei Fuß durch, fing sich dann wieder, zitternd und schwankend wie ein Mastkorb auf einem Segelschiff bei hoher See. Kim schrie kurz auf, ein spitzer, gequälter Schrei, der mir durch und durch ging.

Dann ging das Licht aus. Ehe ich begriff, was vor sich ging, war es plötzlich vollkommen finster um uns herum. Diesmal war es nicht nur ein kurzer Moment, nicht nur eine Ahnung davon, was das absolute Fehlen von Licht bedeuten konnte. Diese anhaltende und totale Finsternis war viel schwärzer, als ich sie mir je hätte vorstellen können. Ich hatte nie an Klaustrophobie gelitten, aber jetzt plötzlich verstand ich die Menschen, die in Eisenbahntunneln oder dunklen Kellern in Panik gerieten. Mit weit aufgerissenen, aber blinden Augen tastete ich mich an Kim heran, fand einen Arm und dann schließlich ihre Schultern. *Das ist das Ende,* schoss es mir durch den Kopf, als ich mich an sie drückte. Wie in diesem Film mit Robert Mitchum, der seiner Geliebten im Sterben nur nah sein konnte, weil er, als sie bereits tödlich von Pistolenschüssen durchsiebt war, ihre Hand zu erreichen versuchte. Ich weiß nicht, warum sich diese Filmszene, die ich in einem kleinen Vorstadtkino während eines Urlaubs im mittleren Westen gesehen hatte, nun breitwandfüllend vor mein inneres Auge drängte. Als ich den Film gesehen hatte, hatte er mich nicht sonderlich berührt.

Die Kabine war noch immer nicht zur Ruhe gekommen. Über uns wimmerte gequältes Metall, das genauso gut von der an der Wand entlang scheuernden Aufzugskapsel stammen konnte wie auch von den massiven Drahtseilen, die sich aufspleißten und damit die an ihr hängende Kapsel dem Absturz preisgeben konnten. Kaum hatte ich den Gedanken gedacht, als sich meine schlimmsten Befürchtungen auch schon bestätigten. Die Aufzugskapsel sackte erneut durch, doch diesmal nicht nur wenige Fuß, sondern mit wahnsinniger Geschwindigkeit immer schneller hinabschießend. Ich spürte, wie mir die Luft aus den Lungen gepresst wurde. Für einen wahnsinnigen Moment sah ich die Kapsel unten im Schacht aufschlagen, niedergedrückt von den unglaublichen Kräften des freien Falls.

Kim schrie auf, ein helles *Aaaah,* das sich zu einem schrillen Laut steigerte, der mir den letzten Rest Verstand aus dem Gehirn riss. Ihr Schrei dehnte sich immer länger und in diesem Laut lag alle Verzweiflung und Panik, die ein Mensch überhaupt empfinden konnte. Es war der Tod, den sie mit diesem Laut aus sich herausbrüllte, das Sterben und die Sinnlosigkeit dessen, was uns in diese ausweglose Situation gebracht hatte. Der Schrei endete erst, als die Kabine mit einem harten Ruck abbremste und wimmernd und kreischend zum Stillstand kam.

Wie auch die anderen wurde ich zu Boden geschleudert, hart und brutal von einer Kraft, die wir nicht beherrschten. Ich hatte vollkommen die Orientierung verloren und wusste kaum noch, wo oben und unten war, aber immerhin waren wir nicht tot, sondern hatten vom Schicksal noch einmal eine Galgenfrist bekommen.

»Oh, verdammt«, murmelte Marcel, der sich als Erster wieder aufgerappelt zu haben schien, denn seine Stimme kam von dort, wo ich oben vermutete. »Das hat mir auf meine alten Tage gerade noch gefehlt.«

»Was ist passiert?«, fragte Kim und trotz der Panik in ihrer Stimme schwang so viel Normalität darin mit, dass ich geradezu Erleichterung empfand. »Stürzen wir jetzt endgültig ab?«

Irgendetwas klackte und dann flammte ein Feuerzeug auf, ein flackernder Schein, der vier total verängstigte Gesichter beleuchtete. »Ich hoffe nicht«, sagte Marcel mit einer Ruhe in der Stimme, für die ich ihn bewunderte. Im flackernden Schein des Feuerzeugs erkannte ich, wie er sich an Ray vorbei zur Tür drängte und mit der linken Hand vergeblich versuchte, in den Schlitz zwischen den beiden Türhälften zu kommen. »Vielleicht haben wir Glück und stehen direkt in einem Stockwerk.«

Und wenn wir Pech haben, hängen wir zwischen zwei Stockwerken fest, beendete ich in Gedanken seinen Satz. Wäre Kim nicht dabei gewesen, hätte ich ihn sicherlich laut ausgesprochen. Doch so verzichtete ich lieber darauf. »Warten Sie, ich helfe Ihnen«, sagte ich stattdessen.

Doch das brauchte ich nicht mehr. Denn plötzlich ging ein erneuter Ruck durch die Kabine, dann quietschte etwas und die Aufzugstüren glitten mit einem hässlichen Schaben beiseite. Durch den unerwarteten Luftzug wurde Marcels Feuerzeug ausgeblasen und augenblicklich wurde es wieder stockdunkel.

»Raus hier, nur schnell raus hier!«, schrie Kimberley.

Irgendjemand drückte sich gegen mich und war dann an mir vorbei. Ich hörte ein leises Fluchen, das von Ray zu kommen schien. Wenn wir nicht schleunigst sahen, dass wir hier rauskamen, würde uns die Aufzugskabine letztlich doch noch in den Tod hinabreißen. In der Dunkelheit kreisten meine Gedanken um mich selbst wie die Flugzeuge, die King Kong vom Empire State Building herunterschossen.

Dann endlich flammte Marcels Feuerzeug wieder auf. Er war bereits draußen, als Einziger, und die bizarren

Schatten, die der Widerschein der Feuerzeugflamme in die Kabine warf, tanzten wie Derwische um uns herum. Wäre unsere Lage nicht so verzweifelt gewesen, hätte ich es vielleicht romantisch und abenteuerlich gefunden, so wie damals, als ich und Ray in die von uns entdeckte Höhle hinabgestiegen waren im Schein altersschwacher Taschenlampen mit Batterien, die bereits kurz davor waren, den Säuretod zu sterben. Doch so hatte ich nur den Wunsch, dass uns dieser Irrweg so schnell wie möglich in die Freiheit brachte, weg aus dem Chaos, weg von allem, was mit Bach und den Ganglien zu tun hatte, weg auch aus Washington, vielleicht nach Mexiko oder irgendwo anders hin, wo sich Kim wieder erholen konnte und ich ihr dabei half, den Rest von dem, was nicht sie selbst war, aus ihr herauszupressen.

Bevor ich dazu kam, etwas zu unternehmen, wurde die Feuerzeugflamme schon wieder schwächer. Irgendetwas knirschte verdächtig und die Kabine schien ein kleines bisschen durchzusacken. Es fehlte nur noch, dass sich die Aufzugstüren wieder automatisch schlossen. Meine Augen suchten Kim. Sie war ein dunkler Schatten, der sich von den anderen Schatten erst abhob, als sie sich bewegte. Ich suchte ihre Hand, fand sie schließlich und zerrte sie mit hinaus.

Ray stolperte hinter uns her, und das keinen Augenblick zu früh. Ein metallisches Kreischen hinter uns bewies, dass ich mit meinen Befürchtungen nur zu Recht gehabt hatte; die Kabine senkte sich, auf der einen Seite stärker als auf der anderen, und dann krachte die ganze Metallkonstruktion hinab, angezogen vom Sog der Schwerkraft donnerte sie den Aufzugsschacht hinab. Als sie unten aufschlug, schien einen Moment die Erde zu beben, und das trotz des Stahlbetons, mit dem das Gebäude unter der Erde ausgegossen war. Es war wie ein Treffer einer Haubitze, vernichtend und endgültig: ein dumpfer, harter Knall, der in ein Wimmern und metallisches Reißen überging. Dann war es still.

»Das war knapp«, sagte Marcel. Aber es war keine Erleichterung in seiner Stimme. Es war Teil seiner Persönlichkeit, die Dinge realistisch zu sehen, wenn sich die Ereignisse überschlugen, das begriff ich jetzt. Und ich verstand auch, warum Bach ihn gleichermaßen faszinierend wie abstoßend fand: In einer Gefahrensituation waren sich die beiden Männer sehr ähnlich. Wenn die Gefahr gebannt war, verhielten sie sich jedoch vollkommen unterschiedlich. Marcel war sensibel und voller Skrupel, auf der Suche nach einer Wahrheit, die nicht nur etwas mit rein körperlich Fassbarem zu tun hatte. Bach dagegen war ein eiskalter Hund, der jeden opfern würde, wenn es in sein Spiel um Macht und Erfolg passte – seine eigenen Männer nicht ausgenommen.

»Da vorne ist Licht«, sagte Kim. Ihre Stimme verhallte in dem Gang wie in einem mittelalterlichen Gemäuer.

Marcel nickte. »Die Beleuchtung scheint auf diesem Stockwerk prinzipiell zu funktionieren. Vielleicht sind hier nur ein paar Birnen kaputt.« Er wechselte das Feuerzeug von einer Hand in die andere. Wahrscheinlich fing es an, heiß zu werden. »Was ich allerdings nicht weiß, ist, *wo* wir überhaupt sind. Ich hatte keine Ahnung, dass Majestic so viele Stockwerke hat. Wir sind jedenfalls tiefer, als wir nach der Aufzugssteuerung überhaupt sein dürften.«

»Ein geheimer Sicherheitsbereich«, vermutete ich. »Ein weiteres Spielzeug von Bach, in das zig Millionen geflossen sind.«

»Möglich«, sagte Marcel. »Aber dieses Stockwerk sieht anders aus als alle anderen. Der Gang ist schmaler. Und soweit ich erkennen kann, ist er auch anders angelegt als die oberen Stockwerke. Nein, ich glaube beinahe, das hier ist älter als das, was Bach auf Kosten des Senats verbaut hat.«

»Mir ist egal, wo wir sind«, sagte Ray. »Wir sollten uns jetzt zum Licht begeben und dann beratschlagen, was wir machen sollen.«

Ich fuhr überrascht zu meinem Bruder herum. Seine Stimme klang so frisch und befehlsgewohnt wie üblich; all seine Erschöpfung und Antriebsschwäche schien wie weggeblasen zu sein. Der plötzliche Wandel beruhigte mich nicht, sondern löste ganz im Gegenteil ein befremdliches Gefühl in mir aus, das ich nicht allein auf meine Animosität gegen Rays üblichen Befehlston zurückführen konnte. Ich bedauerte, dass ich in dem unruhigen Licht des Feuerzeugs sein Gesicht nur als tanzende Grimasse erkennen konnte; ich hätte zu gerne gewusst, welchen Ausdruck es zeigte.

»Ja, natürlich«, sagte Marcel und setzte sich in Bewegung. »Kommt.«

Sein Feuerzeug zeigte uns den Weg, in Richtung des schwachen Lichtscheins, der uns anlockte wie die alte Petroleumlampe auf der Veranda meiner Eltern die lästigen Mückenschwärme, die uns regelmäßig im Spätsommer heimgesucht hatten. Dunkelheit, vollkommene Finsternis war etwas Schreckliches und doch wusste ich nicht, ob es gut war, es dem Insekteninstinkt gleich zu tun und keine andere Möglichkeit zuzulassen, als sich nur auf die Quelle größter Helligkeit zuzubewegen. Irgendetwas in mir warnte mich, mich hier länger aufzuhalten, als unbedingt nötig war. Aber die Erinnerung an die allumfassende Dunkelheit in diesem gottverdammten Aufzug war noch zu frisch und schmerzlich, als dass ich daran lange denken wollte.

Wir kamen viel zu langsam voran, so unsicher und zögerlich waren unsere Schritte in diesem Betongang, der nur von der unruhigen Feuerzeugflamme erhellt wurde und damit plötzlich von einem nüchtern geplanten Korridor zu einer Höhle mutierte, wie sie unseren Vorfahren im fernen Europa vor einigen zehntausend Jahren bewohnt haben mochten. Das Gefühl, dass etwas nicht stimmte, verstärkte sich bei mir – und vielleicht auch bei den anderen. Ich brauchte Zeit zum Nachdenken, aber genau die hatte ich nicht. Die flüchtigen Blicke, die ich

Kim zuwarf, verstörten mich mehr, als ich wahrhaben wollte. Sie schien mir gleichzeitig so nah und so fern zu sein, eher wie eine Vision in einem verrückten Traum als ein Mensch aus Fleisch und Blut, der sich gleich mir verzweifelt gegen sein Schicksal stemmte. Was, zum Teufel, qualifizierte mich dafür, ihr zu helfen und uns alle aus dieser verrückten Lage zu befreien?

Wir kamen schließlich an eine Kreuzung, die sich allerdings wesentlich von der auf den anderen Stockwerken unterschied. Der kreuzende Gang war ungewöhnlich breit und die Wände verschluckten das Licht, so schwarz und dunkel waren sie. Immerhin gab es hier eine reguläre Beleuchtung und Marcel konnte sein Feuerzeug ausknipsen. Es musste mittlerweile extrem heiß geworden sein, aber es passte zu Marcel, dass er darüber kein Wort verlor, sondern es schweigend in seiner Jacketttasche verschwinden ließ.

»Das sieht mir nicht nach einer Notbeleuchtung aus«, sagte ich und deutete auf die altmodischen Glühbirnen, die nackt und ungeschützt in ihren Fassungen steckten. Einige Glühbirnen mussten bereits durchgebrannt sein, denn in der ansonsten regelmäßigen Lichterkette gab es einige Aussetzer.

»Ein eigener Stromkreis?«, sinnierte Marcel. Seine Stimme hallte dumpf und dunkel von den Wänden wider. »Das ist alles sehr merkwürdig. Nach dem Zustand der Aufzugsverkleidung auf diesem Stockwerk zu schließen und nach dem Aufbau dieser Beleuchtungskette würde ich darauf tippen, dass das Ganze in den zwanziger Jahren gebaut worden ist. Aber damals war Majestic noch nicht einmal angedacht.«

Majestic vielleicht nicht, dachte ich, *aber die Grauen können auch schon vorher aufgetaucht sein.* Ein ungeheurer Verdacht begann in mir Gestalt anzunehmen. Was war, wenn Majestic gar nicht zufällig hier gebaut worden war? Was war, wenn sich etwas darunter verbarg, was von Anfang an gedacht war, die Kontrolle über Majestic zu übernehmen? Aber etwas störte mich an diesem Gedanken, und das lag nicht nur daran, dass er so abenteuerlich war. »Ich habe auch nicht das Gefühl, dass das hier ein Teil von Bachs Majestic ist«, sagte ich laut.

»Was für ein Blödsinn«, fuhr mir Ray über den Mund. »Wir haben Besseres zu tun, als hier Historiker zu spielen. Wie kommen wir raus? Wo befindet sich eine Treppe? Das sind doch die Fragen, die wir uns stellen müssen, sonst nichts.«

Wie immer steckte in dem, was er sagte, eine Menge Wahrheit. Aber leider war sein Tonfall wieder einmal vollkommen deplatziert. Immerhin hatte er wieder zu sich selbst gefunden, wenn er auch noch nicht ganz der Alte war, dazu wirkte er zu erschöpft, blass und immer noch neben sich stehend, so als sei er gar nicht er selbst. Kurz blitzte in mir ein Erinnerungsfetzen auf, der fürchterliche Moment, in dem er die beiden Majestic-Agenten erschossen hatte, dann rutschte die Erinnerung in den Hintergrund und meine Verwirrung ergriff die Oberhand. Es war nicht der richtige Zeitpunkt, um sich mit der jüngsten Vergangenheit auseinander zu setzen. Ich spürte förmlich die Gefahr, in der wir schwebten, sie war fast körperlich greifbar. Es war so, als spürte nun nicht Kim, sondern *ich* die Anwesenheit von etwas monströs Fremdem, als könnte ich die Nähe eines oder mehrerer Hive so wahrnehmen, wie sie es schon mehrmals geschafft hatte.

Und es schien nicht nur mir allein so zu gehen. Denn Marcel hob plötzlich die Stimme, rau und mit unerwarteter Schärfe, und mich überlief eine Gänsehaut: »Ich glaube, da kommt etwas.« Er deutete mit dem Lauf seines Gewehrs in den dunklen Schlund des Gangs hinein und fast sah es aus, als würde er sich an seiner Waffe festhalten wollen. Er ging ein paar Schritte in den Gang hinein, ein dunkler, kleiner Schatten von Mann, der zu allem entschlossen war, aber nun gleich mir zu ahnen schien, dass sich eine unwiederbringliche Entscheidung anbahnte.

Ich drehte mich um und Kims Gesicht war nicht einmal zwei Zoll von meinem entfernt; ich zog keuchend die Luft ein und bereute es gleich darauf wieder. Ein merkwürdig fremder Geruch ging von Kim aus, ein Geruch nach verfaulten Rosenblättern gemischt mit verfaultem Mandelöl und irgendetwas anderem, was in mir keine Assoziation auslöste. Das Blut gerann mir in den Adern.

»Sind Hive hier?«, herrschte ich sie an.

Sie zuckte die Achseln und die Bewegung ließ ihre Brüste hüpfen, unmerklich fast in dem streng geschlossenen Kleid und doch so deutlich, dass mir die damit verbundene Erinnerung an ihren Körper einen schmerzhaften Stich versetzte. Keiner von uns will die Vorzeichen sehen, die deutlich wahrnehmbaren Andeutungen, die auf etwas Unerklärliches, auf etwas Schreckliches hindeuten, auf etwas, was uns in den Strudel der Vernichtung zieht – und das trotz des großen Interesses, mit dem wir alles verfolgen, was uns einen angenehmen Schauer des Gruselns über den Rücken jagt. Aber das hier war nicht angenehm. Das war kein Anzeichen, das man so einfach übersehen konnte. Es war die Einladung zu einer Höllenfahrt und es war zweifellos eine Fahrt, vor der ich mich nicht drücken konnte.

»Ich weiß es nicht«, sagte sie schließlich. Ihre Stimme klang gequält und doch gleichzeitig hohl, so wie eine Roboterstimme in einem der unsäglich schlechten Flash-Gordon-Streifen, die mich als Jugendlicher viele Jahre lang als Vorfilme der großen Kinofilme wie *Ben Hur* gleichermaßen genervt wie fasziniert hatten. Ich hatte überhaupt keine Ahnung mehr, woran ich bei ihr war. Was oder wer war sie?

Ihr Blick wanderte an mir vorbei und in ihrem Gesicht veränderte sich etwas, fast unmerklich glitt ein Ausdruck sanften Erstaunens über ihre Züge und gleichzeitig eine Lebendigkeit, ein schwaches Erröten wie bei einem prallen Bauernmädchen, das beim Einkaufen zufällig seinen heimlichen Liebhaber entdeckt. Das war nicht Kim, die so blickte, nicht Kim, die auf diese uralte und dennoch frische Art erblühte, nicht Kim, die leicht den Mund öffnete und in einer unbewussten Geste mit ihrer Zunge sinnlich und fast nachdenklich ihre Unterlippe berührte …

Ich kämpfte ein paar Sekunden mit mir. Dann riss ich den Kopf herum und die Augen quollen mir fast aus den Höhlen.

Hinter mir, nur wenige Meter von mir entfernt, stand Steel. Er lächelte. Nein, es war eigentlich kein Lächeln, es war ein fest gefrorenes, unnatürliches, abstoßendes Grinsen, das alles bedeuten konnte oder auch nichts. Er fixierte mich mit seinem einen gesunden und seinem einen zerstörten Auge in der unnachahmlich eleganten Ruhe, wie sie vielleicht eine Raubkatze aufbringt, kurz bevor sie zum tödlichen Sprung auf ihr Opfer ansetzt. Im Halbdunkel hatte das weiße, zerstörte Auge Steels etwas Gespenstisches; das spärliche Licht der Notbeleuchtung spiegelte sich unnatürlich hell in ihm und verlieh ihm etwas Unwirkliches, so als sei es gar kein menschliches Auge, sondern tatsächlich das einer Raubkatze, das Licht auf eine ganz eigene Art reflektiert. Obwohl mich vor diesem Auge ekelte, konnte ich doch nicht den Blick von ihm wenden.

»So sieht man sich wieder«, sagte Steel und entblößte seine Zähne zu einem unechten Grinsen. Seine Stimme klang so harmlos, als ob wir uns zufällig in der Kantine des Verteidigungsministeriums über den Weg laufen würden. Der Hauch von Normalität, der dabei mitschwang, machte die Sache nur noch schlimmer. »Es wird Zeit, John, dass wir es zu Ende bringen.«

Ich wollte etwas sagen, aber die Stimme versagte mir. »Ich …«, brachte ich nur mühsam hervor.

»Ja?«, fragte Steel und zog in gespielter Höflichkeit die Augenbrauen nach oben. Der sichtbare Teil seines zerstörten Auges vergrößerte sich damit und etwas schien darin aufzublitzen; ich hielt es jetzt für durchaus möglich, dass es von innen leuchtete und nicht nur Licht reflektierte.

»Lass uns vorbei, Jim«, fuhr ich stockend fort. Mein Herz klopfte mir bis zum Halse und mein Mund fühlte sich vollkommen ausgedörrt an. »Tu, was du tun musst, aber lass mich und Kim dabei aus dem Spiel.«

Steels Lächeln wirkte wie eingefroren, eher wie bei einer Schaufensterpuppe als wie bei einem Menschen. «Tut mir Leid, John. So einfach ist das nicht.« Sein Gesicht blieb maskenhaft starr, aber die Schweißperlen auf seiner Stirn verrieten, dass der mit dem schleimpilzähnlichen Ding durchzogene menschliche Körper durchaus normale menschliche Reaktionen zeigen konnte. »Du kannst von mir aus verschwinden. Nicht aber Kim. Wir brauchen sie noch.«

Ich starrte ihn einen Moment lang fassungslos an. Es war offensichtlich, dass er mich nicht so einfach gehen lassen würde, selbst wenn ich auf sein *Angebot* eingehen würde, das er mir, aus welchem Grund auch immer, als einen perversen Köder hinwarf. Aber was mich viel mehr schockierte, obwohl ich es tief in meinem Inneren doch längst gewusst hatte, war dieses *Wir brauchen sie noch.*

»Komm her, Kim«, sagte Steel überraschend sanft und streckte die Hand vor. »Wir haben auf dich gewartet.«

Einen Herzschlag lang herrschte in dem Gang absolute Stille. Ich weiß nicht, was ich in diesem Moment erwartete. Ich hielt jedenfalls alles für möglich. Es war eine jener albtraumhaften Situationen, in denen alles entsetzlich schief läuft. So schief, dass man weiß, dass das Leben danach nie mehr so sein wird wie zuvor.

Kim setzte sich langsam in Bewegung. Es waren zögernde, schleppende Schritte, Schritte, die sie von mir entfernten und die sie ganz eindeutig in Steels Richtung führen würden. Es nicht wahrhaben zu wollen verscheuchte den Gedanken nicht, dass sie Steels Ruf folgen würde, hier und jetzt. Und doch weigerte ich mich einfach, die Realität als solche anzuerkennen.

»Kim!«, rief ich. Meine Stimme klang in meinen eigenen Ohren merkwürdig schal und hohl. Ich hatte das Gefühl, neben mir zu stehen, das Ganze aus den Augen eines unbeteiligten Beobachters zu sehen. Ich wollte Kim am Arm fassen und sie zu mir herumwirbeln, aber ich war wie gelähmt, paralysiert durch die unwirkliche Szene.

Steel lächelte immer noch, aber es war kein triumphierendes Lächeln, sondern das eiskalte Grinsen einer Metallpuppe, deren Züge für immer fest gegossen sind. Er hielt beide Arme leicht angewinkelt, in der grotesken Parodie einer angedeuteten Umarmung. Es kam mir nicht im Geringsten in den Sinn, dass ich in Gefahr sein könnte. Es war die Andeutung eines Irrsinns, die mich gefangen hielt, ein Irrsinn, der von Steel und Kim auf mich übergesprungen zu sein schien und dessen eisiger Hauch mich lähmte und willenlos machte.

»Schluss jetzt«, sagte Marcel hinter mir. »Hört sofort mit dem Affentheater auf. Nehmen Sie die Hände hoch, Steel, und drehen Sie sich zur Wand um.«

Steels Blick löste sich von mir, glitt an Kim vorbei und bohrte sich irgendwo hinter mir ins Halbdunkel. Ich konnte mir nur allzu gut vorstellen, wie Marcel hinter mir stand, die entsicherte Pistole wie selbstverständlich in seinen Bürokratenhänden haltend, mit einem sicheren und doch von angespannter Aufmerksamkeit gezeichneten Stand wie ein Cop, der irgendwo in Harlem an einer Razzia beteiligt war und sich nun plötzlich allein in einem Hinterhof einer zu allem entschlossenen schwarzen Jugendgang gegenübersah. Marcel mit seiner Hornbrille und dem unmöglich braven Anzug; das war das Stück Normalität, das mich aus meiner Erstarrung riss.

Ich erwischte Kim gerade noch, als sie an mir vorbei auf Steel zuging, packte sie am Arm und hielt sie fest. Sie wehrte sich nicht.

»John, Kim, zur Seite«, befahl Marcel. Wahrscheinlich hatte er Sorge, wir könnten ihm sein Schussfeld versperren.

Steel runzelte die Stirn. So, wie er da stand, mit den immer noch angewinkelten Armen, dem hellroten Blutfleck auf seinem weißen Hemd, der das Einschussloch von Albanos Kugel markierte, und dem starren, aber nicht minder entschlossenen Gesichtsausdruck, wirkte er merkwürdig unbesiegbar. Sein glasiges, fast weißes Auge wanderte zu mir zurück und ein Ausdruck des Missfallens erschien auf seinem Gesicht, als er meinen festen Griff um Kimberleys Arm bemerkte.

Kim wandte im gleichen Moment den Kopf zu mir um; ihr schönes, ebenmäßiges Gesicht verzerrte sich zu einer Grimasse des Schreckens und einen Moment fürchtete ich, dass sie versuchen würde sich loszureißen, um auf Steel zuzustürmen, genau in die Schusslinie Marcels hinein. Aber dann stabilisierten sich ihre Gesichtszüge und ihre Mundwinkel verzogen sich sogar zur Andeutung eines Lächelns.

»Es ist schon okay«, sagte sie sanft. »Lass mich einfach los, ja?«

Ich wollte etwas erwidern, aber nach einem Blick in ihr bleiches, angespanntes Gesicht ließ ich es lieber bleiben. Mir wurde plötzlich klar, dass ich einer unvermeidlichen Konfrontation nun wieder ein Stück näher gekommen war. Vielleicht war das auch gut so. Die Sache musste sich entscheiden, so oder so. Irgendwie fühlte ich bei dem Gedanken sogar eine Erleichterung, wie ich sie schon seit Tagen nicht mehr empfunden hatte; vielleicht, weil eine Entscheidung auch bedeuten würde, dass der Wahnsinn dann ein Ende hatte.

»Lass sie endlich gehen«, sagte Steel. »Du kannst sie nicht festhalten. Was passieren muss, wird passieren.«

Kim war in einem fürchterlichen Zustand. Ihre Wangen glühten, als hätte sie Fieber. Aber es war ein anderes Feuer, das in ihr brannte, ein Feuer, das ich niemand anderem gönnte als mir selbst und von dem ich mir nie hatte träumen lassen, dass ausgerechnet Steel es würde entfachen können. Aber so war es ja auch nicht; was immer in ihr vorging, es hatte wohl nichts mehr mit der Kimberley Sayers zu tun, die ich am Abend unseres ersten

Rendezvous zu küssen versucht hatte und die daraufhin nur sanft den Kopf geschüttelt hatte, um zu sagen: *Bitte nicht, John, lass uns Zeit.* Schon damals hatte ich gewusst, dass ich sie liebte und dass ich ihr alle Zeit geben würde, die sie brauchte.

»Nein, ich werde sie nicht loslassen«, sagte ich fest.

»Das ist ungünstig«, sagte Steel kalt und in seiner Stimme schwang etwas mit, was ich nicht einordnen konnte. Es war nicht nur ein Befehlston, es war gleichzeitig viel mehr und viel weniger als das: Es war etwas wie lüsterne Begierde in seiner Stimme. »Wir werden jetzt vollenden, was wir vor viel längerer Zeit begonnen haben, als du dir überhaupt vorstellen kannst, Loengard.«

Ich hatte natürlich keine Ahnung, was er meinte, und doch lösten seine Worte in mir höchst unerfreuliche Assoziationen aus und die gleiche kalte Angst überfiel mich, die vor unvorstellbar vielen Jahren nach meinem Kinderherzen gegriffen hatte, um mir in der Dunkelheit jedes Knacken der Holzdielen als etwas unvorstellbar Monströses oder Entsetzliches vorzugaukeln. *Grell leuchtende Augen, so groß wie die Schnupftabakdose meines Großvaters, in denen Bosheit und Wahnsinn funkelten, schlurfende Schritte deformierter Körper* – waren meine nächtlichen Kleinkinderphantasien wirklich so weit weg von dem, was ich jetzt für die Wirklichkeit hielt?

Aber jetzt war ich kein Kind mehr und ich hielt eine tödliche, eisenspuckende Waffe in meiner Hand und was oder wer auch immer vor mir stand: Ich konnte ihn oder es besiegen, so wie sich alles besiegen ließ, was es auf unserer Welt gab. »Es wird Zeit, dass du begreifst, dass dein Spiel aus ist, Steel«, sagte ich schroff und versuchte dabei so wenig wie möglich an Kimberley zu denken, die wehrlos im Griff meiner linken Hand auf etwas zu warten schien, an das ich lieber nicht dachte. »Wir sind drei zu eins und was auch immer du vorhast: Wir werden dich abknallen, bevor du auch nur den Finger krumm machen kannst.«

»Ach ja, werdet ihr das?«, fragte Steel höhnisch. »Könnte es nicht sein, dass du damit vollkommen falsch liegst?«

»Ich wüsste nicht, wieso …«

»Ach, wirklich nicht?« Steels Stimme tropfte geradezu vor Hohn. »Dann dreh dich mal um.«

Fast wäre ich seiner Aufforderung gefolgt, hätte mich anstandslos umgedreht und ihn damit im Rücken gehabt. Doch im letzten Moment besann ich mich eines Besseren und beließ es dabei, den Kopf zu schütteln. »O nein«, sagte ich. »Das werde ich sicherlich nicht tun.«

»Was für ein Jammer«, sagte Steel. »Oder was meinst du dazu, Ray?«

»Ich …« Die Stimme meines Bruders hinter mir brach ab, und dann setzte er mit einem weiteren »John, ich …« neu an. Es war gar nicht mehr nötig, dass er weitersprach. Eine unglaubliche Klarheit ergriff mich und eine Gewissheit, nun endlich zu verstehen; ich fühlte mich wie ein Farbenblinder, dem sich plötzlich und unerwartet die Welt schillernder Farben eröffnet und der nun Schattierungen und eine Fülle des Lebens wahrnimmt, die er bislang nur vom Hörensagen kannte.

Doch es war keine freundliche bunte Welt, die sich mir eröffnete. Ganz im Gegenteil. Es war eine graue, düstere Welt, in der es keine Hoffnung gab.

»Passen Sie auf, Loengard!«, rief Marcel.

In diesem Augenblick fiel der Schuss.

Das Geräusch war unverkennbar; zu oft in letzter Zeit hatte ich den Knall von Handfeuerwaffen gehört, um auch nur eine Sekunde daran zu zweifeln. Ich fühlte, wie sich meine Brust zusammenschnürte; Schweiß bildete sich auf meiner Stirn und unter den Armen. Ich erwartete jeden Moment den harten Aufprall eines Treffers, aber er blieb aus.

»Ein schlechter Schuss«, sagte Steel in beiläufigem Tonfall. »Du hättest die kleine Ratte gleich erledigen sollen.«

Langsam wandte ich mich um. Benommen nahm ich

wahr, wie sich Kim von meinem Griff löste und irgendwo hinter mir verschwand. Ich starrte fassungslos auf Marcel, der sich das Handgelenk rieb; seine Waffe lag ein paar Fuß von ihm entfernt auf dem Boden und war damit unerreichbar. Offensichtlich hatte Ray ihm das Schnellfeuergewehr aus der Hand geschossen – und das war kein schlechter Schuss, sondern ein ganz hervorragender Schuss gewesen, vorausgesetzt, er hatte genau dieses Ergebnis erreichen wollen.

Ray schien mich kaum wahrzunehmen. Sein Blick war in die Ferne gerichtet und die Waffe, die er lose in der Hand hielt, zielte zu Boden. Der Geruch verbrannten Pulvers mischte sich mit dem unangenehmen Geruch, mit dem die Lüftungsanlage alles verpestete und der in mir Übelkeit hervorrief.

»Ray, was ist los mir dir?«, fragte ich mit klopfendem Herzen. Ich dachte an die beiden Agenten, die er kaltblütig erschossen hatte und an seinen veränderten Gesichtsausdruck, als Marcel und ich ihn in dem Labor entdeckt hatten.

»Was ist los mir dir, Ray?«, äffte mich Steel nach. »Was soll schon mit ihm los sein?« Er lachte meckernd. »Er hat doch seine Sache gut gemacht. Dich und Kim aufgespürt und von diesem Affen Albano hierher bringen lassen. Damit wir endlich vollenden können, was wir vor vielen Jahren begonnen haben.«

»1947, bei Roswell«, vermutete ich. Meine Stimme kam mir seltsam fern und leise vor und eigentlich war es auch gar nicht mehr wichtig, dass ich etwas sagte. Eine Eisenklammer schien mein Herz zusammenzudrücken und der Schmerz war so tief und heftig wie mein Gefühl der Verzweiflung, der fürchterlichen Gewissheit, dass ich im Begriff war, alles zu verlieren, was mir lieb und teuer war.

»Roswell«, schnaubte Steel verächtlich. Es schien ihm ein diabolisches Vergnügen zu bereiten, mich mit seiner höhnischen Art zu quälen. »Roswell war eine Chance für die Menschheit. Sie hat sie zwischen den Fingern verstreichen lassen. Wie schon einige zuvor.«

Mit pochenden Schläfen drehte ich mich zu ihm um. »Eine Chance!«, schrie ich. »Versklavt zu werden von ... von ...«

»Ja, von was eigentlich?«, grinste Steel. Seine Pistole zielte genau auf meinen Kopf und ich zweifelte keinen Augenblick daran, dass er mich niederknallen würde, wenn ich ihn ernsthaft reizen würde. »Du weißt doch überhaupt nichts, du neunmalkluges Stückchen Scheiße. Der Obermufti Bach begreift ja schon überhaupt nicht, was um ihn herum vorgeht. Und da bildet so ein dahergelaufener Bauernlümmel wie du sich ein, er könne den Kampf gegen uns aufnehmen. Erheiternd, wirklich erheiternd.«

Ich wusste nicht, was ihn so sprechen ließ, in der bösartigen Karikatur eines kleinen Gangsters aus der Gosse, den seine Skrupellosigkeit nach oben gespielt hatte. Möglicherweise hatte sich das Ganglion in Steel symbiotisch so mit seinem Wirt vereint, dass etwas Neues daraus entstanden war, eine bösartige Mutation, die alle schlechten Eigenschaften des Menschen mit der fremdartigen Bösartigkeit des Ganglions vereinte.

»Bist du noch nie auf den Gedanken gekommen, sie könnten uns über die Beschränktheit des menschlichen Verstandes hinaus auf eine neue Stufe der Evolution führen?«, fragte er. »Bist du noch nie auf den Gedanken gekommen, dass alles könnte erst der Anfang sein?«

Ich achtete nicht auf das wirre Schwafeln Steels. Denn Kim stand direkt neben ihm, ein dunkler Schatten in dem merkwürdig verschwommenen Licht, das die Szenerie nur undeutlich ausleuchtete. Ich hatte Angst davor, was ich in ihrem Gesicht lesen würde.

Es war schlimmer, als ich gedacht hatte. Ihr Gesichtsausdruck hatte sich vollkommen verändert. Die Wangenknochen schienen ein Stück nach oben gekrochen zu sein und die Wangen eingefallen, was ihr Gesicht gleichzeitig länger als auch merkwürdig dürr wirken ließ. Das

Schlimmste aber war dieser vollkommen fremdartige Ausdruck in den Augen, ein kaltes Starren, das mehr Ähnlichkeit mit dem einer Schlange hatte als mit dem eines Menschen.

»Was … habt ihr mit ihr gemacht?«, keuchte ich.

»Gemacht?«, fragte Steel in einem Tonfall, wie ihn vielleicht ein Lehrer gegenüber einem begriffsstutzigen Schüler verwendet. »Das ist wohl der verkehrte Ausdruck. Nein, Kimberley kann sich stolz schätzen.« Er schien ein Stück zu wachsen. »Wir sind die Protagonisten einer neuen Rasse.« Er kicherte. »Wir und Ray natürlich. Dein guter alter Bruder Ray. Ist das nicht ein Witz, Loengard? Das, was du bekämpfen wolltest, hat sich ausgerechnet in deiner Familie eingenistet.«

»Was soll dieser ganze Mist«, mischte sich Marcel ein.

»Du«, zischte Steel. Die Pistole in seiner Hand schien wie ein verlängerter Finger durch die Dunkelheit zu schneiden, um Marcel aufzuspießen. »Was bist du doch für ein kümmerlicher Wurm. Ein Nichts. Ein Versager. Stocherst dein ganzes Leben im Schlamm herum und findest überhaupt nichts. Aber jetzt bist du am Ziel.« Er lachte meckernd. »Du gehörst zu den wenigen Auserwählten, die dazu bestimmt sind, unsere Botschaft in die Welt hinauszutragen.«

Der aus der Lüftungsanlage gedrückte Gestank wurde immer schlimmer. Die Luft wich aus meinen Lungen und hinterließ in meinen Atemwegen ein krampfhaftes, erstickendes Gefühl. Ich spürte, wie mir heißer öliger Schweiß über die Stirn lief. Mein Kopf war merkwürdig leicht. Die Welt hatte keine Farben. Mir war fürchterlich übel. Jetzt roch es nicht mehr nach Rosen und Bittermandeln, sondern nach totem Fleisch, das irgendwo im Verborgenen faulte.

»Aber es wird Zeit, dass wir es hinter uns bringen«, fuhr Steel fort. »Der nächste Schritt wird eingeleitet. Wir wissen jetzt, wie Menschen funktionieren; seit Roswell haben wir so vielen Gastrecht gewährt, die uns lehrten, wie Menschen denken, und denen wir dafür ein ganz besonderes Geschenk bereiteten.« Er lachte sein abscheuliches Lachen. »Erinnerst du dich nicht an diesen heißen Maitag 1953, Marcel, als dein Wagen plötzlich stotternd liegen blieb? Weißt du nicht mehr, dass du erst am nächsten frühen Morgen zu dir kamst, 20 Meilen weiter, direkt am Ortsschild von Radar Town? Hast du vergessen, was in der Zwischenzeit geschah? Hast du immer noch nicht begriffen, als die Hills selbst unter Hypnose aussagten, sie seien von uns entführt worden, und alle großen Fernsehanstalten darüber berichteten?«

»Was?«, keuchte Marcel. Seine Stimme hatte einen verzweifelten Klang angenommen und alle Kraft verloren, mit der er uns in den letzten Stunden angefeuert hatte. »Was soll das heißen?«

»Das heißt, dass du vorbereitet bist«, antwortete Steel fröhlich.

1963 war noch nicht die Zeit, in der man mit LSD experimentierte, und es war auch noch nicht die große Zeit des Farbdosen-Schnüffelns angebrochen. Aber auf dem nordamerikanischen Kontinent hatte sich aus uralter Zeit ein Wissen bewahrt, das von Mittelamerika kommend immer wieder erneuert wurde, ein Wissen um spezielle Pilzarten, die unter bestimmten Bedingungen halluzinogene Zustände hervorriefen, ein merkwürdiges freies Schweben, eine Klarheit im Kopf bei gleichzeitiger Verzerrung der Wirklichkeit. Ich konnte mich nicht mehr wirklich daran erinnern, wie Ray und ich als Kinder an dieses Zeug gekommen waren; wir mussten noch sehr klein gewesen sein, vielleicht sieben, acht Jahre alt. Es war ein Landarbeiter gewesen, der uns damit bekannt gemacht hatte, ein alter Mann, jedenfalls in meiner Erinnerung, ein Mann, in dessen Adern indianisches Blut pulsierte und den wir neugierige Dreikäsehochs bei irgendeiner geheimnisvollen Art von Zeremonie beobachtet hatten. Das war ein Fehler gewesen. Der alte Landarbeiter hatte uns mit seinen geheimnisvollen alten Riten vertraut gemacht oder zumindest so getan, als würde er es tun. Wahrscheinlich hatte er nichts weiter getan, als die Methode anzuwenden, mit der manche Eltern ihrem Nachwuchs die Neugierde aufs Zigarettenrauchen austrieben: Indem sie sie in jungen Jahren ein paar Züge von einem ekelhaften Kraut inhalieren ließen, der ihre Mägen revoltieren ließ und sie davon abbrachte, das Rauchen als eine wundervolle und erstrebenswerte Sache zu betrachten.

Das, was ich bei jedem Atemzug in meine Lungen spülte, hatte eine ganz ähnliche Wirkung wie damals das, was uns der Pfeifenqualm des Alten angetan hatte, das Gefühl der Unwirklichkeit, des Abgehobenseins verbunden mit einer schrecklichen Übelkeit, die mir den Magen umdrehte wie nach einer heftig durchzechten Nacht, in der man ohne Rücksicht die verschiedensten Alkoholsorten in sich hineinschüttet. Der ganze Gang schien zu pulsieren, sich auszudehnen und wieder zusammenzuziehen, in einem Rhythmus, in dem vielleicht ein gigantischer Walfisch atmete. Die letzten Sätze Steels kamen mir so fremd und abstrus vor, als würden sie mir von der fernen Erinnerung eines Albtraums zugetragen. Ich war mir nicht einmal mehr sicher, ob er sie wirklich ausgesprochen hatte oder ob mir meine Phantasie einen Streich spielte. Aber ich wusste ganz genau, das Steel und Kim nur wenige Meter entfernt von mir standen, und ich sah mit seltsam geschärfter Klarheit, wie sich Ray zu ihnen gesellte

»Habt ihr mir etwas eingepflanzt?«, fragte Marcel mit zitternder, vor ungläubigem Entsetzen verzerrter Stimme.

»Das, was ihr die Ganglien nennt, nun.« Steel spitzte die Lippen und lächelte dann plötzlich, ein Lächeln, bei dem sein ganzes Gesicht zu zerfließen schien. »Es ist schon komisch: Ihr findet das bedrohlich, dabei ist es so *schrecklich* harmlos. Eine wirklich nette Zwischenstufe. Aber doch nur dazu gedacht, dass mehr daraus entsteht, dass etwas erblüht, was wirklich groß und wahrhaft schrecklich ist.« Er lachte und es lag so viel hässlicher Triumph in seiner Stimme, dass alleine schon dieser Klang ausgereicht hätte, um mir den Magen umzudrehen. »Roswell war tatsächlich so etwas wie ein Wendepunkt. Und dabei habt ihr euch nie die richtigen Fragen gestellt.« Er schien einen Schritt auf mich zuzumachen, aber ich war mir nicht sicher; ich kniff die Augen zusammen und versuchte verzweifelt, in der um mich herum zerfließenden Wirklichkeit zu erkennen, was überhaupt vor sich ging. »Habt ihr euch nie gefragt, warum ihr erst seit 1947 mehr und immer mehr fremdartige Flugobjekte wahrgenommen habt? Habt ihr auch nie gefragt, warum plötzlich die Berichte über Entführungen durch Außerirdische aus aller Welt sprunghaft anstiegen? Habt ihr euch tatsächlich niemals gefragt, ob all diese Berichte nur die winzige kleine Spitze eines gigantischen Eisbergs sein könnten?« Er schüttelte den Kopf. »Tzz, tzz«, machte er. »So viel Dummheit muss ja bestraft werden. Truman und die anderen Idioten haben der Bevölkerung verschwiegen, was in Roswell wirklich passiert ist. Und deshalb hat sich die Weltöffentlichkeit nicht darauf einstellen können, uns das Leben schwer zu machen, sondern sie haben doch wirklich und tatsächlich darüber gestritten, ob es wirklich Entführungen gibt.« Er deutete eine Verbeugung an. »Danke schön, Menschheit.«

»Warum erzählst du uns das alles?«, hörte ich Marcels Stimme weit und entfernt und ihr merkwürdiger Klang konnte nicht alleine daran liegen, dass er in Panik war. Große Wellen von Übelkeit drängten meine Speiseröhre hinauf, aber das Schlimmste war die Benommenheit, die ich empfand, den Schwindel ähnlich dem, den man empfindet, wenn man sich auf einer unangemessen schnellen Achterbahn hat durchschütteln lassen.

»Weil es einen Grund zum Feiern gibt«, sagte Steel stolz. »1947 haben wir gesät, 1963 fahren wir die Ernte ein.«

»All die Entführten sind von Ganglien durchsetzt«, keuchte Marcel. »O mein Gott.«

»Von *Ganglien*«, sagte Steel verächtlich. »Was das schon für ein Wort ist! Aber nein, mein lieber Marcel, das ist es nicht, vor dem du Angst haben musst.«

»Was ist es dann, verdammt noch mal?«, schrie Marcel.

»Etwas viel Besseres.« Wieder kicherte Steel, ein widerwärtiger Laut, der unangenehm von den Wänden widerhallte und sich dort zu verstärken schien. Es war nicht nur dieser erbärmliche Gestank, der mir zu schaffen machte, sondern auch die penetrante Stimme dieses Mannes, der irgendetwas war, aber nicht das, was man einen Menschen nennt. Die Stimme glitschte um mich herum, als sei sie körperlich und habe es darauf abgesehen, meine Gedanken vollkommen zu zersetzen.

»Aber du bist, wie immer, auch diesmal nur zweite Wahl, mein Lieber.« Steel imitierte Bachs jovialen Tonfall, den Hochmut, mit dem er weitschweifige Erklärungen abgab, die bewiesen, wie effizient Majestic im Allgemeinen und Frank Bach im Besonderen war. Wahrscheinlich hatte Steel Bach schon immer wegen seiner Arroganz und seiner Macht gehasst und war ein umso willkommeneres Opfer für die Ganglien gewesen, die ihn an der wichtigsten Schaltstelle bei ihrer Bekämpfung gegen ihre selbst ernannten Jäger gezielt einsetzen konnten. Und da hatte Amerika in den letzten Jahren eine Hexenjagd auf die Kommunisten veranstaltet, nicht ahnend, dass das personifizierte Böse längst in anderer Gestalt unter ihnen zugeschlagen hatte!

Steel schien wieder ein Stück näher an mich herangekommen zu sein, aber das ging unter im Wust seiner Erklärungen, die er großsprecherisch wie ein Erstklässler abgab, der einer Horde kleinerer Kinder seine Lesekünste beweisen wollte. Ganz schwach reifte in mir der Gedanke, dass ich mir das vielleicht zu Nutze machen konnte. Doch dann wurde die sich vage abzeichnende Idee mit aufgesogen in den sich wild drehenden Strudel dessen, was bis heute Morgen noch mein Verstand gewesen war.

»Die ganze Sache mit dem, was ihr Ganglien nennt und sowieso nie verstehen werdet, ist für euch Menschen natürlich viel zu kompliziert«, sagte er. »Aber dafür haben wir ja jetzt auch etwas entwickelt, das speziell auf eure Spezies zugeschnitten ist.« Er machte eine Kunstpause und gleichzeitig einen erneuten Schritt auf mich zu. Erst da wurde mir bewusst, dass ich immer noch die Pistole in der Hand hielt. Ich konnte ihn jederzeit niederschießen. »Majestic ist unser Testfall. Wir haben in den letzten Jahren etwas vervollkommnet, was sich über jedes geschlossene Lüftungssystem bis in die hinterste Ecke eines Bauwerks ausbreitet. Euer Dr. Hertzog würde das wahrscheinlich die Alpha-Phase nennen. Während dieser Alpha-Phase wird etwas über die Lüftung ausgeschüttet, das sich ins lymbische System einnistet und damit die hormonelle Steuerung und das vegetative Nervensystem beeinflusst – genau in die Richtung, die wir benötigen. Und der Witz dabei«, jetzt stand er direkt vor mir: »Dieses Zeug wurde von menschlichen Wissenschaftlern speziell für unsere Belange entwickelt.«

Ich hob langsam meine 38er. Die starke Ausdünstung Steels vermischte sich mit dem, was die Lüftungsanlage ausstieß, zu einem ekelhaften Gestank, der jeden Atemzug zur Qual werden ließ und meine Gedanken durcheinander brachte, als würde sich jemand mit einem Quirl in meinem Gehirn zu schaffen machen. Trotzdem brachte ich die Pistole zentimeterweise nach oben.

Steel schnupperte wie ein Hund, der einen besonderen Leckerbissen wittert. »Riecht ihr das?«, fragte er. »So riecht das, was eurem menschlichen Wollen den Tod bringen wird. Zuerst verändert es fast unmerklich eure Reaktionen, schaltet sich zwischen euer beschränktes Großhirn und dieses komische Relikt aus eurer Vergangenheit, das eigentlich vollkommen überflüssige Stammhirn – was seid ihr doch für Fehlkonstruktionen! Dann gaukelt es euch Dinge vor, die gar nicht da sind. Es spielt mit euren Gedanken Football.« Sein blindes Auge glühte mich an, als wollte es sich durch mich hindurchbohren. »Und dann seid ihr bereit für die Beta-Phase.«

Ich wusste nicht, wo sich Kim befand, oder Ray und Marcel. Die Erinnerung an sie war merkwürdig verschwommen, als hätte ich die Ereignisse der letzten Stunden nur geträumt und würde nun langsam erwachen. Doch wenn ich erwachte, dann in einen Albtraum hinein, der schlimmer war als alles, was ich je in meinem Leben geträumt hatte. Denn nichts und niemand war realer als Steel, der so nah vor mir stand, dass ich seinen schrecklichen Odem des Todes nicht aus der Nase bekam.

»In der Beta-Phase schließlich beginnt die Mutation. Zu den Details komme ich später.« Steels Stimme war jetzt fast zu einem Flüstern abgesunken, aber vielleicht empfand ich das auch nur, vielleicht war meine Wahrnehmung schon zu sehr getrübt, um noch ohne Anstrengung seinen Worten folgen zu können. Mein Daumen glitt über den Sicherungshebel; die Pistole war bereit, kaltes Metall in Steel zu pumpen. Jetzt kam es nur noch auf mich an.

»Doch zuerst das wunderbare Ergebnis: Alle Menschen in diesem Gebäude werden danach uns gehören.« Seine Stimme klang wie die Karikatur eines Predigers, der voller Inbrunst den Tag des Herrn herbeiredet. »Diejenigen, die schon einmal Gast bei uns waren wie Marcel, haben die Ehre, den Samen der Befreiung über die ganze Welt zu tragen. Die anderen unterstützen sie dabei. Und das Beste dabei: Was bei Majestic klappt, lässt sich auch überall sonst durchführen. Bei jeder Regierung auf dieser Welt, sofern man sie nur dazu bringt, klimatisierte Räume aufzusuchen, die ein ganz klein bisschen manipuliert worden sind. Diese Regierungen werden anschließend mit Freude jeder Art bedingungsloser Kapitulation zustimmen.«

Es war nicht einfach, die Pistole in die Waagerechte zu

bekommen; sie wehrte sich, als sei sie ein eigenständiges Wesen. Aber ich wusste, dass ich nicht mehr länger zögern durfte. Sosehr Steel auch offensichtlichen Gefallen daran fand, mich und Marcel mit seinen Erklärungen zu quälen, so bald würde er doch damit aufhören und dann zum praktischen Teil überleiten – wie auch immer der aussah.

»Und jetzt zur Zeremonie.« Steels Lächeln wurde noch breiter. »Ray, Kim und ich sind diejenigen, die sich vereinen müssen, um das zu gebären, was wir dann über die Lüftungsanlage hinausatmen können, bis es sich tief ins Innere aller gräbt, die sich hier aufhalten. Die Zeremonie wird uns so vereinigen, wie sich sonst Menschen nie nahe sein könnten.«

Man glaubt, dass es nicht mehr schlimmer kommen kann, und dann türmt Steel Wort auf Wort zu einem neuen Satz und dieser Satz drückt alle vorhergehenden beiseite – und treibt mich in den Wahnsinn.

Das war der passende Moment, um abzudrücken. Meine Hand verkrampfte sich um das kalte Metall der Waffe und plötzlich fiel der Schleier von meinen Gedanken. Es war der Tod, an den ich dachte, der Hass gegen Steel und seinesgleichen, den ich empfand, und die Angst um Kim, die mich antrieb. Meine Finger verkrampften sich um den kühlen Stahl. Gleichzeitig spürte ich, wie auch Steel zugriff, meine 38er am Lauf packte und zur Seite bog. Sein feixendes Gesicht verschwamm vor meinen Augen und einen Augenblick war ich sicher, dass ich ohnmächtig werden würde. Doch dann gewann die kalte Entschlossenheit in mir die Oberhand und ich schob die 38er mit einer verzweifelten Anstrengung in Steels Bauchhöhle. In Steels gesundem Auge blitzte so etwas wie Überraschung auf. Ich weiß nicht, was ich in diesem Moment dachte. Ich hatte das Gefühl, Steel würde mir mein Handgelenk brechen, nein, *es geradezu herausreißen,* aber der stechende Schmerz war nichts gegen die ungebändigte Energie meines Hasses auf alles, was Steel repräsentierte.

Es war ein ungleicher Kampf. Ich drückte ab. Gleichzeitig presste sich Steel näher an mich. Das, was er ausdünstete, hätte mir bei anderer Gelegenheit sicherlich den Magen umgedreht, doch so steigerte es nur meine Abscheu und meinen Kampfwillen. Beim Knall des Schusses spürte ich keinen Triumph, nicht einmal Befriedigung, sondern nichts weiter als den Wunsch, diese Kreatur auszulöschen, ein für allemal auszulöschen.

Es gelang mir nicht. Steel hatte mit seiner festen Bauchdecke den Lauf der Waffe von sich weggedrückt und ich konnte dem nichts entgegensetzen. Der Schuss schrammte an seinem Bauch vorbei, nahm ein paar Stofffetzen seines sowieso schon ruinierten Hemdes mit sich und vielleicht auch ein paar Hautfetzen, das war alles.

Er ließ mir keine weitere Chance. Mit einem festen Ruck packte er die 38er und entriss sie meiner Hand. Während er ein paar Schritte zurückging, hörte ich sein schreckliches Lachen, mit dem er mich verhöhnte und klar machen wollte, dass ich aber auch nicht mehr die geringste Chance hatte.

»John!«, hörte ich Kimberleys besorgte Stimme.

»Keine Sorge, *mein Schatz,* er ist in Ordnung«, sagte Steel. »Und bald wird er zu uns gehören.«

25. November 1963, 11:13,

Unterhalb von Majestic

»Wir müssen etwas tun«, sagte Marcel leise. Er hockte gleich mir auf dem schmutzigfeuchten Boden des ungemütlich dunklen Raums, den Steel zu unserem Gefängnis bestimmt hatte. Das einzig Positive war, dass es hier zwar nach Fäulnis und abgestandenem Wasser roch, dass sich aber der unnatürliche Geruch, der sich über die Lüftungsanlage im ganzen Gebäude verteilt hatte, noch nicht hatte durchsetzen können; offensichtlich war in diesem Teil des Stockwerks die Lüftung defekt. Vielleicht hatte Steel das nicht bedacht, als er uns hier in der durch eine einzige matte Glühbirne nur spärlich erhellten Dunkelheit abgeliefert hatte – eine kleine Nachlässigkeit von ihm und ein Vorteil für uns. Dabei war mir klar, dass wir höchstens eine Schonfrist hatten, bis sich die Luft auch hier austauschen würde durch die kleinen Ritze, die die verschlossene Tür nicht vollkommen abdeckte.

»Tun?«, fragte ich heiser und erinnerte mich mit Grausen daran, in welchem Zustand ich noch vor zehn Minuten gewesen war, als ich dem über die Lüftungsanlage kommenden Gasangriff vollkommen schutzlos ausgeliefert war. »Was können wir schon tun?« Ich wollte weitersprechen, aber mir fehlten die richtigen Worte. Es gab Dinge, die einfach nicht sein *sollten.* Sie verletzten die Weltordnung oder auch vielleicht nur die Ordnung, die wir Menschen uns auf unserem kleinen Planeten Erde selbst gegeben hatten. Menschen brachten Menschen um, verstümmelten sie, quälten sie, töteten sie aus Habgier oder auf Befehl verrückter Generäle. Überschwemmungen spülten ganze Landstriche weg, Hurrikane radierten Ortschaften aus, Waldbrände rannten mit ihren Feuerwalzen Bauernhöfe und ganze Dörfer nieder. Aber all das gehörte zu unserer Ordnung, genauso wie die tiefe

Verbundenheit, die zwei Liebende verband, oder die Hilfsbereitschaft, die uns für Opfer in einer Krisenregion spenden ließ. Das war *unsere* Ordnung. Und jetzt kam irgendetwas aus dem All zu uns und stülpte alles um. Nichts galt mehr, nichts war mehr so wie zuvor. Diese Bedrohung hatte ihre eigene furchtbare Logik, und um dieser logischen Kette folgen zu können, musste man einen dunklen Pfad einschlagen, der alles negierte, was ich bislang gedacht hatte und wonach ich mein Leben ausgerichtet hatte – und dazu war ich in keinster Weise bereit.

»Ich weiß nicht, was wir tun können«, sagte Marcel. Seine Stimme klang heiser und kraftlos wie bei einem Grippekranken, der gegen sein Fieber anzukämpfen versucht und sich fürs Erste noch einmal geschlagen geben muss. »Aber ich weiß, dass wir etwas unternehmen müssen. Wir können doch nicht einfach zusehen, wie diese ... Dinger unsere Welt ausquetschen wie einen nassen Schwamm.« Er richtete sich auf und sah mir geradewegs in die Augen. »Es geht nicht nur um uns beide, auch nicht nur um Ihre Freundin und Ihren Bruder und schon gar nicht um Steel oder Bach. Es geht um unsere Welt, John, um alles, was wir glauben.« Er machte eine kleine Pause und sein Blick verschwand in der Ferne. »Wenn wir es nicht wenigstens versuchen, sind wir es nicht wert weiterzuleben. Wobei ich allerdings bezweifle, dass sie uns auf Dauer überhaupt weiterleben lassen würden.«

Natürlich hatte er Recht, mit jedem Satz. Aber da war etwas in mir, das mich lähmte, das es mir unmöglich machte, kraftvoll und energisch gegen die unheimlichen Kräfte der Hive anzutreten. Ich wusste nicht, wie ich es Marcel erklären sollte. Es war nicht nur einfach Angst, nicht die Angst, die man empfindet, wenn man als Fallschirmspringer geradewegs in feindliches Maschinengewehrfeuer segelt, nicht die Angst, wenn ein Truck auf einen zurast und man weiß, dass man nicht mehr ausweichen kann, und auch nicht die Angst, die ein Bergsteiger an einem steilen Hang empfinden muss, wenn die Stahlklampen, an dem sein Sicherungsseil befestigt ist, ruckhaft aus zu lockerem Gestein ausbrechen. Es war vielmehr ein tief empfundenes Entsetzen ähnlich dem in meiner frühen Kindheit, wenn ich etwas getan hatte, was meinen Vater so gegen mich aufbrachte, dass er nicht anders konnte, als mich zu verprügeln. In dieses Entsetzen mischte sich die Scham, selbst etwas Schreckliches getan zu haben, und die absolute Gewissheit, dass ich nichts mehr tun konnte, um es gutzumachen, dass ich von jetzt an als Schwächling und Verräter gekennzeichnet war.

»Es ist vorbei«, sagte ich. »Wir können nichts mehr tun.« Meine Stimme klang erstickt und schwankte und es überkam mich ein Gefühl der Selbstverachtung, wie ich es seit meinen frühen Kindheitstagen nicht mehr gekannt hatte – und das Schlimme war, dass ich absolut nichts dagegen tun konnte.

»Es ist noch lange nicht vorbei«, sagte Marcel grimmig. »Nicht solange wir noch wir selbst sind, nicht solange wir noch leben und bei Verstand sind.« Er lachte heiser auf, ein schmerzlicher Laut, in dem gleichermaßen Verzweiflung wie Kraft mitschwang. »Wir werden es diesen Bastarden zeigen, irgendwie.«

»Dagegen hätte ich nichts«, sagte ich leise. »Die Frage ist, wie viel Zeit uns noch bleibt.«

»Bis wir so werden wie Steel?« Marcel lächelte grimmig. »Dazu werde ich es auf keinen Fall kommen lassen. Eher bringe ich mich selber um.«

»Keine schlechte Idee«, antwortete ich mit verebbender Stimme, »fragt sich nur, ob wir noch dazu kommen, wenn es so weit ist.«

Es war nicht mehr der Tod, den ich fürchtete. Kims und mein Leben war bereits zerstört, und wenn ihr wirklich das widerfahren war, was ich befürchtete, und sie sich auf dem Weg befand, so wie Steel zu werden, ein Symbiot, ein Mischling aus dem, was sie einst gewesen war, und etwas grauenvoll Fremdem, das unsere Welt zerstören wollte – dann war der Tod vielleicht noch das gnädigste Schicksal.

Allerdings für uns beide. Und nicht nur für mich.

Marcel zuckte mit den Achseln. »Akademische Diskussionen können wir führen, wenn wir das Ganze hinter uns haben.« Er erhob sich. »Zuerst müssen wir hier raus. Haben Sie irgendwelche Ideen?«

»Ich habe überhaupt keine Idee«, schrie ich ihn an und meine Stimme überschlug sich fast.

Einen Moment lang starrte er mich wortlos an. Ich war selbst überrascht von meinem Ausbruch, über die wütende Mutlosigkeit in meiner Stimme, und unter normalen Umständen hätte ich mich entschuldigt. Aber die Umstände waren so wenig normal, wie sie es nur sein konnten. Ich war am Ende. Was hätte ich schon tun können? Versuchen, hier auszubrechen, nachdem Steel den Raum von außen zugeschlossen und keinen Zweifel daran gelassen hatte, dass das eine eigentlich überflüssige Vorsichtsmaßnahme war, weil wir sowieso in Kürze willenlose Geschöpfe waren? Die Gänge draußen hingen voll von dem Zeug, das mich schon einmal fast zum Abheben gebracht hatte. Selbst wenn wir hier aus diesem Raum rauskämen – es würde höchstens ein paar Meter dauern, bis ich wieder voll gepumpt war von diesem Gasgemisch der Alpha-Phase, wie Steel sie nannte.

Marcel sah mich eine ganze Zeit lang schweigend an und sein ruhiger Blick war mir mehr als unangenehm. Ich wusste nicht, woher dieser kleine Mann die Kraft nahm, weiter und weiter gegen sein Schicksal anzukämpfen. Bach hatte gesagt, er sei ein Mann ohne Rückgrat. Und irgendetwas sagte mir, dass Bach wirklich dieser Meinung war. Wie hatte er sich nur so täuschen können?

»Es muss einen Weg geben«, beharrte Marcel. Er sah sich aufmerksam in dem Raum um und ich folgte seinem Blick. Allerlei Gerümpel stand hier herum, aber nicht von der Art, wie man es in muffigen Kellern findet, sondern wie es für einen alten Labortrakt in einer verlassenen Fabrik typisch ist, der vor dem endgültigen Exodus des Unternehmens nicht mehr komplett geräumt werden konnte. Einige unordentlich aufeinander geschichtete Kisten mit hastig zusammengeräumten Instrumenten und Reagenzgläsern deuteten darauf hin, dass man hier einst wirklich vorgehabt hatte, diesen Raum in aller Eile zu verlassen. Auf den schweren Holztischen standen einige fest montierte Geräte, die so groß und schwer waren, dass sie aus einer Zeit stammen mussten, als Kathodenröhren noch als modern galten. Ich erkannte ein staubiges Mikroskop mit altmodischen Stellrädern, wie sie vielleicht zur Zeit des Ersten Weltkriegs üblich gewesen waren, und in schmutzigbraune Gehäuse eingelassene Messgeräte mit mittlerweile grünlich oxidierten Leitern, abstrus groß wirkenden Hebelschaltern und Porzellanisolatoren, braune, brüchige Stromkabel in geflochtener Textilummantelung, die irgendwo ins Nichts führten, herausgezogen aus ihren Steckdosen vor vielleicht vierzig Jahren oder auch erst vor kurzem – das ließ sich nicht erkennen.

Es machte keinen Unterschied. Bei einer anderen Gelegenheit hätte ich mit Sicherheit die Gerätschaften genauer untersucht und darüber spekuliert, zu welchem Zweck sie hier aufgebaut worden waren, wer sich an ihnen zu schaffen gemacht hatte und was der Zweck dieses Laborraums einst gewesen sein könnte. Doch so war mir das herzlich egal. Es war nichts weiter als der Hintergrund meiner persönlichen Tragödie, die ihre Schatten nach mir ausstreckte und mich schon in wenigen Stunden zu etwas verwandeln würde, was ich mehr fürchtete als den Tod.

Marcel schob Kisten beiseite, warf einen Blick unter die glatten braunen Holztische, klopfte die Wände ab, rüttelte an der Tür. Es schien mir ein sinnloses Unterfangen zu sein. Irgendwie hatte dieser Raum etwas mit den Stummfilmen seiner Epoche gemein, aber nicht mit denen der harmlosen Art, sondern mit solch düsteren europäischen

Meisterwerken wie *Der Golem* in der beklemmenden Fassung von 1921 oder Fritz Langs *Metropolis,* und diese Assoziation trug nicht gerade dazu bei, meine Stimmung totaler Hoffnungslosigkeit und Depression zu verbessern. Ich erinnerte mich an Metropolis-Bildtafeln wie *The worker city, far below the surface of the earth,* die triste Bilder einleiteten von willenlosen Menschen, die tief unter der Oberfläche an gewaltigen Maschinen arbeiteten in einem fremdartigen Takt, den ihnen ihre fremdartigen Herren vorgaben. Es würde nicht mehr lange dauern und ich würde ein ganz ähnliches Schicksal erleiden.

»Nun helfen Sie mir doch mal, verdammt noch mal!«, herrschte mich Marcel an und riss mich mit diesen Worten aus meiner Gedankenwelt. »Ich glaube, ich habe hier etwas gefunden.«

Ich starrte ihn wortlos an, vielleicht immer noch zu benommen von dem Zeug, das ich die letzten Stunden eingeatmet hatte, um ihm antworten zu können – oder auch nur zu erschöpft, denn es schien eine Ewigkeit her zu sein, dass ich das letztemal erholsam geschlafen hatte. Er wandte sich zu mir um und der bittere, verzweifelte Ausdruck um seinen Mund verschwand.

»Ich sehe, dass Sie vollkommen fertig sind«, sagte Marcel und die Augen hinter seinen dicken Brillengläsern schienen zu funkeln. »Aber wenn Sie sich jetzt nicht zusammenreißen, ist alles verloren.«

Ist es das nicht sowieso schon?, hätte ich am liebsten gefragt. Aber es war nicht der rechte Augenblick, um in Selbstmitleid zu zerfließen. Ich rappelte mich mühsam hoch und schwankte wie ein Betrunkener oder wie jemand, der sich mit Drogen voll gepumpt hat und damit die Kontrolle über seinen Körper abgegeben hatte. Und so ganz falsch war das ja auch nicht.

»Das hier scheint ein spezieller Abzug oder auch eine Luftzufuhr gewesen zu sein«, sagte Marcel, als ich neben ihn getreten war. Ich starrte auf den geriffelten beigefarbenen Schlauch, der aus einem Material gefertigt zu sein schien ähnlich dem, wie man es vor Jahrzehnten für Blasebalgs verwendet hatte. Der Schlauch kam unter einem Tisch hervor und verschwand in der Wand. Er hatte ungefähr den Umfang eines Kinderkörpers.

»Unser Weg in die Freiheit«, sagte Marcel, aber trotz seiner Begeisterung schwang auch Zweifel in seiner Stimme mit. »Helfen Sie mir, ihn aus der Verankerung zu reißen. Wenn wir etwas Glück haben, kommen wir über diesen Weg raus.«

Ich behielt meine Zweifel für mich und bückte mich neben ihn, um gleich ihm an dem brüchigen Schlauch zu zerren. Wir hatten Glück. Entweder war das Material noch nie sehr stabil gewesen oder aber vom Zahn der Zeit zernagt worden. Schon nach zwei, drei Versuchen zeichneten sich Risse in der Oberfläche ab. Marcels Enthusiasmus begann mich anzustecken und meine Hände krallten sich geradezu in den Schlauch, um mit aller Kraft daran zu zerren.

»Und noch mal!«, kommandierte Marcel. Wir zerrten, nein, rissen gemeinsam an dem Schlauch. Und dann gab das Material endgültig nach; unser eigener Schwung ließ uns nach hinten taumeln und fast hätte ich mich auf meinen Hosenboden gesetzt.

»Das ist ja noch besser, als ich gedacht hatte!«, begeisterte sich Marcel, der sich als Erster wieder gefangen hatte und sich sofort über das entstandene Loch beugte. »Der Schlauch geht einfach in den Gang hinaus. Kein Lüftungssystem oder sonst etwas Kompliziertes. Wir können einfach herausspazieren!«

»Falls die Öffnung groß genug ist«, wagte ich einzuwenden.

»Nun kommen Sie schon!«, sagte Marcel und seine Stimme klang jetzt eindeutig ungeduldig. »Wir sind doch beide keine Sumo-Ringer! Das schaffen wir schon.«

Er wartete einen weiteren Einwand gar nicht ab, sondern ließ sich sogleich auf die Knie nieder und schob den Kopf in die entstandene Öffnung. »Der Gang liegt zum

Greifen nahe vor mir«, sagte er. Keuchend schob er sich weiter. »Allerdings stinkt's hier ... wieder ... gewaltig«, hörte ich ihn murmeln, während sein Oberkörper in der Öffnung verschwand. Als er bereits bis zu den Hüften in dem Loch steckte, schien er schwerer voranzukommen. Doch nach ein paar Sekunden hatte er sich regelrecht frei gestrampelt und flutschte dann von seinem eigenen Schwung getragen vollends durch.

Bevor ich seinem Beispiel folgen konnte, streckte er schon wieder seinen Kopf durch die Öffnung, diesmal jedoch von der anderen Seite. »Wir sollten uns beeilen«, sagte er besorgt und alle Zuversicht schien aus seinem Blick verschwunden zu sein. »Es ist nur eine Frage der Zeit, bis uns dieser widerwärtige Geruch hier draußen so benebelt macht, dass wir mit Freuden Steel und seinen Herren dienen. Also kommen Sie schon! Es wird Zeit, dass wir unseren Freunden etwas Feuer unterm Hintern machen!«

»Und wie wollen wir das anstellen?«, fragte ich ihn und verfluchte mich gleichzeitig für meine destruktive Art; ich erkannte mich selber kaum wieder. Er tat das einzig Richtige: Statt zu antworten, streckte er mir die Hände entgegen. »Kommen Sie, ich zieh Sie durch«, sagte er.

Ich ergriff seine Hände und begann mich durch die Lücke zu zwängen. Einen schrecklich demütigenden Moment lang war ich sicher, dass ich stecken bleiben würde – ich hatte zwar nicht einmal den Ansatz eines Bierbauchs, aber Marcel war eindeutig schlanker als ich, fast dürr, während ich das hatte, was man bei Frauen ein gebärfreudiges Becken nennen würde. Mein Oberkörper war schon im Gang, aber mein Gesäß hing schmerzhaft fest und ich kam einfach nicht weiter. Marcel erkannte augenblicklich die Situation und zog fester an meinen Armen, doch das einzige Ergebnis war ein stechender Schmerz in meinen Schultern.

»Beeilen Sie sich«, sagte er nervös. »Ich fürchte, dass uns nicht mehr viel Zeit bleibt.«

Er hatte gut reden, schließlich war ich es, der weder vor

noch zurück kam. Ich versuchte mich mit den Beinen abzustoßen, kam aber nicht einen Zoll weiter. Vor lauter Anstrengung begann ich zu schwitzen und schwer zu atmen. Der säuerliche Geruch der Substanz, die aus uns allen Monster machen sollte, stieg mir in die Nase, dass mir fast übel wurde. Mehr erreichte ich nicht.

»Ziehen Sie fester, verdammt noch mal!«, fluchte ich.

Marcels Hände krallten sich geradezu um meine Handgelenke. Er zerrte mit aller Kraft an mir und endlich kam ich frei; mein Gesäß wurde geradezu durch die schmale Öffnung hindurch katapultiert. Von dem Schwung getragen stürzte ich auf Marcel, der es nicht mehr schaffte, sich rechtzeitig in Sicherheit zu bringen, und begrub ihn unter mir.

So schnell ich konnte wälzte ich mich von ihm herunter und erhob mich mit zitternden Knien. »Alles okay?«, fragte ich, während ich ihm gleichzeitig die Hand hinhielt, um ihm beim Aufstehen zu helfen.

»Danke der Nachfrage«, sagte Marcel und ignorierte meine Hilfestellung. Er kam schwerfällig auf die Füße und fuhr sich mit der Hand über die Nase. »Was für ein Gestank«, sagte er. »Das wird ja immer schlimmer.«

»Aber das ist nicht nur dieses Zeug«, antwortete ich. Ein modriger Geruch war dem der fremdartigen Substanz hinzukommen; es stank nach Feuchtigkeit, Schimmel und sogar nach Urin. »Hier stinkt es wie in einem Gewölbe, das jahrelang als Jauchegrube benutzt worden ist.«

»Solche Feinheiten kann meine Nase nicht mehr ausmachen«, schimpfte Marcel. »Aber darauf kommt es auch gar nicht an. Wohin, meinen Sie, sollen wir uns wenden?«

Ich zuckte mit den Achseln. »Keine Ahnung«, sagte ich ehrlich. »Vielleicht kommen wir nirgends weiter. Wir können ja eine Münze werfen.«

»Wir gehen nach links«, entschied Marcel ohne Humor in der Stimme. »Von dort aus scheint der Gestank auszugehen. Vielleicht finden wir dort etwas, was uns weiterbringt.«

Wie zum Beispiel eine Schar fetter Ratten oder ein leckes Abwassersystem, dachte ich. Aber im Grunde genommen war ich ganz froh, dass mir Marcel die Entscheidung abnahm. Dieser verrückte, verlassene Teil eines Bunkersystems unter Majestic war mehr, als mein Verstand fassen konnte. Wenn er früher entstanden war als Majestic selbst, wie hatten dann seine Bauherren gewusst, wie tief sie dieses System in die Erde einbuddeln mussten? Okay, Steel hatte mir einen Teil der Antwort genannt, aber das alles blieb so konfus und unverständlich, dass es mir nicht einmal gelang, den Zipfel einer Erklärung zu fassen.

Wahrscheinlich machte es auch keinen Unterschied. Denn nicht mein Verständnis dieser Anlage zählte, sondern einzig und allein, ob Marcel und mir etwas einfiel, was in der kurzen verbleibenden Zeit die Pläne der Hive auszuhebeln vermochte. »Am Besten, wir suchen Kim und die anderen«, sagte ich. »Wenn wir sie finden, haben wir vielleicht eine Möglichkeit, diesen ... *Prozess* zu stoppen.«

Mit der Formulierung *Kim und die anderen* hatte ich mich natürlich selbst verraten; aber wenn das Marcel aufgefallen war, vermied er jeglichen Kommentar. Letztlich war es auch egal. Es ging mir nach wie vor darum, das meinige zu tun, um die Menschheit nicht unversehens in ihr Unglück laufen zu lassen, aber in erster Linie ging es mir um Kim, vielleicht angesichts meiner sich abzeichnenden totalen Niederlage noch mehr als zuvor.

»Haben Sie eine Ahnung, wo die drei stecken könnten?«, fragte Marcel. Er drehte sich zu mir um und warf mir einen Blick zu, der mehr von seiner Ratlosigkeit offenbarte, als er vielleicht preisgeben wollte. Es war so, als sei seine Kraft und Energie bei unserer Flucht aus dem alten Labor verbraucht worden. Vielleicht war es aber auch bereits die Wirkung der halluzinogenen Gase, die ihm zu schaffen machte.

Ich sah mich um. Unter der Decke verlief eine Reihe

rostiger Abwasserrohre und von den wenigen noch funktionierenden Glühbirnen fiel mattes Licht, das einen hellen Fleckenteppich auf den schmutzigen Boden zauberte. Nirgends war ein Hinweis darauf zu erkennen, wo genau wir uns befanden. Als uns Steel zu dem Labor geführt hatte, war ich viel zu benebelt gewesen, um unserer Umgebung die nötige Aufmerksamkeit zu widmen. »Ich glaube, dass sie ganz in der Nähe sind«, sagte ich unbestimmt.

»Meine Güte«, antwortete Marcel. Er wirkte weitaus weniger gefasst und selbstsicher als noch vor wenigen Minuten. »Ich komme mir langsam vor wie tief unten im Maschinenraum eines uralten Frachters, den eine einzige Woge unter die Wellen drücken kann.«

Ich sah ihn überrascht an. Das Aufblitzen seiner poetischen Ader gefiel mir ganz und gar nicht; ein weiteres Anzeichen dafür, dass das Gas bereits bei ihm zu wirken begann. Ich selber merkte dagegen erstaunlich wenig von dem sinnestrübenden Einfluss der Substanz. Vielleicht hatte ich schon so etwas wie eine Resistenz entwickelt – doch darauf wollte ich mich lieber nicht verlassen.

In diesem Moment nahm ich eine Bewegung wahr: Aus der Decke hingen kinderarm dicke Stromkabel und an einem der Kabel hing etwas, ein langer Schatten, der leicht hin und her schwang, als werde er von einem Windstoß bewegt. Marcel drehte sich mit bleichem Gesicht zu mir um; er schien die Bewegung genauso wie ich wahrgenommen zu haben. Trotzdem war ich mir nicht sicher, ob ich sie mir nicht nur eingebildet hatte. Es war zu viel geschehen in den letzten Stunden, was mich in einen Strudel unwirklicher Wahnbilder gezogen hatte, und ich konnte nicht mehr behaupten, Wirklichkeit und Phantasiegebilde definitiv unterscheiden zu können. Vielleicht nahm ich diesmal die Wirkung des Gases gar nicht wahr, obwohl es schon tief in mein Bewusstsein eingedrungen war und mich nach und nach in eine Art Zombie verwandelte.

»Da scheint sich ... jemand erhängt zu haben«, durchbrach Marcel meine sich überschlagenden Gedanken.

»Was?«

»Sehen wir uns das mal näher an«, sagte Marcel entschlossen. Er trat ein paar Schritte näher an die Stromkabel heran. Und plötzlich kicherte er wie ein Pennäler, der seinem Lehrer einen besonders schlechten Scherz gespielt hatte. »Ich glaube, jetzt sind wir auf dem besten Weg, komplett durchzudrehen.«

Zuerst fürchtete ich, dass sich sein Verstand in einem Strudel umfassender Desorientierung verlor, doch dann erkannte ich, was er meinte. Es war nichts weiter als ein schmutziger alter Laborkittel, der dort an den Stromkabeln hing und leicht im Luftzug der Lüftung hin und her wehte. Aus irgendeinem Grund erinnerte er mich an Hertzog: Aber ihm konnte er ja wohl kaum gehören. Verrückte Gedanken rasten wie auf einer Achterbahn durch mein Gehirn. Hatte es vor Majestic schon einmal eine ähnliche Geheimorganisation gegeben, waren wir alle austauschbar, hatte vor Doktor Hertzog hier jemand gewirkt und ebenfalls bereits irgendetwas untersucht und an irgendetwas herumgepfuscht, was mit den Ganglien zu tun hatte? War der Besuch bei Roswell im Jahr 1947 nicht bereits von langer Hand vorbereitet gewesen? Hatte Bach nicht berichtet, dass die politischen Berater fast eine Stunde lang auf Truman eingeredet hatten wie auf einen kranken Gaul, damit er der Aufforderung nach bedingungsloser Aufgabe nachkam? Waren vielleicht einige von ihnen bereits übernommen gewesen von den Ganglien und war es nicht der große, entscheidende Irrtum von Bach zu glauben, die Ganglien seien erst *nach* der harschen und von Maschinengewehrsalven unterstützten Absage von Truman an die Außerirdischen und nach der Gründung von Majestic in Menschen implantiert worden?

Es passte alles nur zu gut zusammen. Vielleicht hatte die Symbiose aus den Grauen und ihren Ganglien schon im Ersten Weltkrieg an Fäden gezogen und dieses System im Zweiten Weltkrieg verfeinert, um danach die Welt mit all ihrer bis dahin entwickelten Technik zu übernehmen. Vielleicht hatten sie auf etwas gewartet, das erst 1947 zur Verfügung stand. Auf eine politische Konstellation, auf die Entwicklung einer anwendbaren Technik wie der der praktizierten Atomspaltung, auf ein chemisches Präparat, das für sie ein Medikament oder Grundlage für andere Substanzen sein mochte, auf die sie angewiesen waren.

»Der Kittel ist voller Farbkleckse und ölverschmiert«, sagte Marcel, der näher getreten war, »und so, wie er aussieht, hängt er schon ein paar Jahrzehnte hier. Nur gut, dass es hier keine Motten gibt – er wäre sonst längst zerfressen.«

»Mag sein. Aber das hilft uns auch nicht weiter.« Ich deutete in den Gang, der aus dem Raum hinausführte. »Gehen wir dort weiter.«

Marcel nickte nur stumm. Wir betraten den viel schmaleren Gang, der irgendwo vor uns im düsteren Nichts verschwand. Ich starrte angestrengt in das Halbdunkel, das trotz der Glühbirnen, die auch hier noch erstaunlich zuverlässig ihren Dienst taten, düster und unheimlich wirkte. Es erschien mir vollkommen sinnlos, einfach aufs Geratewohl weiter zu marschieren, und doch blieb uns nichts anderes übrig. Unser zielloses, panisches Vorgehen kam mir vor wie eine Szene aus den in den fünfziger Jahren populären phantastischen Filmen mit Titeln wie *Them!* oder *The Beginning of the End,* die von unbekannten, nicht zu fassenden Bedrohungen handelten. Und tatsächlich kam mir das analog zum Filmtitel wie der Anfang vom Ende vor: Der Gang war schmal, niedrig, schmutzig und stinkend und es schien mir vollkommen ausgeschlossen zu sein, dass er woanders hinführte als geradezu in unser Verderben.

Das Verderben begann schon wenige Schritte später. Es begann in dem Moment, als ich um die nächste Ecke des Gangs bog, der in einer größeren Halle endete. Eine

Halle, von der mehrere Türen abgingen und deren Aufteilung mir seltsam vertraut vorkam, bis ich begriff, dass sie ähnlich angelegt war wie die Diele in einem der Farmhäuser, bei denen man nach Öffnen der Haustür nicht gleich in der Küche oder im Wohnzimmer stand: fast genauso wie die Diele im Elternhaus meines Jugendfreunds Allan. Das alles hatte so überhaupt keine Ähnlichkeit mehr mit Majestic und wenn wir uns noch immer unter dem Reich Frank Bachs befanden, dann war Majestic entgegen meiner ersten Vermutung nicht auf den Fundamenten dieses unterirdischen Komplexes errichtet worden, sondern überlappte nur einen Teil davon.

Ich blieb so abrupt stehen, dass Marcel gegen mich prallte. Hinter einer der Türen war ein seltsames Klackern zu hören, dann ein Summen und ein gleichmäßig schabendes Geräusch, im Rhythmus eines langsam gespielten Blues, aber ohne jeden musikalischen Anklang; ein rein mechanisches Gedröhn, wie es vielleicht aus einem Bienenstock kommen kann oder aus einer Backstube, wenn Teigrollen gedreht werden. Plötzlich klickte ein neues Glied in der langen Kette meiner Erinnerungen ein. Ich war sicher, ein solches Geräusch schon einmal gehört zu haben, und das vor längerer Zeit und wieder fiel mir der Landarbeiter ein, jener alte Indianer mit seinen geheimnisvollen Kräutern und aus Pilzen gewonnenen Substanzen, der Ray und mich für ein paar Stunden mit dem Gemisch seiner Pfeife in eine andere, erschreckende und kalte Welt entführt hatte.

Die Erinnerung mochte so sinnlos sein, wie es Erinnerungen oft sind, und doch erschreckte sie mich wie der heiße Atem eines fremden großen Hundes, der einem plötzlich und unvorbereitet ins Gesicht hechelt. Ich wusste mit unerschütterlicher Sicherheit, dass wir nicht weiterzugehen brauchten, dass Kim sich hinter der Tür befand, durch die die Geräusche drangen.

Der Raum war nicht leer. Auch damit ähnelte er der Diele von Allans Eltern, die häufig mit Gerümpel vollgestellt war in einer untypischen Unordnung, denn die Eltern meiner anderen Freunde legten auf gepflegte Räumlichkeiten Wert. Aber hier war es nicht nachlässig platzierter Hausrat, sondern Gerätschaften, die auf den ersten Blick jenen ähnelten, wie wir sie in dem Labor vorgefunden hatten, in das uns Steel gesperrt hatte. Ich war nicht in der Stimmung, mich hier genauer umzusehen, und doch störte mich dieser Anblick, traf irgendwo in mir eine empfindliche Ader.

Und das nicht, weil ich ein Ordnungsfanatiker war. Sondern weil es einfach nicht passte. Nicht zu Raumschiffen und Außerirdischen, die harmlose Menschen entführten, um sie in Monster zu verwandeln. Nicht zu Steel und den anderen Hive und nicht zu dem Bild, dass ich mir von der Auseinandersetzung gemacht hatte, in die sie uns verwickelten. Und schon gar nicht zu dem sauberen und ordentlichen Majestic unter dem Oberbefehl eines Frank Bachs, der wahrscheinlich nicht die geringste Ahnung davon hatte, auf welchem Pulverfass er saß.

In diesem Moment wurde mir bewusst, dass ich die Gedanken eines Kindes dachte. Das war nicht John Loengard, der sich als Regierungsbeamter und Majestic-Agent bewährt hatte, bevor er sich in einer ganz bewussten Entscheidung gegen Frank Bach gestellt hatte, um dafür zu kämpfen, dass die Menschheit die schreckliche Wahrheit erfuhr. Das war nicht mehr der rebellische junge Mann, der jegliche Art von Autorität hinterfragte und nur dann akzeptierte, wenn sie nicht auf blindem Gehorsam bestand. Nein, das war wieder der kleine junge, John, der Drittklässler, dem ein alter Indianer beigebracht hatte, was Furcht vor dem Unbekannten heißt. Es waren durchaus kraftvolle Gedanken, aber von der Art, wie sich mitunter bei Heranwachsenden Stärke und Hilflosigkeit eigentümlich mischen können. *Ich habe die Grenze überschritten,* dachte ich, und was auch immer mich hinter dieser Tür erwartete, durch die nach wie vor das schreckliche Schaben drang: Ich würde einfach weitermachen, ungeachtet der Furcht, die sich tief in mich eingegraben hatte, und ungeachtet des tödlichen Gefühls, dass ich zu spät kommen würde.

Ohne auf Marcel zu achten, ging ich auf die Tür zu, die zu durchschreiten mir Gewissheit geben würde. Es war eine schwere Eisentür, eine Tür, mit der man Sicherheitstrakte verriegelt – oder aber Räume schützt, in die niemand unvorhergesehen hereinstolpern soll.

Vorausgesetzt, sie waren verschlossen. Was ich im vorliegenden Fall so schnell wie nur möglich zu überprüfen gedachte.

»Nicht ganz so schnell«, flüsterte Marcel nervös, der sich dicht bei mir gehalten hatte. »Wir sollten jetzt nicht übereilt handeln.«

»Wir sollten *was* nicht?«, fragte ich in ebenso leisem Tonfall.

»Jemand hat die Tür zugeschweißt«, sagte Marcel. »Sehen Sie sich nur die Spuren an den Angeln an.« Er deutete auf die andere Seite. »Und dort, die Verblendung des Schlosses hat ebenfalls Bekanntschaft mit einer Schweißflamme gemacht. Wäre … wäre ein Wunder, wenn sich die Tür noch öffnen ließe.«

Ich folgte der Richtung seiner ausgestreckten Hand, aber ich verstand nicht. Es waren tatsächlich Schweißspuren an Tür und Rahmen vorhanden, dicke, hässliche Flecken, die sich über die Oberfläche gesetzt hatten, um sie für alle Ewigkeit miteinander zu vereinen. Kim, Ray und Steel sollten in diesem Raum sein, der dann von außen zugeschweißt worden war? Das machte überhaupt keinen Sinn.

Das Geräusch hinter der Tür veränderte sich, fast unmerklich und langsam nahm es an Lautstärke und Intensität zu, während sich gleichzeitig der Rhythmus beschleunigte. Es konnte nicht mehr lange dauern, bis aus dem schabenden Blues ein treibender Rock'n'Roll wurde. Ich wusste nicht, warum, aber es ließ mir das Herz bis zum Hals schlagen. Mein Instinkt sagte mir, dass wir nicht mehr viel Zeit hatten. Der schmerzhafte Druck um meinen Kopf und das Brennen in meiner Luftröhre machten mir darüber hinaus klar, dass es höchst ungesund war, mich der Luft hier unten noch viel länger auszusetzen. Schon begannen bunte Flecken vor meinen Augen zu tanzen, die ich nur mit aller Konzentration wegblinzeln konnte. Es wäre Wahnsinn, wenn wir kurz vor Erreichen des Ziels dem zum Opfer fallen würden, was uns gleich Steel zu willenlosen Tätern machen würde.

Dass es mir erschreckend schwer fiel, diesen Gedanken weiterzuverfolgen, merkte ich überhaupt nicht.

»Vielleicht hilft uns das weiter«, sagte Marcel. Schon wieder zeigte er auf etwas; diesmal war es eine massive Stahlflasche, so groß wie ein vielleicht zwölfjähriges Kind, mit tiefen, rostigen Kratzern in der ockerfarbigen Oberfläche. »Acetylen«, erklärte Marcel. »Dort hinten, in der blauen Flasche«, er deutete auf die andere Flasche, die ich zuerst nicht bemerkt hatte, »dort muss Sauerstoff drin sein, wenn sie tatsächlich hier geschweißt haben.«

Ein schwacher Hoffnungsschimmer keimte in mir auf. »Hilft uns der Sauerstoff weiter?« Die Worte verließen merkwürdig schleppend meinen Mund und schienen sich wie Wellen, die von einem auf Wasser aufschlagenden Kiesel ausgingen, in dem Raum auszubreiten.

»Nein, nicht wenn ... wenn Sie mei-meinen, dass die Luft ... puh.« Marcel brach ab und seine Hand fuhr an den Kragen, um das Hemd mit der ohnehin gelockerten Krawatte noch ein Stück weiter aufzureißen.

»Wenn es nicht diese Tür ist«, sagte ich, wobei ich die zugeschweißte meinte, »dann versuchen wir die andere.«

Ich ging auf die zweite Tür zu, mit weichen Knien und klopfenden Schläfen. Das schabende Geräusch begann sich in meinem Kopf fortzupflanzen und löschte meine eben noch so wichtigen Gedankengänge aus. *Zu Kim*, dachte etwas in mir, aber es war ein zusammenhangsloser Gedanke. Egal, ich musste nur einfach weiter. Meine Hand ergriff die Klinke der zweiten Tür auf dieser Wandseite und diesmal machte Marcel keine Einwände, als ich kurz entschlossen die Klinke herunterdrückte und die Tür mit einem Ruck aufschob.

Der Anblick übertraf all meine Vorstellungen und riss für einen verzweifelten Moment den Schleier beiseite, der sich über mein Bewußtsein gelegt hatte. Der Raum war steril und gleichzeitig fremdartig eingerichtet, einem Operationssaal nicht unähnlich in seiner nüchternen, technischen Einrichtung und makellosen Sauberkeit. Von der gegenüberliegenden Wand ragten drei Pritschen in den Raum und ich erkannte die Beine und Unterkörper der drei bis kurz über den Bauchnabel; darüber steckten Kim, Ray und Steel in tubenartigen, spiralförmigen Verlängerungen, darüber und darunter blitzende, leise summende Geräte, Messskalen, bunte Lämpchen oder zumindest so etwas Ähnliches, denn das alles war zu fremdartig, um von meinem beschränkten und eingenebelten irdischen Verstand begriffen zu werden.

Undeutlich nahm ich wahr, dass die Lüftungsanlage hier auf Hochtouren lief und es so war, als käme man in Grönland in eine Wohnung, deren Fenster weit geöffnet sind. Doch das war nicht der Grund dafür, dass eine Welle von Übelkeit über mir zusammenbrach und mein Magen sich gleichzeitig so hart verkrampfte, als würde er aus Beton bestehen. Es war der gleichzeitig groteske und abstoßende Anblick von Kim und meinem Bruder Ray, die in einer grotesken Umklammerung einer Maschine festgehalten wurden, vereint ausgerechnet mit Steel in der Art, von der er behauptet hatte, sie sei intimer als alles, was Menschen kennen würden.

Ich kam nicht dazu, eine Entscheidung zu treffen. Die Tür zu diesem Raum war unverschlossen gewesen, aber das war ja auch nicht weiter verwunderlich; wahrscheinlich waren Marcel und ich außer den drei die einzigen Menschen auf diesem Stockwerk und Steel hatte uns sicher verstaut gewähnt. Das allerdings bedeutete nicht, dass der mir vollkommen unbegreifliche Vorgang ungesichert ablief. Kaum waren wir eingetreten, da begann sich die Beleuchtung zu verändern und ein helles singendes Geräusch erklang, das sich unangenehm in meine Gehörgänge bohrte.

Auch die Apparatur, die Kimberley und die anderen umschlungen hielt, erwachte zur neuen, wahrscheinlich für Notfälle vorgesehenen Aktivität. Das blitzende, spiralförmige Etwas kroch mit reptilienähnlicher Eleganz zurück, schob sich in enger Umarmung über Arme und Brustansatz und enthüllte Stück für Stück Oberkörper und schließlich Kopf der drei wie in Trance befindlichen Personen.

Es kam mir vor, als wohnte ich einem gleichermaßen schrecklichen wie intimen Vorgang bei.

Marcel hustete, hart und mehrmals hintereinander, ein roher Klang, der wie Gewehrschüsse die merkwürdige Stimmung zerriss. »W-w-wir«, begann er, dann schüttelte ihn ein erneuter Hustenanfall.

Ich war wie gelähmt. Stand einfach in der gnadenlosen Kälte da, die langsam über die Haut in mein Inneres kroch und sah zu in morbider Faszination, wie sich der Raum veränderte, zu einem bizarren Leben erwachend wie ein Drache, der mutwillig gestört wird. Ein rötlichblaues Licht ging von der Mitte des Raumes aus, fast unmerklich erst, verbreitete sich und schwappte in Wellen über uns hinweg. Mein Blick hatte sich an Kims Gesicht fest gesaugt. Sie war blass, so erschreckend blass, und doch lag ein friedlicher Ausdruck auf ihrem Gesicht, der mich fast noch mehr erschreckte als alles andere. Es sah fast so aus, als sei sie aufgebahrt worden zum letzten Abschied in dieser grotesken Parodie einer Leichenhalle.

Marcels Husten wurde immer schlimmer. Wie durch einen Schleier nahm ich wahr, dass er sich weit vorbeugte und nach Luft schnappte. Seine Augen tränten hinter der Brille. Und auch ich begann jetzt einen Reiz in der Kehle zu spüren, ein unangenehmes Reiben an den Stimmbändern und in der Luftröhre. Und dann brach ein röhrender

Husten aus mir heraus, der mich durchschüttelte und mir die Luft zum Atmen nahm. Es war ein harter, würgender und trockener Husten, der die Kehle wund zu scheuern schien; es war ein Gefühl, als hätte ich eine ätzende Flüssigkeit in mich hineingekippt und versuchte sie nun wieder herauszuwürgen.

Fast war es, als würde mir das gelingen. Der Husten verengte sich zu einem fast bellenden Laut und dann war es vorbei.

Und doch ging es weiter, wenn auch auf andere Art. Nach dem Hustenanfall wurde mein Kopf merkwürdig leicht und ich hatte das Gefühl, wie auf einem Luftpolster zu schweben. Es war ein durchaus angenehmes Gefühl. *Lass einfach los,* schien mir eine Stimme zuzuflüstern. Ich atmete flach; mein Instinkt wehrte sich gegen jeden tiefen Atemzug, aber etwas in mir sog gierig die eisige, verpestete Luft ein. Kurz darauf glaubte ich erneut zu schweben, sanft nach oben zu entgleiten, wie ein Luftballon, der sich um nichts und niemanden Gedanken machen muss. Der Raum schien größer denn je und die eiskalte Luft glich dichtem Nebel, der mich umhüllte und umschmeichelte. Es war in Ordnung so und alles, was ich tun musste, war, mich nicht dagegen zu wehren, sondern nur das zuzulassen, was geschah.

Marcels Gesicht kam in mein Blickfeld. Es war rotviolett; er sah aus, als würde er gleich einen Herzschlag bekommen. Aus irgendeinem Grund fand ich das ungeheuer komisch und ich begann leise zu kichern. *Er wird sterben,* dachte ich dabei, aber der Gedanke berührte mich kaum. Es war mir klar, dass auch ich sterben würde. So wie meine geliebte Kim. Tränen rannen mir die Wangen herunter, während mich gleichzeitig noch immer das krampfhafte Kichern schüttelte. Mit zwei, drei schwebenden Schritten näherte ich mich Kim. *Kimberley Sayers,* dachte ich, *wie sehr hast du dich doch verändert.* Bleich und blass, ein eiskalter Engel, in den die sibirische Kälte tief eingezogen sein musste, in der er nun vielleicht schon eine Stunde lag. Ich wünschte mir nichts sehnlicher, als dass Kim ihre Augen aufschlagen würde, um mich anzublinzeln wie Dornröschen, nachdem es von dem mutigen Prinzen wach geküsst worden war.

Das Leben verläuft nicht so wie im Märchen. Es war nicht Kim, die die Augen aufschlug, um mich mit einem liebevollen Blick zu begrüßen. Es war Steel und sein Blick war alles andere als liebevoll. Sein gesundes Auge musterte mich mit einer Eiseskälte, die mich zum Frösteln gebracht hätte, wenn ich nicht sowieso schon vor Kälte gezittert hätte.

»Loengard«, brachte er hervor. So, wie er meinen Namen aussprach, klang es eher wie ein Ploppen denn wie ein normaler menschlicher Laut. »Ich hätte es mir denken können, du kleine Ratte.« Er schob sein bizarr helmähnliches Gebilde vom Kopf zurück und es glitt wie von einer gespannten Feder bewegt in eine Öffnung in der Wand zurück, die sich mit einem schmatzenden Geräusch schloss. Erst dann richtete er sich auf, mit unsicheren, langsamen Bewegungen, wie ich trotz meines miserablen Zustands mit Genugtuung bemerkte.

Seine Hände glitten vor und zurück und öffneten und schlossen sich ein paar Mal krampfhaft. Seine Gestik wirkte so unbeholfen, als sei es gar nicht sein Körper, in dem er sich wiederfand. Doch dann ging ein Ruck durch ihn und er wirkte wie eingeschaltet, als sei er ein Roboter, der nun nur noch seiner Programmierung zu folgen brauchte; er schwang die Beine über die Liege, in einer flüssigen und doch ungewohnt langsamen Bewegung, als koste es ihn immer noch Mühe, sich mir so unvermittelt zuzuwenden. »Du hättest uns nicht stören sollen.« Seine Stimme hatte einen ungewöhnlichen Akzent, ein Fauchen und Stöhnen schwang darin mit und das Wort *uns* klang wie das Schnauben eines Pferdes. »Nicht, dass es etwas ändern wird.«

Seine Beine berührten jetzt den Boden, aber noch zögerte er. Ich begriff, dass er sehr weit weg gewesen war und jetzt Mühe hatte, so unvermittelt in die Wirklichkeit zurückzufinden. Das hätte eigentlich ein Vorteil für mich sein können, aber ich kam nicht gegen dieses schwebende Gefühl in mir an und gegen die Gewissheit, das alles, was ich tun würde, nutzlos sein würde. Vielleicht sollte ich ihn einfach gewähren lassen. Vielleicht war es gut und richtig so, alles zuzulassen, vielleicht war es sogar Steel, der das Richtige tat, und ich es, der auf dem Irrweg war.

Plötzlich fiel mir auf, was ich da dachte, und ich schüttelte den Gedanken ab wie ein Hund sich das Wasser aus dem Fell schüttelt, nachdem er aus einem Regen wieder ins Trockene kommt. Irgendetwas machte sich in meinem Kopf breit, Einflüsterungen, die nicht aus mir selbst kamen, und plötzlich sah ich auch meine Antriebsschwäche bei unserer Flucht aus dem alten Labor, in das uns Steel eingesperrt hatte, mit ganz anderen Augen: Es war die ganze Zeit schon in mir gewesen, hatte mich zu lenken versucht in eine Richtung, die nicht die meine war. Ein Erinnerungsfetzen blitzte in mir auf, ich entsann mich der wenigen Sekunden, noch oben in Majestic, als die Lüftungsanlage ausgefallen war, um kurze Zeit später wieder stinkend anzuspringen. War das der Moment gewesen, in dem die Beeinflussung begonnen hatte, in dem etwas über die Luft, meine Atemwege und meine Lunge in mich eingedrungen war, das mich letztlich zu einem willenlosen Geschöpf der Hive, der Ganglien, der Grauen machen sollte und vielleicht teilweise auch schon gemacht hatte?

Steel hatte sich jetzt vollends erhoben, aber er schwankte leicht, wie ein Betrunkener auf dem Weg zum Kühlschrank, in dem das nächste Sixpack Dosenbier lockt. Aus den Augenwinkeln nahm ich wahr, wie sich auch auf Rays und Kims Liegen etwas bewegte; und tatsächlich, Kimberley schlug die Augen auf und starrte an mir vorbei ins Nichts. Es war ein so grausam leerer und kalter Blick, dass meine Freude über ihr *Erwachen* in kaltes Entsetzen umschlug.

Es blieb mir keine Zeit, mich um sie zu kümmern. Steel hatte jetzt die Kontrolle über sich wiedergewonnen und in seinem schiefen Lächeln entdeckte ich diesmal keinen Hohn, sondern kalte Wut – eine menschliche Regung, derer vielleicht auch die Ganglien fähig waren und die sich nun verdoppelte zu einer gewaltigen, gegen mich gerichteten Kraft. »Ich sollte dich auf der Stelle umbringen, Loengard«, zischte er. »Aber wie viel mehr Freude wird es mir bereiten, dich in unserer Mitte willkommen zu heißen.«

Ich versuchte etwas zu sagen, brachte aber nur ein Krächzen hervor. Auch der Versuch mich zu räuspern brachte nichts, ich verspürte nur sofort einen starken Brechreiz. Meine Kehle und Lunge schienen von der Eiseskälte wie erstarrt zu sein, aber das Schlimmste war die Lähmung meiner Tatkraft, die mich im gnadenlosen Griff hatte. Tatenlos ließ ich es zu, dass Steel einige weitere Schritte auf mich zu machte. Dabei bemerkte ich nur schemenhaft, dass er nicht der Einzige war, der sich bewegte; auch die beiden waren mittlerweile zu sich gekommen. Verschwommen und seltsam emotionslos registrierte ich, wie Ray gleich Steel seine Beine über die Liege schwang und mit unsicheren Bewegungen auf die Füße kam. Kim schien größere Schwierigkeiten zu haben wieder zu sich zu kommen als die beiden Männer; sie hatte sich mit beiden Händen auf der Pritsche aufgestützt und sank dann doch wieder zurück, immer noch gefangen von dem helmähnlichen Fortsatz, der von ihrem Kopf in die dahinter liegende Maschine verschwand.

»Ich werde das nicht zulassen, Steel«, sagte ich. Meine Stimme schien aus weiter Ferne zu kommen und doch wunderte ich mich über die Kraft, die in ihr mitschwang – fast so, als würde etwas meine Energie verstärken. Mein Blick irrte durch den Raum auf der Suche nach etwas, mit dem ich Steel bekämpfen konnte. Ray, mein Bruder und jetzt wahrscheinlich mein Gegner, hielt sich mit einer Hand an der Pritsche fest; sein Gesicht spiegelte Verwunderung und Schwäche. In seinem Hosenbund steckte immer noch die 38er, mit der er die beiden Majestic-Agenten erschossen hatte – wenn ich an diese Waffe kam, hatte ich vielleicht eine Chance.

»Du wirst überhaupt nichts.« Steels Gesicht verzerrte sich zu einer Grimasse des Hasses. »Du hast uns vielleicht eine Stunde zurückgeworfen. Doch was ist schon eine Stunde im Vergleich zu der Ewigkeit, mit der wir über euch herrschen werden!«

Es hatte keinen Sinn mich ihm zu widersetzen, ich wusste es, aber noch weniger Sinn machte es, einfach abzuwarten, bis ich vollends die Kontrolle über mich verlor und zum Spielball von Kräften wurde, die gegen alles gerichtet waren, an was ich glaubte. Vielleicht konnte ich Steel immerhin so weit bringen, mich zu töten, und vielleicht gelang es mir sogar, Kim von ihrem grausamen Schicksal zu befreien – und vielleicht konnte ich damit Steels perverses Experiment zum Scheitern bringen und der Menschheit eine erneute Galgenfrist verschaffen.

Das waren eine Menge *Vielleichts* und doch blieb mir nichts anderes übrig, als es zumindest zu versuchen. Ein einziger Satz drängte sich mir auf und ließ keinen Raum mehr für irgendeinen anderen Gedanken: *Ich lasse das mit Kim nicht machen!* Mit einem Riesensatz stieß ich mich ab, direkt auf Steel zu, mit einer Kraft und Energie, die nicht zuletzt mich selbst überraschte.

Und wieder dachte ich: *Ich lasse das mit Kim nicht machen!* Meine Faust klatschte in Steels Gesicht und obwohl ich mit voller Kraft zugeschlagen hatte und sein Gesicht so hart zu sein schien wie ein Betonklotz, spürte ich den Schmerz in meiner Hand nicht, sondern schlug sofort nochmals zu.

Der Angriff musste Steel vollkommen überrascht haben – oder aber er war immer noch benommen von seinem vorhergehenden tranceähnlichen Zustand; jedenfalls ließ er es zu, dass ich ihn dreimal mit voller Kraft ins Gesicht schlug, in einer wilden Kombination. Der erste

Schlag landete direkt auf seiner Kinnspitze, der zweite schrammte an seiner Wange vorbei und der dritte, wieder mit der rechten Hand geführte Schlag traf ihn direkt unter der Nase, mit solcher Kraft, das jeder andere danach Zähne gespuckt hätte.

Steel taumelte ein paar Schritte zurück, mit wild rudernden Armen. Ein triumphierendes Heulen entrang sich meiner Brust und ich setzte nach; meine Rechte holte aus, tief angesetzt diesmal, um ihm mit einem Schlag in den Solarplexus die Luft aus den Lungen zu treiben, und im Geiste sah ich ihn schon zusammengeklappt wie ein Taschenmesser vor mir am Boden liegen, wo ich ihn wie einen räudigen Straßenköter zusammentreten konnte.

Meine Vorfreude über den geglückten Überraschungsangriff war verfrüht. Steel hatte sich wieder gefangen und in seinen Augen stand kein Schmerz, sondern pure Mordlust. Er riss meinen Arm nach oben, bevor er sich in seine Bauchhöhle graben konnte, und das mit solcher Kraft, dass ich ihn dabei grunzen hörte und seinen heißen Atem an meinem Ohr spürte. Dann landete seine geballte rechte Faust auf meinem linken Schulterblatt. Ein feuriger Schmerz jagte durch meine linke Körperhälfte und ich taumelte ein, zwei Schritte zurück.

»Du erbärmlicher Scheißkerl!«, schrie Steel. »Jetzt mach ich dich fertig!«

Er gab mir einen kraftvollen Stoß, der mich quer durch den Raum schleuderte. An der gegenüberliegenden Wand prallte ich auf; er musste über unglaubliche Kräfte verfügen und ich dachte an Silberrücken-Gorillas, die dreimal so schwer wie Menschen waren, aber dreißig mal so stark. Ein ähnliches Kräfteverhältnis schien zwischen mir und Steel zu bestehen. Ich rutschte an der Wand zu Boden; Schleim und Blut rannen mir aus der Nase und meine Schulter brannte wie Feuer. Ich versuchte aufzustehen, aber die Welt drehte sich wie ein wirrer Kreisel um mich und ich musste erneut würgen und husten und konnte nur mit Mühe verhindern, dass ich mich übergab.

Steel kam auf mich zu, aber jegliches Grinsen hatte ich ihm mit meinen Faustschlägen aus dem Gesicht gewischt. »Ich bring dich jetzt um«, kündigte er an. Seine geschwollenen Lippen verzogen sich zu einer undefinierbaren Grimasse. Seine Zähne sahen sonderbar gezackt aus und ich begriff, dass ich ihm ein paar Vorderzähne abgebrochen hatte.

»Halt«, stammelte ich. »Moment ...« Mein Blick suchte nach Hilfe, aber da war keine; Marcel lehnte mit aschfahlem, verwirrtem Gesicht ein paar Schritte von mir entfernt an der Wand und so, wie er aussah, würde er sich nicht einmal mehr selbst auf den Beinen halten können, geschweige denn, es mit Steel aufnehmen.

Steel stand jetzt direkt vor mir, eine im wahrsten Sinne des Wortes stinkende Kreatur. Es lag in seiner menschlichen Natur, ohne Gewissensbisse über Leichen zu gehen, und der fremdartige Teil in ihm würde diese Tendenz noch weiter verstärken, sofern das überhaupt möglich war.

»Was ... was ist hier los?«

Das war Kims Stimme; sie klang flach und abgehackt und ich hatte in der ganzen Aufregung übersehen, dass sie sich mittlerweile aufgerichtet und auf den Rand ihrer Pritsche gesetzt hatte.

Steel verhielt mitten in der Bewegung. Seine geschwollenen Lippen öffneten und schlossen sich, als sei er unentschlossen, was er jetzt machen sollte; dann drehte er sich langsam um. »Haltet euch da raus«, sagte er. »Wir hatten eine kleine Störung, aber die ist jetzt vorbei. Ich erledige das.«

Trotz meiner Benommenheit und der pochenden Schmerzen in meiner Schulter begriff ich, dass da etwas nicht stimmte. Es war etwas in Steels Stimme und eine Kleinigkeit in seiner Formulierung – er sprach mit Kim und Ray beinahe wie mit Gleichgestellten, aber nicht wie mit Menschen oder *Wesen*, denen er hundertprozentig trauen konnte. Etwas schob sich in meine Gedanken, kein

Hoffnungsschimmer, dazu war meine Lage zu verzweifelt, aber so etwas wie der Glaube, nein, die Gewissheit, dass nichts sicher war im Leben, auch nicht ein Sieg von Steel und seinesgleichen. Ich versuchte das dumpfe Kreiseln in meinem Kopf und die rein körperlichen Schmerzen zu ignorieren. Mit äußerster Willenskraft gelang es mir, meine Erstarrung zu überwinden und mich langsam an der Wand nach oben zu schieben.

»Was hast du mit John vor?«, fragte Kim ängstlich und ich spürte die ganze Kraft meiner Liebe für sie, so wie ich in ihren Worten *ihre* Liebe spürte. Was auch immer mit ihr passiert war und was auch immer diese Maschine mit ihr hatte anstellen wollen: Sie war in diesen Minuten nicht in der Gewalt der Hive. Der Gedanke gab mir neue Kraft, wenn sie auch weit von den wilden Hoffnungen entfernt war, die ich noch vor ein, zwei Tagen gelegentlich empfunden hatte. Und dennoch: Solange ich lebte und über einen freien Willen verfügte, würde ich alles tun, um sie und mich aus dieser verzweifelten Lage zu befreien.

»Nun … ich muss ihn eine Zeit lang aus dem Verkehr ziehen, meine Liebe.« In Steels Stimme schwang plötzlich ein ganz neuer Ton mit, fast so etwas wie Sanftheit, und plötzlich erinnerte ich mich daran, wie mir Bach von Steels Ehe berichtet hatte. Es war mir nie in den Sinn gekommen, dass selbst ein Mensch wie Steel eine andere Seite haben konnte.

Diesmal gelang es mir, vollends auf die Beine zu kommen. Aber mein Magen revoltierte schon wieder und meine Knie gaben nach, sodass ich mich kaum aufrecht halten konnte. Nur über Steels Schulter hinweg sah ich Kim, wie sie gleich mir unsicher auf der gegenüberliegenden Seite stand, ein verschwommener Schatten inmitten blauen Dunstes aus gefrorener Kälte. Ich suchte ihren Blick, aber es gelang mir nicht, ihn einzufangen.

»Was heißt das … *aus dem Verkehr ziehen?*«, fragte Kim und jetzt war tatsächlich etwas von der alten Schärfe in ihrer Stimme.

»Nun …«, begann Steel unsicher.

»Es heißt, dass er ihn totschlagen will«, mischte sich Ray ein. »Es bedeutet nichts anderes, als dass dieser Bastard seinen Mordgelüsten nachgeben will, *um meinen Bruder umzubringen!*«

Den letzten Teil des Satzes schrie er. Und das unglaubliche: Steel fuhr ihm nicht etwa in seiner unnachahmlichen Art schroff über den Mund, sondern er wirkte tatsächlich verunsichert. »Kein Grund zur Panik«, sagte er hastig. »Dein *Bruder* hat mich angegriffen. Aber vielleicht habe ich ja auch etwas übertrieben reagiert.«

»Ach ja, hast du das?«, fragte Ray höhnisch.

Steel zuckte mit den Achseln und drehte sich halb zur Seite, sodass er sowohl mich als auch Ray im Blickfeld hatte. Er schien nicht sehr überrascht zu sein, dass ich mich aufgerappelt hatte. Sein Blick irrte zwischen mir und Ray hin und her. Wenn er gewollt hätte, hätte er mich mit einem einzigen Schlag bewusstlos schlagen können. Doch stattdessen drehte er sich wieder um und ging auf Ray zu.

Was ging hier vor? Hatte er keine Kontrolle über Ray und Kim? War ich in einem sensiblen Moment hier hereingestolpert, als mein Bruder und Kimberley nicht mehr vollständig unter dem Einfluss der unbegreiflichen Kraft standen, die sie in diese Situation gebracht hatte?

»Beruhigt euch erst einmal«, sagte Steel in begütigendem Tonfall. Er blieb direkt vor den Pritschen stehen und verdeckte mir damit die Sicht auf Kim. »Legt euch wieder hin …«

»Nein!«, schrie ich. »Tut das nicht! Kämpft dagegen an!«

Steel wandte sich wieder mir zu. Es war eine langsame Bewegung und in seinem Gesicht las ich so etwas wie Trauer. War auch das für ihn ein Moment, wo er sich seinem Menschsein wieder annäherte?

Einen Herzschlag lang schien die Zeit stillzustehen. Steels Blick durchbohrte mich, aber er ging gleichzeitig durch mich hindurch und verschwand in weiter Entfernung irgendwo hinter mir. Gleichzeitig rutschte Ray in mein Blickfeld. Seine Hand fuhr zum Hosenbund und so schnell und geschickt, wie er die 38er gezogen hatte, als er die Majestic-Agenten erschossen hatte, riss er auch diesmal die Waffe hervor. Ehe ich überhaupt begriff, was er vorhatte, holte er mit der 38er aus, als habe er einen Ball in der Hand. Dann schleuderte er die Waffe von sich, genau in meine Richtung. Sie segelte durch die Luft wie ein Baseball auf dem Weg zum Korb, nur dass der Korb in diesem Fall meine zitternde Hand sein musste, wenn ich eine Chance haben sollte, diesem Irrsinn ein Ende zu bereiten.

Einen schrecklichen Augenblick lang fürchtete ich, dass meine getrübte Wahrnehmung mir einen Strich durch die Rechnung machen würde und ich gar nicht anders konnte als danebenzugreifen. Doch dann erwischte ich die Waffe und sie glitt in meine Hand wie ein lebendiges Wesen; mein Zeigefinger legte sich um den Abzugshebel und mein Daumen zog den Sicherungshebel zurück.

Steel erwachte aus seiner Erstarrung. Aber er handelte ganz anders, als ich es erwartet hatte. Statt zu versuchen, einem möglichen Treffer durch eine schnelle Bewegung auszuweichen oder aber auch auf mich zuzustürmen, um mir die 38er zu entreißen, machte er einen Satz in die andere Richtung, direkt auf Kim zu.

Ich schoss trotzdem. Die erste Kugel ging über Steels Schulter in die Apparatur hinter ihm; der scharfe Knall des 38er-Schusses mischte sich mit einem splitternden Geräusch, als die Kugel ein Stück aus dem Apparat herausriss und sich irgendwo ins Innere bohrte. Ich kam mir vor wie auf dem Schießstand, zwei weitere Kugeln verließen die Waffe, aber auch sie trafen ihr Ziel nicht, denn Steel hatte sich in letzter Sekunde wieder gebückt. Fauchend fraßen sich die Kugeln in die fremdartige Verkleidung hinter ihm und ich hoffte, dass sie möglichst viel Schaden anrichteten.

Steel hatte beim Bücken seine Waffe gezogen und schoss, ohne genau zu zielen, aus der Hüfte heraus. Er war ein guter Schütze. Die Kugel pfiff beängstigend nah an meinem Kopf vorbei und schlug in die Wand neben mir ein. Voller Panik zog ich den Abzug meiner 38er durch, aber wieder ging mein Schuss daneben. Ich stolperte vorwärts auf Steel zu, ohne mir die Mühe zu machen, seinem zweiten Schuss auszuweichen. Es war blinde Wut, ein Vernichtungswille, wie ich ihn noch nie empfunden hatte und der mich normalerweise über mich selbst hätte erschrecken lassen, so animalisch und endgültig war er: der Wunsch, nein, der Wille zu töten, egal, was es mich kosten würde.

Paradoxerweise rettete mir dieses blinde Vorgehen das Leben, denn es zwang Steel zu einer Drehung, während er schoss, und mein torkelndes auf ihn Zustolpern brachte mich im entscheidenden Moment aus der Schusslinie und wieder sauste eine Kugel wirkungslos an mir vorbei. Mein Kopf zerplatzte fast von dem Druck, mit dem riesige Schraubzwingen ihn zu zerdrücken schienen, aber ich achtete nicht darauf. Ich schoss wiederholt aus der Hüfte, ohne genauer zu zielen und ohne irgendwelche Rücksicht zu nehmen, nicht einmal auf Kim, die kurz hinter Steel stand, eng gegen die verhasste Apparatur gepresst, die sie mir zu entreißen drohte.

Mein selbstmörderisches Vorgehen brachte Steel offensichtlich aus dem Konzept. Und doch handelte er wie aus dem Schulbuch: Er riss seine Waffe hoch, seine linke Hand umklammerte sein rechtes Handgelenk und der Lauf seiner Waffe beschrieb einen schnellen Halbbogen, bis die Mündung exakt zwischen meine Augen deutete.

Genau in diesem Moment schoss ich zum letztenmal. Es war ein Schuss, der angetrieben war von meinem Verlangen, Steel zu töten – und doch nicht dieses Ziel erreichte. Aber es war ein Meisterschuss, ein Treffer, wie ihn sich jeder Cop wünschen würde, der bei einer Verhaftung seinen Gegner nicht töten, sondern nur kampfunfähig machen will: Er traf Steels eigene Waffe und prellte sie ihm aus der Hand. Im hohen Bogen segelte sie davon und krachte irgendwo neben Kim zu Boden.

Aber ich war kein Cop. Ich war beseelt von dem Wunsch, von dem Drang zu töten. Es waren keine Rachegelüste, die mich trieben, es war auch nicht mein Beschützerinstinkt oder sonst ein mehr oder weniger edles Motiv: Es war ein Vernichtungs- und Tötungswille, wie ihn vielleicht Urmenschen auf der Jagd empfunden haben mussten im Zweikampf gegen eine lebensbedrohende Kreatur. Mein Finger zog wieder und wieder den Abzug der Pistole durch, deren Mündung direkt auf Steels Magen deutete.

Ich weiß nicht, wie oft ich den Abzug betätigte, bis mir klar wurde, dass mich mein Glück verlassen hatte: Die verdammte Waffe klemmte. Sie war nicht unbedingt leer geschossen, sondern einfach nur blockiert, was ich anhand der schwergängigen Mechanik eigentlich sofort hätte bemerken müssen; ein seltenes, aber immer wieder auftretendes Phänomen. Selbst wenn noch ein paar Schuss in dem Magazin waren, konnte ich nichts mehr ausrichten.

Steel lächelte diabolisch. »So endet es also«, stieß er hervor. Er griff in sein Jackett und zog ein Springmesser hervor und ließ es aufspringen; es hatte eine gefährliche Klinge, die mindestens zehn Zoll lang war. »Damit hast du das Maß überschritten.«

Ich wusste, was jetzt kommen würde. Aber ich wollte es nicht wahrhaben. Die Waffe in meiner Hand war nicht notwendigerweise leer geschossen. Peter hatte mir seinerzeit im Schießstand von Majestic gezeigt, wie man auf die Schnelle dieses Problem lösen konnte – mit etwas Glück jedenfalls. Man brauchte nur das Magazin nach unten rausschnappen zu lassen und wieder einzurasten; eine Sache von nicht einmal zwei Sekunden. Wenn dann noch ein Schuss im Magazin war und wenn der Fehler nicht noch einmal auftrat, war die Waffe wieder einsatzbereit. Mein einziger Vorteil dabei war, dass Steel davon nichts wissen konnte. Aber trotzdem hatte ich keine Chance mehr; knapp zwei Sekunden waren für einen Mann wie Steel eine Ewigkeit, um mit einem vielleicht wieder gefährlich werdenden Gegner fertig zu werden.

Es war Kim, die die Sache entschied. »Nein!«, schrie sie und klammerte sich von hinten an Steel, als wolle sie ihn erwürgen. Steel ließ seinen linken Ellbogen nach hinten schnellen.

»Phuaaaa«, machte Kim, als ihr die Luft aus den Lungen getrieben wurde. Aber sie hielt krampfhaft fest. Ein zweiter Ellbogenstoß trieb ihr jegliche Farbe aus dem Gesicht und es kam mir vor, als sei ich selber getroffen worden oder noch schlimmer; Kim leiden zu sehen war eine Steigerung des Grauens der letzten Stunden, die ich nicht mehr für möglich gehalten hätte.

Ich war versucht, Steel frontal anzugreifen. Doch da hatte ich das Magazin auch schon ausgeworfen und es wäre Wahnsinn gewesen, Steel im wahrsten Sinne des Wortes ins offene Messer zu laufen. Mit zitternden Fingern versuchte ich das Magazin in die Griffmulde zurückzuschieben; meine Hände waren so schweißnass, dass es mir fast entglitten wäre. Das Magazinwechseln kam mir wie eine Ewigkeit vor, dabei bewerkstelligte ich es wahrscheinlich schneller als je zuvor. Mit aller Konzentration, die ich für diese Aufgabe erübrigen konnte, schob ich es schließlich in die zugehörige gefederte Halterung. Dabei fiel mir auf, dass nur noch eine einzige Patrone in dem Magazin war; eine flüchtige Beobachtung, die dennoch über unser aller Schicksal entscheiden konnte.

Der dritte Ellbogenstoß trieb Kim schließlich zurück und mit einem Schmerzenslaut, der mir fast das Herz zerriss, prallte sie gegen die Apparatur hinter sich und sackte zusammen.

»Keinen Schritt, Steel!«, schrie ich, mit meiner Waffe im Anschlag. Einen Moment fürchtete ich, er würde sich trotz der auf ihn gerichteten Pistole auf mich stürzen; doch offensichtlich war ihm mein Magazinwechsel nicht entgangen. Er stand zögernd vor mir, nicht von Angst gepackt, sondern die Lage wie ein Jäger sondierend, der die beste Gelegenheit zum Eingreifen abwartet.

»Ich töte dich, Loengard«, sagte er ruhig. »Selbst wenn deine Waffe noch geladen sein sollte – was ich bezweifle –, werde ich dich töten.«

»Versuch es besser nicht«, zischte ich. In meiner Reaktion war jetzt kein Platz für Angst. Stattdessen spürte ich eine unglaubliche Wut, vermischt mit Verwirrung und dem Gefühl, dass die Zeit plötzlich zum Stillstand gekommen sei. Jeder Zweifel und jede Verunsicherung fielen von mir ab und wurden von dem Hochgefühl des Jägers abgelöst, der sich einer Beute sicher ist. So musste sich Ray gefühlt haben, vor so unendlich vielen Jahren, als er die Kaninchen zur Strecke gebracht hatte.

»Erschieß ihn!«, schrie Ray. »Mach doch endlich!«

Mein Atem beruhigte sich. Bislang hatte ich die Pistole mit verzweifelter Furcht umklammert gehabt, nur zu bewusst, dass ich nur noch einen Schuss hatte. Jetzt war ich mir plötzlich sicher, dass ich mit dieser einzigen Kugel den entscheidenden Treffer landen würde.

In diesem Moment sprang Ray vor. Es waren zu wenig Kraft und Geschwindigkeit in seiner Bewegung, um einen Mann wie Steel ernsthaft gefährden zu können. Dennoch beschrieb das Messer in Steels Hand einen Halbkreis, verließ dann seine Hand und sauste so schnell, dass es für einen Sekundenbruchteil fast unsichtbar war, auf Rays Kopf zu und schnitt dann in grausamer Endgültigkeit in seine Kehle ein, bevor es fast ungebremst gegen die helmähnliche Vorrichtung traf, in der noch vor wenigen Minuten Rays Kopf gesteckt hatte, und zu Boden purzelte.

»John, urrggh«, gurgelte Ray und Blut spritzte aus seiner Wunde hervor wie eine Fontäne; ein paar Spritzer trafen mich, aber in diesem Moment nahm ich es nicht wahr. Ich starrte nur auf den schrecklichen Schnitt in Rays Hals, auf den Hemdkragen, der sich augenblicklich rot färbte, und auf das überall blubbernde, grässlich dickflüssige Blut, das mit einer Geschwindigkeit aus ihm herausschoss, die jeden Rettungsversuch von vornherein zum Scheitern verurteilte.

Ray spuckte Blut und seine Augen fraßen sich mit seltsamer Klarheit an mir fest, als wolle er sich mein Bild für alle Ewigkeiten einprägen. Ich war zu keiner Handlung fähig, sondern stand nur wie erstarrt da. Alles, was ich begriff, war, dass mein Bruder starb; dieser lausige Bastard, der mich geärgert hatte, wo nur immer er gekonnt hatte, und letztlich doch immer zu mir gestanden hatte. Steel hatte ihn umgebracht und die wenigen Sekunden, die er noch zu leben hatte, mussten fürchterlich gewesen sein.

Es können nur Sekundenbruchteile gewesen sein, in denen mir diese Gedanken durch den Kopf schossen, doch sie hatten Steel gereicht, um zur Wand zurückzuweichen und Kim zu packen. Mit einer unglaublich kraftvollen Bewegung riss er sie an sich heran.

»Jetzt ist sie dran!«, schrie er. »Du hast alles zerstört, Loengard, und jetzt zerstöre ich alles, was dir wichtig ist, bevor ich dich endgültig auslösche!«

»Nein!«, schrie ich in der Ekstase des Schreckens. Es kam mir in diesem Moment gar nicht zu Bewusstsein, dass mit dem Tod Rays das Experiment der Hive in sich zusammengekracht sein könnte wie ein Kartenhaus; aus irgendeinem Grund waren mein Bruder, Kim und Steel zwingend notwendig für das Gelingen dessen, was Steels Auftraggeber geplant hatten. Rays grausiges Schicksal wischte alle anderen Gedanken in mir fort. Ich wollte ihm beistehen, wenigstens im Tod, und vorher hatte ich noch etwas zu erledigen. Ich musste Steel töten.

Steel hielt Kims Hals immer noch umklammert und wie er so dastand, bleich und mit einem monströs funkelndem blinden Auge, sah er aus wie eine Karikatur eines Vampirs. Ich hatte nur noch eine Kugel und sie würde Kims Kopf zerschmettern, wenn ich meine Sache nicht gut machte. Aber ich würde meine Sache gut machen. Ich wartete auf den richtigen Moment, auf den einzigen Moment, in dem ein Schuss ein sicherer Schuss sein konnte. Ich hatte keine Zeit mehr und doch alle Zeit der Welt. Es war überfällig, dass die Blutspur, die Steel hinter sich gelassen hatte, mit seinem eigenen Tod gesühnt wurde.

»Komm schon, du Bastard«, fauchte Steel. Es klang kaum mehr wie eine normale menschliche Stimme und ich musste daran denken, wie Steel in Rubys Nachtklub in das Funksprechgerät gekeucht und lang gezogene, unmenschlich klingende Laute hineingestöhnt hatte. Seine menschliche und seine außerirdische Existenz schienen immer mehr zu verschmelzen.

Er stand nur wenige Meter von mir entfernt und irgendwie wusste ich, was kommen würde. Der Killer Steel würde nicht einfach mit einer Geisel im Arm dastehen und darauf warten, dass ich den ersten Schritt tat. Er wollte mich zerreißen wie ein Berglöwe ein Wolfsjunges, das sich neugierig und unvorsichtig von seiner Mutter entfernt hatte. Und er würde es zweifelsohne schaffen, unter normalen Bedingungen.

Die Realität wich für mich immer mehr zurück. Ray, der röchelnd um Luft rang für seine letzten Atemzüge. Kim, meine geliebte Kim, die mit einem vollkommen verstörten Gesichtsausdruck auf Steels raue Umklammerung reagierte – alles das wich immer weiter zurück. Was übrig blieb, waren der Jäger und sein Opfer.

Steel glaubte der Jäger zu sein. Das war sein Irrtum. Als er sich abstieß, Kim dabei hart zur Seite schleuderte und mit einem Riesensatz bei mir war, verließ genau in diesem und keinem anderen Moment die letzte Kugel meine Waffe. Der Knall war genau zwischen mir und Steel, zwischen mir und dem stinkenden Etwas, zu dem Steel mutiert war, zwischen mir, dem Zauderer und Sensiblen, und Steel, dem gnadenlosen Killer, der er schon immer gewesen war.

Steel stieß einen ohrenbetäubenden Schrei aus – einen Schrei, in den sich Angst, Schmerz und Wut mischten. Aus dem runden Loch neben seiner Nasenwurzel spritzte Blut hervor und er riss eine Hand hoch, presste sie instinktiv an seine Wunde, als könne er damit die Blutung stoppen und die Verletzung ungeschehen machen. Gleichzeitig stolperte er auf mich zu, mit schleppenden, aber immer noch viel zu kraftvollen Bewegungen. Es hatte etwas Unwirkliches an sich, aber Steel war ja auch unwirklich, nicht mehr nur Mensch, sondern auch etwas Anderes, Unfassbares – und trotz all der Erklärungen von Bach und Hertzog würde meinem innersten Wesen für immer fremd bleiben, in was er sich verwandelt hatte.

Wenn Kim nicht in diesem Moment aufgeschrien hätte, ein hoher, spitzer Schrei, als sie über die Liege stolperte, das Gleichgewicht verlor und hinschlug, wäre ich vielleicht wie gelähmt stehen geblieben und Steel hätte mich doch noch erwischt, mit seinem wie eine Baggerschaufel vorgestreckten linken Arm, der mich zerquetschen würde, ohne mir die Chance zur Gegenwehr zu geben.

Doch Kims Schrei riss mich aus meiner Erstarrung und es wurde mir schlagartig klar, dass es um mehr ging, als nur dieses Monster zu besiegen. Mit einem verzweifelten Satz steppte ich beiseite und Steel stolperte an mir vorbei. Mit einer uneleganten, plumpen Drehung versuchte er die Richtung zu ändern und seine Hand schrammte an meiner Wange vorbei. Doch dann knickte er in die Knie ein, röchelte und fiel schwer wie ein Sack vornüber.

Ich kümmerte mich nicht weiter um ihn. Mein Blick galt nur noch Ray, der mittlerweile in sich zusammengesackt war; auf allen vieren lag er am Boden und sein Kopf stand seltsam schief vom Körper ab; überall war Blut, so schrecklich viel Blut, und immer noch sprudelte Blut aus der Halsschlagader hervor, aber es war ein versiegender Lebensfluss und wenn er zum Stillstand gekommen war, würde auch Ray tot sein.

Mit ein paar wenigen Schritten war ich bei meinem

Bruder. Ich ließ mich neben ihm nieder, packte sein Handgelenk und suchte seinen Pulsschlag – obwohl ich schon vorher wusste, dass ich dort nichts finden würde, suchte ich verzweifelt nach einem Lebenszeichen, einem Ansatz für Hoffnung.

Aber es gab keine mehr. Seine Augen starrten gebrochen und tot durch mich hindurch und um seine Mundwinkel stand ein Lächeln, das ich nicht verstand, das ich umso grausamer fand angesichts der Qual, in der er hatte sterben müssen. Tränen stiegen in meine Augen und rannen mir die Wangen hinab. Ich verstand es nicht. Ich verstand einfach nicht, dass er hatte sterben müssen. Wo war der Sinn in all dem?

Ich hörte ein Geräusch hinter mir und drehte mich langsam um. Fast erwartete ich, dass sich Steel wieder aufgerappelt hatte, und fast war es mir egal. Aber es war Kim, die auf mich zustolperte; ihre Augen waren riesig, ihre Lippen zitterten, ihr Gesicht war vor Schrecken aschfahl. »Ist er … ?«, fragte sie.

Ich nickte langsam und erneut stiegen mir Tränen in die Augen. »Ja«, sagte ich mit belegter Stimme. »Er ist tot.«

Ich weiß nicht, wie lange ich so neben ihm hockte, mit Kim hinter mir, die mir die Hand auf die Schulter gelegt hatte und leise schluchzte. Vielleicht waren es nur wenige Sekunden, vielleicht etliche Minuten – doch sie erschienen mir wie eine Ewigkeit. Szenen aus unserer gemeinsamen Jugend kamen mir in den Sinn, abgehackt und durcheinander gewirbelt, und ich bekam keinen einzigen Erinnerungsfetzen wirklich zu fassen. Es war so unbegreiflich. So ohne Sinn. Der Junge, mit dem ich groß geworden war, der Junge, mit dem ich gestritten, gerauft und herrliche Zeiten verlebt hatte – der war jetzt tot. Und irgendwie war ich für seinen Tod verantwortlich; ich hatte den Stein ins Rollen gebracht, der ihn schließlich mit hinab ins Verderben gezogen hatte.

Schließlich erhob ich mich wieder. Es kostete mich

Überwindung, Rays Hand loszulassen; diese Geste hatte etwas erschreckend Endgültiges. Doch es war weder der rechte Ort noch die rechte Zeit zum Trauern. Ich musste Kim hier herausbringen – und dann musste ich meinen Eltern beibringen, irgendwie, dass ich ihren Sohn Ray auf dem Gewissen hatte.

Als Kim und ich uns gegenüberstanden, konnten wir gar nicht anders, als uns in die Arme zu fallen. Es hatte etwas Verzweifeltes an sich, wie bei einem Liebespaar, das vom Schicksal auseinander gerissen wird und weiß, das es sich wahrscheinlich nie wieder sehen wird, oder wie bei einem Soldaten, der sich von seiner Liebsten am Bahnhof verabschiedet, wohl wissend, dass die Floskel *bis der Tod euch scheidet* nur allzu bald blutige Realität werden kann. Einen zeitlosen Augenblick standen wir so da, alles um uns herum vergessend. Nur noch Kim und ich und ein Gefühl aus Trauer, Liebe und unendlicher Müdigkeit. Ein Geräusch, das wie durch eine Wattewand an mein Ohr drang, holte mich langsam in die Wirklichkeit zurück. Als ich in Kims blasses, wie nach einer Operation langsam erwachendes Gesicht sah, konnte ich einfach nicht anders, als sie zärtlich zu küssen. So als wäre es unser erster Kuss, zart, ängstlich und vorsichtig, um nicht etwas gerade Aufblühendes zu zerstören.

Ein erstickter, schrecklicher Laut ließ uns zusammenfahren; mehr ein ersticktes Röcheln als ein Schrei. Zuerst glaubte ich, es sei Ray, der doch noch nicht vollkommen tot war und den wir einfach im Sterben hatten liegen lassen, ohne uns die Mühe zu geben, ihm beizustehen – aber ein rascher Blick überzeugte mich davon, dass ich mich geirrt hatte. Es war auch nicht Steel, der von den Toten wieder auferstanden war oder der vielleicht gar nicht tödlich verletzt worden war und nun aus einer Bewusstlosigkeit erwachte.

Es war Marcel. Er kam mit ausgebreiteten Armen auf uns zu, in einer Haltung, die einem Schlafwandler glich, aber ungleich dramatischer war. Seine Pupillen waren so erweitert, das sie fast über den Rand seiner dicken Brillengläser hinauszutreten schienen. Seine Hände, seine Arme, ja, sein ganzer Oberkörper zitterten und um seinen Mund hatte sich Schaum gebildet, der an einen Tollwütigen erinnerte. Es sah nicht nach einem normalen Nervenzusammenbruch aus, es war mehr als nur Hysterie; es war der vollständige Zusammenbruch eines Menschen und seiner sämtlichen Lebenssysteme, der sich da ankündigte.

Er blieb direkt vor uns stehen, keuchend, röchelnd und nach Atem ringend. »O Gott«, keuchte er. »Sie haben ... mich ... erwischt.« Er stieß einen hellen, spitzen Schrei aus, den ich mein Lebtag nicht vergessen werde, einen Schrei, der überhaupt nicht zu diesem kleinen tapferen Mann passte, der die letzten Stunden des Irrsinns so souverän gemeistert hatte.

Marcels Schrei ging in ein Röcheln über und er brach in die Knie, stützte sich mit beiden Händen in einer Haltung ab, als müsse er sich übergeben. Dann verstummte er. Wie ein Hund hockte er vor mir auf dem Boden und dann wandte er mir den Kopf zu. Ich konnte sein Gesicht kaum erkennen und bemerkte doch eine erschreckende Veränderung; die Augen quollen ihm fast aus dem Gesicht und die Partie um den Mund wirkte merkwürdig aufgedunsen. »Schießen Sie«, wimmerte er. »Erschießen ... Sie mich. Ich will nicht ... so ... enden.«

Die über die Lüftungsanlage verbreitete Substanz musste sich in sein Gehirn eingegraben haben und wahrscheinlich war es nur dem Höchstmaß meiner Erregung zu verdanken, dass ich selber vorläufig von ihrer Wirkung verschont geblieben war. Marcel musste mit aller Macht versucht haben, gegen die feindliche Übernahme anzukämpfen – doch jetzt hatte er den Kampf verloren.

Ich schüttelte nur verzweifelt den Kopf. Wenn wir es schafften, ihn schnell genug aus diesem Gebäude zu bekommen, weg aus dem Einfluss der vergifteten Luft, hatte er vielleicht noch eine Chance. Ansonsten würde es uns wahrscheinlich beiden an den Kragen gehen. »Halten Sie durch.« Ich packte seine Schultern und versuchte ihn aufzurichten, aber er hielt dagegen; irgendetwas schien in geradezu nach unten zu ziehen.

Aber es war nicht irgendetwas. Es war irgendjemand.

Es war Steel. Seine Hand klammerte sich um Marcels Fußgelenk und zog sich an ihm entlang. Zwei, drei Herzschläge stand ich wie gelähmt da, unfähig zu begreifen, was da vor sich ging. Steel war tot, musste tot sein; die Verletzung war zu schwer gewesen, als das er sich wieder davon hätte erholen können. Und doch war ganz offensichtlich Leben in ihm und immer noch genug Kraft, um Marcel weiter nach unten zu ziehen.

Steels Pistole.

Ich hatte sie ihm aus der Hand geschossen, aber sie war noch da und verhieß die Rettung vor dem Monster in Menschengestalt. Meine Augen suchten die Waffe. Ich wusste, wohin sie nach meinem Treffer geflogen war, und doch dauerte es ein paar Sekunden, bis ich das schwarze Metall unter der Pritsche entdeckte, auf der vor kurzem noch Ray gelegen hatte. Ich bückte mich und griff mit zitternden Fingern nach der Waffe. Ich hatte es für eine Pistole gehalten, aber in Wirklichkeit war es ein Revolver mit dem weit verbreiteten Kaliber 38, mit sechs Patronen in der Trommel, von der mindestens die Hälfte fehlten. Das Schlimmste war die Zerstörung, die mein Schuss an der Trommel angerichtet hatte; wenn ich Pech hatte, war sie genauso verklemmt wie kurz zuvor meine Pistole.

Als ich mich wieder umdrehte, hatte Steel Marcel bereits zu sich runtergezogen und seine Hände so fest um den Hals seines Opfers geklammert, als seien es Zwingen eines Schraubstocks, die ein Stück Metall mit aller Kraft zusammenquetschten. Marcels Augen quollen förmlich hinter den dicken Brillengläsern hervor und seine Zunge hing zwischen seinen Zähnen; mit seinen Händen hielt er Steels Handgelenke umklammert, aber der Versuch, sich so zu befreien, wirkte genauso lächerlich wie der Angriff eines Terriers, der sich ins Bein eines Grizzlybären verbissen hatte.

Ich riss den Revolver hoch und zog den Abzug durch. Doch es geschah einfach gar nichts. Der Abzug ließ sich noch nicht einmal bis zum Ende durchreißen; er war durch die zerschossene Trommel blockiert, genauso wie ich befürchtet hatte.

Marcel röchelte nicht einmal mehr. Ich hatte keine Zeit zu verlieren. Ohne zu überlegen drehte ich den Revolver um, stürzte mich auf Steel und hieb mit dem Griff auf Steels Schädel ein, immer und immer wieder. Mir kam nicht einmal der Gedanke, dass Steel loslassen konnte, um sich zu mir umzudrehen und anzugreifen.

Steels Hinterkopf verfärbte sich dunkelrot und dann sackte er vornüber, auf Marcel – einfach so, ohne einen Laut von sich zu geben oder den Versuch unternommen zu haben, sich gegen meine Schläge zu schützen. Wahrscheinlich hatte mein Schuss doch verheerendere Folgen ausgelöst, als ich zuerst geglaubt hatte. Sein Angriff auf Marcel war vielleicht nicht viel mehr als eine Instinktreaktion gewesen, die Reflexhandlung eines durch und durch bösartigen Wesens, das auch im schwer verletzten Zustand nicht anders konnte, als zu vernichten und zu töten.

Ich schob ihn beiseite; er war schwerer, als ich gedacht hatte. Ich suchte in seinem Gesicht nach einer Regung, nach einem Lebenszeichen, aber da war nichts; die Augen waren geschlossen und das hässliche, gezackte Einschussloch neben der Nasenwurzel blutverkrustet. Trotzdem war ich mir nicht sicher, ob er nun wirklich tot war. Aber das stand für mich im Moment auch nicht im Vordergrund. Ich musste wissen, wie es Marcel ging.

Als ich seine gebrochenen Augen und die zwischen den aufgedunsenen Lippen hängende Zunge sah, wusste ich sofort Bescheid. »Ich glaub's nicht«, stammelte ich. »Marcel ist tot.« Steel musste ihm den Kehlkopf eingedrückt haben, anders war sein schneller Tod kaum zu erklären.

»John, um Gottes willen!«

Kims Schrei ließ mich hochfahren. Doch es war nicht Steel, nicht diesmal. In der Apparatur hinter uns zischte etwas und dann gurgelte es; es klang wie die grauenvolle, verzerrte Parodie des morgendlichen Gurgelns beim Zähneputzen. Ein blauer Lichtschein brach plötzlich aus einem blanken Stück Metall hervor und setzte sich zu einem anderen identischen Stück fort, einem Hochspannungsbogen ähnlich, wie ich ihn einmal in Hertzogs Büro gesehen hatte. Etwas krachte und dicke, dichte Rauchschwaden krochen aus den Schlitzen der Apparatur hervor.

»Das geht alles gleich hoch!«, schrie Kim.

Sie hatte vermutlich Recht. Es wurde höchste Zeit, dass wir hier wegkamen. »Nur raus hier!«, schrie ich Kim zu. Ich packte sie am Handgelenk und zog sie mit mir, raus aus dem Raum und hinein in die Halle, von der in jeder Richtung mehrere Gänge abgingen.

Wie Wiesel jagten sich in meinem Kopf die Gedanken. Ich wusste nicht, wohin wir uns wenden sollten. Jeder Gang konnte uns rausbringen oder aber auch noch tiefer in diese Hölle hinein; er konnte uns in eine Sackgasse führen oder geradewegs in unser Verderben. Aber das war nicht das einzige Problem. Ich verlor die Übersicht. Das gefiel mir überhaupt nicht. Genau genommen war Kim kein freier Mensch mehr, schon lange nicht mehr, und die Eigenschaften, die sie früher ausgemacht hatten, hatte das unbegreifliche Etwas in ihr wie bei einer Zwiebel Schale um Schale abgetragen: organisiertes Denken, tief eingegrabene Gefühle und letztlich den freien Willen. Wer oder was sie war, vermochte ich nicht mehr zu sagen, auch wenn bei unserer kurzen Umarmung das alte Gefühl wieder da gewesen war, hatte doch auch etwas Fremdes mitgeschwungen. Ich wusste nur, dass ich sie nach wie vor liebte, auf diese typisch unlogische und fanatische Art, die uns Menschen zu eigen ist.

Ich versuchte mir einzureden, dass es nur dieses Gefühl war, was zählte. Aber das stimmte natürlich nicht. *Was ist, wenn überhaupt nichts Menschliches mehr in ihr ist,* sagte eine innere Stimme zu mir. Ich wollte die innere Stimme übergehen. Aber sie ließ nicht ab. Sie war leise, aber eindringlich: *Was ist, wenn dieses Etwas in ihr dich nur benutzt hat, wenn es dich die ganze Zeit gelenkt hat, einem geheimen Plan folgend, der dich genauso hat handeln lassen, wie sie es wollten.*

Aber es war zu spät. Es war um Tage, um Wochen, vielleicht sogar um Monate zu spät, sich jetzt noch darüber Gedanken zu machen und nach dem Sinn des Ganzen zu fragen. Wenn es anders gelaufen wäre, wenn nicht Kimberley so tief in die Sache verstrickt wäre, dann hätte ich vielleicht irgendwann versuchen können, Augen und Ohren zu verschließen und mich aus der ganzen Sache herauszuhalten. Aber das ging nicht. Es war mein Kampf, meine Auseinandersetzung mit Mächten, die sich in mein Leben gedrängt hatten, und nicht umgedreht. Es war meine Zeit und mein Ort. Hier und jetzt musste es ausgetragen werden. Es spielte keine Rolle, dass ich mir nicht sicher sein konnte, was mit Kim los war; ich hatte beschlossen, für sie und mich zu kämpfen, und genau das würde ich bis zum letzten Atemzug tun.

Es dauerte einen Moment, bis ich zu ahnen begann, dass etwas mit meiner Wahrnehmung nicht stimmte, dass ich tief in mich hineingesackt war, ohne meine Umgebung überhaupt noch wahrzunehmen; es war Kim, die mich aus meiner Erstarrung befreite, indem sie mit Fäusten auf mich einhämmerte und auf mich einschrie: »John, um Gottes willen, tu doch etwas! Wir müssen hier weg!«

Erst da begriff ich, dass ich endlose Sekunden einfach stehen geblieben war, versunken in nutzlose Gedanken, die uns keinen Schritt weiterbringen würden. Ich erinnerte mich mit Grausen, wie Marcel kurz vor seinem Tod mit schreckensweiten Augen und Schaum vor dem Mund auf mich zugestolpert war. War ich jetzt an der Reihe?

»John, bitte!«

»Schon gut«, murmelte ich und schob ihre Hand beiseite. Mit meinen Augen schien etwas nicht zu stimmen, der ganze Raum drehte sich um mich.

»Dort entlang!«, schrie Kim. »Ich glaube, wir sind von dort gekommen!«

Ich war gar nicht auf die Idee gekommen, dass Kim wissen konnte, wie wir hier rauskommen würden. Ich nickte dankbar. Es blieb mir gar nichts anderes übrig, als mich auf sie zu verlassen. Und obwohl ich wusste, dass wir schleunigst hier weg mussten, obwohl hinter uns etwas explodierte und der dicke, graue Qualm uns bis hierher verfolgte und das Atmen zur Qual wurde, war es Kim, die mich mitzog, und nicht umgekehrt. Es war ihre Energie und Kraft, die mich vorwärts riss und mich automatisch meine Schritte beschleunigen ließ.

Die Wände schienen mir plötzlich gar nicht mehr so düster zu sein wie noch vor ein paar Minuten; bunte Farbkleckse rannen an ihnen herab und gaben dem Ganzen einen surrealen Anstrich. Was tat ich eigentlich hier? Warum lief ich in heller Aufregung durch diesen grässlichen Gang? Um vollkommen sinnlos im Kreis zu laufen, während sich mein Gehirn langsam zersetzte, aufgefressen wurde von einer Substanz, die ein paar verrückte Aliens hatten entwickeln lassen, um uns um Kopf und Kragen zu bringen?

Ich fing an zu keuchen. Je schneller man läuft, umso mehr Atemluft jagt auch durch den Körper und vielleicht lag es daran, dass sich die Wände nun in ständiger fließender Bewegung zu befinden schienen und um mich herum pulsierten wie die Haut einer Kobra, wenn sie ein Kaninchen verdaut. Irgendwo in einem Winkel meines Verstands flüsterte mir eine Stimme zu, dass es mit zu meiner Halluzination gehörte zu glauben, es wäre noch so etwas wie Rettung möglich: Was sollte der Unsinn? Tatsache war, dass ich schneller als mir lieb war die Kontrolle über mich verlor, dass ich meine Beine nur noch wie zwei entfernte Pumpenschwengel fühlte, während sich mein Brustkorb gleichzeitig ins Unermessliche auszudehnen schien. Aber das war nicht das Schlimmste.

Viel gefährlicher war, dass ich kaum noch wusste, was ich tat. Es war ähnlich und doch ganz anders als das Gefühl totaler Betrunkenheit – ähnlich, weil die Körpersteuerung und Wahrnehmung wie unter Alkohol eingeschränkt waren, und anders, weil meine Gefühle wie in einem Fesselballon aufstiegen, der zum Spielball kräftiger Windböen wird, hin und her geschleudert von Urgewalten, denen er nichts entgegenzusetzen hat. Es war auch anders als während des Gesprächs mit Steel, als alles immer enger und bedrückender wurde und ich das Gefühl gehabt hatte, zu ersticken. Eine ungeahnte Leichtigkeit hatte mich ergriffen und es hätte mich keineswegs gewundert, wenn meine Beine plötzlich den Kontakt zum Boden verloren hätten und ich schlicht und einfach abgehoben wäre.

Doch dann, wider Erwarten, tat sich vor uns etwas auf, was wie die Tür zu einem Treppenhaus wirkte. Kim riss die Tür auf und schob mich durch. »Reiß dich zusammen«, schrie sie mich an und es kam mir ungerecht vor, dass sie so ruppig mit mir umging nach allem, was ich für sie getan hatte.

»Nur einen Moment«, keuchte ich, während ich ihre helfende Hand wegschob und mich an die Wand des schmalen Treppenhauses lehnte. Ich spürte, wie sich meine Lungen mit abgestandener, verbrauchter und stinkender Luft füllten aber diesen Bereich schien die Lüftungsanlage nicht verpestet zu haben und die Zusammensetzung hier kam mir trotz aller Nachteile so verlockend vor wie kristallklare Bergluft. Schon nach fünf, sechs Atemzügen begannen sich meine Gedanken wieder zu klären. »Moment noch«, keuchte ich, als Kim wieder nach meinem Arm griff, um mich weiterzuziehen. »Ich bin gleich wieder bei mir.«

Kim runzelte die Stirn. »Wir müssen hier weg«, sagte

sie leise. Ihre Stimme verriet, wie erschöpft sie war, und ich hätte ihr gerne gesagt, wie dankbar ich war, dass sie mich hierhin geführt hatte; ohne sie hätte ich es niemals geschafft. Aber ich war zu kraftlos für eine liebevolle Geste. Alles, was ich wollte, war weg – so schnell wie möglich und so weit wie möglich weg von diesem Wahnsinn.

»Über uns ist Majestic«, sagte ich mühsam. »Wir können uns da nicht so einfach rausschleichen. Wir brauchen einen Plan.«

»Nein, John«, sagte sie und schüttelte den Kopf. »Wir brauchen keinen Plan. Wir müssen weg von hier. Weil ich spüre, dass hier gleich etwas Furchtbares geschehen wird ...«

»Steel?«

Sie schüttelte abermals den Kopf. »Ich weiß es nicht. Aber der Weg in die Freiheit führt über Majestic und glaub mir, Bach ist das kleinere Übel.«

»Ich will nichts mehr hören von Bach«, sagte ich ärgerlich und stieß mich wieder von der Wand ab. »Ich werde ihn diesmal schlagen, glaube mir. Wenn es nur die geringste Chance gibt, werde ich ihn austricksen.«

Kim antwortete nicht, aber das war auch nicht nötig. Ich wusste sowieso, was in ihr vorging: Sie wollte einfach nur weg von hier und mein großartiges Versprechen, es Bach diesmal zu zeigen, glitt an ihr ab wie die Ankündigung eines Politikers, nach der nächsten Wahl die Steuern zu senken.

»Dann los.« Ich stieß mich ab, hinauf auf die Treppe, auf direktem Weg hinein in unser Verderben oder in Richtung Rettung, wer wusste das schon. Taumelnd und stolpernd jagten wir die Nottreppe hoch, während ich mit einer Hand am Geländer Halt suchte; ich war noch immer nicht ganz sicher auf den Beinen. Unter uns zerriss ein Donnern die gespenstische Stille, die ansonsten nur von den Geräuschen unserer unsicheren Schritte unterbrochen wurde. Ein Zittern ging durch den Beton.

»Komm endlich«, herrschte ich Kim an, die ein paar Schritte hinter mir zurückgeblieben war. »Ich habe keine Lust, mit dem Kasten in die Luft zu fliegen.«

So schnell wir konnten hetzten wir um eine weitere Kehrtwende der Treppe. Und dann blieb ich abrupt stehen; Kim taumelte in mich hinein.

»Was ist?«, fragte sie nach Atem ringend.

Eine massive Stahltür versperrte uns den Weg, ein Monstrum von Tür, mit massiven Riegeln und Schlössern. Ich ahnte, was das bedeutete: Das war der Ausstieg aus diesem geheimnisvollen Bereich, den die Außerirdischen vor vielen Jahrzehnten hatten bauen lassen. Und der Eingang zu Majestic.

»Wenn diese Tür abgeschlossen ist, sitzen wir in der Falle …«

»Still«, unterbrach mich Kim. »Ich höre etwas.«

Und tatsächlich: Ein helles Summen war von der anderen Seite zu hören, dann etwas wie ein Klopfen und ein sägendes Geräusch. »Ich glaube, wir kriegen Besuch.« Ich zog Steels Revolver aus dem Gürtel. Er war zwar unbrauchbar, aber trotzdem verlieh er mir ein Gefühl von Sicherheit; für einen Bluff war er auf alle Fälle noch gut genug.

Ich kam kaum dazu, den Gedanken zu Ende zu denken, da schwang auch schon die Tür vor mir auf.

Ich hielt mich krampfhaft an meinem Revolver fest. Kimberley klammerte sich an meine Schulter und drückte sich an mich. Wir pressten uns instinktiv so weit wie möglich ans Geländer, damit wir erst im letztmöglichen Moment entdeckt werden konnten. Wir hatten Glück: Die Tür ging in unsere Richtung auf, Schatten werfend und uns verbergend wie eine Mutter, die ihre Kinder in Sicherheit bringen will. Damit hatten wir wenigstens den Vorteil der Überraschung auf unserer Seite.

Helles Licht fiel von draußen ein. Mit zugekniffenen Augen erkannte ich die Schatten von drei Personen, die auf die Treppenstufen vor uns geworfen wurden. »Eine

Treppe«, sagte jemand. Die Stimme kam mir seltsam bekannt vor und mein Herz klopfte zum Zerspringen. »Aber niemand zu sehen. Hier scheint alles ruhig zu sein.«

»Gut.« Das war eindeutig Bach. »Sobald die anderen da sind, werden wir uns die ganze Geschichte einmal genauer ansehen …«

Es hatte keinen Sinn, die Konfrontation herauszuschieben. Obwohl meine Arme vor Angst fast wie gelähmt waren und meine Beine vor Überanstrengung zitterten, sprang ich vor, mit dem Revolver in meiner Hand. Es war mehr eine impulsive Handlung als eine geplante Aktion; wir konnten es uns nicht leisten, auf die von Bach angekündigte Verstärkung zu warten.

Die drei Männer, die plötzlich mit meiner Waffe konfrontiert wurden, sahen mich überrascht an: Bach, die Hände wie immer waffenlos, einen Mann neben sich mit einem Schlüsselsatz oder einem Satz Dietriche in der Hand und vor ihm der Gefährlichste von ihnen, der offensichtlich seine Pistole gerade zurückgeschoben hatte.

Es war Albano, der direkt vor mir stand, ohne Sonnenbrille, mit gelockerter Krawatte und beschmutztem, am linken Ärmel eingerissenem Jackett und mit einer um seinen Hals baumelnden Gasmaske. Auf seiner Wange war eine frische Schürfwunde und seine Augen wirkten trübe und waren rot entzündet. Ich hatte Albano noch nie in einem solchen Zustand gesehen; er legte Wert darauf, jeder Situation korrekt und gefasst zu begegnen.

Seine Reaktionen hatten darunter jedoch nicht gelitten; seine Hand fuhr zurück zu seinem Pistolenhalfter und er hätte sicherlich die Waffe gezogen, wenn ich ihn nicht mit einem lauten »Nicht!« gestoppt hätte.

»Tu es nicht, Phil«, fuhr ich leise fort. »Ich bin nicht in der Stimmung für Diskussionen und ich habe absolut keine Skrupel, dich niederzuschießen. Zieh einfach deine Waffe und wirf sie auf den Boden und schieb sie mir mit dem Fuß rüber.«

Albano runzelte die Stirn, ließ die Hand aber erst einmal wieder sinken. »Du hast keine Chance, John«, sagte er, während Bach hinter ihm keine Mine verzog. Auch der dritte Mann blieb einfach stocksteif stehen. »Selbst wenn du mich erschießen würdest – du kämst nicht lebend aus Majestic heraus.«

»Lass das meine Sorge sein, verdammt noch mal. Wenn du nicht gleich deine Waffe rüberschmeißt, schieße ich dir erst dein linkes Bein weg, dann dein rechtes ...«

In Albano arbeitete es; er schien seine Chancen abzuwägen, aber seine Rechnung schien nicht aufzugehen. »Also gut«, antwortete er schließlich. Er musste erkannt haben, dass ich es absolut ernst meinte. Langsam und vorsichtig zog er seine Waffe aus dem Halfter und ließ sie fallen. Sie polterte zu Boden und blieb ein paar Zoll von seinem Fuß entfernt am Boden liegen.

»Jetzt rüber zu mir.«

Er biss sich auf die Lippe und tauschte einen Blick mit Bach. Der stumme Dialog musste offensichtlich zu seinen Ungunsten ausgegangen sein, denn er zuckte mit den Achseln und gab der Pistole einen Schubs, der sie an mir vorbeischlittern ließ. Fast wäre ich sofort in die Hocke gegangen, um sie aufzunehmen, doch dann hätte ich Albano einen Moment den Rücken zukehren müssen. Genau das hatte er sicherlich beabsichtigt.

Doch das Majestic-Training machte sich auch diesmal bezahlt; ich verzichtete auf meine instinktive Reaktion und ließ sie die Treppenstufen an mir vorbei herabpoltern. »Kim, schnapp dir die Waffe und gib sie mir dann«, sagte ich stattdessen.

Wenn Albano enttäuscht war, dann ließ er es sich jedenfalls nicht anmerken. Ich behielt ihn weiter scharf im Auge. Im Ernstfall hätte ich zwar nicht viel machen können; Steels Revolver, den ich in den Händen hielt, war durch meinen Glückstreffer wahrscheinlich für immer und alle Zeiten außer Gefecht gesetzt worden und damit vollkommen unbrauchbar; ich konnte mir nicht vorstellen, dass er plötzlich wieder funktionierte. Aber das wussten weder Bach noch Albano.

Kim brauchte nur wenige Sekunden, um Albanos Waffe zu holen und mir in die freie Hand zu drücken; ich wechselte sie mit Steels Revolver aus und gab ihr stattdessen den Revolver. Wenn Kim darüber verblüfft war, so ließ sie es sich nicht anmerken. Mir war es jedenfalls lieber, wenn Albano davon ausgehen musste, es mit zwei Bewaffneten zu tun zu haben. »Ich brauche ja wohl nicht zu sagen, dass jeder von euch Gefahr läuft, sich bei einer falschen Bewegung eine Kugel einzufangen.«

Bach schüttelte den Kopf, ob in gespielter oder echter Empörung, das vermochte ich nicht zu entscheiden. »Was soll das?«, fragte er scharf.

»Ich werde Sie erschießen, Frank, wenn Sie nicht meine Forderungen erfüllen, das soll es.« Meine Stimme klang rau, aber sie spiegelte auch meine Entschlossenheit wider. Nach den Ereignissen der letzten Stunden war etwas in mir zerbrochen – und es war nicht unbedingt Feinfühligkeit und Rücksichtnahme, die sich daraus bei mir entwickelt hatten. »Sie werden dafür sorgen, dass Kim und ich hier auf dem kurzen Dienstweg verschwinden können.«

»Sie machen einen großen Fehler, John«, sagte Bach. Er griff in seine Jackentaschen und verlangsamte seine Bewegungen, als die Mündung meiner Waffe zu ihm herüberwanderte. Mit einem abfälligen Lächeln brachte er eine Packung Zigaretten hervor und entnahm ihr einen Glimmstängel. Was mich aber mehr störte als die in dieser Situation provozierende Handlung, war das joviale *John.* Bei unserem letzten Gespräch hatte er mich durchgehend mit Nachnamen angeredet – doch jetzt, angesichts einer auf ihn gerichteten Waffe, fiel er wieder in den vertrauten Gebrauch des Vornamens zurück – so ein verlogenes Dreckschwein!

»Ich kann verstehen, dass Sie das alles hinter sich lassen wollen«, sagte er, während er sich die Zigarette anzündete. »Sie haben schließlich eine Menge durchgemacht. Aber gerade jetzt brauchen wir Sie am dringendsten.« Er paffte eine Rauchwolke in meine Richtung. »Vielleicht haben Sie sogar Recht.« Er nickte nachdenklich, als wollte er seinen Worten mehr Nachdruck verleihen. »Vielleicht ist es wirklich an der Zeit, an die Öffentlichkeit zu gehen. Vielleicht sollten wir uns aller Hilfe versichern, derer wir habhaft werden können.« Er deutete auf die Treppe, die wir gerade hochgekommen waren. »Das dort unten wird alles ändern.« Seine Mundwinkel verzogen sich zu einem schiefen Lächeln. »Was genau ist eigentlich passiert? Mit was müssen wir rechnen?«

Möglicherweise hatte ich Frank Bach überschätzt, vielleicht durchschaute ich ihn auch nur mittlerweile. Er kam mir vor wie ein schmieriger Gebrauchtwagenverkäufer, der einem Kunden für eine Schrottkiste gutes Geld abluchsen will.

»Für wie blöde halten Sie mich eigentlich, *Frank?*«, sagte ich, wobei ich seinen Namen besonders betonte. »Wenn Sie jemanden mit Ihrem Gewäsch einseifen wollen, dann suchen Sie sich jemand anderen. Nein,« diesmal schüttelte ich den Kopf, »machen Sie, was Sie wollen. Wenn Sie da runtergehen, werden Sie einen zusammengeschossenen Steel und einen Haufen technischen Firlefanz finden, der Ihnen gar nicht behagen wird. Aber zuerst werden Sie einen Hubschrauber für uns ordern und dann werden Sie uns auf unserem Flug begleiten – nur damit ich sichergehen kann, dass die Maschine nicht zufällig unterwegs abstürzt oder sonst irgendetwas Unvorhergesehenes passiert.«

»Was glaubst du eigentlich, du Hurensohn, wer du bist?«, schrie Albano vollkommen unerwartet. »Du hast kein Recht, irgendwelche Forderungen zu stellen! Du solltest froh sein, dass Frank so fair mit dir umgeht. Wenn es nach mir ginge ...«

»Stopp, Phil. Wir wollen doch nicht, dass die Situation eskaliert.« Bachs Blick schien sich in der Ferne zu verlieren und dann zuckte er mit den Achseln. »Sie schätzen die Situation falsch ein, John. In Majestic ist es drunter und drüber gegangen. Wir hatten alle Hände voll zu tun, um einen hinterhältigen Gasangriff in den Griff zu bekommen. Und dann mussten wir feststellen, dass wir auf irgendeiner Art … Station sitzen.« Seine Augen verengten sich zu schmalen Schlitzen. »Ich mache mir Sorgen, John, ernsthafte Sorgen. Irgendjemand hat uns dazu gebracht, Majestic über etwas anderem zu bauen, das offensichtlich schon Jahrzehnte vorher in diese Gegend gesetzt worden ist, in eine Tiefe, die mich schwindlig werden lässt. Irgendetwas hat von Anfang an seine Fühler in Majestic drin gehabt. Alles, wovon wir bislang ausgehen konnten, können wir jetzt in eine Mülltonne stopfen. *Es ist überhaupt nichts mehr sicher.*«

Er machte eine kurze Pause, so als hätte ihn seine kurze Rede erschöpft. Und ob ich wollte oder nicht – seine Worte machten Eindruck auf mich. Denn er hatte zweifellos Recht. Ich war noch nicht dazu gekommen, über die Konsequenzen dessen nachzudenken, was wir hier vorgefunden und erlebt hatten. Aber es warf tatsächlich alles über den Haufen, was wir bis jetzt gewusst hatten.

»Ich kann deshalb gar nicht anders, John: Ich biete Ihnen Ihre Position in Majestic wieder an. Nein, warten Sie, sagen Sie erst einmal nichts dazu. Wir werden einige Dinge ändern müssen. Und niemand kennt die Vorgänge hier so gut wie Sie. Majestic wird sich verändern müssen. Wir werden an die Öffentlichkeit gehen. Und dabei brauche ich jemanden wie Sie an meiner Seite.«

Er war so klug, seine Erklärung an dieser Stelle abzubrechen. Ob ich es nun wollte oder nicht: Bachs Worte hatten auf mich Eindruck gemacht, wieder einmal. Es war unglaublich, wie es dieser Mann immer wieder verstand, die richtigen Knöpfe zu drücken, um jemanden so funktionieren zu lassen, wie er es wollte. Und wahrscheinlich hätte er auch diesmal damit Erfolg gehabt – wenn nicht ich mich total verändert hätte. Nach Rays Tod und nach dem, was ich in den unter uns liegenden Stockwerken erlebt hatte, würde in der Tat nichts mehr so sein wie zuvor. Und schon gar nicht Kim oder ich.

»Lassen Sie's gut sein, Frank«, sagte ich. »Sparen Sie sich Ihre schönen Worte für Ihre Politikerfreunde. Besorgen Sie uns den Hubschrauber und überlassen Sie den Rest mir.«

»John«, sagte er eindringlich. »Überstürzen Sie nichts. Wenn überhaupt jemand Ihnen und Kim helfen kann, dann sind das wir!«

»Lassen Sie Kim aus dem Spiel!«, schrie ich. »Kümmern Sie sich lieber um diesen Abschaum Steel, der vielleicht tot ist und vielleicht auch nicht. Sie haben keine Zeit zu verlieren. Schicken Sie Albano und seine Männer nach unten, um das Rattennest auszuräuchern.«

»Nun gut«, sagte Bach eisig. »Phil, Sie haben gehört, was Loengard will. Also, schnappen Sie sich ein paar Männer ...«

»Aber doch nicht *jetzt!«* Ich begann langsam wütend zu werden, und das war gar nicht gut, denn nach all den hinter mir liegenden Strapazen könnte es sein, dass ich die Kontrolle über mich verlor. Damit wäre aber weder mir noch Kim gedient. »Ich will in spätestens zehn Minuten den Hubschrauber oben haben. Und so lange bleibt Albano bei uns.«

»Aber wenn Steel ...«

»Ihr Problem, Frank. Je schneller wir im Hubschrauber sitzen, umso schneller kann sich Albano dieses Problems annehmen.«

»Aber Sie können doch nicht ...«

»Der Hubschrauber, Frank, besorgen Sie mir endlich den gottverdammten Hubschrauber!«

Ein paar Sekunden durchbohrte mich sein eiskalter Blick. Aber dann gab er auf, diesmal zumindest. Ein spürbarer Ruck ging durch seinen Körper und er wandte sich an Albano. »Sie haben das Funkgerät. Erledigen Sie die Sache.«

Während Phil das Funkgerät aus der Gürtelschnalle

nahm und mit ungeduldiger Stimme Befehle hineinbellte, die meinen Anweisungen sinngemäß entsprachen, paffte Bach stumm vor sich hin. Er würdigte mich keines Blickes mehr und ich konnte mir nur zu gut vorstellen, was in seinem Inneren vorging, wie er Pläne entwickelte und wieder verwarf.

Auch wenn die Sache mit dem Hubschrauber gut ging und wenn wir in Südamerika oder sonst wo auf der Welt untertauchen konnten: Er würde uns auf den Fersen bleiben, nicht locker lassen, bis er immer wieder unsere Spur aufgenommen hatte. Und auch die Grauen und ihre Helfer würden uns nicht in Ruhe lassen.

Vielleicht, Frank, vielleicht werde ich später auf Ihr Angebot eingehen. Wenn Sie wirklich die Öffentlichkeit über das informieren, was hier passiert ist. Wenn Sie den Menschen tatsächlich von der großen Gefahr erzählen, in der sie schweben, und Sie mit Bobby Kennedy und all den anderen an einem Strang ziehen.

Doch da war etwas ganz anderes, was mir Angst machte: Wer oder was war eigentlich die Frau an meiner Seite, mit der ich auf die Flucht gehen wollte? Wie konnte ich ihr je in die Augen sehen, ohne auch etwas anderes als die alte Kim darin zu entdecken, etwas, das ich mehr fürchtete als den Tod?

Ich wusste es nicht. Doch ich ahnte, nein, ich hatte die Gewissheit, dass ich vor dieser Frage nicht davonlaufen konnte, egal, wo uns unser Weg hinführte. Vielleicht mussten wir tatsächlich noch einmal Dr. Hertzog aufsuchen. Wie ich es auch drehte und wendete: Die Geschichte war noch lange nicht abgeschlossen. Vielleicht fing sie sogar erst richtig an.

MATTIA INSOLIA wurde 1995 in Catania geboren, er hat Literatur und Verlagswesen an der Sapienza in Rom studiert. Als Literatur- und Filmkritiker schreibt er u. a. für *L'Indiependente*. Nach *Die Hungrigen* ist *Brennende Himmel* sein zweiter Roman.

MIRJAM BITTER ist promovierte Literaturwissenschaftlerin, freiberufliche Literaturübersetzerin und Lektorin, sie arbeitet als Online-Redakteurin am Jüdischen Museum in Berlin, wo sie auch mit ihrer Familie lebt.

Die italienische Originalausgabe erschien 2023
unter dem Titel *Cieli in fiamme*
bei Mondadori Libri in Mailand.

Questo libro è stato tradotto grazie a un contributo
per la traduzione assegnato dal Ministero degli Affari Esteri
e della Cooperazione Internazionale italiano.
Die Übersetzung dieses Buches erfolgte mit finanzieller
Unterstützung des italienischen Ministeriums für Auswärtige
Angelegenheiten und Internationale Zusammenarbeit.

Bibliografische Information der Deutschen Nationalbibliothek
Die Deutsche Nationalbibliothek verzeichnet diese Publikation
in der Deutschen Nationalbibliografie; detaillierte bibliografische
Daten sind im Internet über http://dnb.de abrufbar.

Lektorat: Carola Köhler
Coverabbildung: Pat Kelley, *Over the Shoulder Glance*
Covergestaltung und Satz von Sebastian Maiwind, Berlin
Gedruckt auf chlor- und säurefreiem Papier und gebunden
bei Finidr in Český Těšín.
 Printed in Czech Republic.
ISBN 978-3-7920-0284-1

www.karl-rauch-verlag.de